LENA JOHANNSON

Mord auf dem Dornbusch

atb aufbau taschenbuch

LENA JOHANNSON, 1967 in Reinbek bei Hamburg geboren, war Buchhändlerin, bevor sie als Reisejournalistin ihre beiden Leidenschaften Schreiben und Reisen verbinden konnte. Seit ihrem ersten Roman »Das Marzipanmädchen«, der 2007 erschien, arbeitet sie als freie Autorin. Sie lebt an der Ostsee.

Bei Aufbau sind neben »Große Fische. Ein Krimi auf Rügen« außerdem ihre Romane »Himmel über der Hallig«, »Rügensommer«, »Dünenmond. Ein Sommer an der Ostsee«, »Der Sommer auf Usedom«, »Die Inselbahn. Ein Sommer auf Sylt« und »Strandzauber. Ein Rügenroman« lieferbar.

Mehr zur Autorin unter www.lena-johannson.de.

Ein mysteriöser Mordfall auf Hiddensee beschäftigt die Stralsunder Polizei. Dorinda Schwarz, eine divenhafte Schriftstellerin, wird tot am Leuchtturm aufgefunden. Sie sollte beim Literaturfestival zur Inselschreiberin gekürt werden, doch stattdessen wird die Auszeichnung nun an ihren Exfreund verliehen, dessen Karriere sie zu torpedieren versucht hatte. Auch ihr Verleger hatte guten Grund, wütend auf sie zu sein, da sie drohte, für ein besseres Angebot zur Konkurrenz zu wechseln. Kommissarin Conny Lorenz versucht, mithilfe unkonventioneller Methoden und des Psychologiestudenten Matthias, dem Mörder auf die Spur zu kommen.

LENA JOHANNSON

MORD AUF DEM DORNBUSCH

EIN HIDDENSEE-KRIMI

atb aufbau taschenbuch

MIX
Papier aus verantwortungsvollen Quellen
FSC® C083411

ISBN 978-3-7466-3132-5

Aufbau Taschenbuch ist eine Marke
der Aufbau Verlag GmbH & Co. KG

1. Auflage 2015

Umschlaggestaltung morgen, Kai Dieterich
unter Verwendung eines Motivs von © Falk Herrmann / OKAPIA
und © Qweek / iStockphoto / iStockphoto
Gesetzt in der Minion Pro, Requiem und Trajan
durch Greiner & Reichel, Köln
Druck und Binden CPI books GmbH, Leck, Germany
Printed in Germany

www.aufbau-verlag.de

Kapitel 1

Teer und Federn

Donnerstag, 04. Dezember

Königin des Universums
Du lenkst die Welt nach deinem Willen,
bist Mutter, Schwester, Regentin mir.
Mein ewig Dorn im Auge,
bist die Maria im weißen Kleid.
Du Heilerin, dass all deine Mühe sich lohne,
bring ich dir ein Geschenk dar, eine Dornenkrone.

»Nun lernen wir uns also doch noch persönlich kennen, Herr Schweiger.« Sie nahm einen tiefen Zug aus ihrem Zigarillo.

»Ich bin der Hiddenseer Kollegin zuliebe eingesprungen. Weil sie sich das Bein gebrochen hat und die Veranstaltung von Herrn Udnik unmöglich begleiten kann. Nicht Ihretwegen.«

Der Rügener Buchhändler würdigte sie keines Blickes, sondern sortierte konzentriert die Stapel verschiedener Titel auf dem kleinen Verkaufstisch. Dann schob er Preisschilder zwischen die Seiten der nicht eingeschweißten Exemplare.

»Nun seien Sie mal nicht nachtragend, mein Bester. Es wird sich schon eine Gelegenheit finden, meine Lesung bei Ihnen nachzuholen.«

Seinem Vorsatz zum Trotz, sie zu ignorieren, baute er sich nun vor ihr auf. Seine Unterlippe zitterte vor Aufregung. Die Art, wie sie ihn ansah, durch nur halb geöffnete Augen mit einem mitleidigen Lächeln um den schmalen Mund, machte es nicht besser.

»Treiben Sie es nicht auf die Spitze, sonst werden Sie es irgendwann bereuen. Wissen Sie eigentlich, in welch peinliche Situation Sie mich mit Ihrer Absage in allerletzter Minute gebracht haben?« Er war laut geworden. Sein Gesicht hatte sich dunkelrot verfärbt.

»Nicht ich habe Ihnen abgesagt«, erklärte sie ruhig. »Meine Schwester hat das getan.«

Er schnaubte. »Ja, weil Sie die Drecksarbeit nicht selbst machen. Sie haben mich hängenlassen und Ihre arme Schwester vorgeschickt, um mir die schlechte Nachricht zu überbringen. Und zwar erst, als das Publikum bereits eingetroffen war. Pfui, Teufel!« Schweiger holte tief Luft. Sein Asthmaspray. Hatte er es eingesteckt? Genau diese Situation hatte er vermeiden wollen, aber nun hatte sie ihn doch so weit gebracht, die Fassung zu verlieren.

»Wenn Sie das sagen«, entgegnete sie ungerührt.

Da klopfte es. Die Tür zum Nebenraum des Arbeitszimmers von Gerhart Hauptmann öffnete sich. Eine Frau steckte zunächst den Kopf herein und trat dann ein.

»Dorinda«, rief sie aus, stürmte auf die Schriftstellerin zu und schüttelte kräftig deren Hand. »Herr Udnik hat mir verraten, dass Sie schon hier sind.« Sie stieß einen Freudenkiekser aus. »Er meinte, Sie haben bestimmt nichts dagegen, wenn ich kurz Guten Abend sage.«

»Dann sagen Sie das doch«, knurrte Schweiger leise.

Die Frau reagierte nicht darauf. Vermutlich hatte sie ihn überhaupt nicht wahrgenommen. Für sie existierte nur Dorinda Schwarz. »Ja, also, er hat mir gesagt, wo ich Sie finden kann.«

»Hat er das?« Das war mehr eine Feststellung als eine Frage. Dorinda befreite ihre Hand aus dem schmerzhaften Griff.

»Natürlich, schließlich bin ich Ihr größter Fan.« Das Stimmengewirr im nebenan liegenden Arbeitszimmer wurde allmählich lauter. Das Publikum füllte offenbar den Raum. »Das sieht man ja wohl.« Sie sah Dorinda auffordernd an.

Die brauchte eine Sekunde. »Aber ja«, sagte sie dann gedehnt. »Sie sehen aus wie Tessa. Der Schal, der Anzug. Sie könnten sie überzeugend verkörpern.« Dorinda schenkte der Frau ein schmales Lächeln.

»Ich mache alles genau wie sie. Meine Wohnung sieht aus wie die von Tessa, ich lese die gleichen Bücher«, erklärte sie eifrig und unterstrich ihre Ausführungen mit unaufhörlichem Kopfnicken.

»Nun, ich hoffe, Sie machen nicht wirklich alles wie sie. Tessa ist eine Serienkillerin.«

»Sie ist so toll«, schwärmte die Tessa-Kopie. »In *Gefährliche Gier* hätte der Bulle sie fast überführt. Da haben Sie mir ganz schön Angst eingejagt.« Sie wackelte mit dem Zeigefinger vor Dorindas Nase herum, als würde sie sie tadeln wie ein kleines Kind. Auch ihr Ton bekam etwas von einer Mutter, die eine Strafpredigt hielt: »Ich muss sowieso mit Ihnen schimpfen.«

»Ich denke, Sie müssen jetzt gehen«, gab Dorinda kühl zurück. Sie zog ihre Taschenuhr hervor. »In zehn Minuten beginnt mein Vortrag. Ich muss mich gedanklich noch ein wenig darauf vorbereiten. Dafür haben Sie sicher Verständnis.« Gewohnt, dass die Menschen, mit denen sie zu tun hatte, ihren Bitten auf der Stelle nachkamen, wollte sie sich bereits abwenden.

»Nicht so schnell!« Die Stimme der Tessa-Kopie klang plötzlich schneidend, wurde im nächsten Augenblick jedoch gleich wieder jammernd-vorwurfsvoll. »Genau darum geht es ja. Warum halten Sie denn einen Vortrag? Das interessiert doch keinen. Mit Ihren Gedichten kann ich auch nichts anfangen, aber es ist in Ordnung, dass Sie ab und zu welche schreiben. Aber warum lesen Sie denn heute nichts aus den Tessa-Büchern?«

Wieder ein Klopfen. Ronald Udnik steckte den Oberkörper herein.

»Sie sind immer noch hier?« Er trat ein und schloss die Tür hinter sich. Schweiß stand auf seiner Stirn, seine Haut war gerötet. »Ick hatte doch jesacht: janz kurz.«

»Ich bin ja schon weg.« Die Tessa-Kopie kicherte wie ein kleines Mädchen. »Wir sehen uns nachher noch«, sagte sie vertraulich zu Dorinda. Dann wandte sie sich zum Gehen. »Ich werde mir das mal anhören. Wann habe ich sonst schon die Möglichkeit, Sie live zu erleben? Könnten Sie nicht wenigstens ein paar Stellen vorlesen?«

»So, nu ma raus hier«, drängte Udnik und schob sie durch die Tür. »Is gerammelt voll«, verkündete er und sah Dorinda mit seinen runden leuchtenden Äuglein an. »Wir ham noch Stühle zusätzlich reinjestellt.«

»Können Sie garantieren, dass die Luft trotzdem gut ist? Falls es stickig wird, muss ich abbrechen«, ließ sie ihn wissen.

»Und wehe, ein Floh hustet«, setzte Schweiger leise hinzu. In diesem Augenblick trat Sandra Schwarz ein. Sie warf einen prüfenden Blick auf den Büchertisch und dann auf ihre Schwester.

»Bodo Heinze ist auch da«, sprach Udnik weiter.

»Oh, der Dichterfürst höchstpersönlich«, meinte Dorinda herablassend.

»Du solltest nicht so über ihn sprechen«, hielt Sandra ihr vor. »Er ist der wichtigste deutschsprachige Lyrik-Verleger. Du kannst dich glücklich schätzen, dass er deine Gedichte herausbringt.«

»Er kann sich glücklich schätzen, dass ich bei ihm veröffentliche«, stellte sie richtig. »Meine Gedichte bringen gutes Geld. Im Gegensatz zu den hölzernen Reimen dieser schrecklichen Betroffenheitslyriker. Er lebt von Autoren wie mir. Davon gibt es nicht viele. Ich bin sicher, Herr Heinze weiß das ganz genau.«

»Bitte, tu mir den Gefallen, nachher nett zu ihm zu sein, ja? Herr Heinze wird beim Essen auch Gast an unserem Tisch sein.«

»Aber Schwesterchen, ich bin doch immer nett. Wenn ich will.« Sie warf Sandra eine Kusshand zu und zwinkerte verschmitzt.

Anderthalb Stunden später brandete tosender Applaus im Arbeitszimmer des Gerhart-Hauptmann-Hauses auf Hiddensee auf. Fiete Jessen, den Kragen des blauen zerschlissenen Wollmantels hochgeklappt, hörte es mit gemischten Gefühlen. Er sah die hell erleuchteten Fenster. Gern wäre er jetzt da drin. Wie schön musste es sich anfühlen, da vorn zu stehen, derjenige zu sein, dem die Begeisterungsbekundungen galten.

Es gab Bravorufe. Zwei Frauen erhoben sich, noch immer klatschend, von ihren Stühlen. Sie steckten damit die Zuhörer in der Reihe hinter ihnen an. Man hätte nicht sagen können, ob die ebenfalls von so viel Euphorie ergriffen waren, dass sie es nicht länger auf ihren Plätzen aushielten, oder ob es sie einfach störte, dass jemand genau vor ihrer Nase stand. Dorinda Schwarz nahm die enthusiastischen Bekundungen in kerzengerader Haltung und mit einem sparsamen Lächeln entgegen. Sie verbeugte sich nicht, sondern harrte aus, bis der Veranstalter Ronald Udnik vor das Publikum trat. Der Industrielle, der seine Brötchen mit Brot und Kuchen verdient hatte, bevor er mit aller Macht unter die Literaten gehen wollte, hatte einen riesigen Strauß Rosen in verschiedenen Rot- und Lachstönen in der Hand. Die edlen Blumen waren mit Kamille und einem Süßgras kombiniert.

»Sehr verehrte Frau Kollegin«, begann er. Dorindas Augenbraue zuckte. Sie warf ihm einen vernichtenden Blick zu, enthielt sich jedoch eines Kommentars. »Mit Ihrem Vortrag über die Herabwürdigung von Frauen in der Literatur haben Sie – ich sach's mal etwas unkonventionell – eenen dollen Startschuss für die Literaturtage Hiddensee hingelegt.« Trotz seiner spürbaren Bemühungen, seinen Dialekt zu unterdrücken, war die Berliner Herkunft nicht zu leugnen. »Ick wusste jar nicht, dass es den Frauen in der Literatur so schlecht geht.« Er sah die Zuhörer Zustimmung heischend an. Die Damen und Herren wichen betreten seinem Blick aus. Hier und da war ein Hüsteln zu hören. Einer nach dem anderen setzte sich wieder. »Ist doch ein starkes Stück, dass sogar Heinrich Mann in seinem *Professor Unrat* die Frau – wie ham Sie das so schön jesagt? – zu einem Objekt degradiert hat. Heinrich Mann«, rief er aus. »Der ach so anerkannte große Schriftsteller!« Das peinliche Schweigen legte sich über den Raum wie ein Spinnennetz, klebrig und lästig, aber nicht sichtbar oder zu greifen.

Sandra Schwarz, die der Veranstaltung auf dem äußersten Platz in der ersten Reihe beigewohnt hatte, stand auf und ging mit freundlichem Lächeln auf Udnik zu.

»Vielen Dank, Herr Udnik, für Ihre abschließenden Worte und vor allem dafür, dass Sie die Literaturtage auf der Insel Hiddensee ins Leben gerufen haben. Jeder hier weiß, wie sehr Sie das geschriebene Wort verehren.« Unterdrücktes Lachen aus einer der hinteren Reihen. »Und ich bin sicher, dass auch jedem bewusst ist, welche Mühen Sie auf sich genommen haben, um auf einer Insel ein so hochkarätig besetztes kulturelles Event auf die Beine zu stellen.« Sie sah ihm in die Augen und applaudierte. Die Anwesenden stimmten zögerlich ein. »Dorinda Schwarz ist sicher das Juwel der Veranstaltung, und wir sind alle sehr gespannt, ob sie die erste Inselschreiberin von Hiddensee wird.« Sie nickte der Schriftstellerin kurz zu. »Leider müssen wir uns noch drei Tage gedulden, bis die Entscheidung verkündet wird.«

Udnik stand noch immer mit dem Blumenstrauß da. Es

war offensichtlich, dass es ihm nicht gefiel, wie sie ihm das Ruder aus der Hand genommen hatte. Andererseits hatte sie die Stimmung gerettet und, was viel wichtiger war, sie rückte seine Leistung in ein angemessenes Licht.

»Geduld ist das Stichwort«, fuhr sie an das Publikum gewandt fort. »Wir möchten die Ihre nun nicht länger beanspruchen. Die Künstlerin geht jetzt in den Nebenraum.« Sie deutete auf eine Tür, die Buchhändler Schweiger in dieser Sekunde auf sein Stichwort öffnete. »Dort signiert sie gerne die Bücher, die Sie an einem extra vorbereiteten Tisch reichlich erwerben können. Und gewiss beantwortet sie auch Ihre Fragen.« Applaus, Stuhlbeine kratzten auf den quadratischen Fliesen. Jeder wollte der Erste sein, der mit der berühmten Schriftstellerin Dorinda Schwarz ein paar Worte wechselte. Die drehte auf dem Absatz um und verließ mit hoch erhobenem Haupt den Saal. Udnik sagte noch etwas, doch das ging im anschwellenden Geräuschpegel unter. Also lief er mit den Rosen hinter ihr her.

Fiete Jessen stand noch immer draußen in der Kälte und trat von einem Fuß auf den anderen. Sollte er auf sie warten? Würde sie sich überhaupt dazu herablassen, ein Wort mit ihm zu sprechen?

Der Verkauf von Dorindas Büchern lief so exzellent, dass sogar Schweiger unerwartet gute Laune bekam.

»Eine Tüte für Sie? Nehmen Sie gern auch ein Lesezeichen oder eine Autogrammkarte mit«, forderte er die Kunden fröhlich auf, die brav in einer Reihe standen. »Ach, am besten beides.« Er lachte, kassierte, riss den Büchern die Folie vom Leib. Da hatte sich die Anreise von Rügen doch jetzt schon gelohnt. Und viele der Literaturinteressierten würden gewiss auch an den anderen Tagen zu den Lesungen kommen und kaufen. Vermutlich nicht so viel wie bei Dorinda, dem Star der Szene, aber doch so viel, dass er ein hübsches Sümmchen mit nach Hause nehmen konnte.

Dorinda signierte ein Exemplar nach dem anderen. Sie beantwortete Fragen über ihr Privatleben knapp, die nach der Unterdrückung und Demütigung von Frauen in Romanen und natürlich auch im richtigen Leben dagegen mit leidenschaftlichem Zorn. Stets blieb ihre Miene höflich-distanziert. Nur hin und wieder huschte ein Runzeln über ihre Stirn, wenn undefinierbare Geräusche von draußen anschwollen. Waren das Stimmen? Sie machte ihrer Schwester ein dezentes Zeichen. Die war in der nächsten Sekunde an ihrer Seite.

»Was ist da draußen los?«, wollte sie wissen. »Hört sich beinahe nach Sprechchören an. Sind das Fans, die keine Karten bekommen haben? Dann sollte ich mich ihnen zeigen, denkst du nicht?«

»Unbedingt«, entgegnete Sandra. »Ich kläre das.« Sie verließ eilig den Raum. Kurz darauf war sie zurück und wechselte leise ein paar Worte mit Ronald Udnik. Dann trat sie zu Schweiger.

»Wir sollten nun allmählich zum Ende kommen.«

Der Buchhändler verstand nicht. »Sie sehen doch, was hier noch los ist. Die Herrschaften haben geduldig gewartet, bis sie an der Reihe sind, Bücher zu erwerben und sich signieren zu lassen. Wir wollen doch niemanden enttäuschen.« Er hatte laut gesprochen, um Druck auf die Autorin und deren Schwester auszuüben.

»Wir wollen aber doch die Künstlerin auch nicht überstrapazieren, nicht wahr?«, gab Sandra freundlich zurück. »Sicher hat jeder hier Verständnis dafür, dass sie nach ihrem Auftritt und den zahlreichen Gesprächen, die sie geführt hat, erschöpft ist. Zehn Minuten noch«, ordnete sie an und wandte sich wieder an Udnik, der den Raum nach ihrem letzten kurzen Wortwechsel verlassen hatte, und nun wieder zur Stelle war. Er wirkte äußerst angespannt, noch mehr als vor Beginn des Vortrags. Von irgendwoher war jetzt Klaviermusik zu hören.

»Gehen Sie ruhig vor«, bot die Tessa-Kopie einer kleinen Frau an, die hinter ihr nervös auf und nieder wippte und zwischendurch immer wieder zu dem vorderen Ende der Warteschlange blickte. »Ich kenne Dorinda quasi persönlich«, erklärte sie und beugte sich vertraulich zu ihr herunter. »Wir sind sowieso verabredet. Nutzen Sie also mal lieber die Gelegenheit, bevor sie sich ausruhen muss.«

»Das ist aber sehr nett!« Die kleine Frau huschte augenblicklich vor die Tessa-Kopie, das Portemonnaie schon in der Hand.

Schweiger beeilte sich, die Kundschaft im Eiltempo abzufertigen. Keine zehn Minuten später war tatsächlich alles erledigt. Die letzten Zuhörer verließen den Saal.

»Ich hätte ihr gern noch ein paar Fragen gestellt«, sagte ein Herr in Knickerbocker, Weste und mit einer Baskenmütze auf dem Kopf. »Zum Beispiel, ob es nicht auch demütigende Darstellungen des männlichen Geschlechts in der Literatur gibt, wovon ich zutiefst überzeugt bin.«

»Sehr interessanter Aspekt«, stimmte eine Dame ihm zu. »Tja, schade, aber man kann ja verstehen, dass Dorinda nicht mit jedem ausführlich reden kann. Wir können froh sein, dass sie uns noch unsere Exemplare signiert hat.«

Endlich waren Udnik, Schweiger, Dorinda und Sandra Schwarz allein. Von der Tessa-Kopie einmal abgesehen.

»Wenn ich Sie jetzt auch bitten dürfte …«, sagte Sandra.

»Momentchen, ich habe mich Dorinda noch nicht einmal vorstellen können.« Sie schoss mit ausgestreckter Hand auf die Künstlerin zu. »Mein Name ist nämlich gar nicht Tessa.« Sie lachte schrill. »Ich bin Eva«, erklärte sie und schüttelte Dorindas Hand, »Eva Schuster.«

»Freut mich, Eva«, entgegnete Dorinda müde.

»So, nu isses aber jut. Nu machen Sie mal schleunigst, dass Sie wegkommen!«

»Na, na, lieber Kollege.« Dorindas Ton strotzte geradezu vor Ironie. »Wir wollen doch schön höflich bleiben. Immerhin leben wir alle von unseren treuen Lesern.« Sie bedachte ihn mit einem vernichtenden Blick.

Sandra trat zu ihr. »Er hat recht, sie muss weg. Wir haben ein kleines Problem«, flüsterte sie eindringlich. Wieder wurden draußen Stimmen laut, die die Klavierklänge von Schumann mit Leichtigkeit übertönten. Dieses Mal klang es nach einer Auseinandersetzung.

»Was gibt es denn?« Dorinda war irritiert. Auch Eva, die die Szene beobachtete, wusste offenbar nicht, was sie damit anfangen sollte.

Udnik packte Eva am Arm. »Sehr nett, dass Sie gekommen sind. Jetzt ist mal Feierabend. Für die Künstlerin is een Tisch reserviert. Sie wird im kleinen Kreis essen. Det verstehen Sie bestimmt.« Damit versuchte er, sie zum Ausgang zu befördern.

»Es ist nett, dass ich gekommen bin?« Sie war sehr laut geworden, ihre Augen wanderten beinahe panisch von ihm zu Dorinda und wieder zurück. »Es ist ein großes Opfer, ein unfassbar großzügiges Zeichen meiner Verehrung«, ereiferte sie sich. »Ich arbeite auf Vierhundertfünfzig-Euro-Basis in einem Hofladen. Da stehe ich jeden Tag an einem heißen Kessel und koche Bonbons und Lollis. Für die paar Kröten! Wissen Sie überhaupt, wie schwer es für mich war, das Geld für die Überfahrt auf die Insel und die Unterkunft zusammenzukratzen?« Sie blickte böse in die Runde. »Nee, das wissen Sie natürlich nicht. Sie verdienen bestimmt alle ein Schweinegeld.«

»Da täuschen Sie sich mal nicht«, murmelte Schweiger. Dann sagte er: »Ich bin mal weg. Bis morgen!« Er rollte die Kiste mit den wenigen Restexemplaren an Eva vorbei hinaus.

»Es ist wirklich anerkennenswert, dass Sie trotz Ihrer

schwierigen finanziellen Lage hergekommen sind«, warf Sandra ein. Sie klang angespannt. »Bedauerlicherweise müssen wir uns etwas beeilen. Wie Herr Udnik ganz richtig sagte, ist ein Tisch für die Schriftstellerin reserviert.«

»Da wird doch wohl noch ein Plätzchen frei sein«, giftete Eva. »Immerhin bin ich Dorindas größter Fan. Und ich bin extra hergekommen. Dorinda, sagen Sie doch auch mal was! Sie wollen mich doch nicht wegschicken, oder?«

»Es tut mir sehr leid, aber es ist alles für mich organisiert. Ich selbst habe gar keinen Einfluss …« Weiter kam Dorinda nicht, denn die Tür zum Arbeitszimmer flog auf, Schritte krachten über die Fliesen. Dann stand eine Frau mit streichholzkurzem Haar, in das eine rote Strähne gefärbt war, einer lila Hose und einem schwarzen Mantel mit Stehkragen im Raum.

»Hier verkriechen Sie sich also. Die große Dorinda Schwarz hat Angst. Oder sollte ich Sie lieber H. Mann nennen?«

»Was hat das denn zu bedeuten?«, wollte Eva wissen. »Soll ich sie an die frische Luft befördern? Ich meine, Tessa wüsste, wie sie mit so einer unverschämten …«

Alle setzten sich gleichzeitig in Bewegung. Sandra ging auf die Dame im Mantel zu, Udnik führte die laut protestierende Eva nach draußen, und Dorinda hatte zunächst einen Schritt auf die Unbekannte zu gemacht, zog sich aber auf einen kaum erkennbaren Wink ihrer Schwester hinter den Tisch zurück, an dem sie soeben noch signiert hatte.

»Hören Sie, es ist nicht unüblich, dass Autoren unter verschiedenen Pseudonymen unterschiedliche Genres bedienen. Es ist aber auch nicht nötig, diese Tatsache an die große Glocke zu hängen«, erklärte Sandra fest.

Die Frau lachte auf. »Ich glaube gern, dass sie die große Glocke meidet. Das Wort ›bedienen‹ passt in diesem Zusammenhang übrigens ausgezeichnet. H. Mann schreibt pornografische Texte der derbsten Art. Aber das brauche ich Ihnen wohl kaum zu sagen. Wer sind Sie überhaupt?« Sie sah Sandra kurz stirnrunzelnd an, sprach aber weiter, bevor die Schwester der Autorin antworten konnte. »Dorinda Schwarz versteckt sich hinter einem geheimnisvollen ausgesprochen männlichen Pseudonym. Es ist wirklich unfassbar jämmerlich. Hier hält sie scheinheilig einen Vortrag über die Erniedrigung von Frauen in der Literatur, als Kerl namens H. Mann ist sie selbst ganz weit vorne, was die verbale Demütigung des weiblichen Geschlechts angeht«, fauchte sie.

»Was erwarten Sie jetzt von ihr?«

»Sie soll mit nach draußen kommen. Einige ihrer ahnungslosen Fans glauben uns nämlich nicht. Sie soll sich öffentlich zu ihrer Doppelzüngigkeit bekennen.«

»Hören Sie, vielleicht können wir eine andere Lösung ...«

»Aber ja, natürlich komme ich mit Ihnen nach draußen«, unterbrach Dorinda das Gespräch. »Geben Sie mir bitte eine Minute, damit ich mich eben kurz frisch machen kann.« Sie deutete auf ihre schweißglänzende Stirn. »Nur ein wenig abtupfen und das Gesicht mit Wasser benetzen.« Sie rang sich ein Lächeln ab, das sie beinahe mädchenhaft aussehen ließ. »Dann bin ich bei Ihnen.«

Die Frau war erstaunt. Sie nickte langsam. »Sehr gut. Wir sehen uns dann draußen.« Damit rauschte sie davon, vermutlich auf direktem Wege zu ihren Mitstreiterinnen, um das große Ereignis anzukündigen.

»Ich will doch stark hoffen, dass es hier einen Hinterausgang gibt«, wandte Dorinda sich an Sandra. Die Schwestern waren allein.

»Nein, den gibt es nicht. Doch, ja, es gibt einen zweiten Ausgang, nur müssen wir trotzdem vorne vorbei, um das Grundstück zu verlassen. Es sei denn, du bist bereit, über einen ziemlich hohen Zaun zu klettern.«

»Kann dieser unsägliche Udnik nicht eine Leiter auftreiben, oder wenigstens einen Stuhl anstellen?«

Kaum, dass sie es ausgesprochen hatte, war Udnik zurück. »Ick habe die Polizei verständigt. Das ist eene nicht angemeldete Kundgebung, wa? Die kriegen gleich jede Menge Ärger. Wir haben zwar nur einen Dorfsheriff mit Gehilfin, aber die machen det schon.«

»Dann werde ich mich mal frisch machen und dann hinausgehen. Das Spektakel möchte ich doch nicht verpassen.« Sie lächelte schmal.

»Wir warten, bis die da draußen verschwunden sind«, bemerkte Sandra.

Dorinda blieb stehen und wirbelte herum, als hätte sie jemand am Arm gepackt. »Ich entscheide, was getan wird«, zischte sie. »Und ich sage: Ich gehe raus zu meinen Fans und zeige ihnen, dass ich nichts zu verbergen habe.«

Es war zwar ein überschaubares Grüppchen von sieben Frauen, das sich zusammengefunden hatte, doch die brachten ihren Protest vehement zum Ausdruck.

»Der Kampf für Frauen eine Farce, Dorinda Schwarz, schäm dich was!«, skandierten sie, sobald diese aus dem Gerhart-Hauptmann-Haus trat. Um die Frauen herum, die ihre Schilder hochhielten, standen einige der Zuhörer des Vortrags, die anscheinend wissen wollten, was von den ungeheuerlichen Anschuldigungen zu halten war. Fiete stand ein wenig abseits im Schatten hoher Kiefern. Diese Dorinda war doch ein Star. Wie konnten die sich nur trauen, eine Berühmtheit vor allen Leuten so anzugreifen? Dorinda las die Aufschriften auf den in die Höhe gereckten Tafeln: *Dorinda Schwarz* war auf einem durchgestrichen. Daneben stand in fetten Buchstaben *H. Mann*. An anderer Stelle war »Dorinda, pfui, schäme dich!« zu lesen. Auf einem weiteren war gar von Verrat an ihren Geschlechtsgenossinnen die Rede.

»Wo bleibt denn die Polizei?«, raunte Sandra, die dicht an der Seite ihrer Schwester blieb, Udnik zu.

»Müssen gleich da sein«, gab der zurück. Trotz der winterlichen Temperaturen stand ihm der Schweiß auf der Stirn. Sandra setzte ihr professionelles Lächeln auf, mit dem sie Dorinda schon so manches Mal die Haut gerettet hatte. Mit einem Handzeichen forderte sie die Anwesenden auf, ruhig zu sein. Als die Sprechchöre endeten und das Stimmengewirr abebbte, setzte Sandra an, ein paar Worte zu sagen.

Dorinda kam ihr zuvor: »Meine lieben Schwestern im Geiste!« Widerspruch war zu hören. »Es ist allgemein bekannt, dass ich mich niemals in eine Schublade stecken lasse. Neben meinen Pamphleten verfasse ich Kriminalromane und auch Gedichte. Sie würden staunen, was noch alles unter diversen Namen aus meiner Feder stammt.« Sie lachte kehlig. »Meine Kreativität lässt sich nicht einsperren oder in eine bestimmte Richtung zwingen, nur weil diese eine Richtung kommerziellen Erfolg verspricht.« Sie sah herausfordernd in die Runde. Es war einer ihrer großen Auftritte. »Ich bin längst an Kritik gewöhnt. Damit kann ich umgehen«, ließ sie ihr staunendes Publikum wissen. Inzwischen waren die sieben Protestlerinnen verstummt. »Womit ich nur schwer umgehen kann, sind Dummheit und Unverständnis. Obwohl ich mich auch daran längst gewöhnt haben sollte«, setzte sie erschöpft hinzu. »Die Texte, die ich als H. Mann veröffentliche, triefen vor Sarkasmus. Sie sind ein einziger grandioser Vorwurf an die Männerwelt, eine Entlarvung. Schon der Name H. Mann ist der pure Hohn. Haben Sie das wirklich nicht verstanden?« Für einen Moment war es so still, dass nur der eisige Winterwind zu hören war, wie er durch die letzten einsamen Blätter der Bäume rauschte, und von Ferne die Wellen, die kraftvoll an den Strand schlugen. Dann ging alles sehr schnell: Ein Polizeiwagen kam den Sandweg hinauf.

Eine mollige Dame mit ungestümen blonden Locken, die unter einem Lodenhut hervorquollen, rief: »Widerliche Pornografie ist das! Von wegen Entlarvung. Und dann unterstellt sie uns auch noch, wir seien zu dumm, das richtig zu verstehen. Eine Sauerei ist das!« Zustimmendes Nicken, Gemurmel setzte wieder ein. »Der Kampf für Frauen eine Farce, Dorinda Schwarz, schäm dich was!«, wiederholte die Blondgelockte. Als sie den Slogan erneut rhythmisch anstimmte, setzten die anderen ein. Die Grauhaarige, die Dorinda aufgefordert hatte, herauszukommen, griff blitzschnell nach einem Eimer, trat rasch auf Dorinda zu und schüttete ihr eine schwarze Flüssigkeit entgegen. Gleichzeitig war eine schmächtige Rothaarige mit einem weiteren Eimer hinzugetreten, den sie ebenfalls in Dorindas Richtung leerte. Federn wirbelten durch die Dezemberluft. Dorinda stieß einen kurzen Schrei aus, hatte sich jedoch sofort wieder unter Kontrolle.

»Nu machen Sie doch wat!«, rief Udnik Inselpolizist Michael Wolter und dessen Kollegin Marlene Jessen zu, die soeben aus ihrem Fahrzeug geklettert waren. Um Udniks Mund lag die Andeutung eines schadenfrohen Lächelns.

»Alles in Ordnung?« Sandra zupfte eine Feder von Dorindas Schulter.

»Nichts passiert«, antwortete die Autorin leise. »Sie hätten näher herankommen müssen, um mich richtig zu treffen. Aber dazu fehlte ihnen wohl der Mut.«

»Was ist denn hier los?«, brüllte Michael gegen die nicht enden wollenden Sprechchöre und das Getuschel der aufgebrachten Fans an. »Diese Versammlung ist nicht angemeldet. Und wir haben es außerdem mit einem tätlichen Angriff zu tun, wenn ich das richtig sehe. Meine Kollegin und ich werden jetzt mal Ihre Personalien aufnehmen, meine Damen.« An Dorinda und Sandra gewandt, sagte er: »Sie warten am besten drinnen. Womöglich holen Sie sich hier draußen noch den Tod. Wir sind dann gleich bei Ihnen.«

»Wir haben einen Tisch bestellt. Hier gleich gegenüber im *Kirchblick* oder wie immer das heißt«, wandte Sandra ein. »Können wir nicht bitte endlich dort hingehen und in Ruhe etwas essen? Wenn es sein muss, können wir morgen in Ihr Büro kommen und eine Aussage machen.«

»Es ist doch gar nichts passiert«, pflichtete Dorinda ihr bei.

»Seh ick auch so, Wolter. Ick komm morgen vorbei und erzähle Ihnen, wat hier gelofen is.«

Michael sah von einem zum anderen. Sein Blick blieb an Dorinda hängen. »Ich nehme an, Sie wollen sich 'n büschen trockenlegen. Etwas von der Pampe haben Sie ja doch abgekriegt. So wollen Sie bestimmt nicht ins Restaurant gehen.« Er lächelte ihr freundlich zu. »Is in Ordnung, wenn Sie morgen in die Polizeistation kommen.« Er nickte noch einmal, dann schenkte er seine volle Aufmerksamkeit den Demonstrantinnen.

»Das war nur gefärbtes Wasser«, sagte eine kleinlaut. »Als Symbol für das Teeren und Federn. Damit hat man schon früher Kriminelle dauerhaft bloßgestellt«, erklärte sie. »Und das ist doch nun wirklich kriminell, wenn jemand etwas hintenherum macht, was er offiziell verurteilt.«

»Unmoralisch«, stellte Michael richtig, »aber nicht gleich kriminell. So, denn legen Sie mal los: Name, Adresse, Unterkunft auf Hiddensee.«

»Moin, Fiete, was machst du denn hier?« Marlene wandte sich an Fiete, mit dem sie um diverse Ecken verwandt war. Der hatte sich ein wenig näher herangewagt, den Kragen seines Mantels bis an den Rand der ebenfalls dunkelblauen Strickmütze geklappt.

»Moin, Marlene. Wieso soll ik woll nich hier sein? Is doch 'ne Literaturveranstaltung. Und ik heff auch schon mal een Book schreven.«

»Du, Fiete?« Marlene konnte sich ein Schmunzeln nicht verkneifen. »Das wusste ich ja gar nicht.«

»Nee, dat interessiert ja auch keen een nich. Nur weil ich nich berühmt bin wie die da.«

»Das war die Frau Schwarz auch nich von Geburt an.«

Marlene lächelte ihm freundlich zu. »Is ein langer Weg, kann ich mir vorstellen.«

»Siehst, deshalb bin ik hier. Wollte die mal sehen, die beim Hauptmann in der guten Stube lesen darf. Un fragen wollt ik, wie man das anstellt, was man machen muss, dass man das darf.«

Sandra hatte ihre Schwester wieder in das Haus geführt. Sie half ihr, die Flecken auszureiben und das Kleid am Händetrockner wenigstens so weit hinzubekommen, dass Dorinda sich nicht gleich erkälten würde, weil sie den Rest des Abends in nassen Sachen verbrachte. Ronald Udnik hatte sich bereits verabschiedet. Er wollte im Restaurant Bescheid geben, dass es etwas später würde. Außerdem wollte er sicherstellen, dass man den besten Tisch reserviert hatte, damit es nicht noch eine weitere Katastrophe gäbe.

Als Dorindas Sachen so weit wieder hergerichtet waren, dass sie gehen konnten, sagte Sandra: »Ach, wie dumm, ich habe meine Handschuhe irgendwo liegen gelassen. Ich sehe rasch nach, wo sie sind. Warte hier auf mich!«

»Ich verbitte mir diesen Befehlston«, gab Dorinda schneidend zurück. »Den hast du in letzter Zeit öfter am Leib.« Sie funkelte ihre Schwester böse an. »Ich bin hungrig. Warum soll ich auf dich warten? Der Abend war lang und anstrengend genug. Du wirst doch wohl alleine einmal die Straße überqueren können.«

Sandra sah sie lange nachdenklich an. Dann sagte sie leise: »Wie du willst. Wir sehen uns dann drüben.« Sie ging mit gesenktem Kopf.

Endlich allein. Dorinda betrachtete kritisch ihr Spiegelbild. Das bläulich-schwarze Haar glänzte, der Schnitt saß erstklassig, links sehr kurz, rechts bis über das Ohr reichend mit schrägem Pony, ihr Make-up war perfekt. Sie wäre zufrieden gewesen, hätte es da nicht die Falten an ihrem Mund gegeben, die ihr überhaupt nicht gefielen. Sie musste sich dieses spöttische Lächeln abgewöhnen. Ganz von allein verzogen ihre Lippen sich zu eben der Miene, die sie so häufig aufsetzte. »Steht mir gut«, dachte Dorinda. Dumm nur, dass dieser Gesichtsausdruck unschöne Spuren hinterließ. So war es auch mit den Pseudonymen. Hatte sie sich wirklich eingebildet, es würde nie herauskommen, wer hinter all diesen Fantasienamen steckte? Gemeinsam mit ihrer Schwester hatte sie damals darüber nachgedacht, ob man nicht offen damit umgehen sollte. Es gab genügend Kollegen, die das taten. Einige schrieben es sogar auf die Umschläge: »Anna Korritky schreibt als Ellen Mansfield«. Offensiver ging es nicht. Nur handelte es sich bei denen auch um zwei verschiedene Krimi-Reihen mit unterschiedlichen Ermittler-Helden oder um historische Romane auf der einen und aktuelle Liebesgeschichten auf der anderen Seite. Da konnte man ruhig darauf hinweisen, dass alles aus einer Feder stammte. Aber eine Frauenrechtlerin, die Pornos schrieb? Eine Dichterin, die blutrünstige Szenen zu Papier brachte? Sie hatten sich gemeinsam dagegen entschieden. Natürlich. Aber früher oder später hatten sie ja auffliegen müssen. Dorinda atmete tief durch. Na schön, Skandale kurbelten das Geschäft an. Vielleicht sollte H. Mann für eine Weile von der Bildfläche verschwinden. Sex sells, sie hatten mit dieser erotischen Reihe einen Haufen Geld verdient. Und es bereitete ihr ein gewisses Vergnügen, diese Texte zu verfassen. Dennoch war es womöglich klüger, in dieser Sparte eine Zeit nichts Neues auf den Markt zu bringen. Umso mehr Aufsehen würde es erregen, wenn H. Mann sich eines Tages zurückmeldete. Man könnte Gerüchte streuen, dass jetzt ein anderer das Pseudonym übernommen habe. Was auch immer. Sie wollte sich keine Gedanken mehr darüber machen. Sandra würde am besten wissen, was zu tun war. Dorinda fühlte sich mit einem Mal schrecklich müde. Wie sollte sie den

Abend in Gesellschaft dieses furchtbaren selbstgebackenen Literaten und ihres anstrengenden Lyrik-Verlegers nur überstehen? Sie wühlte in ihrer Handtasche, schob Autogrammkarten und Füllhalter beiseite, kramte ungeduldig zwischen Pfefferminzpastillen, Taschentüchern und mehreren Lippenpflegestiften ein Silberdöschen hervor. Sie nahm eine Pille heraus. Nein, das würde nicht reichen. Besser, sie schluckte zwei von den Dingern, die beiden letzten. Wurde Zeit, dass sie sich wieder etwas besorgte. Dorinda trank direkt aus dem Wasserhahn und schluckte ihre Wachmacher. »Was wäre ich nur ohne sie?«, flüsterte sie, straffte den Körper und verließ das Haus des großen Gerhart Hauptmann.

Eisige Kälte und Dunkelheit schlugen ihr entgegen. Vorsichtig blickte sie den Kirchweg hinauf. Es war ein gutes Stück bis zu dem Restaurant. Warum hatte sie nicht einfach getan, was ihre Schwester gesagt hatte, und auf sie gewartet? Dorinda war fast sicher, dass die Frau mit der roten Strähne oder die Blondgelockte im nächsten Augenblick auf den offenbar recht frisch gepflasterten Weg springen würde. Ach was, sie stellte sich ja an wie eine Närrin. Entschlossen brach sie auf. Was war das? Sie blieb stehen, spitzte die Ohren. So, wie es die Frauen in ihren Romanen taten, wenn sie ein beängstigendes fremdes Geräusch hörten, ein unerklärliches Knistern. Nein, da war nichts. Der Wind spielte mit den Bäumen, das war alles. Dorinda lachte laut auf. Zum ersten Mal fragte sie sich, warum sie die Figuren in ihren Büchern in einer solchen Situation stehenbleiben ließ, anstatt dass sie davonrannten. Sie setzte sich wieder in Bewegung. Es war geradezu absurd, zur Salzsäule zu erstarren, wenn man einen Verfolger hinter sich glaubte. Das musste sie in ihrem nächsten Krimi berücksichtigen. Knacken. Ziemlich laut und gar nicht weit von ihr. Sie kniff die Augen zu, die von dem kalten Wind zu tränen begannen. Da war ein schmaler Pfad, kaum erkennbar. Hatte sich da nicht etwas bewegt? Sie glaubte, eine Männergestalt ausmachen zu können. Dorinda drehte sich um, blickte zurück. Niemand zu sehen. Ob Sandra bereits im Restaurant saß und es sich gut gehen ließ? Schon möglich, denn Dorinda hatte doch eine ganze Weile in der Toilette des Hauptmann-Hauses zugebracht. Andererseits konnte es dauern, wenn Sandra etwas suchte. Dorinda war schon öfter aufgefallen, dass ihre Schwester manchmal abtauchte. Sie entschuldigte sich, weil sie ein Telefonat führen oder etwas holen wollte. Dann verging eine erstaunlich lange Zeit. Dorinda hatte den Verdacht, dass ihr die Menschen einfach manchmal zu viel waren. Schließlich stand sie an Dorindas Seite auch ein wenig in der Öffentlichkeit und hatte nicht viele Gelegenheiten, für sich zu sein.

»Hallo?«, rief sie, einer plötzlichen Laune folgend, und blickte gespannt in den kleinen finsteren Weg. »Ist jemand da?« Keine Antwort. »Trauen Sie sich ruhig heraus«, sagte sie betont fröhlich. »Ich beiße nicht.« War das nicht ein leises Rascheln? »Ich gebe Ihnen ein Autogramm, wenn Sie möchten.« Wieder Rascheln. Aber niemand gab sich zu erkennen, kein Mensch, der aus der Deckung kam. Kälte. Dorinda lief weiter, beschleunigte ihren Schritt. Jetzt konnte sie die Kirche sehen, oder besser: erahnen. Die Umrisse des kleinen Gotteshauses zeichneten sich kaum von dem grauen Nachthimmel ab. Irgendwie unheimlich der Gedanke, dass dort auf dem kleinen Friedhof, nur wenige Meter von ihr entfernt, die Überreste von Gerhart Hauptmann lagen, in dessen Haus sie gerade gewesen war, ohne dass er sie eingeladen hatte. Ihr Atem bildete einen feinen Nebel vor ihrem Mund. Keine Menschenseele weit und breit, als sei diese lächerlich kleine Insel ausgestorben. Dorinda wollte nur noch die Gaststätte erreichen, wieder unter Leute kommen, die sie bewunderten. Selbst die Gesellschaft des schreibenden Bäckers erschien ihr in diesem Augenblick erstrebenswert. Trotzdem hielt sie noch einmal kurz inne. Sie musste sich diesen Ort und diese Atmosphäre einprägen. Alles war perfekt für einen Mord. Ihr nächster Krimi war bald fertig, aber es gab sowieso noch zu wenige Opfer. Sie würde Tessa noch einmal losschlagen lassen. Vor einer Kirche in einem verlassenen Dorf. Sie saugte alles in sich auf, das Gefühl der feuchtkalten Luft auf ihrer Haut, den Sandweg unter ihren Füßen – hier hatte man die Hauptstraße nicht gepflastert – und das Zwiegespräch der finsteren Gebäude mit ihrem Nackenhaar. Eine Szene für ein weiteres Buch zu skizzieren, hatte eine zuverlässig beruhigende Wirkung auf sie. Dumm nur, dass sich jetzt die bereits geschriebenen Szenen in ihr Gedächtnis schlichen. Ihr fielen all die grausamen Überfälle ein, Frauen in Todesangst, machtvolle Täter ohne Gnade. Ihr Beruf schenkte ihr das große Privileg, ihre schlimmsten Fantasien durchspielen zu dürfen, ohne dafür Konsequenzen tragen zu müssen. Von ein paar überdrehten Emanzen, die sie mit einer schwarzen Brühe und Federn traktierten, einmal abgesehen. Wie oft schon hatte sie in ihren erotischen Texten junge Mädchen oder vornehme Damen allein durch die Dunkelheit gehen lassen? Natürlich wurden sie immer überfallen und missbraucht. Natürlich hatten sie immer schreckliche Angst, spürten aber auch jedes Mal heftige Erregung, was sie selbstverständlich nicht einmal sich selbst eingestehen konnten. Der Gedanke, ganz in ihrer Nähe könnte ein Kerl auf sie lauern, der in der nächsten Sekunde über sie herfallen und ihr die Kleider vom Leib reißen könnte, verschaffte ihr kein angenehmes Kribbeln, sondern einfach nur unbeschreibliche Abscheu. Sie sah den warmen Lichtschein, der vom *Kirchblick* nach draußen fiel. Ein beruhigender Anblick. Sie atmete tief durch. Nur noch wenige Schritte. Plötzlich eine Gestalt neben ihr. Lautlos aus der Finsternis aufgetaucht. Woher war sie so plötzlich gekommen? Dorinda kniff die Augen zusammen. Das war doch … das konnte doch unmöglich sein!

»Tessa?«

Das Subjekt zog etwas unter seinem Umhang hervor. Der Umhang. Tessa trug ihn immer, wenn sie mordete! Ein Stich, dann drückender Schmerz am Hals. Dorinda riss die Augen auf.

KAPITEL 2

CONNYS ZWEITER FALL

Freitag, 05. Dezember

»Ich würde die Finger davon lassen.« Hansen warf dem Praktikanten einen kurzen Blick zu. Sein Ton und die Art, wie er den blässlichen jungen Mann mit dem akkurat gezogenen Mittelscheitel ansah, hatten die Wirkung einer Ohrfeige. Psychologiestudent Matthias Wennemann, der in der Kriminalpolizeiinspektion Stralsund auf erhellende praktische Erfahrungen hoffte, zog die Hand augenblicklich zurück und ließ den Becher mit dem Hiddensee-Motiv und der Aufschrift *Rügens schöne Schwester* im Regal stehen. »Der Pott gehört der Lorenz«, erklärte Hansen.

Seit der Sekunde, als er sein Praktikum angetreten hatte, war Matthias auf Ablehnung gestoßen. Kein Wunder, mit seiner stets adretten, immer einen Hauch zu auffälligen Kleidung, deren i-Tüpfelchen cremefarbene Wildlederschuhe mit roten Applikationen waren, passte er eben nicht hierher. Dass er ein wenig langsam im Denken war und in einer Art Parallelwelt zu leben schien, machte es nicht besser.

»Sollte das nicht unsere Besuchertasse sein?« Kriminalkommissarin Conny Lorenz betrat die kleine Teeküche. Kein Mensch trank hier Tee, trotzdem käme niemand auf die Idee, den mit einer Küchenzeile und einem Tisch mit zwei Stühlen ausgestatteten Raum Kaffeeküche zu nennen. »Auf meiner Tasse steht immerhin mein Name.« Sie zwinkerte Hansen fröhlich zu.

»Und den Namen sollten Sie sich merken, junger Mann. Sie hat die Fachhochschule als Beste ihres Jahrgangs abgeschlossen«, verkündete der mit stolzgeschwellter Brust. Man hätte meinen können, er wäre ihr Vater.

»Ich bin sicher, er hat sich meinen Namen gemerkt.«

»Als Beste ihres Jahrgangs«, wiederholte Hansen.

»Interessant«, gab Matthias zurück und sah Conny forschend an, als sei sie ein seltenes Insekt. Von dem durchdringenden Wissenschaftler-Blick verunsichert, füllte sie ihm Kaffee in den Hiddensee-Becher.

»Ohne Milch und Zucker, stimmt's?«

»Das ist richtig. Haben Sie vielen Dank!«

Hansen rollte mit den Augen. »Schönen Dank«, brummte er, als Conny auch seine Tasse füllte. Dann folgte er den beiden in das große Büro, das sie sich zu fünft teilten, Praktikant Matthias eingeschlossen. »So eine Jahrgangsbeste sollte man nie unterschätzen«, nahm Hansen den Faden wieder auf. »Seit Frau Lorenz hier ist, hagelt's nämlich Leichen.«

»Nun übertreiben Sie mal nicht, lieber Kollege.« Conny schmunzelte.

»Ein Fall war gerade abgeschlossen, da hatten wir die nächste Tote auf'm Tisch.« Der Praktikant riss entsetzt die Augen auf. »Nich personaliter, sondern als Fall. Nich ma ein freies Wochenende war drin für die Frau Lorenz. Hab ich also übertrieben?« Er sah Matthias erwartungsvoll an. Der wirkte ein wenig angestrengt und brachte kein Wort heraus. »Nu sagen Sie doch mal was, Sie Studentenschnösel!«, forderte Hansen ihn auf.

»Ich bin nicht sicher, ob ich das richtig verstanden habe.«

Conny schaltete ihren Computer ein. Vielleicht konnte sie eine Aufgabe für Matthias finden und ihn aus Hansens Fängen retten. Sie erinnerte sich noch zu gut an ihren Start, der nicht einmal drei Monate zurücklag. Hansen war ihr gegenüber mindestens genauso abweisend und ruppig gewesen.

»Was gibt's da wohl nich zu verstehen?«, fragte der gerade. »Ein toter Steuerfahnder auf Hiddensee, Mörder gefasst, und bumms, is der nächste dootbleven.«

»Bitte?« Matthias starrte ihn an.

»Bums, ist der nächste tot geblieben«, sagten Fedder und Brix wie aus einem Mund, ohne von ihren Schreibtischen aufzublicken.

»Wieso geblieben?«

»Das sagt man hier so«, erklärte Conny ihm. »Fragen Sie mich nicht, warum. Soll jedenfalls heißen: Und bums, der nächste Tote. Alles klar?«

»Ach so, ja.« Nach einer kleinen Pause setzte er hinzu: »Das ist ja schlimmer hier als in der Großstadt. Ich dachte …«

»Dat de Lüüd auf'm Land harmloser sind oder netter?«, fiel Hansen ihm ins Wort.

Matthias sah Hansen in die Augen. »Nein, das denke ich allerdings nicht.«

»Was machen Sie noch mal genau hier?«, wollte Hansen wissen. »Ich kapier das immer noch nich so ganz.«

»Ich versuche meine theoretischen Studien an der Universität durch praktische Studien an lebenden Objekten zu bereichern«, erklärte Matthias ihnen hochtrabend zum wiederholten Mal.

»An lebenden Objekten«, murmelte Fedder und schmunzelte vor sich hin.

»Tja, die Objekte bei uns sind aber meist doot.« Hansen musterte ihn herausfordernd. »Sie wollen doch nicht mal Polizist werden, stimmt's?«, polterte er. »Sie stellen sich bestimmt eher so'ne schicke Praxis vor, wo sie als Psycho-Onkel hocken und die Leute wuschig machen können.«

»Ich studiere Psychologie, Herr Hansen. Ob ich mich jemals selbständig mache, kann ich noch nicht sagen. Es gibt mannigfaltige Möglichkeiten.«

»Mannigfaltig«, sagte Fedder leise und grinste breit.

»Eine dieser zahlreichen Möglichkeiten ist die, als *psychic detective* zu arbeiten«, führte Matthias unbeirrt aus.

»Als wat?« Hansen und Fedder starrten ihn an, selbst Brix hatte von seiner Arbeit aufgesehen.

Matthias lächelte spöttisch. »Kleiner Scherz.« Er schien zu überlegen, ob er eine weitere Erklärung abgeben sollte, ließ es aber bleiben. »Ich könnte als psychologischer Berater tätig werden, der sich in Verdächtige hineinversetzen kann. *Profiler*, wenn Ihnen das etwas sagt.«

»Tüünkroom«, schimpfte Hansen. »Die ham schon in der Weimarer Republik versucht, mit sogenannten Telepathen Polizeiarbeit zu machen.« Conny hob erstaunt die Augenbrauen. Hätte sie ihm gar nicht zugetraut, dass er sich mit solchen Dingen auskannte. Aber sie hätte ja auch nicht gedacht, dass Kriminaloberkommissar Hansen Square Dance machte, und doch tat er genau das. »Das ging so weit, dass das Preußische Innenministerium Ende der zwanziger Jahre verboten hat, Hellseher und solche Pappnasen hinzuzuziehen.« Matthias runzelte nachdenklich die Stirn. »Ende der neunzehnhundertzwanziger Jahre«, erklärte Hansen ihm, als sei er schwer von Begriff.

»Ich weiß durchaus, welchen Zeitraum man gemeinhin als Weimarer Republik bezeichnet. Ich dachte nur gerade darüber nach …«

»… wie alt Sie sein müssen, lieber Hansen, um Anekdoten aus der Weimarer Republik zum Besten zu geben«, beendete Conny den Satz. »Vergessen Sie's, Matthias«, sagte sie an den Kollegen auf Zeit gewandt, »wenn Hansen niemanden ärgern oder verunsichern kann, fehlt ihm etwas. Sie sind momentan das dankbarste Opfer. Ich bin inzwischen langweilig geworden.« Hansen wollte protestieren. »Stimmt's, lieber Kollege?«, fragte sie und schenkte Hansen ein zuckersüßes Lächeln.

»Och, klei mi doch an de Fööt«, murrte der, verzog sich

an seinen Schreibtisch und ließ Matthias einfach stehen. Der runzelte erneut die Stirn.

»Kannst mich an die Füße fassen«, übersetzte Fedder automatisch.

»Kriminalpolizeiinspektion Stralsund, Brix am Apparat.« Conny fragte sich, warum immer Brix an das Telefon ging, wenn es klingelte. Ausgerechnet er, der die Zähne so schwer auseinanderbekam. Im Vergleich zu ihm waren selbst seine einsilbigen Kollegen sabbelig.

»Moin, Wolter«, hörte sie ihn sagen. »Mmh … aha … so. Alns kloor!« Damit war das Gespräch beendet. Die Kollegen sahen ihn erwartungsvoll an. »'n Mord auf Hiddensee. Der Oberstaatsanwalt weiß schon Bescheid. Einer von uns muss hin.«

»Was sach ich?«, rief Hansen und warf Matthias einen triumphierenden Blick zu. Der stand nur da und schaute ungläubig von einem zum anderen. »Is der jetzt stumm, oder wat?« Hansen schüttelte den Kopf.

Conny atmete tief durch. Schon wieder ein Mord. Seit dem letzten Tötungsdelikt befasste sie sich mit einem Mordfall, der vor über zwanzig Jahren im Drogenmilieu der Hansestadt Stralsund stattgefunden hatte. Ein kleiner Kreis hatte damals, wie es aussah, die Süchtigen mit den zu der Zeit üblichen Stoffen versorgt. Als ein Dealer aus Rostock meinte, seinen Kundenkreis gehörig ausdehnen zu müssen, gab es Stress. Nur einer der beiden Konkurrenten hatte den Streit überlebt und galt als Hauptverdächtiger. Nur hatte man ihm nichts nachweisen können. Mit den modernen DNA-Untersuchungsmethoden konnte das ganz anders aussehen. Conny würde die Vergangenheit für eine Weile ruhen lassen müssen. Ein aktueller Mord ging eben vor.

»Hat Wolter etwas Genaueres gesagt?«, wollte sie wissen.

»Opfer weiblich, liegt oben am Dornbusch.«

»Tja, dann mal los.« Sie fuhr ihren Computer herunter. »Tut mir leid, Herr Wennemann. Sie hätten mir gerne bei der Arbeit zugucken können. Nur muss ich mich leider schnellstens auf die Insel bewegen. Ich nehme doch an, es gibt keinen Freiwilligen, der fährt?« Sie sah erwartungsvoll in die Runde. Keine Antwort. »Dachte ich mir doch.« Dann wandte sie sich wieder an Matthias: »Aber ich bin ganz sicher, dass Hansen, Fedder und Brix Sie gern an ihrer Arbeit teilhaben lassen und all Ihre Fragen beantworten.«

»Seit wann ist das überhaupt erlaubt, dass ein Student hier ein Praktikum macht?«, fragte Fedder. »Hieß es bisher nicht immer, das ist aus sicherheitstechnischen Gründen nicht möglich?«

»Frau Lorenz?« Matthias machte einen Schritt auf Conny zu, die gerade bei der Wasserschutzpolizei anrief.

»Ja? Ja, Moin, Lorenz hier«, sagte sie in den Apparat. »Ich bräuchte mal wieder einen exklusiven Taxiservice. Es gibt schon wieder einen gewaltsamen Tod auf Hiddensee.« Während sie der Antwort lauschte, sah sie Matthias fragend an.

»Es ist wohl nicht möglich, dass ich Sie begleite?«

»Nein, das ist völlig unmöglich«, entgegnete sie. »Nein, ich meinte nicht Sie, sondern den Kollegen hier.«

»Kollege!« Hansen schnaubte verächtlich.

»Wunderbar, ich danke Ihnen.« Conny hatte sich einen Transport auf die Insel organisiert. Sie rauschte, ihr Mobiltelefon in der Hand, an Matthias vorbei. Während sie auf dem Weg zu dem Büro von Kriminalhauptkommissar Paul Paulsen war, rief sie Michael an. »Moin, Michael, Conny hier. Was ist denn da los bei euch?« Sie lauschte kurz. »Nee, Brix war mal wieder gesprächig wie eine Nacktschnecke.« Michael lachte, dann klärte er sie auf. »Aha, ist ja interessant. Alles klar, ich bin spätestens um zwölf Uhr auf der Insel.«

Die Tür zu Paulsens Vorzimmer stand offen. »Moin, Renate«, begrüßte Conny die Vorzimmerdame und gute Seele der Dienststelle. »Wir haben schon wieder einen Mord auf Hiddensee.«

»Was? Das gibt's ja nicht!« Renate schüttelte den Kopf, dass ihr kinnlanger grauer Bob in Schwingung geriet.

»Doch, sieht ganz so aus. Ist Paulsen da?«

»Jo.« Renate erhob sich und marschierte zur von beiden Seiten gepolsterten Tür. »Chef, Frau Lorenz ist hier.« Sie trat einen Schritt zurück und nickte Conny zu.

»Danke, Renate.« Conny schloss die Tür hinter sich.

»Was gibt's?« Paul hatte Sorgenfalten auf der Stirn, was bei ihm im Grunde nicht der Erwähnung wert war, denn er sah immer ein wenig aus, als plagten ihn mächtige Probleme.

»Hallo, Chef.« Sie lächelte ihn an. Die beiden waren seit langem ein Paar, was die Kollegen allerdings noch nicht wussten. Conny drückte sich davor, ihnen reinen Wein einzuschenken. Würde es nicht aussehen, als hätte sie die Stelle nur bekommen, weil sie mit dem Dienststellenleiter unter eine Decke schlüpfte? »Wolltest du nicht zu diesem Literaturspektakel, das der Udnik auf Hiddensee veranstaltet?«

»Ich dachte, du hast etwas Dienstliches auf dem Herzen«, meinte er und schien zu erwägen, ob er sie auf später vertrösten sollte. Auf seinem Schreibtisch stapelten sich Akten. Dann überlegte er es sich anders. »Ich fürchte, ich habe mich nicht rechtzeitig um Karten gekümmert.«

»Du brauchst keine. Wir haben eine Leiche. Damit kommen wir umsonst rein.«

»Auf Hiddensee? Schon wieder?« Er lehnte sich auf seinem hohen Stuhl zurück.

»Sieh mich nicht so an! Hansen denkt auch schon, dass es etwas mit mir zu tun hat. Seit ich hier bin, hagelt es Leichen, meint er.« Sie verzog das Gesicht.

»Da hat er nicht ganz unrecht.« Sie wollte protestieren, doch Paul war ungeduldig und wollte sofort in Kenntnis gesetzt werden.

»Viel weiß ich noch nicht. Das Opfer wurde heute oben am Dornbusch entdeckt. Soll laut Wolter die Königin der Literaturszene sein.«

»Doch nicht etwa diese Weiß oder Braun oder wie sie heißt?«

»Schwarz, Dorinda Schwarz. Genau die.«

»Ach, du liebe Güte.« Er rieb sich über die Augen. »Unfall ausgeschlossen?«

»Ja. Selbstmord auch. Gestern gab es wohl einen Zwischenfall nach ihrem Vortrag. Mehr kann ich dir morgen sagen, wenn ich mich vor Ort umgesehen und mit Wolter gesprochen habe.«

»Du bleibst über Nacht dort?«

»Hatte ich nicht vor, nein.«

»Warum kannst du mir dann heute Abend nichts erzählen?«, fragte Paul.

»Weil ich spät zurück sein werde und dann nicht mehr ins Büro komme.«

»Du könntest deinen Kater und mich besuchen«, schlug er vor.

Connys Kater Häppchen, der ihr den Umzug aus dem beschaulichen Reinbek nach Stralsund und ihre häufigen Auswärtstermine noch immer übel nahm, lebte seit ein paar Wochen in Pauls Wohnung. Zwar ging Paul ab und zu essen oder in ein Konzert, aber ansonsten war er ein eher häuslicher Typ. Außerdem gab es da noch seine Nachbarin Frau Schmidt. Sie war eine Seele von Mensch, die erst aufblühte, wenn sie jeden in ihrer Umgebung bekochen, mit Kuchen versorgen oder sonst wie verwöhnen konnte, Vierbeiner aller Art eingeschlossen. Deshalb hatten sie gemeinsam beschlossen, dass der Kater bei Paul besser aufgehoben war als in Connys kleiner Wohnung.

»Sehr gerne!« Sie schenkte ihm ein breites Lächeln und erreichte damit immerhin, dass auch seine Mundwinkel zuckten. »Nur darf ich dir dann trotzdem nichts erzählen, denn heute Abend bin ich deine Lebensgefährtin«, flüsterte sie. »Nur falls du es vergessen hast, du trennst Dienst und Privatleben ausgesprochen streng.«

Jetzt schmunzelte er. »Mach, dass du auf die Insel kommst. Vielleicht lasse ich dich heute Abend Überstunden bei mir zu Hause machen. Oder ich genehmige dir mal eine Ausnahme von meinen strengen Prinzipien.«

»Warum kommst du nicht mit?«, schlug Conny vor. »Da finden heute auch ein paar Lesungen statt. Dann kannst du dich vor Ort informieren und kommst doch noch in den Genuss des Festivals.«

»Geht leider nicht.« Er seufzte und deutete auf die Akten auf seinem Schreibtisch. »Ich werde selber lesen müssen.«

»In Ordnung.« Ein kurzer Blick zur Tür. Sie konnte es riskieren. Conny stützte sich auf seinen Schreibtisch, lehnte sich weit vor und gab ihm einen schnellen Kuss. »Bis nachher.« Als sie schon an der Tür war, fiel ihr etwas ein. »Übrigens – könntest du bitte mit Brix sprechen? Dass er für einen Klönschnack nichts übrig hat, ist ja in Ordnung, aber er sollte wenigstens alle Informationen weitergeben, die er bekommt. Er ist immer als Erster am Telefon und verhält sich dann, als hätte er ein Schweigegelübde abgelegt. Egal, mit wem er gesprochen hat, wenn man es denn so nennen will, man muss denjenigen jedes Mal selbst anrufen, um alles zu erfahren, was Brix längst weiß.« Sie seufzte.

»Ich kümmere mich darum.«

»Danke. Ach, noch etwas. Du musst Matthias Wennemann unbedingt beschäftigen. Der steht drüben wie Piksieben. Hansen, Fedder und Brix lassen den eiskalt abblitzen.«

»Ich lasse mir etwas einfallen.«

»Danke.« Sie deutete einen Abschiedskuss an und ging. Conny war eine äußerst ehrgeizige Person, aber in diesem Moment versprach sie sich, niemals Kriminalhauptkommissarin zu werden. Lieber an der Front ermitteln, als hinter Aktenbergen zu verstauben.

Keine zwei Stunden später ging sie in Kloster an Land. Schon auf dem Festland hatte ein kräftiger Wind geblasen. Auf der Insel konnte man das Getöse beinahe einen Sturm nennen. Sie zog ihren Schal über das Kinn und die Mütze so weit über ihre Ohren, wie sie konnte. Michael Wolter, der die Dienststelle auf Hiddensee leitete, wartete bereits auf sie.

»Moin, Michael!« Sie schüttelte seine Hand.

»Moin, Conny! Hätte nicht gedacht, dass wir uns so schnell wiedersehen.«

»Nee! Zumindest nicht hier. Du wolltest mit Marlene doch eigentlich nach Stralsund rüberkommen, damit wir über den Weihnachtsmarkt bummeln können.«

»Wenn da man was draus wird. Jetzt, wo wir hier schon wieder eine Leiche haben …« Es war nicht viel los an dem kleinen Hafen. Kein Wunder, die Sommergäste waren zu Hause oder irgendwo im Süden, für die Gäste, die die Feiertage oder den Jahreswechsel hier verbringen wollten, war es noch zu früh. Conny war sehr froh, als sie in seinen Dienstwagen steigen durfte. Autos waren auf Hiddensee verboten, nur Elektrobusse, Einsatz- und Baufahrzeuge bildeten eine Ausnahme.

Sie ließen den Wagen auf einem Sandplatz vor einer großen Holzscheune stehen. Hinter dem Schuppen wand sich ein schmaler Pfad zu einem Neubaugebiet hinauf, dessen blitzsaubere weiße Häuser allesamt mit Reet gedeckt waren.

»Das letzte Stück müssen wir leider laufen«, verkündete Michael.

»Schon klar«, gab Conny seufzend zurück. Sie kannte den Weg aus Betonbohlen, der sie an einen Bootssteg erinnerte. Bei ihrem ersten Besuch hatte sie sich mit einem Fahrrad die

Steigung hinauf in Richtung Leuchtturm gekämpft, der auf dem Hügelland thronte, das man Dornbusch nannte. Die Kälte machte ihr nach den wenigen Minuten in dem großzügig geheizten Auto zu schaffen. Sie vergrub ihre Hände noch ein Stück tiefer in die Taschen ihres Wintermantels und versuchte, den Kopf in den dicken Wollschal zu ziehen wie eine Schildkröte in den Panzer. Wenigstens gab Michael mit seinen langen Beinen ein ordentliches Tempo vor, so dass die Bewegung sie aufwärmen würde. Gerade wollte sie ihm ein paar Fragen stellen, als sie eine Gestalt sah, die ihnen auf dem Weg entgegenkam. Sie brauchte eine Weile, bis sie Michaels Kollegin Marlene erkannte, die fast vollkommen in einem Daunenmantel mit Kapuze und einem gestrickten Schal verschwand.

»Moin, Marlene«, rief sie ihr zu.

Ehe die den Gruß erwidern konnte, fragte Michael sie fassungslos: »Marlene, was machst du denn hier?«

»Mir war so kalt«, antwortete sie. »Wenn ich mich nicht bewege, friere ich noch fest! Außerdem ist da oben weit und breit kein Mensch.«

»Was soll das heißen?«, wollte Conny wissen. »Ist die Tote etwa allein?«

Die Hiddenseer Kollegen antworteten gleichzeitig. »Die haut schon nicht ab«, entgegnete Marlene.

Michael meinte: »Ja, wer soll denn wohl auf dem Posten sein? Wir sind ja beide hier!« Er bedachte Marlene mit einem strafenden Blick.

Zu dritt stapften sie noch ein paar Schritte bergauf.

»Da drüben ist es«, erklärte er und deutete auf eine Kiefer auf einer Anhöhe. Conny wollte es einfach nicht glauben. Niemand hielt die Stellung, nichts war abgesperrt. Jederzeit konnte ein argloser Passant geradezu über die Leiche stolpern und Spuren zerstören, die ihnen wichtige Erkenntnisse vermitteln konnten. Wenn sie nicht zerlatscht würden. Sie hatte den Gedanken noch gar nicht zu Ende geführt, da sah sie ein älteres Pärchen, das unweit der Kiefer auf einem Trampelpfad in Richtung Leuchtturm marschierte.

»Da oben ist kein Mensch weit und breit«, knurrte Michael leise. »Is klar, Marlene.«

»Keine Ahnung, wo die herkommen. Ehrlich, eben war noch keiner da«, beteuerte sie. »Und ich bin echt nich lange weg gewesen.«

Conny reagierte blitzschnell. Sie rannte den beiden Spaziergängern hinterher. Irgendwoher mussten sie gekommen sein. Zu den wenigen Dingen, die sie von diesem Fall wusste, gehörte, dass die Getötete nicht einfach hinter Sträuchern lag oder gar von Zweigen bedeckt wurde. Jemand hatte sie bewusst zur Schau gestellt. Das hieß möglicherweise, dass der Unbekannte sie woanders umgebracht und dann hier raufgeschafft hatte. Das wiederum legte die Vermutung nahe, dass er einen Weg gewählt hatte, auf dem er möglichst nicht oder nur schwer zu beobachten gewesen war. Wenn Marlene nicht komplett geschlafen hatte oder ihr durch ihre Winterausrüstung die Sicht genommen worden war, hatte das Paar vielleicht den gleichen Weg genommen. Sie sprach mit den beiden. Tatsächlich. Jenseits der mit Splitt gestreuten Strecke, die zum Leuchtturm und weiter zur Nordspitze der Insel führte, die den schönen Namen *Toter Kerl* trug, gab es einen Pfad, der beinahe vollständig zugewachsen war.

»Wissen Sie, wir sind nicht mehr so gut zu Fuß«, erklärte der Mann Conny lächelnd. »Aber wir mögen Hiddensee und kommen jedes Jahr hierher. Hier muss man nun mal laufen. Ist ja auch schön. Wir versuchen eben, die kürzesten Strecken zu nehmen.« Er zwinkerte ihr zu, und seine Frau nickte zur Bestätigung. Dann beschrieb er exakt, wo sie entlanggewandert waren. Sie kannten den versteckten Weg von früher, als er noch nicht zugewuchert gewesen war. Sie mussten der Leiche sehr nah gekommen sein. Während er Conny die Route schilderte, deutete er mit dem Finger hinauf zu der Anhöhe, auf der die Kiefer stand. Sie hatten von dort oben ein Foto vom Leuchtturm gemacht und waren dann auf den Weg abgebogen, auf dem Conny sie gesehen hatte. Sie mussten bis auf drei Meter, höchstens vier, an die Tote herangekommen sein. Conny schauderte. Nicht auszudenken, welch einen Schock sie erlitten hätten. Glücklicherweise waren nicht nur ihre Beine, sondern wohl auch schon ihre Augen ein wenig altersschwach.

Nachdem sie sich von den älteren Herrschaften verabschiedet hatte, winkte sie Michael zu sich. Marlene blieb, wo sie war. Sie traute sich wohl nicht mehr, sich auch nur einen Zentimeter von dem Fundort zu entfernen. Conny zeigte ihm den Weg, den das Paar genommen hatte.

»Wir müssen die gesamte Strecke absuchen. Vielleicht haben wir Glück, und der Täter hat unterwegs etwas verloren oder ist mit seinen Klamotten an den Zweigen hängen geblieben. Wenn jemand mit einem toten Körper hier durch ist, dann gibt es Spuren. Da bin ich sicher.«

»Nach Schleifspuren sieht es hier nicht aus.« Michael sah ziemlich ratlos aus. »Glaubst du wirklich, dass sich jemand durch diesen Dschungel schlägt, wenn er bequem einen breiten ausgebauten Weg nehmen könnte?«

»Wenn dieser Jemand nicht gesehen werden will, ja.«

»Du hast die Tote doch noch nicht einmal in Augenschein genommen. Wieso glaubst du, dass sie nicht da oben umgebracht wurde?«

Sie zuckte mit den Schultern. »Ist nicht auszuschließen, aber eher unwahrscheinlich, denkst du nicht? Diese Literaturkönigin müsste in der Nacht oder sehr früh heute Morgen hergekommen sein. Der Täter könnte mit ihr zusammen unterwegs gewesen sein oder ihr aufgelauert haben. Okay, so weit kein Problem. Aber es ist ohnehin schon riskant, sie quasi in aller Öffentlichkeit abzulegen. Wenn ich jemanden töten und mein Werk präsentieren wollte, ohne erwischt zu werden, würde ich versuchen, an einem geschützten Ort möglichst viel vorzubereiten und meine Aufenthaltsdauer an dem durch Passanten leicht zu entdeckenden Ort zu verkürzen.«

»Klingt logisch«, stimmte er ihr zu. »Wir kümmern uns gleich darum.«

»Gut. Dann wollen wir mal, was?« Sie sah ihn kurz an und machte sich auf den Weg zum Fundort. Der schmale Pfad stieg recht steil an. Ohne den Schutz der Bäume und der dichten Sträucher waren sie dem Wetter ausgeliefert.

»Schöner Blick«, brüllte Conny gegen das Tosen des Windes an, das immer mehr zunahm.

»Aber kein schöner Anblick«, warnte Michael sie, als sie die Anhöhe erreichten.

»Findest du?« Marlene sah ihn ehrlich überrascht an. Sie stand vor dem Frauenkörper, der am Boden lag, und trat von einem Bein auf das andere, um sich aufzuwärmen. »Da hat sich doch jemand richtig Mühe gegeben, die Tote hübsch in Pose zu legen«, sagte sie und ging beiseite. Der Platz schien wirklich mit Bedacht gewählt worden zu sein. Nur eine einzige Kiefer stand auf dem kleinen Hügel. Man hatte von hier aus eine wunderbare Sicht auf den Leuchtturm, der ebenfalls allein auf einer kleinen Erhebung stand. Als wären Kiefer und Turm zwei Brüder, die in trauter Nachbarschaft standen. Wolken jagten über den Himmel. Hin und wieder ließen sie die Strahlen der Wintersonne auf die Erde gelangen. Gemeinsam schufen sie ein Schattenspiel, das auf dem Körper von Dorinda Schwarz tanzte. Sie lag unmittelbar am Fuß der Kiefer auf kargem Sandboden. Hinter ihr und zu ihrer Linken gab es niedrige dichte Sanddornsträucher. Ein dorniger Zweig voller gelb leuchtender Beeren ragte wie zufällig über ihre blasse Stirn. Der weite Mantel war offen, der Stoff neben ihr ausgebreitet, als läge sie auf einer Decke. Man hatte ihr die

Hände über dem Brustbein gefaltet. Frau Schwarz schien eher ein blasser Typ zu sein. Die Kälte tat ein Übriges. So war nicht nur das Gesicht bleich, auch die Hände leuchteten geradezu weiß. Der dunkelrote Nagellack und die bläulich-schwarzen Haare bildeten einen dramatischen Gegensatz. Aus der Tasche des langen edlen Winterkleides, das sehr teuer aussah, lugte ein Goldkettchen hervor. Conny streifte Gummihandschuhe über die kalten Hände, dann zog sie vorsichtig an der Kette. Zum Vorschein kam eine Taschenuhr.

Marlene pfiff durch die Zähne. »Raubüberfall kann wohl ausgeschlossen werden.«

»Allerdings«, stimmte Conny ihr zu. Bevor sie die Handtasche des Opfers sicherstellte, betrachtete sie aufmerksam, wie diese arrangiert worden war. Jemand hatte sie in Dorindas Schritt platziert. Der kurze lederne Tragegriff ragte wie ein Phallus in die Luft. Nun gut, die Form passte nicht ganz, aber der Gedanke drängte sich geradezu auf. War das nur Connys Fantasie, oder sollte das ein Symbol sein? »Ihr habt das alles fotografiert, nehme ich an?« Marlene und Michael nickten.

»Alle Spuren wurden ordnungsgemäß nummeriert …«, begann Marlene.

»Wie man sieht«, fiel Michael ihr ins Wort. »… und selbstverständlich mit Maßstab fotografiert«, brachte er dann Marlenes Satz zu Ende. Conny nahm eine Plastiktüte zur Hand und packte Dorindas Tasche ein. Dann kniete sie neben dem Kopf der Toten nieder. »Hat Frau Dr. Schäfer Hinweise auf die Todesursache gefunden?« Sie sah kurz auf. »Eure Inselärztin hat die erste Leichenschau doch vorgenommen, oder?«

Wieder nickte Michael. »Sie hat eine Einstichstelle am Hals entdeckt.«

Conny sah sich den Hals aufmerksam an. »Ja, das hier sieht tatsächlich nach einem Einstich aus. Sie wurde also erst betäubt oder mit einer ziemlich ungesunden Substanz direkt erledigt.« Die Arme steckten in den Ärmeln des dicken Mantels, die Beine waren unter einer wollenen Strumpfhose verborgen und zusätzlich vom schweren Stoff des Kleides zugedeckt, an den Füßen trug sie Stiefeletten. Im Institut für Rechtsmedizin in Greifswald würde man den gesamten Körper auf weitere Spuren untersuchen. Conny wollte sich erheben und die Gummihandschuhe abstreifen, doch sie stutzte. Der Mund der Toten war nicht vollständig geschlossen, etwas stimmte an den Zähnen nicht. Sie sah genauer hin und erkannte ein winziges weißes Zipfelchen, das zwischen den Schneidezähnen hervorlugte. Sie seufzte. Conny hasste es, Toten in den Mund zu fassen oder womöglich sogar im Hals herumzustochern.

»Hat die Schäfer nicht gesehen, dass Frau Schwarz etwas zwischen den Zähnen hat?«

»Nein«, riefen die beiden Kollegen gleichzeitig. Der Sturm verschluckte beinahe vollständig ihre Stimmen.

Vorsichtig öffnete Conny den Mund der Toten ein Stückchen weiter. Dann beförderte sie einen ordentlich gefalteten Bogen Papier ans Tageslicht. Marlene machte große Augen.

»Das is 'n Ding«, murmelte Michael.

»Das ist Schlamperei«, korrigierte Conny. »Der Blick in Mund und Rachen gehört zur Leichenschau dazu.«

»Die in Greifswald nehmen sie doch sowieso komplett auseinander«, warf Marlene schulterzuckend ein. »Lieselotte dachte, es reicht, wenn sie eine unnatürliche Todesursache bescheinigt.«

Conny stand auf. »Aber ihr hättet wissen sollen, was der Vollständigkeit halber getan werden muss. Ihr hättet es ihr sagen müssen.« Sie schüttelte den Kopf und wandte sich dann dem feuchten Papier zu. Der Wind riss augenblicklich daran, als sie es auseinanderfaltete. »Ein Gedicht«, stellte sie überrascht fest.

»Eins von ihr selbst?« Michael kam näher und warf einen Blick auf den mit grüner Tinte verfassten Text.

»Sie hat Gedichte geschrieben?« Conny hob skeptisch eine Augenbraue. »Hattest du nicht etwas von Krimis gesagt?«

»Auch, sie schreibt auch Gedichte«, brüllte er. »Hat geschrieben«, korrigierte er sich. »Aber das hier ist nicht von ihr. Glaube ich.«

»Oho, du kennst dich aus? Sehr gut.« Conny verstaute das interessante Stück in einem kleinen Tütchen, das sie verschloss, befreite sich von den Gummihandschuhen und schob endlich die Hände wieder in die Manteltaschen.

»Was will der Täter uns mit diesem Arrangement sagen?« Sie starrte auf das Bild vor sich. Dann sah sie auf. Ob der Ort eine Bedeutung hatte? Warum machte sich jemand die Mühe, die Frau hierherzuschaffen, tot oder lebendig? Die Kiefer streckte ihre verkrüppelten Äste in Richtung Küste. Dem Leuchtturm wandte Dorinda in dieser Position den Rücken zu.

»Der Platz hoch über allen anderen hätte ihr bestimmt gefallen«, rief Marlene gegen den immer stärker tosenden Sturm. »Was man so hörte, war die ziemlich von sich eingenommen.«

»Nur vom Turm kann man auf sie herabsehen«, meinte Conny.

»Aber selbst das …« Sie machte einige Schritte zu der einen und dann zur anderen Seite und musste sich gegen den Wind stemmen, der sich alle Mühe gab, sie von diesem Ort zu vertreiben. »Nein, ich glaube kaum, dass sie zu sehen ist. Wäre auch zu riskant. Ich werde das gleich prüfen«, murmelte sie.

»Bestimmt wäre ihr zu diesem Platz ein Gedicht eingefallen«, sagte Michael. Nach einer kurzen Pause rief er in pathetischem Tonfall: »Weißer Recke mit rotem Helm – stehst so stolz vor blauer Leinwand. Schäumend, säumend die Wellen im Blick …«

Conny und Marlene starrten ihn an, als hätte er soeben gestandanden, den Mord begangen zu haben. Dann sahen sie einander fragend an. Marlene zuckte die Schultern.

»Was?«, schrie Michael.

»War das von ihr?« Conny war beeindruckt, dass er Gedichtzeilen auswendig konnte.

»Danke für die Blumen«, sagte er, und ein zufriedenes Grinsen machte sich breit. »Nein, das war von mir!« Wieder wechselten Marlene und Conny ungläubige Blicke. »Hättet ihr mir nicht zugetraut, was? Ich dichte manchmal ein bisschen. Wenn mir danach ist. Nur so zum Spaß«, setzte er noch hinzu.

Durch das ständige Rauschen und Pfeifen hindurch, von ihrer Wollmütze gedämpft, hörte Conny plötzlich Schritte. Sie drehte sich um und sah vier Personen, drei Frauen und einen Mann, den Weg heraufkommen.

»Schiet!«, sagten Marlene und Michael wie aus einem Mund.

Wie eine Wand standen die drei Polizisten vor Dorinda Schwarz.

»Das hat sich aber gelohnt, hier raufzukraxeln«, rief eine der Frauen. »Seht nur, das absolute Postkartenmotiv! Dort eine Kiefer, dahinter der Leuchtturm, und das Ganze auch noch vor blauem Himmel mit diesen dramatischen Wolken und dem Meer im Hintergrund.« Sie fummelte einen kleinen Fotoapparat aus der Manteltasche, was mit Fäustlingen nicht einfach war. Dann stapfte sie schnurstracks auf Michael zu.

»Moin, Moin«, sagte sie, jeden Buchstaben betonend. »Könnten Sie wohl bitte ein Foto von mir machen? Mit dem Leuchtturm im Hintergrund!« Sie machte Anstalten, an den drei Polizisten vorbeizumarschieren.

»Soll die Leiche auch mit drauf?« Marlene verzog keine Miene.

»Leiche?« Die Frau schnappte mühsam nach Luft. Ihr Blick wanderte an den dreien vorbei abwärts, bis sie vermutlich Dorindas Schuhsohlen im Visier hatte. Ein schriller Schrei, noch durchdringender als das Pfeifen des Sturms. Michael packte ihre Hand, in der sie noch immer die Kamera hielt, und führte die Frau zu der kleinen Gruppe zurück, mit der sie gekommen war.

»Wenn Sie bitte gehen würden?«, forderte er die Urlauber freundlich auf. »Der Weg dort drüben führt genau zum Leuchtturm. Da werden sie noch ganz tolle Perspektiven für ein Foto finden. Hier oben ist ein Tatort. Er wird gerade abgesperrt«, erklärte er ruhig.

»Marlene, so geht das nicht«, fauchte Conny unterdessen.

»Is doch wahr, Mensch! Die kann hier doch nich einfach langlatschen.«

»Warum sollte sie nicht?«, konterte Conny. »Hier ist kein Absperrband und gar nichts.« Sie hatte sich vorhin schon darüber geärgert, war aber ganz davon abgekommen. »Wieso eigentlich nicht? Das ist doch Schlamperei!«

»Nu mal langsam«, gab Marlene schmollend zurück. »Wir hatten kein Flatterband mehr. Is aber schon bestellt. War ja nich mit zu rechnen, dass es in diesem Jahr noch 'ne Leiche gibt.«

Conny ließ sie einfach stehen. Sie nahm eine Vermessung der Lage der Toten und sämtlicher Spuren vor. Dann kümmerte sie sich um den Abtransport der Leiche und verteilte die Aufgaben. Michael untersuchte mit Marlene akribisch den zwischen Sträuchern und Bäumen verborgenen Weg hinauf zum Fundort. Anschließend vereinbarte er einen Termin mit Sandra Schwarz, der Schwester der Verstorbenen. Conny bestieg unterdessen den Leuchtturm. Nein, von dort oben konnte man die Tote nicht sehen. Hatte Conny auch nicht erwartet.

In der kleinen Dienststelle, die im Rathaus Vitte zusammen mit dem Tourismusbüro untergebracht war, trafen sie sich wieder. Conny hängte ihren Mantel an die Garderobe und bereute es schon im nächsten Augenblick. Es war nicht leicht, das alte Gebäude warm zu kriegen, die Fenster hatten dem Sturm nicht viel entgegenzusetzen.

»Irgendetwas gefunden?«, fragte sie und rieb sich die kalten Hände.

»'ne Kugelschreibermine«, antwortete Marlene. Sie hatte ihren dicken Schal noch immer doppelt um den Hals gewickelt. »Lag da bestimmt schon ewig.«

»Glaube ich nicht«, widersprach Michael und reichte Conny ein Plastiktütchen.

»Sieht neu aus«, stimmte sie zu und nahm das Fundstück an sich. »Sehr gut.«

»Außerdem sah es an einer Stelle aus, als wäre da etwas langgefahren. Ein Bollerwagen oder so. Die benutzen hier alle, um Einkäufe zu transportieren oder das Gepäck der Gäste vom Hafen zur Unterkunft. Ich habe ein Foto davon gemacht und einen Abdruck.«

Conny nickte. »Super, das ist doch schon was.«

Michael sah auf die Uhr. »In einer halben Stunde haben wir eine Verabredung mit Sandra Schwarz, der Schwester der Toten. Ich habe gesagt, dass wir zu ihr ins Hotel kommen. Dann muss sie nicht vor die Tür. Ist das okay?«

»Klar.« Conny nickte. Wer zurzeit ein paar Tage auf der Insel verbrachte, war mit hoher Wahrscheinlichkeit wegen des Literaturfestivals hier. Die Ärmste musste damit rechnen, ständig angesprochen zu werden. Conny zweifelte nicht daran, dass Gerüchte schnell die Runde machten.

»Marlene telefoniert inzwischen die Unterkünfte ab, in denen die Damen von der Demo untergebracht sind – oder waren«, fügte er noch hinzu. »Die frühen Fähren sind natürlich schon weg. Keine Ahnung, ob die extra für die Aktion gestern nach Hiddensee gekommen sind oder ob die sich das ganze Literaturspektakel ansehen wollen. Falls die noch ein paar Tage bleiben, können wir sie uns hier vorknöpfen.«

»Das glaube ich kaum. Die haben die Schwarz symbolisch geteert und gefedert, sagst du?« Conny schüttelte den Kopf. »Nach so einer Aktion haut man lieber schnellstens ab, oder?«

»Es sei denn, man hat vor, bei der Abschlussveranstaltung nachzulegen.« Er zuckte mit den Schultern.

»Oder die Diva kaltzumachen«, warf Marlene ein.

»Die Personalien haben wir aufgenommen. Falls die alle schon weg sind, müssen eben deine Kollegen in Stralsund ran.«

»Okay«, sagte Conny zu sich selbst und holte ihr Notizbuch hervor. »Ich brauche alles über diese Dorinda Schwarz. Mit wem hat sie gearbeitet? Wer waren ihre Feinde?« Sie kritzelte Stichworte in das Büchlein.

»Kein Problem«, meinte Marlene, den Hörer schon wieder in der Hand. »Die Zeitung war in letzter Zeit voll davon. Dorinda Schwarz hier, Dorinda Schwarz da … Müsste alles noch hier irgendwo herumliegen.«

»Ach, seid ihr etwa Fans von ihr?«

»Nö, aber der Zeitungsstapel wächst immer mindestens zwei Wochen lang, bis die Papiermenge so groß wird, dass einer von uns das Zeug nicht mehr sehen kann und entsorgt.«

Erst jetzt fiel Conny auf, dass auf dem Tresen, der eine natürliche Grenze zwischen Bürotür mit Garderobe und den beiden Schreibtischen bildete, ein Haufen Papier lag. Auch auf dem Aktenschrank neben der Tür zu dem kleinen Besprechungsraum, der für heikle Fälle genutzt wurde, lag stapelweise Papier, das mit Polizeiarbeit nichts zu tun hatte. Gut für Conny, die sich in den nächsten Tagen durch die Ausgaben der *Ostsee-Zeitung* wühlen konnte.

»Diese Sandra Schwarz ist so etwas wie Dorindas Sekretärin oder Assistentin gewesen«, erklärte Michael auf dem Weg zum Hotel. »Ich glaube, sie steht noch unter Schock.«

»Wer hat es ihr noch mal gesagt?«

Michael zog einen zerfledderten Notizblock hervor. »Bodo Heinze«, las er vor. »Ist ein Verleger.«

»Ist er noch auf der Insel?«

»Jo.«

»Den übernimmst du«, sagte Conny und schmunzelte. »Vielleicht kannst du ihm gleich deine Gedichte vorlesen.«

»Sehr witzig.«

»Wieso? Das war doch nicht übel. Wie war das? Roter Recke …?«

»Weißer Recke mit rotem Helm«, korrigierte er.

»Ach ja, genau.« Eine Sekunde Stille. »Was genau ist eigentlich ein Recke?« Conny sah ihn an.

»Erkläre ich dir in einer ruhigen Minute in der *Kuscho.*« Er grinste breit. »Ich nehme mal an, wir haben jetzt wieder öfter das Vergnügen.«

Sie nickte. Es war tatsächlich davon auszugehen, dass die Ermittlungen sie einige Tage auf der Insel festhalten würden. Ihr sollte es recht sein. Sie mochte Hiddensee. Und sie mochte die *Kuscho*, die Kneipe, die eigentlich *Kutterscholle* hieß und Marlenes und Michaels Stammkneipe war.

Nachdem sie sich an der Rezeption die Zimmernummer hatten sagen lassen, gingen Conny und Michael hinauf in den zweiten Stock. Der Flur war mit einem dicken Teppich ausgelegt, der das Geräusch ihrer Schritte verschluckte.

»Oha«, machte Michael, als sie ihr Ziel erreichten.

»Die Suite«, stellte Conny anerkennend fest. »Als Schriftsteller verdient man anscheinend besser als bei der Polizei.« Sie musste an ihre erste Unterkunft auf Hiddensee denken. Es war ein schäbiges Zimmer über einer Gaststätte gewesen, für die die Bezeichnung rustikal schmeichelhaft war. Danach hatte sie glücklicherweise eine kleine Wohnung bekommen, in der sie sich hatte ausbreiten können.

Conny klopfte an. Von drinnen war ein kurzes kräftiges Schnäuzen zu hören, gleich darauf öffnete eine schlanke kleine Frau mit aschblondem Haar und sehr blassen Wangen die Tür.

»Frau Schwarz? Conny Lorenz, Kriminalkommissarin, Stralsund. Das ist mein Kollege …«

»Herr Wolter, wenn ich nicht irre.« Sie nickte ihm zu. »Wir haben uns gestern schon kennengelernt. Bitte, kommen Sie doch herein!« Sie trat zur Seite, ließ die beiden eintreten und schloss nahezu lautlos die Tür.

Conny war überrascht. Der Wohnraum erinnerte eher an ein schottisches Landhaus als an ein Hotel auf einer norddeutschen Insel. Die weiße Tapete zierte ein zartes florales Muster in Hellblau und Lindgrün. Vor dem Fenster hingen passende Vorhänge, die geöffnet waren und von breiten seidig glänzenden Bändern zur Seite gehalten wurden. Ein dunkelbrauner, beinahe schwarzer Couchtisch wurde von einer schweren Ledergarnitur eingerahmt, die zwar abgenutzt, aber dennoch hochwertig aussah. Vintage, nannte man das wohl.

»Bitte setzen Sie sich«, forderte Sandra die beiden auf.

»Mein herzliches Beileid, Frau Schwarz«, sagte Conny, bevor sie sich setzte. »Es tut mir wirklich leid, was Ihrer Schwester zugestoßen ist.« Während sie Platz nahm, ließ sie die Frau nicht aus den Augen. Es war die Wahrheit, sie empfand aufrichtiges Mitgefühl für die Hinterbliebene. Trotzdem vergaß sie nicht, dass die meisten Mordopfer den Täter gekannt hatten. Der Schuldige war nicht selten im nahen Umfeld zu finden. Also waren zunächst auch die verdächtig, die offenkundig trauerten.

»Danke«, sagte Sandra knapp. Sie setzte sich gegenüber von Conny und Michael in einen Sessel, der ihre zierliche Gestalt zu verschlucken drohte. Sie trug eine graue, gemusterte Jeans und einen langen, weiten Wollpullover. Ob er ihr eigener war, oder ob er einem Mann gehörte? Conny trug gerne Pauls Pullover, ganz besonders, wenn sie Kummer hatte.

»Wann haben Sie Ihre Schwester zum letzten Mal gesehen, Frau Schwarz?«

»Gestern Abend so gegen halb elf. Nach ihrem Vortrag hat sie noch ihre Bücher signiert und ihren Fans Rede und Antwort gestanden. Dann gab es diese Kundgebung.« Sie spuckte das Wort regelrecht aus. »Ich habe ihr anschließend geholfen, ihr Kleid wieder in Ordnung zu bringen. Dann bin ich in das Restaurant *Kirchblick* gegangen und habe dort auf sie gewartet.«

»Allein?«, wollte Conny wissen.

»Nein, Herr Udnik, der Veranstalter der Literaturtage, war schon dort. Und natürlich Bodo Heinze, ihr Lyrik-Verleger.«

»Warum sind Sie nicht gemeinsam gegangen?« Michael sah sie neugierig an. »Ich hätte gedacht, dass Sie nach dem Theater mit dem vermeintlichen Teer und den Federn über den Vorfall sprechen.«

»Das haben wir natürlich. Aber ich hatte meine Handschuhe verlegt und wollte sie suchen.« Sie lächelte scheu. »Wissen Sie, ich verlege leider häufiger etwas und brauche meistens schrecklich lange, bis ich es wiederfinde. Meine Schwester war müde und hungrig. Und sie konnte sehr schlechte Laune bekommen, wenn sie Hunger hatte.« Ihre Augen füllten sich mit Tränen, sie schluckte. Einen Moment sah es aus, als würde sie die Fassung verlieren. Sie zog ein Taschentuch hervor und presste es kurz vor den Mund. Dann betupfte sie ihre Wimpern. »Entschuldigen Sie bitte!«

»Das ist vollkommen in Ordnung«, sagte Conny sanft.

Sandra konzentrierte sich. »Jedenfalls hat sie sich schon auf den Weg gemacht«, erklärte sie. »Es war ja nicht weit, nur ein Stück die Straße hinauf. Ich hätte doch niemals gedacht …«

»Sie ist nicht im Restaurant angekommen?« Conny zückte ihr Notizbuch.

Sandras Antwort war ein Kopfschütteln.

»Ich begreife nicht, wieso Sie mich nicht informiert haben,

nach dem, was passiert war«, sagte Michael. »Hatten Sie denn keine Angst, dass eine dieser Damen auf Dorinda gewartet haben könnte?«

»Nein. Diese …« Sie suchte nach dem richtigen Wort. »Diese Aktivistinnen schienen mir eingeschüchtert gewesen zu sein, als sie ihre Personalien hinterlegen mussten. Das waren doch keine Kriminellen. Ich meine, selbst wenn die noch nicht genug gehabt hätten, hätte ich denen niemals körperliche Gewalt zugetraut.« Leise fügte sie hinzu: »Geschweige denn einen Mord.« Sie dachte darüber nach. »Glauben Sie, dass es eine von denen war?«

»Es gibt noch keinerlei Hinweise«, ließ Conny sie wissen. »Wir stehen ja erst ganz am Anfang der Ermittlungen. Ich muss auf die Frage meines Kollegen zurückkommen. Warum haben Sie nichts unternommen, als Ihre Schwester nicht aufgetaucht ist? Sie hätte vor Ihnen im Lokal sein müssen, ist dort aber den ganzen Abend nicht erschienen.«

»Ich habe durchaus etwas unternommen. Ich habe sie angerufen. Oder besser: Ich habe es versucht. Aber sie ist nicht rangegangen oder hatte ihr Handy ausgeschaltet. Ich habe die Bestellung aufgegeben und bin noch einmal raus, um nach ihr zu sehen. Eine ganze Weile bin ich den Weg hoch und runter gelaufen.« Sie schwieg für einen kurzen Moment. Conny erkannte, dass Sandra mit sich kämpfte. »Sie sollten etwas über meine Schwester wissen«, begann diese schließlich leise. »Sie war … ein wenig wankelmütig. In einer Sekunde konnte sie so hilflos und anlehnungsbedürftig sein, dann wieder war sie hart und ungeduldig, geradezu herrisch manchmal. Sie hat wenig Rücksicht auf Konventionen oder diplomatische Anforderungen genommen, wenn etwas nicht nach ihrem Geschmack war. Es ist mir schon mehr als einmal passiert, dass sie nach einer Veranstaltung in ein anderes Restaurant gegangen ist, als ich geplant hatte. Plastikblumen konnte sie zum Beispiel nicht ausstehen. Standen in einem Lokal welche auf dem Tisch, hat sie es sofort wieder verlassen.« Sie seufzte. »Einmal hat sie sogar das Hotel gewechselt, weil ihr der Geruch im Foyer unerträglich war. Sie hat sich das Zimmer erst gar nicht angesehen, beziehungsweise es beschnuppert.«

Conny und Michael tauschten kurze Blicke.

»Oh, bitte, verstehen Sie mich nicht falsch. Meine Schwester war keine dieser arroganten dummen Ziegen, die es in der Branche zuhauf gibt.« Ihre Stimme wurde ganz weich. »Sie war eine Künstlerin im besten Sinne, ein Genie. Das ist nicht einfach, wissen Sie. Sie hatte kreative Schübe. Dann hat sie nur gearbeitet, ohne zu schlafen oder etwas zu essen. Manchmal zwei Tage hintereinander und mehr. Dann brach sie zusammen und schlief einen ganzen Tag durch. Ich habe dann gesehen, dass sie fast hundert Seiten zu Papier gebracht hatte. Perfekt formuliert und geschliffen. Einfach unglaublich! Gleich darauf konnte sie in eine Krise stürzen und davon überzeugt sein, nie wieder auch nur einen einzigen wirklich guten Satz zustande zu bringen.« Sie sah die beiden nacheinander an. »Können Sie sich vorstellen, was sie durchgemacht hat?«

»Sie sind also davon ausgegangen, dass Ihrer Schwester etwas nicht gefallen und sie sich darum ein anderes Restaurant gesucht hat?«

Sandra nickte. »Ja, zumal Herr Heinze, ihr Verleger, meinte, sie kurz gesehen zu haben. Er war sich nicht ganz sicher, denn sie sei nur hereingekommen und sofort wieder verschwunden. Und ihm stand jemand in seinem Blickfeld.« Plötzlich starrte sie auf ihre Uhr und wurde noch blasser. »O mein Gott, in einer Stunde haben wir einen Termin mit einem Journalisten von der *Ostsee-Zeitung*. Er wollte ein Interview mit Dorinda.«

»Sie haben ihm nicht abgesagt?« Michael beobachtete sie aufmerksam.

»Nein, ich habe bis zu dieser Sekunde nicht mehr daran gedacht. Was soll ich ihm denn bloß sagen?«

»Sagen Sie ihm ab. Erklären Sie ihm, Ihrer Schwester sei nicht wohl.«

»Ich soll so tun, als sei sie noch am Leben?« Ihre Stimme wurde brüchig.

»Es wäre das Beste. Die Schlagzeilen kommen noch früh genug«, erklärte Conny ihr. »Es würde unsere Arbeit erheblich erleichtern, wenn die Journaille sich nicht von Anfang an auf die Geschichte stürzen würde.«

»Also gut«, flüsterte sie.

»Frau Schwarz, eine Sache verstehe ich noch nicht. Ich stelle mir vor, meine Schwester erscheint nicht in dem für sie reservierten Restaurant. Sie ist fremd auf der Insel, und saisonbedingt gibt es nur wenige Alternativen. Erschwerend kommt hinzu, dass sie wankelmütig ist, wie Sie sagten, und eine Szene hinter sich hat, die ihr möglicherweise schwer zu schaffen macht.« Sie sah Sandra in die Augen und dachte an ihren Bruder. Wenn sie mit ihm so etwas erlebt hätte, wäre sie nicht einfach ruhig schlafen gegangen, weil sie sich zu sehr um ihn gesorgt hätte. »Haben Sie im Hotel nicht nach ihr gesehen? Ich meine, diese Suite hat zwei Schlafzimmer. Ich nehme an, in einem schlafen Sie, in dem anderen hat Dorinda geschlafen, richtig?«

»So ist es, ja.«

»Also?«

»Ich habe selbstverständlich nachgesehen, als ich hier eintraf. Ich hatte nur die Stehlampe dort drüben eingeschaltet, damit ich Dorinda nicht wecke, falls sie schon schläft. Der Lichtschein, der in ihr Zimmer fiel, war also recht schwach, aber ich meinte, sie in ihrem Bett liegen zu sehen. Darum habe ich die Tür leise wieder geschlossen und bin auch schlafen gegangen.« Ihre Lippen begannen zu zittern. »Als Herr Heinze mich am Morgen aufsuchte, um mir zu sagen …« Die Stimme brach. »Ich habe mich schrecklich gefühlt. Ich dachte immerzu, wenn ich nur gründlicher nachgesehen hätte, dann hätte ich den Irrtum bemerkt, die Polizei verständigt, und man hätte sie vielleicht retten können«, wimmerte sie.

»Vielen Dank, Frau Schwarz.« Conny hatte für den Moment genug gehört. »Wir müssen Ihre Aussage noch zu Protokoll nehmen und Ihnen sicher auch weitere Fragen stellen. Jetzt lassen wir Sie erst mal in Ruhe. Aber vielleicht können Sie mir noch sagen, ob Ihre Schwester Feinde hatte. Gab es jemanden, mit dem sie einen handfesten Streit hatte?«

»Es gibt so viel Neid in diesem Geschäft«, entgegnete sie erschöpft. »Insofern gibt es auch viele Feinde. Aber einen ernsthaften Streit?« Sie dachte nach. »Ich bleibe auf jeden Fall bis Sonntag auf der Insel. Dann findet die große Abschlussmatinee statt. Ich bin sicher, dass Dorinda zur Inselschreiberin gekürt werden sollte, und werde versuchen, an ihrer Stelle ein paar Worte zu sprechen. Geben Sie mir bitte Zeit bis morgen, wenn das möglich ist. Ich werde mir Gedanken über Dorindas Feinde machen.«

Kapitel 3

Geist der Vergangenheit

Freitag, Abend des 05. Dezember

Als Conny müde, durchgefroren und sehr hungrig Pauls Wohnung betrat, tönte ihr Jazz entgegen. Paul hatte also einen nicht minder anstrengenden Tag gehabt als sie. Bei Stress oder Ärger hörte er meistens Jazz. Nur gut, dass Kater Häppchen taub war. Die Lautstärke war kaum auszuhalten. Auf dem kleinen Bänkchen neben der Garderobe stand Pauls Aktentasche. Sein Mantel hing auf einem Edelstahlbügel, der Schal ordentlich darüber. Die Handschuhe lagen nebeneinander, die Fingerspitzen nach vorn zeigend, auf der Hutablage.

»Jemand zu Hause?«, rief sie, um sich bemerkbar zu machen. Sie ging in die Küche, lugte in den Ofen. Nichts. Ein Blick in den Kühlschrank. Dort standen zwei Töpfe. Das war vielversprechend. Sie wollte gerade einen Deckel anheben und gucken, als Häppchen um die Ecke gesaust kam. Conny vergaß ihre Neugier für eine Sekunde, gab der Kühlschranktür einen Schubs und hockte sich hin, um ihrem Kater das buntgefleckte Fell zu kraulen. Gleich nach ihm betrat Paul die Küche.

»Guten Abend. Ich habe gar nicht gehört, dass du hereingekommen bist.«

»Kein Wunder, dieses Gedudel ist echt Körperverletzung.« Sie erhob sich zu Häppchens Missfallen, der für seinen Geschmack noch nicht genug Streicheleinheiten erhalten hatte.

Er stellte sich auf die Hinterbeine und wetzte seine Krallen an ihrer Jeans.

»Hey, du Raubtier, lass das sein!« Sie schob ihn sanft beiseite, dann trat sie auf Paul zu. »Hallo, Chef«, flüsterte sie. Nach einem innigen Begrüßungskuss verzog sie das Gesicht. »Könntest du das bitte etwas leiser machen? Wir werden noch taub wie Häppchen.«

Paul löste sich von ihr und verschwand in Richtung Wohnzimmer. »Das ist das Julia Kadel Trio. Das muss laut sein. Finde ich zumindest. Ich habe dich nicht kommen hören, sonst hätte ich es leiser gemacht.« Er reduzierte erst die Lautstärke, entschied sich dann aber anders und wechselte zu leichtem Swing.

»Ist dir eigentlich klar, dass man dir bei dem Gedudel die Bude hätte ausräumen können, ohne dass du etwas bemerkt hättest? Ganz schön peinlich für einen Kriminalhauptkommissar.«

»Nur weil du die Musik nicht verstehst, ist sie noch lange kein Gedudel.«

»Ich will Musik nicht erst verstehen müssen.«

»Falsch. Du versuchst es gar nicht erst. Du lässt dich nicht darauf ein.«

Sie seufzte. »Von mir aus. Ich würde mich aber auf ein Abendessen einlassen.«

»Darauf können wir uns einigen«, entgegnete er, öffnete den Kühlschrank und machte sich an die Arbeit. »Jetzt hast du also wieder einen Fall, der dich womöglich für geraume Zeit auf Hiddensee festhalten wird.«

»Sieht ganz so aus.« Sie setzte sich auf einen der vier Stühle und legte die Füße auf einen anderen. Sie wusste, dass Paul das nicht mochte. Stühle waren seiner Ansicht nach zum Sitzen da. Ausschließlich. Trotzdem beließ sie es dabei. Sie war einfach zu träge, die Haltung zu ändern.

»Und, hast du schon darüber nachgedacht, ob es einen

Film mit einem ähnlichen Mord gibt?«, wollte er schmunzelnd wissen.

Eine von Connys Angewohnheiten war tatsächlich, nach Filmen zu suchen, in denen ein Verbrechen vorkam, das dem ähnelte, das sie gerade aufzuklären hatte. Paul belächelte diese Marotte, aber Conny war der Überzeugung, dass die Ideen eines Drehbuchautors oder Regisseurs einen durchaus auf einen brauchbaren Gedanken bringen konnten.

»Nein.« Sie ignorierte seinen ironischen Ton und die Tatsache, dass er von dieser Methode nicht viel hielt. »In welchen Filmen gibt es Schriftstellerinnen, die ermordet oder zumindest bedroht werden?«, spielte sie den Ball an ihn zurück.

»Weiß nicht.« Er rührte in einem der Töpfe, den er aus dem Kühlschrank geholt hatte. Dann wandte er sich wieder einem grünen Salatkopf zu. »Doch, diese Hollywood-Schnulze mit Costner«, meinte er. »Wie hieß die noch? *Bodyguard*!«

Sie verdrehte die Augen. »Man merkt, dass du überwiegend französische oder deutsche Filme siehst.«

»Stimmt doch gar nicht.« Er schnitt eine rote Paprika in vermutlich exakt gleich große Stückchen. »Ich schätze auch sehr *Der dritte Mann* oder *Vier Hochzeiten und ein Todesfall.*«

»Das sind britische Streifen«, gab sie ungerührt zurück.

»Ja, und ich mag sie sehr. Ich kann diese reißerischen amerikanischen Filme eben nicht ausstehen.« Er legte Fleisch in heißes Fett. Es zischte laut. Häppchen hatte es sich im Wohnzimmer bequem gemacht, doch der Duft, der sich nun blitzschnell ausbreitete, zog ihn magnetisch an. Er kam mit hoch erhobenem Schwanz angerannt, setzte sich so dicht neben Paul, dass der beinahe stolperte, und wackelte mit den Ohren.

»In *Bodyguard* geht es um eine Sängerin. Die lebt am Ende übrigens noch. Die Figur, nicht die Schauspielerin, die sie verkörpert hat«, fügte sie hinzu. »Aber danke, es war immerhin ein Versuch.« Sie erzählte von dem Fundort und der auffälligen Präsentation der Leiche. Nachdem Paul über die wichtigsten Eckdaten informiert war, stellte er kleine Salatteller und Gläser auf den Tisch. Die großen Teller füllte er direkt am Herd.

»Ich habe für morgen neun Uhr eine Besprechung anberaumt. Oberstaatsanwalt Kurtz wird übrigens auch da sein.«

»Ach?« Sie hob fragend die Augenbrauen.

»Das Opfer ist immerhin prominent. Wenn uns der kleinste Fehler unterläuft, stürzt sich die Presse darauf«, erklärte er, während er das Besteck rechtwinklig auf den Tischsets ausrichtete und dann servierte.

»Der hat wohl noch nichts vom Gleichheitsgrundsatz gehört«, sagte sie düster. »Mir ist jedenfalls jedes Opfer gleich wichtig.«

»Ich glaube, er kommt in erster Linie deinetwegen.«

»Meinetwegen?«

»Ja. In deinem ersten Fall hat er sich nicht ganz korrekt verhalten. Ich glaube, das will er wieder gutmachen. Ist nur so ein Gefühl.« Er setzte sich ihr gegenüber. »Guten Appetit.«

»Danke. Das sieht super aus!«

»Kotelett mit Senfkruste, dazu Kartoffeln und Mandel-Rosenkohl.«

»Die Kartoffeln hätte ich auch hingekriegt«, sagte sie lächelnd und schob sich eine volle Gabel in den Mund.

»Es gibt nichts am Tisch, Häppchen. Das weißt du ganz genau.« Paul schob den Kater sanft beiseite, der seine Vorderpfoten zärtlich auf seinen Oberschenkel gelegt hatte. Der blieb noch eine Weile an Pauls Stuhl hocken, schlich dann zu Conny, die ihn nicht beachtete, und verzog sich endlich in das Wohnzimmer. Seine Körperhaltung drückte aus, wie zutiefst beleidigt er war. Es würde die beiden Mühe kosten, bis sie ihn wieder streicheln durften.

Sie aßen eine ganze Zeit schweigend. Plötzlich fragte Paul: »Wie lange ist es her, dass du den Kollegen sagen wolltest, dass wir ein Paar sind?«

Gerade hatte Conny sich noch rundum wohl gefühlt. Jetzt krampfte sich ihr Magen zusammen, und sie spürte, wie sich alles in ihr sträubte. »Ich bin sicher, du weißt es auf die Stunde genau.«

»Fast. Es müssten zwölf Wochen und zwei Tage sein, die schon wieder vergangen sind. Dabei wolltest du nur ein Wochenende abwarten.«

»Du weißt, dass ich an besagtem Wochenende nicht frei hatte«, entgegnete sie frostig. »Ich hatte sofort die nächste Leiche auf dem Tisch, wie Hansen sich auszudrücken pflegt. Der Fall hat meine volle Konzentration verlangt. Ich habe einfach nicht mehr daran gedacht.« Sie erntete einen missbilligenden Blick. »Meine Güte, mach doch nicht so eine große Sache daraus. Wir sind zusammen und basta. Das geht niemanden außer uns etwas an. Warum müssen wir es unbedingt an die große Glocke hängen?«

Paul sah jetzt ziemlich erschöpft aus. »Ich dachte, wir wären schon einen Schritt weiter, wir wären uns einig, dass wir es bekanntgeben. Dieses Versteckspiel ist albern. Wirklich, Conny, aus dem Alter bin ich raus.«

»Ich will nicht, dass sie denken, ich habe …«

»… diese Stelle, weil ich mit dem Chef schlafe«, beendete er ihren Satz. »Ein Grund dafür, dass ich dich aus Reinbek hergeholt habe, ist, dass du als Jahrgangsbeste deinen Abschluss gemacht hast«, erklärte er langsam, als sei sie schwer von Begriff. »Ein anderer Grund ist dein Ruf, der dir vorausgeeilt ist, du seist fleißig und ungeheuer ehrgeizig. Aber natürlich gibt es auch einen sehr persönlichen Grund. Ich liebe dich. Also habe ich auch meine Position genutzt, um dich in meine Nähe zu holen. Hansen und die anderen hatten inzwischen mehr als eine Gelegenheit, sich von deinen Fähigkeiten zu überzeugen. Deine Berufung nach Stralsund hat mit Sicherheit kein Geschmäckle mehr, wie man so schön sagt.«

»Ja, kann sein«, brummte sie.

»Also, dann schenke ihnen reinen Wein ein, damit wir im Büro endlich normal miteinander umgehen können.«

Am Abend vor Dorindas Tod

»Frau Schwarz, kann ich Sie bitte kurz sprechen?« Ralf Rasmussen verstellte ihr den Weg.

»Muss das sein? Es ist jetzt etwas ungünstig, finden Sie nicht?«

»Was soll ich machen? Sie weichen mir ja ständig aus, gehen nicht einmal ans Telefon. Bitte, Frau Schwarz, warum dieser Wechsel zu einem anderen Verlag? Habe ich nicht alles für den Erfolg Ihrer Titel getan? Und das von Anfang an, als noch kein Hahn nach Dorinda Schwarz gekräht hat!«

»Das sollten wir wirklich nicht zwischen Tür und Angel besprechen.« Sie trat einen Schritt zur Seite, als wolle sie an ihm vorbei entwischen. Doch sie überlegte es sich anscheinend anders. »Wir sollten das gar nicht mehr besprechen. Das haben wir bereits ausgiebig getan. Die Sache ist entschieden.«

»Das kann nicht Ihr Ernst sein!« Rasmussen starrte sie böse an. »Unser Vertrieb ist erstklassig, sämtliche Tessa-Romane sind bundesweit und überall im deutschsprachigen Raum präsent. Ich habe Ihnen eine Lesereise durch halb Europa organisiert. In solch einen Genuss kommen die wenigsten unserer Autoren. Genau genommen niemand sonst. Niemand war bisher in sieben Ländern unterwegs und hat in den schönsten Hotels wohnen dürfen.«

»Schön?« Sie warf ihm einen vernichtenden Blick zu. »Das Hotel in Spanien hat am Abend nach der Lesung keine Küche mehr angeboten. In Portugal war der Saal nicht ausverkauft«, entgegnete sie nüchtern.

»Frau Schwarz, ich bitte Sie, dafür kann ich doch nun wirklich nichts.« Rasmussen raufte sich die roten Haare. »Hätte ich vielleicht nach Spanien fliegen und selber kochen sollen? Und dass das Goethe-Institut in Lissabon einen zu großen Veranstaltungsort gewählt hat, ist doch kein Anlass zur Kritik. Wie Sie mir selbst sagten, seien einzelne Plätze frei geblieben.« Er funkelte sie aufgebracht an. »Einzelne Plätze! In einem Saal, der fünfhundert Personen fasst, wenn ich das richtig in Erinnerung habe.« Sie zuckte mit den Schultern. »Warum, Frau Schwarz, warum nach all den Jahren, den erfolgreichen gemeinsamen Jahren?«

»*NoZaMa Print* bietet die besseren Konditionen.« Noch einmal das Schulterzucken. »Tja, so läuft das Geschäft. Und jetzt entschuldigen Sie mich bitte. Ich habe im Gerhart-Hauptmann-Haus einen Vortrag zu halten.« Damit huschte sie an ihm vorbei.

Rasmussen schlug den Kragen seines Mantels hoch. »Sie wechseln nicht zu *NoZaMa Print*«, flüsterte er, obwohl sie längst weg war. »Ich habe Sie aufgebaut. Ohne mich wären Sie niemals so weit gekommen. Nein, Frau Schwarz«, zischte er, »so einfach lasse ich Sie nicht gehen.«

Samstag, 06. Dezember, neun Uhr

Conny war bereits seit einer Stunde im Büro. Sie hätte die Fotos von der Leiche auch noch an die große Magnetwand hängen können, während die Kollegen eintrafen. Aber zum einen bereitete sie sich gern in Ruhe vor, wenn sie als ermittelnde Kriminalkommissarin ihr Team zu informieren hatte, zum anderen verhinderte sie, dass die Gerüchteküche kräftig aufkochte, wenn sie mit ihrem Chef gemeinsam zum Dienst erschien. Sie betrachtete konzentriert die Fotografien und die Fundstücke, die, in Plastik verpackt, nebeneinander auf einem Tisch lagen, da öffnete sich die Tür. Pauls Vorzimmerdame Renate trat ein.

»Moin, Frau Lorenz«, rief sie fröhlich.

»Moin, Renate. Hat er sie auch herbestellt, obwohl Samstag ist?«

»Nee, aber es ist doch auch Nikolaustag. Wenn ich nicht gekommen wäre, hätte da doch kein Mensch dran gedacht.«

»Stimmt ja, es ist wirklich schon der sechste Dezember.« Conny schüttelte den Kopf. »Wo ist bloß die Zeit geblieben? Ich habe das Gefühl, ich bin gestern erst in Stralsund angekommen.«

»Nee, nee.« Renate lachte. »Das ist schon drei Morde her!« In der linken Hand, an der sie seit einem Segelunfall in ihrer Kindheit nur drei Finger hatte, hielt sie ein Körbchen. Conny hörte die Kaffeemaschine gluckern und sah zu, wie Renate jeden Platz des Besprechungszimmers mit Schoko-Nikoläusen in buntem Stanniolpapier, Marzipan- und Blätterkrokant-Eiern dekorierte.

»Renate, Sie sind eine Wucht!«, sagte sie aus vollem Herzen. Sie hatte sich in Pauls Küche nur einen Becher Instant-Kaffee gemacht, um schnell und leise aus der Wohnung zu schlüpfen und einer erneuten Diskussion über ein Outing ihrer Beziehung zu entgehen. Nun freute sie sich auf echten guten Bohnenkaffee, für Conny ein Lebenselixier.

»Bin gespannt, wie Sie mich nennen, wenn ich Ihnen jetzt auch noch einen Pott Kaffee hole«, entgegnete Renate, als hätte sie Connys Gedanken gelesen. »Moin, die Herren!«, rief sie draußen laut genug, um sicherzustellen, dass Conny es hörte. Gleich darauf betraten Paul und Oberstaatsanwalt Kurtz den Konferenzraum.

»Guten Morgen, Herr Kurtz. Herr Paulsen.« Conny begrüßte die beiden mit Handschlag.

»Guten Morgen, Frau Lorenz. Es freut mich sehr, dass Sie im Fall Dorinda Schwarz erneut maßgeblich an den Ermittlungen beteiligt sind.« Er sah ihr in die Augen. »Es ist eine heikle Angelegenheit. Immerhin war die Dame eine prominente Persönlichkeit. Wenn ich richtig informiert bin, sprechen wir von über fünf Millionen Gesamtauflage. Die Herrschaften der Presse werden täglich nach neuen Ergebnissen fragen. Von den unzähligen Fans ganz zu schweigen.«

»Wir sollten die Medien vor unseren Karren spannen«, schlug Conny vor. »Verheimlichen können wir ohnehin nichts. Dazu sind zu viele Journalisten wegen des Festivals vor Ort. Und auf Hiddensee funktioniert der Buschfunk hervorragend. Bevor wir einen Schritt gemacht haben, weiß es die gesamte Insel.« Sie schüttelte den Kopf. »Mit Heimlichtuerei kommen wir sicher nicht weit.« Sie fing einen vielsagenden Blick von Paul auf. »Also sollten wir die Berichte nutzen, um etwaige Augenzeugen aufzurufen, sich bei uns zu melden.«

Die Kollegen trafen nacheinander ein. Das Murmeln wurde lauter.

»Sind wir hier auf einem Kindergeburtstag?«, fragte jemand schlecht gelaunt, als er die weihnachtlich-süße Dekoration sah. Die meisten waren allerdings sehr angetan. Hier und da war augenblicklich das Knistern der Folie und zufriedenes Kauen zu hören.

Conny bemühte sich, das Team schnellstmöglich und vollständig in Kenntnis zu setzen. Nicht alle würden den ganzen Sonnabend arbeiten müssen. Sie wollte, dass diese Kollegen bald wieder bei ihren Familien waren.

»Wir müssen alles über Dorinda Schwarz zusammentragen, was sich finden lässt. Wer sind mögliche Feinde, wer profitiert von ihrem Tod? Besonders die Beantwortung der letzten Frage könnte sehr aufschlussreich sein, denke ich. Ich glaube nicht, dass der Fundort auch der Tatort ist. Gerade deshalb möchte ich die Medien unbedingt nutzen, um mögliche Augenzeugen ausfindig zu machen, die sich noch nicht bei uns gemeldet haben. Morgen werden neben Print-Journalisten auch Fernsehleute da sein. Nach der Abschlussveranstaltung der Literaturtage am Morgen würde ich darum gern vor Ort eine Pressekonferenz ansetzen.«

»Halten Sie das wirklich für eine gute Idee?«, meldete sich Kurtz zu Wort. »Ich dachte, wir wären uns einig, nur so viel Aufmerksamkeit wie nötig auf den Fall zu ziehen.«

»Wie ich vorhin schon sagte, ist uns die Aufmerksamkeit leider sicher, ob wir wollen oder nicht. Wir sollten das für unsere Arbeit nutzen und natürlich nur ganz gezielt Informationen herausgeben.«

»Das sehe ich genauso«, stimmte Hansen ihr zu. »Wir wissen doch alle, wie das läuft. Die Schreiberlinge erklären sich damit einverstanden, erst mal die Feder still zu halten. Und dann posaunen sie doch alles raus, was sie haben. Die ham doch alle Schiss, der Einzige zu sein, der sich an ein Schweigeabkommen hält. Und 'n Tach später brauchen die mit der Geschichte auch nich mehr kommen, wenn alle anderen schon berichtet haben.«

Kurtz nickte. Damit war die Sache wohl geklärt. Conny berichtete weiter, dass der Leichnam bereits im Institut für Rechtsmedizin in Greifswald war. Sie erzählte von der Einstichstelle, versuchte einen möglichen Täterkreis zu umreißen und verteilte schließlich die Aufgaben, von der kriminaltechnischen Auswertung der Fundstücke bis zur Befragung Verdächtiger und Zeugen. Von den Damen der Kundgebung waren nur noch zwei auf der Insel. Um sie würde sich Marlene kümmern. Die anderen mussten umgehend in Stralsund verhört werden.

»Ich kann morgen das Team auf Hiddensee unterstützen«, schlug Paul vor. »Ich hatte sowieso vor, mir eine Lesung anzuhören.«

Conny zog kurz die Augenbrauen hoch. »Sehr schön«, sagte sie knapp.

»Und ich übernehme die Rechtsmedizin«, ergänzte er noch.

Nach drei Stunden war alles erledigt. Conny machte sich auf den Weg in ihre Wohnung in der Unnütze Straße, um ein paar Sachen zu holen. Sie ging davon aus, mindestens ein paar Tage auf der Insel zu tun zu haben. Paul hatte ihr die Dienstreise mit Übernachtung bereits genehmigt. In der Filterstraße gab es passenderweise den besten Cappuccino der Stadt. Der winzige Kiosk – Conny verstand nicht, wie er einem Menschen das Einkommen sichern konnte – von Matteo lag direkt auf der Strecke zwischen dem Kommissariat und ihrer Wohnung. Sie schaffte es nur selten, daran vorbeizugehen, ohne sich einen Becher mitzunehmen.

»Moin, Matteo.«

»Bon giorno, cara!« Der kleine Italiener mit den blitzenden Augen und dem schwarzen Haar strahlte sie an. »Is deine Fuße wieder gute?«

»Ja, Matteo, mein Knie ist längst wieder in Ordnung. Das weißt du doch.« Er fragte sie jedes Mal, seit sie bei ihrem ersten Einsatz auf Hiddensee einen Unfall gehabt hatte.

»Ah, kannste du nie wissen. Kann gute sein und gehte dann dock wieder kaputte, weil du zu viel rumlaufe.«

»Alles bestens. Ist allerdings gut möglich, dass ich in den nächsten Tagen viel laufen muss. Ich verreise mal wieder für ein paar Tage, deshalb wollte ich unbedingt noch einen letzten Matteo-Cappu genießen, bevor es losgeht.«

Er lachte gackernd und kniff dabei die Augen zu. »Si, si, ohne Matteo-Cappu nixe gute. Ich weiß.« Dann machte er sich an der Maschine zu schaffen, die den halben Kiosk einzunehmen schien. Er schenkte ihr einen großen weihnachtlichen Keks, der herrlich nach Zimt duftete. »Für die San Nicola!«

Conny hatte nur noch zwei schmale Straßen zu überqueren, dann war sie zu Hause. Sie sah zu St. Jakobi hinüber. Egal, wie oft sie auch an dem mächtigen Backsteinturm vorbeiging, sie war immer wieder davon beeindruckt. Plötzlich fiel ihr ein Film ein, in dem ein Schriftsteller eine Hauptrolle spielte. Er kam zwar mit dem Leben davon, das war jedoch nicht von vornherein klar. Er hätte genauso gut als Mordopfer enden können. *Misery,* nach dem Roman von Stephen King. In dem Fall war es ein weiblicher Fan, der dem berühmten Autor übel zusetzte. Kein schlechter Gedanke, fand sie. Konnte doch sein, dass es einem fanatischen Leser nicht gefiel, was Dorinda Schwarz zuletzt geschrieben hatte. War nicht eine Krimi-Reihe darunter? Vielleicht mochte jemand nicht, wie sich der Ermittler verhielt. Oder war es eine Ermittlerin? Conny würde sich intensiv mit dem Werk der Schwarz beschäftigen müssen. Selbst dann dürfte es allerdings extrem schwierig sein, einen treuen Fan ausfindig zu machen, wenn er nicht gerade bei der abendlichen Kundgebung dabei war. Sie eilte an gelben und rosa Jugendstil-Fassaden vorüber, lief auf dem glatten Bürgersteig neben dem Kopfsteinpflaster entlang. Nur noch ein paar Meter. Sie blickte auf. Da lungerte eine Gestalt herum, nicht weit von ihrer Haustür entfernt. Instinktiv spannte sie ihren Körper an. Der Kerl trug Jeans und ein Sweatshirt mit Kapuze, die er weit ins Gesicht gezogen hatte. Er wollte nicht erkannt werden. Oder ihm war einfach nur kalt. Sie mochte sich nicht vorstellen, auf ihren Mantel zu verzichten. Der Typ da hatte nicht mal eine Jacke an, seine Füße steckten in Turnschuhen aus Stoff, die noch dazu an mehreren Stellen eingerissen waren. Conny war darauf gefasst, sich mit dem Unbekannten auseinanderzusetzen. Hoffentlich niemand aus der Drogenszene oder jemand, der nicht mochte, was sie beruflich tat. Noch wenige Schritte. Die Gestalt dachte gar nicht daran, ihr aus dem Weg zu gehen. Im Gegenteil. Sie kam näher. Der Typ hatte ein Problem mit einem Bein. Er humpelte ganz leicht. Den Kopf hielt er gesenkt, blinzelte aber vermutlich unter der Kapuze hervor.

»Leg dich bloß nicht mit mir an, Freundchen«, dachte

sie und behielt seine Hände im Blick, die tief in den Hosentaschen vergraben waren. Platz für eine größere Waffe war da nicht. Für ein Klappmesser, einen Schlagring oder eine Spritze, in der jeder nur erdenkliche Mist sein konnte, reichte es allemal. Conny atmete gleichmäßig. Sie hatte es im Gefühl, wenn etwas nicht stimmte, und mit dem Typen stimmte garantiert etwas nicht. Trotzdem versuchte sie, ganz ruhig ihren Hausschlüssel aus der Tasche zu ziehen.

»Hallo, Conny!« Sie schnappte nach Luft. Die Stimme … Das war doch gar nicht möglich. Langsam hob er seinen Kopf. »Hast nicht mit mir gerechnet, was?«

»Axel!« Sie starrte ihn an.

»Hm, das riecht toll. Ich glaube, ich habe hundert Jahre keine Weihnachtskekse mehr gegessen.« Er lachte leise und rau. Sie konnte ihren Blick nicht von ihm nehmen. Die Wangen waren eingefallen, die Augen waren von dunklen Schatten umgeben.

»Aber … wieso?« Es rauschte in Connys Ohren. Sie fühlte sich, als habe sie jemand aus ihrem ganz normalen Leben in einen Traum katapultiert. Früher hatte sie häufig geträumt, dass Axel wieder da war. Einfach so. Nur dieses Mal war es kein Traum. Sonst hätte sie vielleicht gewusst, was sie sagen oder tun sollte. Doch sie stand nur da, sah ihn an und fragte sich, warum er aus dem Nichts aufgetaucht war.

»Hat sich nicht ergeben.« Er grinste schief.

Conny zog verwirrt die Stirn in Falten. Dann begriff sie. Er versuchte, ein normales Gespräch zu führen. Es ging ihm noch immer um den albernen Keks. »Hier, nimm du ihn! Ich habe sowieso keinen Hunger«, sagte sie und hielt ihm Matteos Plätzchen hin. Dabei probierte sie ein Lächeln. Es musste ja nicht sein, dass er ihr ansah, wie sehr sein Anblick sie erschreckte.

»Wirklich?« Er hatte schon zugreifen wollen, zögerte aber. Als sie nickte, packte er das Gebäck und stopfte es sich in den

Mund. Sie musste schlucken. Es war anscheinend lange her, dass er überhaupt etwas zu essen gehabt hatte. Conny spürte, wie ihr Tränen in die Augen schossen und Wut in ihr aufstieg. Wie viele Jahre hatte sie nichts von ihrem Bruder gehört, geschweige denn, dass sie ihn gesehen hätte? Zwanzig Jahre, oder waren es schon fünfundzwanzig?

»Komm erst mal rein«, sagte sie, schloss auf und ging voraus.

»Brauchst du den Kaffee noch?«, fragte er sie im Treppenhaus. »Ist ewig her, dass ich welchen hatte.«

Sie reichte ihm wortlos den Becher, öffnete die Wohnungstür, hängte ihren Mantel an einen der Garderobenhaken und schlüpfte aus den Stiefeln. Dann zog sie dicke Socken über, die unter der Garderobe auf dem Fußboden gelegen hatten. Sie suchte ein weiteres Paar warmer Wollstrümpfe heraus und gab sie Axel.

»Hier! Du musst ja Eisfüße haben.« Ohne eine Antwort oder gar eine Erklärung für sein Auftauchen aus heiterem Himmel abzuwarten, ging sie in die Küche. »Ich mach dir ein Brot«, sagte sie, setzte vorher aber noch einen Kaffee auf. Sie konnte jetzt auch einen brauchen. Er ist einfach weggegangen, spukte ihr immer wieder im Kopf herum. Er hat dich alleine gelassen mit deiner hilflosen Mutter und dem prügelnden Vater. Es war ihm gleichgültig, was aus dir wird. Sie wusste natürlich, dass sie ihm unrecht tat, dass es reiner Selbstschutz gewesen war. So brutal ihr Vater auch gewesen sein mochte, hatte er doch nie Hand an seine Tochter gelegt. Er hat seine Frau verprügelt und seinen Sohn, aber nie seine Tochter. Eigentlich hatte Conny täglich damit gerechnet, Axel zu verlieren. Als es dann so weit war, konnte sie es trotzdem nicht fassen. Zweimal hatte sie ihn seitdem noch gesehen. Einmal war er von alleine nach Hause gekommen. Das Geld war ihm ausgegangen, und er fürchtete wohl, auf die schiefe Bahn zu geraten. Zwei Tage hielt er es bei den Eltern aus, dann war er wieder weg. Er hatte begriffen, dass alles besser war als sein einstiges Zuhause. Ungefähr ein halbes Jahr danach wurde er von der Polizei gebracht. Er war an einem Einbruch beteiligt. Nichts Großes, es gab keine Anzeige. Axel war noch nicht volljährig. Ihr Vater schlug ihn grün und blau, nachdem die Beamten ihn abgeliefert hatten. Noch am selben Abend kletterte Axel aus dem Fenster. Seitdem war er verschwunden. Bis jetzt.

»Setz dich doch.« Sie stellte ihm einen Teller mit belegten Broten auf den Couchtisch und deutete auf das Sofa. »Der Kaffee ist gleich fertig.«

»Danke.« Er hatte die Kapuze abgenommen. Sein braunes Haar sah aus, als hätte ihm jemand ganze Büschel ausgerissen. Vermutlich hatte er es selbst geschnitten. Er warf ihr einen scheuen Blick zu, als er dicht an ihr vorbeiging. Dann ließ er sich auf die weichen Polster fallen und machte sich sofort über die Stullen her. Sie hätte ihn in den Arm nehmen sollen, dachte sie, aber sie konnte es nicht. Es war alles zu lange her …

»Ich hole mal den Kaffee«, sagte sie und musste sich räuspern. In der Küche lehnte sie sich kurz an den Kühlschrank und schloss die Augen. Axel war am Leben! Sie hörte die Stimme ihrer Mutter.

»Manchmal wünschte ich, die Polizei käme und würde sagen, er ist tot«, hatte sie immer wieder gejammert. »Das wäre nicht so schlimm wie diese Ungewissheit.« Für Conny war die Ungewissheit auch immer Hoffnung gewesen. Sie hatte nichts mehr gefürchtet als den Moment, in dem Polizisten vor der Tür standen und erklärten, er habe sich mit den falschen Leuten abgegeben. Beim Bandenkrieg ein Messer zwischen die Rippen, eine Überdosis auf dem Bahnhofsklo, sie hatte sich alles ausgemalt. Mit siebzehn hielt sie es nicht länger aus und nahm sich mithilfe des Jugendamtes und einer Beamtin, die Connys Vater mehrfach zur Ordnung gebracht hatte, die erste eigene Wohnung. In den ersten Nächten hatte sie geträumt, es klingelte, und Axel stand vor der Tür. Doch er hatte nie geklingelt, und irgendwann schlichen sich diese bangen Träume davon. Aber jetzt war er da. Sie atmete tief durch. Verdammt, ihr blieb nicht mehr viel Zeit, bis die Kollegen der Wasserschutzpolizei sie am Alten Schwedenkai erwarteten. Sie musste versuchen, jemanden zu erreichen und den Abfahrtstermin zu verschieben. Als sie mit Kaffee, Milch und Bechern zurück war, biss er gerade in die letzte Scheibe Brot.

»Wie hast du mich gefunden?« Eigentlich wollte sie viel lieber wissen, wo er die letzten Jahre gelebt, was er getrieben hatte, wie es ihm ging.

»Ein Typ am Hamburger Hauptbahnhof hat mir einen Fünf-Euro-Schein geschenkt und gesagt, ich soll das Geld für etwas Sinnvolles ausgeben, anstatt mir Drogen davon zu kaufen.« Er lachte. »Als ob ich für Drogen Geld ausgeben würde.« Sie fragte nicht, was er damit meinte. »Ich hätte mir gern einen Burger und 'ne Cola geholt, aber irgendwie hat der Typ das so besonders gesagt. Weißt du, was ich meine? Wie so 'ne Märchentante, die dir einen guten Rat gibt, und kaum befolgst du ihn, findest du einen Schatz.« Jetzt lächelte er so wie früher.

»Na ja, einen Schatz hast du nicht gerade gefunden.«

»Wieso? Ich bin in ein Internet-Café gegangen und habe deinen Namen im Netz gesucht. Hat doch funktioniert.« Er goss bis zum Rand Milch in seinen Kaffee. »Nich auf Anhieb, aber mit ein bisschen Geduld und Um-die-Ecke-Denken hat's geklappt.« Er schlürfte die hellbraune Flüssigkeit. »Du bist also bei den Bullen gelandet«, stellte er fest.

»Ich bin Kriminalkommissarin«, korrigierte sie ihn.

»Bist in die Fußstapfen dieser Tante getreten, die dauernd bei uns auf der Matte stand, wenn der Alte unsere Mutter mal wieder zusammengekloppt hat.«

»Sie war immer im richtigen Augenblick zur Stelle und hat Schlimmeres verhindert«, stellte sie sachlich fest.

»Weil ich bei den Bullen angerufen habe. Die Tante war keine gute Fee, Conny. Ich hab Alarm gemacht, und die ham immer die Gleichen geschickt, weil die uns schon kannten. Vertrauen und so …«

»Du hast die jedes Mal gerufen?« Das hatte sie bisher nicht gewusst. Aber natürlich, wenn sie darüber nachdachte, fiel ihr ein, dass Axel sich immer aus dem Zimmer geschlichen hatte, wenn das Geschrei in der Wohnung zu schlimm geworden war. Ihr großer Bruder hatte ihr beigebracht, diesen Horror zu überleben. Von ihm hatte sie gelernt, sich in eine eigene Welt zu flüchten, indem sie Landschaften und Dörfer aus Gips und Karton gebastelt hatte, genau wie er. Sie konnte sich noch gut daran erinnern, wie abwesend er immer war, wenn er Modelle baute, kleine Straßenzüge oder Felder mit blühendem Raps erschuf. Das Hobby hatte ihm geholfen, aus der Realität abzutauchen. Conny hatte sich jedes Mal gewundert, warum er ausgerechnet immer dann auf die Toilette ging, wenn es in der Wohnung besonders schlimm wurde, wenn Gegenstände flogen und scheppernd gegen Möbel oder Wände krachten. Jetzt wusste sie, dass er sehr wohl wahrgenommen hatte, was um ihn herum los war, und dass er sich kurz zum Telefon gewagt hatte. Nicht auszudenken, was sonst alles passiert wäre. Es war aber auch nicht auszudenken, was sein Vater mit ihm gemacht hätte, wenn er ihn am Telefon erwischt hätte.

»Das hast du gut gemacht«, sagte sie leise und lächelte ihn an. »Gertrud hat ihre Sache auch gut gemacht. Du hast schon recht, sie war so etwas wie eine gute Fee für mich.«

»Deshalb bist du auch Bulle geworden.« Er setzte das schiefe Grinsen auf, das für ihn als Junge typisch gewesen war, wenn er etwas ausgefressen hatte.

»Ist doch ein sinnvoller Job. Die Polizei macht Präventionsarbeit, beschützt die Bürger vor brutalen Typen, die auf Recht und Ordnung pfeifen.«

»Sind die Bürger nicht schon tot, wenn die Kriminalkommissarin loslegt?«

»Nicht unbedingt. Na ja, in meiner Abteilung schon«, gab sie zu. »Wir müssen eben dafür sorgen, dass der Täter zur Rechenschaft gezogen wird, anstatt unbehelligt weitermachen und womöglich den Nächsten umbringen zu können. Dass ich in dieser Abteilung gelandet bin, hat sich so ergeben.« Sie sah ihm in die Augen. »Ich hätte mich beispielsweise auch um den Drogenhandel kümmern können.« Nervöses Zucken seiner Augen. Hatte sie sich's doch gedacht. Sie sah auf die Uhr. Mist, in zehn Minuten standen die Kollegen der WSP bereit, um sie nach Hiddensee zu bringen, und sie hatte noch nicht einmal gepackt. »Hör zu, Axel, ich habe heute leider nicht frei.«

»Immer im Einsatz, sogar am Wochenende?« Er sah sie traurig an.

»Tja, Mörder nehmen leider keine Rücksicht auf Bullen.« Sie lachte ein wenig bemüht. »Auf Hiddensee hat es eine Schriftstellerin erwischt. Ich muss rüber, um die Leute zu befragen. Hast du in Stralsund ein Dach über dem Kopf?« Nie im Leben, beantwortete sie sich die Frage selbst.

»Ich finde schon was.«

»Quatsch, du bleibst einfach hier. Passt doch super«, sagte sie betont fröhlich, »meine Wohnung steht nicht leer, und du brauchst dich nicht erst um ein Zimmer kümmern. Du würdest mir wirklich einen Gefallen tun.«

»Okay, wenn's dir hilft.« Er spielte ihr Spiel mit.

»Klar, prima! Entschuldige mich kurz, ja?« Conny rief die Kollegen der Wasserschutzpolizei an und erklärte, dass sie noch eine halbe Stunde bräuchte. Dann warf sie schnell warme Pullover, eine lange Unterhose, Wäsche, eine Jeans und unzählige dicke Socken in ihren kleinen Koffer. Ihr war nicht wohl bei dem Gedanken, Axel allein in ihrer Wohnung zu lassen. Es wäre ihr lieber, wenn die leer stünde. Nicht genug, dass er nach über zwanzig Jahren im Grunde ein Fremder war, obendrein hatte er allem Anschein nach auch noch mit Drogen zu tun. Sie wusste nur zu gut, dass ein Abhängiger keine Freunde und Verwandten mehr kannte, wenn es um die Beschaffung von Stoff ging. Er würde, ohne mit der Wimper zu zucken, ihren Fernseher oder ihre Möbel verkaufen, um an Bargeld zu kommen. Vorausgesetzt, es stand so schlimm um ihn. Nein, es half ihr keinesfalls, ihn in ihren vier Wänden zu wissen, aber er war nun einmal ihr Bruder. Fremd oder nicht. In eine Umhängetasche packte sie einige Schnitzmesser, winzige Figürchen, verschiedene Plastikplatten, Pappe und ein Set, das sie sich neu gekauft hatte. Damit sollte man, wenn man der Werbung glauben durfte, mit flüssigem Kunststoff, der sekundenschnell unter UV-Licht aushärtete, Teile dauerhaft verbinden und sogar modellieren können. Das musste sie Axel unbedingt zeigen, wenn sie zurück war. Plötzlich hatte sie eine Idee. Sie ging zurück ins Wohnzimmer und fand ihn auf dem Sofa liegend, in eine Decke gewickelt.

»Ich drehe die Heizung höher«, sagte sie. »Hatte ich schon runtergedreht, weil ich dachte, dass keiner hier ist.« Sie hockte sich neben ihn. »Es wird gleich wärmer.«

»Was meinst'n, wann du wieder da bist?«

»Keine Ahnung. Ein paar Tage wird's dauern, fürchte ich. Vielleicht kann ich zwischendurch mal herkommen.« Conny erhob sich wieder. Sie hatte keine Zeit. »Okay, ich lege dir gleich Bettzeug raus. Du kannst auf dem Sofa schlafen. Ist doch in Ordnung, oder?«

»Allerbest«, antwortete er. Wo mochte er sonst die Nächte verbringen?

»Fein. Ach ja, fast hätte ich es wieder vergessen. Da drüben ist mein Schlafzimmer. Rechts neben der Tür steht eine Kommode. Da findest du alles, was das Bastlerherz begehrt.« Sie strahlte ihn an und erntete einen fassungslosen Blick.

»Sag nich, du machst immer noch Modellbau.«

»Doch, allerdings! Du etwa nicht?«

»Nee, is 'n bisschen schwierig im Moment.« Er hatte nicht nur hier in Stralsund kein Dach über dem Kopf, vermutete sie und musste schlucken. Es stand schlechter um ihn, als sie gedacht hatte. Ob er nichts besaß bis auf das, was er am Leib trug? Sie mussten dringend reden. In aller Ruhe, wenn sie zurück war.

»Bedien dich, falls du Langeweile kriegst. Bin gespannt, was du noch so drauf hast.« Sie gab sich wirklich alle Mühe, unbeschwert zu klingen. Und sie hoffte sehr, dass sie ihn herausfordern konnte. Besser, er verbrauchte ihr gesamtes Material, als dass er irgendwelchen Unsinn anstellte. »Im Schrank sind Strickjacken und Pullover. Da sind auch Wollsocken. Nimm dir, was du brauchst, ja?« Sie stand unschlüssig vor ihm. »Ich muss dann los. Tut mir leid, du hättest anrufen sollen. Obwohl … Das hätte auch nichts genutzt. Dienst ist Dienst.« Sie lachte leise. »Apropos anrufen … Ich melde mich, wenn ich Feierabend habe. Ich lass es einfach zweimal klingeln, lege kurz wieder auf und rufe dann an. Dann weißt du, dass es für dich ist, okay?«

»Geht klar. Ohne dein Zeichen rühr ich dein Telefon nich an.« Ein spöttisches Grinsen.

»So meine ich das doch nicht.« Doch, genau so hatte sie es gemeint.

»Schon okay, kleine Schwester.«

Sie musste schon wieder schlucken. »Also dann …« Conny nickte ihm zu, packte ihre Taschen und ging. Im Flur blieb sie stehen. Der Kloß in ihrem Hals schnürte ihr die Luft ab. Ihr war schlecht. Sie atmete tief durch, ließ ihr Gepäck fallen, fischte ihr Portemonnaie aus der Manteltasche und ging noch einmal zurück. »Im Gefrierfach ist eine Pizza, und im

Küchenschrank sind ein paar Dosen.« Sie zog einen Schein aus der Geldbörse und schob ihn unter seinen Kaffeebecher. »Nur für den Fall, dass etwas fehlt.« Axel packte ihr Handgelenk und zog sie zu sich heran. Sie sahen sich lange an. Connys Augen füllten sich mit Tränen. Sie blinzelte. »Schön, dass du da bist«, flüsterte sie. Sie sah, wie sich sein Kehlkopf bewegte. Auch er hatte einen Kloß im Hals.

»Danke, kleine Schwester!«

»Die Wohnung von Marlenes Onkel ist wegen des Literaturfestivals besetzt, aber ich habe dir ein echtes Schmuckkästchen organisiert«, versprach Michael stolz. Er hatte im Hafen von Kloster auf sie gewartet. »Ist nur einmal um die Ecke«, verkündete er und wollte nach ihrem Koffer greifen.

»Geht schon«, sagte sie. »Hat Marlene schon mit den beiden Frauenrechtlerinnen gesprochen?«

»Ja, du kannst die Protokolle gleich haben, wenn du im Büro bist.«

»Termine für heute?«, fragte sie knapp.

Er war zu irritiert, um ihren Ton zu kritisieren. »Sandra Schwarz, Ronald Udnik, Bodo Heinze. Das ist der Verleger, der Dorindas Gedichte veröffentlicht hat. Du weißt schon, den sollte ich eigentlich befragen, aber …«

»Wann?«

»Sandra Schwarz in einer halben Stunde. Wieder in ihrem Hotel in Vitte. Ich warte auf dich, wenn das okay ist, dann können wir zusammen hinfahren.«

»Ist okay, danke.«

Sie waren vom Hafen nur ein paar Schritte gegangen und einmal abgebogen. Dann standen sie vor einem Häuschen, das Conny auf Anhieb gefiel. Ein Weg aus Natursteinen führte zu dem roten Holzhaus. Auf dem Reetdach wuchs ein wenig Moos, im Garten waren die Reste hoher Gräser zu sehen, daneben ein Anker. Vor der Tür lagen große Findlinge und Treibholz, das jeder Skulptur Konkurrenz gemacht hätte. Hinter dem Haus konnte man die Masten einiger Segelschiffe sehen, die dort aufgebockt auf die nächste Saison warteten. Eine echte Urlaubsidylle! Im Sommer war diese Unterkunft bestimmt permanent ausgebucht.

»Alles in Ordnung mit dir?«, fragte Michael in ihre Gedanken, während er aufschloss.

»Ja, alles gut«, gab sie zurück und folgte ihm hinein. Ein kurzer Blick in Bad und Schlafzimmer. »Sehr hübsch, danke«, sagte sie. »Dann auf nach Vitte.«

»Ein paar Minuten hast du noch. Wenn du schon mal auspacken willst …«

»Das mache ich nachher. Mir ist lieber, wir verlieren keine Zeit.«

Wenig später gingen sie über den dicken Teppich des Hotelflurs und betraten die Suite.

»Danke, dass Sie sich noch einmal Zeit für uns nehmen, Frau Schwarz.« Conny reichte ihr die Hand und betrachtete sie unauffällig. Die Schwester des Opfers trug eine schwarze schmal geschnittene Hose, einen schwarzen Mohairpullover und schwarze flache Lackschuhe.

»Ist doch selbstverständlich.«

»Wie geht es Ihnen?«

Sandra Schwarz atmete tief ein. »Muss ja. The show must go on. So heißt es doch. Dorinda hat jede Lesung, jede Veranstaltung durchgezogen, wenn es ihr manchmal auch wirklich schlecht ging.«

»Ach, war sie denn krank?« Michael sah sie überrascht an.

»Nein, nicht direkt.« Sie suchte nach den richtigen Worten. »Ich hatte Ihnen, glaube ich, erzählt, wie exzessiv sie zeitweise gearbeitet hat, dann wieder ist sie in ein tiefes Loch gestürzt. Kreative Schübe haben sich mit emotionalen Zusammenbrüchen abgewechselt. Wenn Sie das als Krankheit bezeichnen wollen …«

»Hat Ihre Schwester regelmäßig Medikamente genommen, sich vielleicht etwas gespritzt?« Conny sah, wie Sandras Augen sich weiteten. Die Frage schockierte sie anscheinend.

»Drogen? Meine Schwester? Das kann ich mir nicht vorstellen.« Sie schüttelte nachdenklich den Kopf. »Vielleicht mal Koffeinbonbons, um ihr Wahnsinnspensum zu schaffen. Oder auch bei Bedarf etwas, um zur Ruhe zu kommen. Baldrian, so etwas in der Richtung.« Sie lachte leise. »Aber das war auch schon alles.«

»Sie wussten genau, was Ihre Schwester nimmt und was nicht?«, hakte Michael nach.

»Ich denke schon«, gab sie kühl zurück.

Conny holte ein paar Fotos aus der Tasche. »Frau Schwarz, ich würde Ihnen gern einige Aufnahme vom Fundort zeigen. Ist das in Ordnung für Sie?« Sandra nickte tapfer. Dann betrachtete sie aufmerksam ein Bild nach dem anderen, das Conny ihr reichte. »Die Art, wie Ihre Schwester in Szene gesetzt wurde, ist sehr auffällig. Sehen Sie, ihre Handtasche steht zwischen ihren Beinen. Und hier, der Zweig liegt genau auf ihrer Stirn wie ein Kranz. Können Sie etwas damit anfangen?«

»Selbstverständlich. Das ist eine Szene aus *Gefährliche Gier*. Die Serienkillerin Tessa hat eins ihrer Opfer ziemlich genau auf diese Weise zur Schau gestellt. Was ist das für ein Zweig?«

»Sanddorn«, antwortete Michael.

Sie nickte. »Ja, das passt. Dann stellt er die Dornenkrone dar. Das ist ein Element aus einem von Dorindas Gedichten, das sie in *Gefährliche Gier* auch benutzt hat. Sie hat gerne Brücken zwischen ihren verschiedenen Werken geschlagen. Sie sagte immer, das sei eine Belohnung für diejenigen, die alles von ihr lesen. Nur sie hätten die Chance, solche Zeichen und Anspielungen zu bemerken, und würden dadurch gewissermaßen zu einem besonderen inneren Kreis gehören.«

Michael zuckte mit den Schultern. »Was hat das mit der Dornenkrone zu tun?«

»Nun, das Opfer von Tessa trug eine. Außerdem kommt sie, wie gesagt, in der letzten Zeile eines Gedichts vor.« Sie zitierte: »Du Heilerin, dass all deine Mühe sich lohne, bring ich dir ein Geschenk dar, eine Dornenkrone.«

»Es ist also anzunehmen, dass der Täter oder die Täterin zu diesem inneren Kreis gehörte und sich extrem gut mit Dorindas Werk auskannte«, vermutete Conny.

»Möglich, aber längst nicht sicher. Ebenso gut könnte ein Fan der Tessa-Reihe einfach diese Szenerie nachgestellt haben, ohne etwas von dem Gedicht zu wissen«, gab Sandra zu bedenken. Conny machte sich Notizen. »Da fällt mir etwas ein.« Sandra wirkte mit einem Mal aufgeregt. »Da war diese Frau. Sie hat sich vorgestellt. Wie hieß sie noch? Schuster, glaube ich. Ja, jetzt erinnere ich mich: Eva Schuster. Sie hat sich Dorindas Vortrag angehört. Sie trug Anzug und Schal, die exakt der Beschreibung von Tessas Kleidung entsprachen. Sie liest die gleichen Bücher wie die Serienkillerin, hat ihre Wohnung eingerichtet wie sie. Das hat sie jedenfalls behauptet.« Michael und Conny tauschten Blicke. »Diese Frau war mir ein wenig unheimlich«, erzählte sie. »Ihr Verhalten war … eigenartig, sie konnte sehr aggressiv werden.«

Conny wurde hellhörig. »Inwiefern?«

»Sie wollte unbedingt nach der Veranstaltung mit uns in das Restaurant gehen. Sie verfügt offenbar nur über geringe finanzielle Mittel und hielt es daher für eine große Leistung, extra für Dorinda auf die Insel gekommen zu sein. Als wir ihr sagten, es gäbe keinen Platz mehr an dem reservierten Tisch, hat sie herumgepöbelt.« Sandra dachte nach. »Sie war laut und aufdringlich, aber eine Mörderin? Das kann ich mir nicht vorstellen. Ich meine, immerhin hat sie meine Schwester aufrichtig bewundert.«

»Sie kennen sicher das Buch *Misery*. Da geht es auch um

eine fanatische Leserin, die den Autor geradezu vergöttert und trotzdem brutal misshandelt«, warf Conny ein.

»Da haben Sie recht. Und es handelt sich auch um eine Frau. Ich kann nicht glauben, dass in der Realität eine Frau so etwas tut. Allein von der Körperkraft her … Glauben Sie, dass ein weibliches Wesen meine Schwester durch die Wildnis hätte schleppen können?«

»Wie kommen Sie darauf, dass der Fundort nicht auch der Tatort ist?«, wollte Michael wissen.

Sie schüttelte energisch den Kopf. »Auf einem der Bilder ist der Leuchtturm zu erkennen. Ich kenne mich da oben ein bisschen aus, ich habe nach unserer Ankunft einen langen Spaziergang gemacht. Man muss ein gutes Stück laufen, um in die Nähe des Leuchtfeuers zu gelangen. Dorinda hasste es, zu Fuß zu gehen. Ganz besonders, wenn es keine richtigen Wege gibt und man sich durch das Gestrüpp schlagen muss.«

»Es gibt Wege am Dornbusch«, bemerkte Michael.

»Auf den Fotos sah es so aus, als wäre sie abseits der Pfade gefunden worden. Oder täuscht das?«

»Frau Schwarz, dieses Gedicht stand auf einem Zettel, den wir bei Ihrer Schwester gefunden haben. Kennen Sie es?« Conny reichte ihr die Kopie.

»Natürlich. Das heißt … nein, nicht genau dieses, aber der Stil deutet auf Karl-Jürgen Grenz hin. Der *Scherenmann* ist seine Figur. Das Gedicht muss also von ihm sein. Er hat bei dem letzten Lyrik-Wettbewerb, den Bodo Heinze alle zwei Jahre ausschreibt, den dritten Platz gemacht.« Sie sah die beiden an, doch die schwiegen. »Dorinda hat den ersten Platz belegt«, sprach sie zögernd weiter. »Zum wiederholten Male. Es kam zum Eklat. Grenz hat in einer Lyrikzeitschrift einen offenen Brief veröffentlicht, in dem er zwar keine Namen genannt, aber angedeutet hat, dass meine Schwester ihre ersten Plätze kaufen würde.«

»Das hat sie sich einfach so gefallen lassen?« Michael konnte sich das nicht vorstellen. Bei allem, was man über die Diva lesen konnte, hatte sie schon bei geringeren Anlässen ihre Krallen ausgefahren.

»Sie hat sich über so etwas nicht aufgeregt. Dorinda stand über derartigen Anfeindungen. Diese Branche ist von Neid geprägt. Von Angesicht zu Angesicht gratuliert Ihnen jemand zu der ach so wohlverdienten Auszeichnung, aber hinter dem Rücken stößt er Ihnen das Messer in den Leib und erzählt jedem, wie tief das literarische Niveau im Land gesunken sein muss, wenn so ein Schund bereits als preiswürdig angesehen wird.« Sie verzog angewidert das Gesicht. Dann wirkte sie mit einem Mal konzentriert. »Sie sagten, Sie haben das Gedicht bei ihr gefunden. Darf ich erfahren, wo es lag?«

»Es steckte in ihrem Mund.« Conny beobachtete sie.

Sandra nickte. Es sah aus, als wäre sie noch ein wenig blasser geworden. »Genau wie in *Gefährliche Gier*. Da findet die Polizei zwischen den Zähnen des Opfers einen Zettel mit einem verschlüsselten Hinweis auf den Täter.«

»Interessant.« Die Seiten in Connys Notizbuch füllten sich.

»Sie wollten sich über etwaige Feinde Ihrer Schwester Gedanken machen«, begann Michael. »Anscheinend ist die halbe Branche verfeindet«, bemerkte er kopfschüttelnd. »Ist Ihnen jemand eingefallen, mit dem sie Streit hatte?«

»Allerdings.« Sie lächelte schmal. »Wobei Sie das schon ganz richtig sagen. Ich könnte zig Personen aufzählen, die ihre Missgunst schon auf die eine oder andere Weise zum Ausdruck gebracht haben. Deswegen halte ich die nicht alle für potentielle Mörder.«

»Für uns kann jede Information wichtig sein.« Er sah sie ernst an.

»Da ist zum Beispiel Mark Theis. Er meint, Dorinda trage die Schuld daran, dass Rasmussen keinen zweiten Roman mit ihm machen will, obwohl der erste sich nicht schlecht verkauft hat. Ralf Rasmussen ist ein ehemaliger Verleger meiner Schwester. Er hat die Tessa-Reihe herausgebracht.«

»Meines Wissens war die Tessa-Serie nicht zu Ende. Wollte Rasmussen sie nicht fortsetzen?«, fragte Michael.

Sandra lachte auf. »Liebend gern hätte er das. Aber Dorinda wollte nicht. Sie hat bei einem anderen Verlag erheblich bessere Konditionen bekommen. Der Wechsel war so gut wie perfekt. Rasmussen hat auch allen Grund, sauer auf sie zu sein.«

»Und dieser Mark Theis«, hakte Conny nach, »meinte, Dorinda habe so großen Einfluss auf Rasmussen? Wie kommt er darauf?«

»Das besprechen Sie am besten mit Mark Theis selbst. Er dürfte spätestens morgen früh eintreffen. Schließlich hat er sich auch als Inselschreiber beworben und wird sich die Verkündung, wer es geworden ist, sicher nicht entgehen lassen.« Sie holte tief Luft. »Zwischen ihm und meiner Schwester gab es eine Affäre. Das hat nicht sehr lange gedauert.« Wieder ihr scheues Lächeln. »Ich habe mich aus solchen Dingen herausgehalten. Ich weiß, dass es Streit zwischen den beiden gab, aber der genaue Zusammenhang war mir nicht klar.« Nach kurzer Überlegung setzte sie hinzu: »Tja, ich fürchte, das war es. Mehr kann ich Ihnen nicht sagen. Grenz, Theis und Rasmussen waren nicht einfach nur neidisch, sondern haben einen echten Schaden gehabt, den sie ihr zugeschrieben haben. Sie könnte man dann wohl als Feinde bezeichnen. Keine Ahnung, ob Sie mit diesen Angaben etwas anfangen können.« Wieder lachte sie, schüchtern dieses Mal. »Sich mit Krimis zu beschäftigen und dann bei einem echten Verbrechen behilflich sein zu müssen, sind wirklich zwei Paar Schuhe.«

»Sie haben das sehr gut gemacht«, erwiderte Conny. »Haben Sie vielen Dank!«

»Ich danke Ihnen. Ich wünsche mir nur, dass diese furchtbare Geschichte schnell aufgeklärt wird. Wenn ich meinen kleinen Beitrag dazu liefern kann, ist es mir ein Trost.« Sie war kaum zu verstehen, so leise sprach sie.

Conny steckte ihr Büchlein in die Tasche. »Eins noch, Frau Schwarz. Wie würden Sie Ihre Position nennen, die Sie bei Ihrer Schwester bekleidet haben? Waren Sie eine Art Assistentin?«

Sie nickte. »Ja, das trifft es wohl am besten. Ich habe mich um alles gekümmert, von den Terminen für Lesungen über die Abrechnungen.« Sie sah auf ihre Hände. »Eigentlich habe ich Medizin studiert. Aber das war nicht meine Welt. Ich kann kein Blut sehen, keine Spritzen verabreichen.« Sie verzog zerknirscht das Gesicht. »Eine schöne Medizinerin, was? Ich bin eher ein Organisationstalent. Deshalb habe ich mein Studium abgebrochen, als Dorinda so erfolgreich wurde.«

Alle drei erhoben sich. »Wie lange bleiben Sie noch auf unserer Insel?«, wollte Michael wissen.

»Ich werde auf jeden Fall morgen zur Abschlussveranstaltung gehen. Sozusagen stellvertretend für meine Schwester.«

Conny nickte langsam. »Es ist mehr als wahrscheinlich, dass sie zur Inselschreiberin ernannt worden wäre, oder? Ich bin überrascht, dass sich überhaupt jemand anders beworben hat. Ich meine, gegen den Star der Szene anzutreten …«

»Lassen Sie sich nicht täuschen. Es gab ganz sicher eine große Reihe von Bewerbern. Ich kann mir vorstellen, dass Herr Udnik lieber ein kleineres Licht hätte, damit seine Inselbewohner nicht merken, was für eine winzige Leuchte er ist. Wenn er das Amt mit einem literarischen Niemand besetzen könnte, würde alle Welt endlich kapieren, wie hell sein Ruhm strahlt.« Sie lächelte spöttisch. »Er entscheidet das zwar nicht allein, aber er ist Jury-Mitglied.«

Michael, schon halb aus der Tür, drehte sich noch einmal zu ihr um. »Haben Sie eine Liste der Jury-Mitglieder?«

»Bedaure. Aber Sie finden die Ausschreibung im Internet.

Dort sind alle Namen genannt.« Und dann fügte sie hinzu: »Außer Udnik sagte mir keiner etwas.«

Auf dem Weg ins Büro meinte Michael: »Ihre These mit dem kleinen Licht und dem strahlenden Ruhm hat was. Das ganze Festival macht der doch nur, um selbst Anerkennung zu bekommen. Hier auf der Insel nimmt den keiner ernst.« Er schmunzelte. »Jedenfalls nicht als Literaten.«

»Da seid ihr ja endlich«, begrüßte Marlene die beiden. »Mann, hier ist echt die Hölle los. Das Telefon klingelt am laufenden Band, weil ständig irgendein Presse-Fuzzi wissen will, was passiert ist. Ich hab das Gefühl, die wissen mehr als wir.«

»Das wollen wir nicht hoffen«, meinte Conny düster. »Morgen um sechzehn Uhr gibt es eine Pressekonferenz. Das kannst du den nächsten Anrufern sagen. Wir brauchen einen größeren Raum, Tisch, Stühle, na eben alles, was dazugehört. Kriegst du das hin?«

»Bis morgen?« Marlene riss die Augen auf.

»Klar, das schaffen wir schon«, mischte Michael sich ein. »Für wie viele Personen ungefähr?«

»Keine Ahnung. Zwanzig oder dreißig vielleicht.« Sie dachte nach. »Eher weniger wahrscheinlich, aber dann ist genug Platz, falls mehrere Filmteams da sind.« Das Telefon klingelte.

»Was sag ich?« Marlene seufzte und griff zum Hörer. »Der Heinze ist übrigens schon da«, flüsterte sie und deutete mit dem Kopf zum Nebenraum. »Dieser Lyrik-Verleger.«

»Sehr schön.« Conny hängte Mantel und Schal an die Garderobe und marschierte schnurstracks zur Tür.

»Soll ich …?« Michael war unsicher.

»Nein, kümmere du dich lieber um die Pressekonferenz morgen, ja?«

»Klar.«

»Könntest du auch den Termin mit Udnik übernehmen?

Ich kann den Kerl nicht besonders leiden. Ich glaube, heute ertrage ich den nicht.«

»Mach ich.«

»Danke, Kollege.« Conny nickte ihm freundlich zu, dann nahm sie sich Bodo Heinze vor.

Der Verleger war ein stattlicher Mann mit grau-blondem Haar und einer auffällig rosafarbenen Haut. Im linken Ohrläppchen funkelte ein Stein. Auf dem Kopf trug er einen schwarzen Hut, der ein wenig zu hoch geraten schien. Überhaupt fand Conny es unpassend, dass er ihn nicht abgenommen hatte. Heinze trug ein schwarzes Jackett und eine schwarze Krawatte. So hätte er auch zu Dorindas Beerdigung erscheinen können. Sie stellte sich vor und setzte ihn über die Bedeutung der Befragung in Kenntnis.

»Ich muss Sie über die strafrechtlichen Konsequenzen belehren, mit denen Sie bei einer unvollständigen oder unrichtigen Aussage zu rechnen haben.« In seinem Blick lag etwas, das Conny nicht definieren konnte. War es Scheu, weil er sonst nicht unter Menschen ging, sondern sich höchstens mit seinen Gedichteschreibern im stillen Kämmerchen traf? War es die Trauer um die verlorene Autorin, oder war es Angst wegen ihrer Belehrungen? »Herr Heinze, Sandra Schwarz hat gesagt, Sie waren am Abend nach Dorindas Vortrag im Restaurant, in dem ein Tisch reserviert war. Dort haben Sie Dorinda Schwarz kurz gesehen. Ist das richtig?«

»Ich kann es nicht mit Sicherheit sagen.« Seine Stimme war erstaunlich weich und zart. Sie wollte nicht recht zu seiner kräftigen Statur passen.

»Das müssen Sie doch wissen.« Conny sah ihm in die Augen, ohne zu blinzeln.

»Es ist richtig, dass ich in dem Restaurant war. Ich verlege zwar ausschließlich ihre Gedichte, um die es an dem Abend nicht ging, aber als Verleger unterstützt man seinen Autor, wo man kann. Und man interessiert sich für das, was er sonst noch tut.« Jetzt senkte er den Blick. »Wir haben auf sie gewartet, hinterher. Wir haben alle zur Tür gesehen, wenn jemand hereinkam. Einmal meinte ich, es ist Dorinda. Es war eine Frau, dessen bin ich sicher, aber es ging so schnell, dauerte nur einen Wimpernschlag. Zudem war mein Sichtfeld sehr eingeschränkt, weil ein Paar im Eingangsbereich auf einen Tisch wartete.«

»Das Restaurant war so voll?«

»O ja! Mir scheint, zu dieser Jahreszeit sind nicht mehr viele Gaststätten geöffnet. So hatten die Festivalgäste es nicht leicht, etwas zu finden.«

»Verstehe.«

»Ah, da ist sie ja, sagte ich. Doch schon während ich sprach, begann ich zu zweifeln. Und das brachte ich den anderen gegenüber auch zum Ausdruck. Herr Udnik ist daraufhin nach draußen gegangen. Es dauerte sehr lange, bis er zurück war. Bis zum Hauptmann-Haus ist er gelaufen, sagte er, hat sie aber nicht angetroffen.«

»Es ist also davon auszugehen, dass die Dame, die Sie gesehen haben, nicht Dorinda Schwarz war.«

»Diese Schlussfolgerung würde ich nicht ziehen. Ebenso gut könnte sie in die andere Richtung gegangen sein. Es soll da nicht weit entfernt noch ein Lokal gegeben haben, das geöffnet hatte.«

»Herr Heinze, was sagt Ihnen der Name Karl-Jürgen Grenz?«

In den melancholischen Ausdruck seiner Augen mischte sich Verwunderung. »Ich habe ein paar seiner Gedichte in der einen oder anderen Anthologie veröffentlicht.«

»Außerdem hat er an Ihren Wettbewerben teilgenommen, aber nie gewonnen. Stimmt das?«

»Nein, das ist nicht so. Es ist noch nicht lange her, da hat er den dritten Platz belegt. Das ist doch eine gute Leistung.« Er lächelte milde.

»Dorinda hat den ersten Platz gemacht. Das ist sehr viel besser.« Sie sah ihn herausfordernd an.

»Sie war eben die Beste.«

»Oder hat sie nur am besten gezahlt?«

»Ich verstehe, worauf Sie anspielen.« Ein tiefer Seufzer und ein nachsichtiges Schmunzeln, wie ein Vater, der seinem törichten Kind die Welt erklärt. »Es gibt leider immer wieder Künstler, die mit einem zweiten oder dritten Platz nicht zufrieden sind. Sie wollen nicht wahrhaben, dass sie nur Mittelmaß sind, und versuchen, jemanden dafür verantwortlich zu machen. Bedauerlicherweise setzen sie auch solche Gerüchte in die Welt.«

»An denen aber nichts dran ist.«

»Sie sagen es.«

Alle wissen, dass sie in einem Haifischbecken unterwegs sind, ging Conny durch den Kopf, aber sie verkaufen sich als friedliebende Seepferdchen.

»Der gewaltsame Tod von Frau Schwarz wird Schlagzeilen machen. Gut für Sie, oder? So etwas kurbelt doch bestimmt die Verkäufe an.«

Er schüttelte schwach den Kopf. »Vielleicht für eine ganz kurze Zeit, aber sicher nicht nennenswert. Gut für mich? Nein. Ich habe eine fleißige und erfolgreiche Autorin verloren. Was könnte daran gut sein?«

»Danke, Herr Heinze, das war es vorerst. Es ist gut möglich, dass ich später noch einmal auf Sie zukommen werde.«

»Natürlich.« Er stand auf. Er war noch größer, als sie gedacht hätte.

»Ach, Herr Heinze, da ist doch noch etwas.« Conny blickte ihm in die Augen. »Mein Kollege sagte, dass Sie der Schwester die traurige Nachricht überbracht haben.«

»Ja, und?«

»Das ist doch etwas merkwürdig. Üblicherweise benachrichtigen wir selbst die Angehörigen.«

»Gar nicht merkwürdig«, stellte er richtig. »Ich habe Dorinda ja gefunden.«

»Ach?« Conny ließ sich ihren Ärger nicht anmerken. Warum hatte ihr das niemand gesagt? Warum hatte sie nicht gefragt? Sie musste sich besser konzentrieren. »Wann genau war das?«

»Gestern früh so gegen halb acht Uhr. Das habe ich Ihren Kollegen bereits gesagt.«

Sie ging nicht darauf ein. »Was hatten Sie so früh da oben zu suchen? Es muss ja noch stockfinster gewesen sein, als sie sich auf den Weg gemacht haben.«

»Ja. Ich wollte mir den Sonnenaufgang ansehen. Ich kenne Hiddensee recht gut, war schon sehr oft hier«, erklärte er mit seiner weichen Stimme. »Dieser Platz an der Kiefer ist ein Kraftort. Dort wollte ich die Sonne aufgehen sehen.«

»Ein Kraftort?« Sie sah ihn fragend an.

»Gehen Sie hin. Allein. In aller Frühe oder am Abend, wenn die Sonne versinkt. Sie werden es spüren.«

Conny schaffte es gerade noch, die Protokolle zu lesen, die Marlene direkt nach ihren Gesprächen mit den beiden Frauenrechtlerinnen angefertigt hatte. Nicht gerade aufschlussreich. Die waren offenbar nur ehrlich empört über das kreative Doppelleben der Dorinda Schwarz und wollten ihr einen Denkzettel verpassen. Verdächtig waren sie nicht, und sie hatten ein Alibi. Sie waren an dem Abend nach der Kundgebung mit den Fahrrädern von Kloster nach Vitte geradelt, wo sie eine Ferienwohnung hatten. Dort hatten sie in der *Strandperle* am Hafen gegessen, was die Wirtin bereits bestätigt hatte.

Nach dem kurzen Abstecher ins Büro, das zu ihrer Überraschung leer gewesen war, machte Conny sich auf den Weg zum *Zeltkino*, wo eine Lesung mit Violinenmusik stattfinden sollte. Das wäre etwas für Paul. Das Kino, ein halbrundes mit dunkelgrüner Folie bespanntes Gebäude, das Conny an die stramm in Plastik gewickelten Heuballen erinnerte, die man im Herbst auf vielen Feldern sehen konnte, hockte wie ein Fremdkörper neben einem Einfamilienhaus. Sie trat ins Innere. Der vordere Teil der Halle war durch schwarze Vorhänge abgeteilt. Links stand ein Tisch, an dem ein junges Mädchen die Eintrittskarten kontrollierte und einige wenige Restkarten verkaufte, rechts stand ebenfalls ein Tisch, auf dem jeweils mehrere Exemplare von drei unterschiedlichen Büchern in Stapeln lagen. Conny bezahlte das Eintrittsgeld.

»Wer liest überhaupt?«, fragte sie das junge Mädchen und zwinkerte ihr verschwörerisch zu. »Sagen Sie es bloß nicht weiter, aber ich habe keine Ahnung.«

»Ich auch nicht«, antwortete die gelangweilt. »Dieser Bäcker hat vor einem Monat oder so eine Anzeige aufgegeben, dass er Leute für das Festival sucht. Auf Hiddensee gibt's nicht oft die Gelegenheit, sich 'n paar Tacken zu verdienen.« Sie zuckte mit den Schultern und spielte mit der Rolle papierner Billets.

»Verstehe.«

»Der da weiß bestimmt mehr«, sagte das Mädchen. »Ist 'n Buchhändler. Der kennt sich wohl aus.«

»Danke.« Conny ging zu dem Büchertisch hinüber, hinter dem der Mann saß. »Guten Abend.«

Er sprang auf. »Guten Abend. Kann ich etwas für Sie tun, oder möchten Sie erst mal schauen? Sie dürfen gerne einen Blick in die Bücher unseres heutigen Autors werfen.«

»Ich kenne mich nicht aus«, gab sie zu. »Offen gestanden hatte ich gedacht, dass Sie vielleicht auch etwas von anderen Autoren dahaben, die während der Literaturtage lesen, von Dorinda Schwarz zum Beispiel.«

»Das dachte ich auch«, knurrte er, »aber das wollte der Udnik nicht. Der Veranstalter«, verbesserte er sich eilig. Er räusperte sich und musste husten.

»Schade, ich habe die Veranstaltung am Donnerstag leider verpasst. Morgen liest Frau Schwarz nicht, oder?«

Er sah sie verblüfft an. »Nee, die liest gar nicht mehr.« Es sah aus, als wollte er noch etwas sagen, aber er überlegte es sich anders.

»Haben Sie am Donnerstag auch den Büchertisch betreut?«

»Ja.« Er beäugte sie misstrauisch.

»Haben Sie mit Frau Schwarz gesprochen?«

»Was geht Sie das denn an?«

Conny griff in die Manteltasche und holte ihren Dienstausweis hervor. »Lorenz, Kriminalpolizei.«

»Ach so, das hätten Sie auch gleich sagen können.«

»Also?«

Er sah auf den Vorhang, hinter dem, den Geräuschen nach zu urteilen, schon einige Zuhörer Platz genommen hatten. »Vielleicht besprechen wir das lieber draußen. Hast du mal ein Auge auf die Bücher?«, fragte er das Mädchen an der Kasse.

»Okay, aber nicht so lange.«

Sie traten ins Freie. Es fing gerade an zu schneien. Conny seufzte. Es könnte ein richtig schöner Nikolaustag sein, wenn ihre Arbeit sie nicht von Paul fernhalten würde. Und wenn Axel nicht aus heiterem Himmel in erbarmungswürdigem Zustand bei ihr aufgetaucht wäre. Ihr Magen krampfte sich zusammen. Nicht darüber nachdenken.

»Wann haben Sie Frau Schwarz das letzte Mal gesehen?«

»Bei der Signierstunde nach ihrem Vortrag. Ich musste mich beeilen, damit alle Kunden noch zum Zuge kamen, denn sie war ja wieder mal erschöpft und hat angekündigt, das Ganze abzubrechen.« Er hustete wieder und holte keuchend Luft. »Kurz darauf ist eine Frau in den Raum gestürzt und hat die Schwarz beschimpft, weil sie unter einem männlichen Pseudonym Pornos schreiben würde.« Ein amüsiertes Grinsen erschien in seinem schmalen Gesicht. »Das ist wirklich mal eine Offenbarung.«

»Hat diese Frau Dorinda gedroht?«

»Glaube ich nicht.« Er schüttelte den Kopf. »Aber ich war gar nicht selbst dabei. Es war ein langer Tag für mich. Also habe ich zusammengepackt und bin in meine Pension gegangen. Habe nachher in einer Gaststätte noch eine Kleinigkeit gegessen und dort sofort davon gehört.«

»Wo haben Sie gegessen?«

»Im *Hiddenseer Stübchen*. Es soll ja noch ziemlich zur Sache gegangen sein.« Er hoffte auf Einzelheiten, aber Conny schwieg. »Schade, ich war schon weg, als der Tumult so richtig eskaliert ist.«

»Schade?«

Er nickte. »Ich wäre zu gern dabei gewesen. War bestimmt äußerst unangenehm für die Schwarz. Ich konnte sie nicht leiden, das ist kein Geheimnis. Sie war eine Hexe. Mir fällt nichts ein, was ich an ihr sympathisch hätte finden sollen, aber auch gar nichts.« Kurze Pause. »Na ja, vielleicht das Geld, das sich mit ihr verdienen lässt.« Conny nahm wahr, dass seine Wangen sich rot färbten. Das lag bestimmt nicht nur an der Kälte hier draußen. »Sobald ich zurück auf Rügen bin, werde ich ein Schaufenster mit den Titeln von Dorinda Schwarz und H. Mann herrichten. Das gibt jetzt erst mal einen Hype. Den muss man ausnutzen. Ist sowieso bald wieder vorbei in unserer schnelllebigen Zeit.« Wieder keuchte er, schlimmer dieses Mal. »Entschuldigen Sie bitte, mein Asthma.«

Conny wollte sich einen Platz suchen, da entdeckte sie Marlene und Michael. In ihrer Reihe waren noch Plätze frei. Sie schlängelte sich zwischen den Stühlen entlang.

»Wusste gar nicht, dass ihr auch hier seid.«

»Hey, Conny«, rief Marlene laut. »Komm zu uns. Das ist unsere Kollegin«, erklärte sie ihrem Sitznachbarn. »Können Sie nicht irgendwie tauschen oder aufrücken?« Innerhalb weniger Sekunden hatte sie es organisiert, dass Conny neben ihnen Platz nehmen konnte.

»Das hätte doch nicht sein müssen«, flüsterte Conny.

»Bist du noch im Dienst oder privat hier?«, flüsterte Michael zurück.

»Dienst«, gab sie knapp zurück. Viel lieber wäre sie jetzt in ihrem kleinen Häuschen und würde mit ihrem Bruder telefonieren. Je länger es her war, dass sie ihn in ihrer Wohnung zurückgelassen hatte, desto mulmiger war ihr. »Und ihr?«

»Privat.« Michaels Augen leuchteten. »Wann hat man schon mal die Chance, Romain Livre zu erleben?«

»Romain Livre?« Conny verzog das Gesicht. Warum nicht gleich Roman Buch? »Was schreibt der denn so?«

»Abenteuergeschichten mit esoterischem Einschlag.«

»Oha.« Ihr schwante Schlimmes.

»Was willst machen?«, meinte Marlene. »Normalerweise musst du für Kultur rüber aufs Festland. Jedenfalls, wenn es mal etwas Ausgefallenes sein soll. Da muss man jede Gelegenheit nutzen.«

Udnik trat vor das Publikum und kündigte Monsieur Livre, der aus Paderborn kam, mit wenigen Worten an. Er jubelte ihn als literarisches Ausnahmetalent hoch, doch er war nicht richtig bei der Sache. Er wusste also auch schon, was geschehen war. Natürlich. Die Violinistin, die er ebenfalls anzukündigen hatte, vergaß er beinahe. Das Licht im *Zeltkino* wurde gedimmt. Romain, ein schlaksiger junger Mann, nahm an dem Lesetisch Platz, die Geigerin auf einem Stuhl seitlich von ihm. Sein Gesicht wurde von einer Lampe, deren Lichtkegel auf sein Buch gerichtet war, indirekt beleuchtet. Nicht gerade vorteilhaft. Je mehr sich Connys Augen an die Dunkelheit gewöhnten, desto deutlicher erkannte sie die Schweißflecken unter den Armen des Autors, die sich beinahe bis auf die Brust ausbreiteten. Stille. Hier und da ein Hüsteln. Jemand musste niesen, ein anderer kicherte. Nun musste sich Romain anscheinend erneut sammeln. Endlich holte er Luft und beugte sich über seine Lektüre.

»Wird's heute noch was?«, wisperte Marlene. Das Flüstern reichte, um ihn ein weiteres Mal aus dem Konzept zu bringen. Conny wäre liebend gern gegangen, aber sie hoffte, kurz mit Udnik sprechen zu können oder jemanden aus der Szene zu treffen, der womöglich in Plauderlaune war. Nachdem Romain eine Viertelstunde gelesen hatte, war Connys Wunsch, sich zurückzuziehen, noch gewachsen. Bäume, die dem Helden des Buches Tipps gaben, damit er seine Abenteuer bestehen konnte, waren nicht ihre Sache. Schon gar nicht, wenn diese Dinge sagten, wie: »Ich bin ein Baum.« Oder: »Die Pinie spricht zu dir.« Für wie dämlich hielt er seine Zuhörer? Als sie glaubte, es könne nicht schlimmer werden, erlosch das Leselämpchen, und ein Spot tauchte die Violinistin in grell weißes Licht. Sie stand auf, nannte einen Titel und einen Conny unbekannten Komponisten. Dann begann sie zu spielen. Conny mochte Geigenmusik, aber das hier übertraf an Geschmacklosigkeit sogar den übelsten Jazz, den Paul manchmal hörte. Die Frau schrubbte auf dem Instrument herum, als wollte sie die Saiten durchtrennen. Dann riss sie den Bogen in die Höhe, harrte Sekunden aus. Ein einzelner Zuhörer begann zu klatschen, hörte aber sofort auf, als sie sich das Instrument urplötzlich auf ihr Knie schlug. Im nächsten Augenblick stand sie wieder mit beiden Beinen auf dem Boden, setzte den Bogen an und erzeugte einen entsetzlich schrillen Ton. Conny beobachtete, wie sich eine ältere Dame verstohlen die Ohren zuhielt. Recht hat sie, ging ihr durch den Kopf. Sie sah sich um. Die meisten verfolgten das absurde Spektakel mit wissendem Blick oder zumindest interessierten Mienen. Eine weitere Pause. Länger dieses Mal, so dass aufs Neue jemand darauf hereinfiel und unsicher klatschte. Doch es ging weiter. Als das Stück schließlich beendet war, blieb es still. Erst als die Künstlerin sich verbeugte, setzte zögerlich Applaus ein.

»Wie kann man da klatschen?«, fragte Marlene. »Das ist doch nicht zum Aushalten.« Conny nickte. Die Lesung wurde fortgesetzt. Ganze zwei Stunden mussten sie durchhalten, ohne Pause. Ein älterer Herr war zwischendurch eingenickt. Michael hatte vor lauter Langeweile und Verzweiflung angefangen, an der Lehne seines Vordermannes zu nesteln. Da gab es einen kleinen Hebel. Es war Conny auch schon aufgefallen, dass jeder der Stühle einen solchen Hebel hatte. Als Michael ihn bewegte, verursachte das ein metallisches Kratzen. Das allein wäre nicht schlimm gewesen, aber die Lehne war nun an einer Seite locker und drohte, nach hinten zu klappen. Marlene kicherte und fing böse Blicke von der Frau vor ihr auf, die sich empört umgedreht hatte. Michael, die Finger noch immer am Stuhl seines Vordermannes, ließ darauf rasch die Hände sinken. Als die Dame sich wieder auf den Autor konzentrierte, der inzwischen so in seine Geschichte eingetaucht war, dass er Marlenes Gekicher nicht wahrgenommen hatte, machte Michael sich augenblicklich wieder an dem Hebel zu schaffen. Es knirschte, als er ihn in seine Ausgangsposition schob. Dann ein lautes Klicken. Eingerastet. Michael zog die Finger zurück, als habe er sich verbrannt, und versuchte, eine unschuldige Miene aufzusetzen. Marlene prustete los und selbst Conny hatte Mühe, sich das Lachen zu verkneifen. Dieses Mal unterbrach Romain seinen Lesefluss und blinzelte irritiert. Einige der in der Nähe der drei sitzenden Zuhörer zischten so böse Kommentare, dass Conny schon befürchtete, man würde sie vor die Tür setzen. Zu allem Überfluss kroch die Kälte immer mehr vom Betonboden an ihr herauf. Die harte Sitzfläche des Holzstuhles war sowieso nicht gerade bequem, eisig kalt war sie außerdem. Eine echte Zumutung! Wenn sie länger darüber nachdachte, erschien ihr ein Rausschmiss beinahe als die beste Option. Als alles vorbei war, gab es an Romains Hemd kaum mehr ein trockenes Fleckchen. Die Geigerin, die ihre Violine zwischen den Beinen hindurchgezogen, über dem Kopf gespielt und mit allen möglichen Gegenständen traktiert, einmal sogar gegen den Mikrofonständer geschlagen hatte, war zerzaust, als sei sie gerade aus dem Bett gekommen. Einige verließen kopfschüttelnd das Zelt, doch das war klar die Minderheit. Die meisten klatschten ausdauernd, einer rief sogar: »Bravo! Ganz große Kunst!«

»Hurz!«, rief Marlene. »O Gott«, sagte sie dann, »ich brauche eine FeiFei.«

Michael nickte eifrig. »Gute Idee. Ich kann jetzt auch etwas Hochprozentiges vertragen. Was ist mit dir, Conny?«

»Bin dabei. Geht ihr ruhig schon vor. Ich will kurz mit diesem Romain sprechen. Vielleicht kannte er Dorinda näher.«

»Okay, wir sehen uns in der *Kuscho*.« Damit schoben die beiden sich in Richtung Ausgang.

»Herr Theis, ich grüße Sie!« Ein gut gekleideter Herr mit roten Haaren begrüßte einen für Connys Geschmack ausgesprochen attraktiven Mann. Beide hatten, wie es aussah, soeben das *Zeltkino* verlassen. Als sie den Namen Theis hörte, nahm ihr von der Kultur-Tortur aufgeweichtes Hirn seinen Betrieb wieder auf. Instinktiv huschte sie um die Ecke des ungewöhnlichen Gebäudes, dessen Schatten sie verschluckte.

»Herr Rasmussen. Ich habe Sie gar nicht gesehen.« Theis, Dorindas ehemaliger Liebhaber, und Rasmussen, ihr Ex-Verleger. Das konnte interessant werden.

»Das könnte daran liegen, dass ich immer mehr auf diesem furchtbaren Holzstuhl heruntergerutscht bin. Hätte sich ein Spalt im Boden aufgetan, ich wäre dadurch geflohen.« Rasmussen lachte. »Hat es Ihnen gefallen?«

»Nein. Aber ich hatte so viel von Romain Livre gehört, dass ich ihn keinesfalls verpassen wollte.«

»Romain Livre!« Wieder lachte Rasmussen. »Was für ein

albernes Pseudonym. Gut, als Ronny Weichbrot hätte er nicht den Hauch einer Chance gehabt, aber ein solider deutscher Künstlername hätte es doch auch getan, oder?«

»Wenn Sie meinen.« Theis machte Anstalten zu gehen.

»Haben Sie noch etwas vor, Herr Theis? Ich meine, jetzt, heute Abend?« Conny atmete ruhig und gleichmäßig. Wenn die beiden Männer gemeinsam etwas trinken gingen, würden sie sicher nicht in der *Kuscho* landen. Die kannte kaum jemand, der nicht auf Hiddensee lebte. Dann mussten Marlene und Michael wohl etwas länger auf sie warten.

»Warum interessiert Sie das?«, fragte Theis kühl.

»Ich habe noch mal über alles nachgedacht und mir die aktuellen Verkaufszahlen geben lassen. Ihr Buch ist für einen Erstling nicht schlecht gelaufen.«

»Ach, das fällt Ihnen so plötzlich auf?«

»Ich sagte Ihnen doch, ich habe mich noch einmal damit beschäftigt. Auch mit Ihrem Exposé für ein zweites Buch. Ich bleibe dabei, so wie Sie es angelegt haben, funktioniert es nicht.«

»Herr Rasmussen, ich weiß nicht, worauf Sie hinauswollen. Mir ist kalt, und ich würde jetzt gern in Ruhe ein Bier trinken gehen.«

»Wunderbar, das will ich auch.« Conny sah, wie Theis unschlüssig mit dem Fuß scharrte und zu Boden blickte.

»Nun seien Sie mal nicht eingeschnappt, weil ich Ihnen nicht gleich einen zweiten Vertrag gegeben habe. Ich leite einen ziemlich großen Verlag und muss mich um einige Projekte kümmern. Mittlerweile habe ich mir Ihre Idee noch mal angesehen. Ich glaube, mit kleinen Änderungen könnten wir etwas daraus machen. Gehen wir irgendwo hin, wo es warm ist, und unterhalten uns darüber.«

Theis zögerte. »Ihr Sinneswandel hat nicht zufällig etwas mit dem Tod von Dorinda Schwarz zu tun?«

»Bitte? Wieso? Nein, ich … Ich habe davon gehört. Schlimme Sache.« Seine Souveränität war dahin. »Aber ich wüsste nicht, was das mit Ihrem Exposé zu tun haben sollte.«

»Warum waren Sie nicht bei Dorindas Vortrag?«, fragte Theis.

»Was? Wie kommen Sie denn jetzt darauf?« Die beiden Männer starrten sich an. »Ich hatte noch Termine.«

»Ich weiß, dass Sie schon seit Donnerstag auf der Insel sind. Hatten Sie Termine auf Hiddensee?« Conny, die so tat, als würde sie auf jemanden warten, zog ihr Handy aus der Tasche. Falls jemand sie entdeckte, konnte sie sich damit beschäftigen und würde nicht weiter auffallen. Gerade jetzt wollte sie ihren Platz unter keinen Umständen aufgeben. Anscheinend wurde es gerade interessant.

»Was wollen Sie eigentlich von mir, Theis?«

»Ich weiß, dass Dorinda zu *NoZaMa Print* wechseln wollte«, sagte er mit gedämpfter Stimme. »Das wäre eine Katastrophe für Ihren Verlag. Sie haben Dorinda aufgebaut und die Tessa-Reihe mit aufwändigen Marketingaktionen unterstützt.«

»Wir haben auch gut damit verdient«, gab Rasmussen knapp zurück.

»Kann ich mir vorstellen. Und Sie haben sicher schon eine gewisse Summe einkalkuliert, die Sie in den nächsten Jahren mit Dorinda verdienen können, habe ich recht? Wenn Ihnen diese Einnahmen wegbrechen, und ausgerechnet Ihr großer Konkurrent *NoZaMa* die Ernte einfährt, ohne dafür große Beträge in die Werbung stecken zu müssen, ist das für Sie alles andere als witzig.«

»Nicht witzig, aber auch nicht kriegsentscheidend«, wiegelte Rasmussen ab und fuhr sich durch das rote Haar.

»Sie hatten allen Grund, wütend auf Dorinda zu sein.« Er trat einen Schritt auf den Verleger zu. »Sie waren in der Nacht von Donnerstag auf Freitag auf der Insel«, zischte er. Conny spitzte die Ohren. »Aber Sie haben sich nicht bei der Veranstaltung sehen lassen. Dorindas Leiche wurde am Freitag gefunden, zur Schau gestellt wie eins der Opfer von Serienmörderin Tessa.«

»Was wollen Sie damit sagen?«, keuchte Rasmussen.

»Warum haben Sie behauptet, Sie schaffen es nicht zu Dorindas Vortrag? Warum sind Sie nicht mit der Fähre angereist, sondern mit einem Wassertaxi?«

»Sie glauben doch wohl nicht …«

»Ist nicht wichtig, was ich glaube. Aber was die Polizei glaubt, das ist wichtig.« Eine Weile schwiegen die beiden. Conny dachte schon, dass Rasmussen Theis einfach stehen lassen würde, doch das tat er nicht.

»Lassen Sie uns reden, Theis. Mein Appartement ist nicht weit weg. Ich habe Bier da und auch einen guten Grappa. Ich glaube, den können wir jetzt beide brauchen.« Theis zögerte.

»Einverstanden«, sagte er dann.

»Mist«, flüsterte Conny. In Rasmussens Wohnung konnte sie den beiden nicht folgen. Egal. Was sie gehört hatte, reichte, um den beiden Herren ordentlich auf den Zahn zu fühlen. Zeit für eine FeiFei, eine Feierabend-Feige, die Marlene und Michael traditionell am Freitagabend trinken gingen. Das spektakuläre Verbrechen auf ihrer Insel hatte dazu geführt, dass sie eine Ausnahme machten und ihr Freitagsritual auf den Samstag verlegt hatten. Conny trank fast nie Alkohol. Heute würde auch sie eine Ausnahme machen.

In der Stammkneipe der beiden Inselpolizisten herrschte ausgelassenes Treiben. Über der kreisrunden Theke in der Mitte des großen Raums hingen Lichterketten, auf dem Tresen stand ein kleiner Weihnachtsmann mit einem blinkenden Licht an der Mütze, der im Rhythmus der wenig weihnachtlichen Rockmusik seine Hüften kreisen ließ. Einheimische und einige wenige Saisonkräfte, die Hiddensee erst nach den Feiertagen und dem Jahreswechsel verlassen würden, feierten auf ganz eigene Weise den Nikolaustag. Sie blickten kurz auf, beäugten Conny, verloren jedoch sofort wieder das Interesse an ihr. Sie sah sich suchend um und entdeckte die beiden Kollegen an einem kleinen Nierentisch. Michael sah sie im gleichen Moment und winkte ihr zu. Im Gegenzug hielt sie die Hand in die Höhe und zeigte drei Finger. Er nickte. Alles klar. Sie ging zum Tresen. Unter ihren Füßen knirschte es. Die unzähligen Erdnussschalen, die den gesamten Boden bedeckten, hatte sie beinahe schon wieder vergessen. Aber sie gehörten zur *Kuscho* wie Chef Manni Gau.

»Moin. Ach, auch mal wieder hier?«, begrüßte er sie.

»Moin. Ja, ich hatte Sehnsucht nach Hiddensee.« Conny lächelte. Sie bemerkte erst jetzt, wie müde sie war.

»Du hattest wohl eher Sehnsucht nach 'ner neuen Leiche.« Der muskelbepackte Wirt, auf dessen Glatze die Weihnachtsbeleuchtung Reflexe zauberte, bereitete gerade einen Cocktail zu.

»Eher nicht. Aber das kann man sich nicht aussuchen.« Sie seufzte.

»Nee, das Leben is 'ne Pralinenschachtel. Du weißt nie, was du kriegst. Das ist in der *Kuscho* ganz anders.« Er grinste sie freundlich an. »Da weiß man, was man hat. 'ne alkoholfreie Mischung, wie immer?«

»Nein, ein Alsterwasser und dreimal Wodka mit Feige, bitte.«

»Alles klar.«

Während er einschenkte, wollte Conny wissen, was man sich über den Mord erzählte. Es lag auf der Hand, dass er Gesprächsthema Nummer eins auf der Insel war.

»Na ja, die Leute schnacken eben. Wird ja nich alle Tage so'n Gedöns gemacht mit mehreren Promis. Wenn dann die Diva schlechthin nach ihrer eigenen Beschreibung umgelegt wird, is das schon 'n Hammer, oder nich?«

»Ja, ist es.« Conny wollte die Gläser greifen.

»Tablett?«

»Ja, danke.« Sie hätten heute schon eine Pressekonferenz ansetzen sollen. Die Zeitungen würden am nächsten Morgen voll mit Gerüchten und Mutmaßungen sein. Der Heinze hatte natürlich überall erzählt, wie er Dorinda gefunden hatte. Den Rest reimten die Leute sich dazu. »Mist«, dachte Conny, »das hätte ich wissen müssen.« Sie hatte sich bis zum Tisch ihrer Kollegen durchgekämpft und stellte die Getränke ab. »Ich bringe das Tablett weg. Braucht ihr noch etwas?«

»Nö, danke.« Die beiden schüttelten die Köpfe.

»Ist alles für die Pressekonferenz vorbereitet?«, wollte sie wissen, als sie sich bei ihnen niederließ.

»Das ist eine FeiFei und keine ArFei, auch wenn du sie spendierst. Danke übrigens.« Marlene grinste. Conny verstand kein Wort. »Feierabend-Feige, keine Arbeits-Feige«, erklärte Marlene. »Ich bin schon bedient, dass ich morgen auch antreten darf«, maulte sie. »Da will ich wenigstens jetzt meine Ruhe haben.«

»Eine Frage wird ja wohl erlaubt sein«, wandte Michael ein. »Der Raum steht, Tisch und Stühle sind auch da. Das läuft.«

»Gut, danke.«

»Na dann, FeiFei!«, rief er fröhlich.

»Jo, und schönen Nikolaus«, ergänzte Marlene.

»Ebenso«, sagte Conny knapp.

»Diese Lesung war doch wohl ein Knaller, oder?« Michael schüttelte bei der Erinnerung den Kopf. »Dieser Livre soll angeblich ein Shooting-Star sein. Hörte sich für mich nicht so an.«

»Ich bin ein Baum«, zitierte Marlene und kicherte albern.

»Und dann diese wildgewordene Geigerin. Ich wette, die haben sie für ihren Auftritt kurz aus der Anstalt gelassen und hinterher wieder in Gewahrsam genommen.«

»Hoffentlich«, pflichtete Marlene ihm bei. Die beiden wechselten Blicke und sahen dann Conny an.

»Was? Entschuldigung, ich habe gerade nicht zugehört«, murmelte sie. Manni hatte etwas gesagt, das ihr nicht mehr aus dem Kopf ging.

Michael beugte sich zu ihr herüber. »Sag mal, ist alles in Ordnung bei dir? Du warst vorhin schon so kurz angebunden.«

»Ja, alles gut.« Sie sah in zwei Augenpaare, in denen ehrliche Besorgnis lag. »Mein Bruder ist heute bei mir aufgetaucht«, begann sie. »Nach einer gefühlten Ewigkeit. Wir hatten über zwanzig Jahre keinen Kontakt, ich wusste nicht einmal, ob er noch lebt.«

»Ach, du Scheiße!« Marlene nahm einen großen Schluck Bier. »Wart ihr zerstritten?«

»Nein, er ist einfach abgehauen.« Sie lachte bitter. »Unser Zuhause war nicht gerade das, was man eine intakte Familie nennt.«

»Ich hole noch 'ne Runde.« Marlene ging zum Tresen.

Nach zwei Wodka mit Feige, einem Alsterwasser und der Gelegenheit, ihr Herz auszuschütten, fühlte Conny sich etwas besser. Gleichzeitig packte sie eine bleierne Erschöpfung.

»Ich muss dringend schlafen«, sagte sie und erhob sich. Dann fiel ihr etwas ein. »Hat zufällig einer von euch diesen Krimi von der Schwarz im Regal stehen, dieses *Gefährliche Gier*?«

Michael nickte. »Ja, ich.«

»Könntest du mir den morgen bitte mitbringen? Manni hat da vorhin etwas gesagt. Er meinte, Dorinda sei nach ihrer eigenen Beschreibung umgelegt worden.« Sie sprach gedämpft, damit nicht jeder sie hörte. »Womöglich hat er recht, und sie wurde nicht nur in der von ihr verfassten Weise zur Schau gestellt.«

»Du meinst, der Mord wurde auch vorbildgerecht verübt?« Marlene strich ihr dickes, langes Haar hinter die Ohren.

»Wäre doch möglich.«

»Wäre es, ist aber nicht so«, ließ Michael sie wissen. »Tessa schneidet ihrem Opfer mit einer Angelsehne die Kehle durch.«

»Hat sie Handschuhe an?«

»Was?« Er verstand nicht.

»Trägt Tessa dabei Handschuhe?«

»Ja, das tut sie immer, wenn sie jemanden tötet.«

»Und sie wird als kräftige Frau beschrieben?«

»Ja, sie macht regelmäßig Krafttraining, hackt Holz für ihr Haus im Wald … Worauf willst du hinaus?«

»Ich wollte nur wissen, ob Frau Schwarz sich an die Realität gehalten hat, ob sie gut recherchiert hat.«

»Soweit ich das beurteilen kann, hat sie das«, meinte Michael. »Im Gegensatz zu einigen Kollegen«, setzte er hinzu und rollte mit den Augen.

»Ich bin ein Baum«, säuselte Marlene. »Hurz!«

Es war fast ein Uhr, als Conny ihr Häuschen erreichte. »Blöder Mist«, flüsterte sie. Um diese Zeit brauchte sie ihren Bruder nicht mehr anzurufen. Und Paul schon gar nicht. Sie nahm ihr Mobiltelefon zur Hand. Eine neue Nachricht. Paul kündigte an, mit der frühen Fähre zu kommen. Er bat sie, sich zu melden, falls er nicht bei ihr übernachten könne und sich eine eigene Unterkunft besorgen müsse. Gott sei Dank, im Ferienhaus gab es ein Doppelbett. Darum brauchte sie sich also nicht zu kümmern. Eilig räumte sie ihre Taschen leer und verstaute alles in den Schränken. Dann schlüpfte sie unter die Decke. Paul würde über Nacht bleiben. Ein wohliges Gefühl durchströmte sie.

Zwei Wochen vor Dorindas Tod

Mark klopfte an die Tür zu Dorindas Schreibzimmer. Keine Reaktion.

»Dorinda? Sandra hat mir gesagt, dass du da bist.« Wieder nichts. »Ich komme jetzt rein.« Er öffnete die Tür.

Dorindas Schreibtisch war üblicherweise leer. Nur der Monitor, die Tastatur, die Maus und ein Skizzenblock sowie natürlich einige Bleistifte hatten darauf ihren festen Platz. Um den Tisch herum herrschte jedoch Chaos. Es gab Stapel mit Büchern, vom Kriminalistiklexikon bis zum Anatomielehrbuch, von diversen Duden bis zum Literaturlexikon. Romane, Gedichtbände, Plakate ihrer Lesungen, verstreute Autogrammkarten, Stadtpläne, unzählige handgeschriebene Zettel, sogar einige ihrer Preise, wie etwa eine Feder aus Porzellan oder ein stilisiertes Ausrufezeichen aus echtem Gold, bedeckten den Boden und machten ein Durchkommen nahezu unmöglich. Jedenfalls, wenn man nicht auf all diese Gegenstände treten mochte.

Dorindas Oberkörper lag auf dem Schreibtisch. Die Tastatur hatte sie beiseitegeschoben, den Kopf auf ihre Unterarme gebettet.

»Dorinda, Liebes.« Er trat auf den Duden, schubste aufgerollte Plakate beiseite, um zu ihr zu gelangen. Sanft berührte er ihre Schulter. »Dorinda, hörst du mich? Ist alles in Ordnung mit dir?« Sie gab keinen Laut von sich. Er seufzte. Warum konnte sie nicht endlich aufhören, alle möglichen Mittel zu schlucken, und stattdessen eine Therapie beginnen? Sie war erfolgreich, ein Star. Es musste doch auch möglich sein, dass sie glücklich war! Ihm fiel eine kleine Schachtel auf, die er zur Hand nahm. Beruhigungstabletten. Er hatte sie einmal gefragt, wo sie so starkes Zeug überhaupt herbekam. Die Kaliber, die sie bei Bedarf schluckte, als seien es harmlose Schmerztabletten, waren rezeptpflichtig. Sie hatte ihm mit einem schelmischen Zwinkern erklärt, dass sie sich während ihrer zahlreichen Lesereisen eindeckte. Sie ging in fremden Städten immer zuerst in die Apotheke, nannte ihren Namen und behauptete dann, sie habe ihr Rezept zu Hause vergessen, bräuchte dieses oder jenes Mittel aber ganz dringend. Sie versprach, das Rezept nachzureichen.

»Es kommt nicht oft vor, dass sich jemand traut, mir nicht behilflich zu sein«, hatte sie ihm verraten. »Du wärst überrascht, wie viele von denen es auf sich beruhen lassen, wenn sie erfolglos auf meine Post mit dem Rezept warten.« Er erinnerte sich genau, wie sie sich damals demonstrativ über ihre Raffinesse amüsiert hatte. Er war ihr nicht auf den Leim gegangen, sondern hatte den Schmerz und die Hoffnungslosigkeit in ihren Augen gesehen. »Die wenigen, die es über einen Verlag versucht haben, weil sie natürlich keine Postadresse von mir ausfindig machen konnten, haben meist auch schnell aufgegeben.« Mark hatte sich aus mehreren Gründen von ihr getrennt. Einer war ihr schlechter Umgang mit ihrem Körper. Außerdem konnte er es nicht leiden, dass sie in der Öffentlichkeit und leider immer häufiger auch privat die Rolle der anspruchsvollen, exzentrischen Diva spielte. Er wusste, wie sie wirklich war und hatte sie angefleht, endlich mit dieser albernen Maskerade aufzuhören. Er hatte doch tatsächlich gehofft, dass sie sich ändern würde, um ihn zurückzugewinnen. Aber so gut hatte er sie dann wohl doch nicht gekannt. Wenige Tage, nachdem er sich von ihr getrennt hatte, teilte Rasmussen ihm mit, das eingereichte Exposé tauge nicht für einen zweiten Roman in seinem Hause. Die Ablehnung war ein Formschreiben gewesen. Kein persönliches Wort, keine Ermunterung, es nach dem ersten gemeinsamen Erfolg mit einem anderen Stoff zu versuchen, nichts. Mark ahnte sofort, dass Dorinda ihre Finger mit im Spiel hatte. Er sah die hässliche Szene wieder vor sich, die damit begann, dass er ihr sagte, es sei vorbei.

»Du verlässt mich?«, hatte sie ihn fassungslos gefragt und ihre Bestürzung wieder einmal hinter Arroganz versteckt. »Na schön, du hast gewonnen. Du bist mir zuvorgekommen. Oder glaubst du etwa, das mit uns wäre noch lange gelaufen? Denkst du, ich merke nicht, dass du einer dieser Honigsauger bist, die nur ihren Vorteil im Sinn haben?« Sie hatte ihn voller Hass angesehen. »Du wirst keinen Profit aus unserer kleinen Affäre schlagen«, zischte sie. »Ich werde Rasmussen sagen, dass er dich nicht zu bevorzugen braucht. Nicht mir zuliebe.« Er wusste es nicht sicher, aber er konnte sich gut vorstellen, dass sie Rasmussen die Pistole auf die Brust gesetzt hatte. Theis oder ich! Nicht lange danach hatte sie den Verlag gewechselt.

Er drehte die Medikamentenpackung in den Fingern. Sie war klebrig. Er hatte die dunklen Flecken für Kaffee gehalten, hatte gar nicht genau hingesehen. Dabei trank sie ausschließlich Tee, wenn sie arbeitete. Erst jetzt entdeckte er die kleinen Lachen, die unterhalb von ihren Handgelenken auf der Tischplatte glänzten.

»Dorinda!« Er packte ihre Schultern. Sie stöhnte. »Was machst du denn? Verdammt, du musst endlich erwachsen werden!« Er betrachtete ihre Unterarme. Das waren nur Schrammen. Eine Menge davon, einige auch tiefer. Die hatten wohl die stärkeren Blutungen verursacht. Aber sie hatte nicht versucht, sich die Pulsadern aufzuschneiden, sich das Leben zu nehmen. Immerhin.

»Sandra!« Er konnte es einfach nicht fassen. Die Schwestern lebten in einem Haus. Sandra hatte ein Auge auf alles, was Dorinda tat. Aber sie bemerkte nicht, wenn ihre Schwester sich selbst verletzte und sich mit zu vielen Pillen in einen Dämmerzustand versetzte. »Sandra, verdammt«, rief er lauter. Das Klappen einer Tür, Schritte, dann war sie da.

»Was ist denn los?«

Er hielt Dorinda in den Armen, die schwer atmete, ihre Handgelenke lagen gut sichtbar auf dem Tisch.

»Was los ist?«, fuhr er sie an. »Deine Schwester hat sich mal wieder mit Beruhigungstabletten ins Nirwana geschossen. Aber das ist noch nicht alles. Dieses Mal hat sie zusätzlich an sich herumgeschnitten.«

»Ist dir das noch nie aufgefallen? Ich meine, ihr beiden …« Sandra trat achtlos auf eine Autogrammkarte ihrer Schwester und kam zu ihnen herüber. Sie strich Dorinda über das Haar. »Es ist nicht das erste Mal, dass sie so etwas tut«, sagte sie sanft. »Ich dachte, du weißt es.«

»Sie trägt manchmal diese Stulpen.« Mark schloss die Augen. Die Erkenntnis, dass er es nicht bemerkt hatte, obwohl sie zusammen gewesen waren, erschreckte ihn und tat weh.

»Ja, wenn sie sich zu stark geritzt hat.«

»Sandra, sie gehört in eine Therapie!«

»Ich weiß.« Wieder streichelte sie ihrer Schwester über den Kopf. »Kannst du sie dazu bringen? Ich schaffe das nämlich nicht.« Sie sah ihn ruhig an. »Hilfst du mir, sie ins Bett zu bringen? Wenn sie dieses Zeug nimmt, geht jede Muskelspannung verloren. Dann ist sie schwer wie ein Pferd.« Sie lachte leise. Die beiden hakten Dorinda unter.

»Ich will nicht …«, lallte die und seufzte tief, als würde sie in dieser Sekunde einschlafen.

»Ich weiß nicht, welchen Zustand ich schlimmer finde«, sagte Sandra nachdenklich. »Den nach der Einnahme von Beruhigungs- oder den nach Aufputschmitteln. Mal muss ich sehen, wie ich sie bewegt kriege, ohne dass sie mir wegrutscht und stürzt, mal muss ich sie bändigen. So ist es eben. Das ist der Preis für ihre unglaubliche Kreativität.«

»Unsinn«, schimpfte Mark.

Nachdem Sandra ihre Arme mit einem feuchten Tuch sauber gerieben hatte und sie sicher waren, dass sie schlief, ließen sie Dorinda allein. »Ich bin überzeugt, Dorinda wäre genauso kreativ, vielleicht sogar noch besser, wenn sie sich nicht zugrunde richten würde, sondern es ihr gut ginge«, griff Mark den Faden wieder auf.

Kapitel 4

Von Inselschreibern und Heimatdichtern

Sonntag, 07. Dezember

Der Schnee war liegen geblieben. Er hatte der Insel ein weißes Kleid angezogen, das dort, wo Licht aus den Häusern auf die Wege und Vorgärten fiel, glitzerte wie eine Abendrobe. Es war noch dunkel, als die kleine Fähre in Kloster am Hafen festmachte. Conny hatte sich einen Schal um den Kopf geschlungen und die Hände tief in den Manteltaschen vergraben. Ihr Atem waberte als kleiner Nebel vor ihrem Gesicht. Sie hatte schlecht geschlafen. Im Traum hatte ihr Bruder mit einer Geige hantiert, an viel mehr erinnerte sie sich nicht. Irgendwo in einem Winkel weit hinten in ihrem Bewusstsein war ihr klar, dass auch ihre Eltern vorgekommen waren. Doch der Zusammenhang fiel ihr nicht mehr ein. Jedenfalls war sie mit einem beklommenen Gefühl erwacht. Dass die Nacht kurz gewesen war und sie zu wenig Schlaf bekommen hatte, setzte ihr außerdem zu. Sie freute sich, Paul in wenigen Augenblicken zu sehen, und hielt angestrengt nach ihm Ausschau. Zum ersten Mal ärgerte sie sich, dass sie ihre Beziehung nicht öffentlich gemacht hatte. Es wäre schön, ihn jetzt in den Arm zu nehmen, an sich zu drücken. Nur war das leider zu riskant. Er war ihr Chef. Nicht mehr und nicht weniger. Sie hatte ihn entdeckt und winkte. Er nickte ihr zu, lächelte. Conny ging ihm entgegen.

»Guten Morgen!« Sie reichte ihm die Hand.

Paul runzelte die Stirn. »Ich kriege keinen Kuss? Du willst doch wohl nicht auch hier auf der Insel diese Schmierenkomödie spielen.«

»Was dachtest du denn?«, gab sie patziger zurück, als sie es beabsichtigt hatte. Im Grunde war sie seiner Meinung, aber die Situation war nun einmal, wie sie war. Und er hätte sie wenigstens anständig begrüßen können. »Wir können nicht ausschließen, dass die Jessen oder der Wolter hier plötzlich auftauchen.«

»Ich nehme an, du hast mir auch eine eigene Unterkunft besorgt?«

»Nein, bei mir ist genug Platz.« Während sie das sagte, beschlich sie ein ungutes Gefühl. Niemand würde erfahren, dass sie sich das Bett teilten. Ob es aber glaubhaft war, dass ihr Chef auf dem kleinen Sofa schlief? Egal, sie würde die beiden Insel-Polizisten einfach einweihen und ihnen sagen, dass in Stralsund niemand etwas wusste. Bestimmt konnte sie sich darauf verlassen, dass sie den Mund hielten. Schweigend brachte Conny Paul zu dem kleinen Ferienhaus.

»Ist es nicht hübsch?« Die Sonne ging gerade auf und tauchte den kleinen Garten und das Reetdachhaus in kühles Winterlicht. Conny bemühte sich um einen unbeschwerten Ton. Sie hoffte, die Stimmung noch retten zu können. »So etwas könnte ich mir für uns auch gut vorstellen. Es müsste natürlich ein bisschen größer sein.« Paul sagte nichts. Er war wirklich böse. »Ich mache uns erst mal einen Kaffee. Hast du gefrühstückt?«

»Ja.«

»Okay, fein. Da drüben ist das Schlafzimmer. Im Schrank ist Platz für deine Sachen.«

»Hast du keine Angst, dass einer der Kollegen das kontrolliert?«

»Bitte, Paul, jetzt sei doch nicht beleidigt.« Er wollte etwas sagen, doch sie ließ ihn nicht. »Okay, du hast recht, es wird allmählich albern. Ich spreche nachher mit Wolter und erkläre ihm, dass du auch zu Hause mein Chef bist.« Sie versuchte es mit einem verschmitzten Lächeln.

»Schön wär's«, sagte er matt.

»Und den Kollegen in Stralsund schenke ich auch reinen Wein ein. Versprochen!«

»Versprich nichts, was du dann doch wieder nur verschiebst, Conny«, sagte er ernst. Er brachte seine Tasche in das Schlafzimmer. »Wann fängt die Matinee an?«, rief er von dort.

»Um halb elf. Ich möchte aber schon um halb zehn da sein, um mit einigen Leuten zu reden«, antwortete sie, während sie Kaffeepulver in den Filter löffelte.

Er setzte sich an den kleinen Tisch gegenüber der Küchenzeile. Seine sonst eher blassen Wangen waren von der Kälte gerötet.

»Schöne Idee, die Veranstaltung auf einem Segelschiff zu machen.« Er hatte von dem Dampfer, mit dem er gekommen war, ein Programmheft mitgenommen.

»Ja, aber nicht in dieser Jahreszeit. Ich habe gestern in diesem komischen *Zeltkino* schon gedacht, mein Hintern friert am Stuhl fest. Das war übrigens absurdes Theater.« Sie rollte mit den Augen und erzählte ihm alle Einzelheiten. Paul musste schmunzeln. Endlich. Sie informierte ihn über das Gespräch zwischen Rasmussen und Theis, das sie angehört hatte.

»Klingt interessant. Oberstaatsanwalt Kurtz hat sich übrigens mal die Jurymitglieder näher angesehen. Das sind alles Industrielle, wie dieser Herr Udnik selbst. Mit Literatur oder Kunst im weitesten Sinne haben die nichts zu tun.«

»Wahrscheinlich hat der niemanden gefunden, der im gleichen Atemzug mit ihm genannt werden wollte«, vermutete sie.

»Oder er brauchte nur jemanden, der seinen Namen zur

Verfügung stellt, aber keinen Wert auf ein Mitspracherecht legt.«

»Auch möglich.« Sie trank einen Schluck Kaffee. »Entschuldigst du mich bitte kurz? Ich muss telefonieren.« Sie zog ihren Mantel an.

»Hast du Geheimnisse?«

»Quatsch, nein, aber hier drinnen ist das Netz eine Katastrophe.« Sein Blick ging ihr durch und durch. Sie konnte ihn nicht beschwindeln. Schon gar nicht jetzt, wo er sich gerade wieder beruhigt hatte. »Es ist ein sehr privates Telefonat«, sagte sie langsam. »Kein Geheimnis in dem Sinne, aber auch nichts, was ich dir auf die Schnelle erklären kann.« Sie ging zu ihm, hockte sich hin und nahm seine Hände. »Bitte, Paul, vertraue mir. Ich führe dich heute Abend ganz schick zum Essen aus. Als Paar, ganz privat«, setzte sie schnell hinzu. »Dann erzähle ich dir alles. Einverstanden?«

Das Wetter spielte mit und setzte den Dreimaster perfekt in Szene. Der weiße Rumpf wiegte sich leicht auf der grauen Ostsee, die Masten stachen in knalliges Blau. Das gesamte Deck verschwand unter einer Zeltkonstruktion, die offenbar eigens dafür angefertigt worden war. Conny hatte Mühe, sich auf die Arbeit zu konzentrieren. Sie hatte ihren Bruder nicht erreicht. Ob er schon ihre halbe Einrichtung versilbert hatte? Ob er überhaupt noch da war?

»Das ist dein Privatkram«, sagte sie sich. »Du bist professionell und lässt dich davon jetzt nicht ablenken!«

Links und rechts an der Gangway waren Banner angebracht, die für das Schiff als originellen Veranstaltungsort warben. Conny notierte sich »www.kulturboot.com«. War bestimmt keine günstige Angelegenheit, so einen prächtigen Segler zu mieten. Am Ende der Gangway stand Udnik wie ein kleiner König.

»Ach nee, dat Fräulein Lorenz«, begrüßte er sie.

»Frau tut's auch«, entgegnete sie.

»Hab schon gehört, dass Sie wieder hier herumschnüffeln. Sie ham den Wolter auf mich gehetzt, richtig?«

Sie ging nicht darauf ein. »Darf ich vorstellen? Ronald Udnik, Veranstalter der Hiddenseer Literaturtage, Paul Paulsen …«

Udnik prustete los. »Na, dit is ma' een Name. Wenn unsereins sich den ausgedacht hätte …«

»Kriminalhauptkommissar«, sagte Conny und kostete jeden Buchstaben aus.

»Oh, äh, nischt für ungut. Ick wollte Sie nicht beleidigen.«

Paul reichte ihm die Hand. »Guten Tag, Herr Udnik.«

»Ja, Tach. Is 'ne schlimme Sache mit der Frau Schwarz. Haben Sie schon eine Spur?«

»Es gibt eine ganze Reihe von Spuren«, antwortete Conny und beobachtete aufmerksam seine Mimik. »Aber es ist noch zu früh, um zu wissen, welche davon uns zum Täter führt.«

»Na, mich haben Sie dieses Mal wohl nicht im Visier, wa?« Er lachte künstlich. »Ich hab ein Alibi. Außerdem wäre ich wohl kaum so blöd, meinen Star umzubringen.«

»Der Vortrag von Frau Schwarz hat doch bereits stattgefunden«, warf Conny ein.

»Na ja, aber heute hätte ich sie auch gern dabeigehabt.« Er wischte sich nervös über das Gesicht.

»Wäre sie die Inselschreiberin geworden?«, wollte Paul wissen.

»Det kann ick Ihnen noch nicht sagen. Na ja, also, wenn es unter uns bleibt … Ja, wäre sie.«

»So eine Überraschung!«, sagte Conny und verdrehte die Augen.

»Wat soll man denn machen?«, zischte er. »Ist doch völlig undenkbar, dass Dorinda Schwarz sich für ein solches Amt bewirbt und dann nicht als Siegerin dasteht«, sagte er mit verstellter Stimme, die wohl weiblich klingen sollte.

»Die hätte nie akzeptiert, dass ihr jemand anders vorgezogen wird.«

»Was hätte sie denn tun können?« Paul legte den Kopf schief.

»Mich ignorieren. Ich hätte sie zu keiner Veranstaltung mehr einladen brauchen. Und sie hätte unter ihren Kollegen ganz bestimmt auch keine Werbung für mich gemacht.« Er schnaubte. »Is so schon nich leicht, sich Respekt in der Literaturszene zu verschaffen.«

»Wie ich höre, besteht die Jury nicht gerade aus Größen dieser Szene«, hakte Conny ein. »Es handelt sich vielmehr um Industrielle, ist das richtig?«

»Und? Haben Sie wat dagegen?«

»Ich frage mich nur: Inwiefern sind die Herrschaften qualifiziert?«

»Ihr gesunder Menschenverstand und ihr eigener Geschmack qualifiziert die Herrschaften genug. Die ham sich sämtliche Bewerbungen unvoreingenommen angesehen. Die wissen nischt von U- oder E-Literatur. Und genau dat find ich jut.« Je mehr er sich ereiferte, desto stärker fiel Udnik in seinen Berliner Dialekt zurück.

Paul lächelte spöttisch. »Völlig unvoreingenommen ist die Wahl dann auf Frau Schwarz gefallen.«

»Kann schon sein, dass ich ein bisschen nachgeholfen habe. Na und? Meine Gründe kennen Sie. Und es hätte doch niemand einen Nachteil gehabt, oder?«

»Wer wird es nun eigentlich, wo Dorinda nicht mehr zur Verfügung steht?«, wollte Conny wissen.

»Warten Sie's ab!«

Udnik hatte sich wahrlich nicht lumpen lassen. Betrat man das Zelt, tauchte man in eine Welt aus Tausendundeiner Nacht ein. Erst fand Conny, eine maritime Gestaltung hätte dem Dreimaster besser zu Gesicht gestanden, dann kam ihr allerdings in den Sinn, dass es in der Sammlung von Erzählungen aus dem Morgenland um Scheherazade ging, die durch das Erfinden spannender Geschichten ihr Leben rettete. Die Autoren, die heute auftreten würden, mussten zwar nicht um das nackte Überleben schreiben. Das nahm Conny wenigstens an. Aber sie sicherten sich ihren Lebensunterhalt mit der Schreiberei. Insofern waren Dekoration und Ambiente irgendwie passend. Elektrische Heizgeräte surrten leise vor sich hin, konnten gegen die Kälte allerdings nicht genug ausrichten. Immerhin gab es sehr dicke Kissen, und es wurde rasch voll. Das ließ Conny hoffen, dass sie nicht wieder mit Eisbeinen nach Hause kommen würde. Ronald Udnik begrüßte das Publikum und fand erstaunlich einfühlsame Worte über Dorindas gewaltsames Ableben. Sogar seinen Dialekt hatte er vollständig im Griff. Am Ende seiner kleinen Rede bat er die Anwesenden, sich als Zeichen der Ehrerweisung im stillen Gedenken zu erheben und eine Minute zu schweigen.

»The Show must go on, das war ihr Motto«, sagte er anschließend. »Unter keinen Umständen hätte sie eine Veranstaltung, wie die Hiddenseer Literaturtage, abgebrochen. Ihre Schwester, die heute anwesende Sandra Schwarz, vertritt die gleiche Position, wofür ich ihr meinen tiefen Respekt und meinen Dank aussprechen möchte.« Applaus. Zögernd erst, dann kraftvoll und ausdauernd. Sandra saß mit gesenktem Kopf in der ersten Reihe seitlich von der kleinen Bühne. »Frau Schwarz wird nachher selbst noch das Wort ergreifen. Aber jetzt geht's erst mal los!« Er wies auf die Ernennung des ersten Hiddenseer Inselschreibers hin, die das furiose Ende der Matinee bilden sollte, wie er sich ausdrückte. Dann kündigte er die drei Autoren an, die vorher lesen würden. Dieses Mal hatte Conny zwei der Namen immerhin schon gehört. Den Auftakt bildete eine melancholische Geschichte um einen einsamen alten Mann, der sich langsam von seiner Vergangenheit verabschiedete. Conny lauschte ergriffen und nahm verstohlen Pauls Hand, was der mit einem fragenden Blick quittierte. Es folgte eine Lyrikerin, die herrlich zweideutige, teilweise rabenschwarze Gedichte vortrug. Es wurde viel gelacht, nicht selten mit kleinen Verzögerungen. Man musste die Texte kurz sacken lassen, bevor sie ihre ganze Wirkung entfalteten. Den Schlusspunkt setzte ein junger Mann, der von einem Ausreißer erzählte. Connys Magen krampfte sich zusammen. Die Parallelen zu ihrem Bruder waren geradezu unheimlich. Sie dachte einen Moment darüber nach, das Schiff zu verlassen, bis der Nachwuchs-Schriftsteller mit seiner Lesung fertig war. Doch sie konnte sich seiner ebenso rotzfrechen wie auf den Punkt treffenden Sprache nicht entziehen. Als es in die Pause ging, klatschte sie voller ehrlicher Bewunderung. Trotzdem war sie froh, es überstanden zu haben. Es gab heißen Punsch, exotisch gewürzte Geflügelspieße mit Datteln und Feigen und undefinierbare Süßigkeiten, die vermutlich noch in den Zähnen kleben würden, wenn die Literaturtage langsam in Vergessenheit gerieten. Zwanzig Minuten später war der große Moment gekommen. Udnik trat erneut vor das Publikum.

»Meine sehr verehrten Damen und Herren, ich freue mich wirklich sehr, dass sich so viele namhafte Literatinnen und Literaten um das symbolische Amt eines Inselschreibers auf Hiddensee beworben haben. Der oder die Glückliche erhält in wenigen Augenblicken die Ernennungsurkunde. Aber natürlich nicht einfach so von mir.« Er lachte. »Nee, dafür habe ich ganz reizende Damen eingeladen, die uns jetzt mit ihrem Tanz verzaubern werden.« Auf sein Zeichen betraten drei Bauchtänzerinnen in Haremshosen, mit knappen Oberteilen, die den Bauch frei ließen, und Schleiern vor den Gesichtern die Bühne. Musik setzte ein, und die Frauen begannen, im Rhythmus ihre Hüften kreisen zu lassen. Conny musste an den Weihnachtsmann auf dem Tresen der *Kuscho* denken.

»Hoffentlich frieren die sich nicht ihre Verzierungen ab«,

flüsterte Conny. Pauls Antwort war ein Schmunzeln. Am Ende der Darbietung zog eine der drei eine Rolle aus Papier aus ihrem Ausschnitt und reichte sie Udnik. Als ob er ablesen müsste, was er nun zu sagen hatte.

»Tja, meine Damen und Herren«, begann er mit belegter Stimme, nachdem die Tänzerinnen wieder entschwunden waren. »Hier steht es schwarz auf weiß. Die Wahl der Jury ist auf ...« Er machte eine Kunstpause. »Auf Dorinda Schwarz gefallen«, beendete er den Satz. Er las die Begründung vor. Conny sah zu Sandra hinüber, deren Lippen ein wenig zu zittern schienen. »Sosehr wir alle bedauern, dass sie dieses Amt nicht mehr antreten kann, so stolz sind wir doch, Ihnen einen Zweitplatzierten nennen zu können, der sich ganz bestimmt nicht verstecken muss. Er hat erst einen Roman auf dem Markt.« Udnik sah in die Runde und genoss offenkundig die Spannung, die beinahe greifbar war. »Was heißt hier erst?«, fuhr er fort. »Er hat einen Roman veröffentlicht. Davon können viele junge Schriftsteller nur träumen. Und die Verkaufszahlen sollen beachtlich sein. Der Verleger ist heute auch hier. Wir können ihn nachher fragen. Bestimmt gibt er gerne darüber Auskunft.« Er lachte schallend. Dann erzählte er ein wenig über den geheimnisvollen Mann, der an Dorindas Stelle treten würde, und über dessen Erstling. Je länger er sprach, desto lauter wurde das Raunen und Tuscheln. Immer mehr sahen sich suchend im Zelt um. Sie ahnten, von wem hier die Rede war. Conny ließ ihren Blick durch die Reihen schweifen. Sie erkannte Rasmussen und nur wenig von ihm entfernt auch Mark Theis. Eine hübsche blonde Frau redete gerade aufgeregt auf ihn ein. Sie hielt ihn für den Gewinner, das war unverkennbar.

»Sie haben ihn alle längst erkannt«, sagte Udnik gerade. »Der erste Inselschreiber von Hiddensee ist Mark Theis!« Applaus brandete auf. Die Blondine fiel dem vollkommen überraschten Theis um den Hals. »Knutschen können Sie später noch, nu erst mal rauf auf die Bühne!«, kommandierte Udnik fröhlich.

»Der Ex-Lover von Dorinda«, flüsterte Conny Paul hinter vorgehaltener Hand ins Ohr. Er hob überrascht die Augenbrauen.

»Ich bin überwältigt«, sagte Theis. Das war die Wahrheit, wenn er nicht ein verdammt guter Schauspieler war. »Und ich bin unendlich traurig. Dorinda Schwarz hätte hier stehen sollen. Sie hätte diese Ehrung verdient wie keine andere«, sagte er leise. Stille. Nur das Surren der Elektroheizgeräte und das gedämpfte Schlagen der Wellen an den Schiffsrumpf waren zu hören. Selbst das Klicken der Kameras verstummte für einen kurzen Moment. Theis schluckte, holte tief Luft. Dann sagte er mit fester Stimme: »Ich widme der von uns allen hochgeschätzten Dorinda das Werk, das innerhalb des Jahres auf dieser Insel entstehen wird. Ich weiß natürlich, dass ich ihr nicht das Wasser reichen kann, aber ich hoffe sehr, dass es ein Buch wird, das ihr gefallen hätte. Danke!« Er verbeugte sich leicht und elegant. Applaus setzte ein. Sandra war die Erste, die sich erhob. Nach und nach standen alle auf. Mark Theis blickte in die Runde. Conny sah Tränen in seinen Augen schimmern.

»Sie haben gleich noch mehr Grund, sich zu bedanken«, meldete sich Udnik zu Wort. »Es war ein gut gehütetes Geheimnis, mit welcher monatlichen Summe der Inselschreiber unterstützt wird. Dieses Geheimnis werde ich jetzt lüften. Ich bin ziemlich stolz, dass es mir gelungen ist, so großzügige Sponsoren zu finden. Lieber, verehrter Herr Theis, halten Sie sich fest! Das Amt des Hiddenseer Inselschreibers …« Wieder machte er eine wirkungsvolle Pause. Dann ließ er die Katze aus dem Sack: »… ist mit fünftausend Euro monatlich dotiert.« Ein Raunen ging durch die Menge, dann wieder Applaus. Theis sah noch überraschter aus als zuvor. »Ja, da staunen Sie. Det dürfen Sie ruhig.« Udnik war sehr zufrieden. Er konnte sich einiger ausführlicher Artikel sicher sein. Theis bedankte sich erneut. Nachdem er sich, seine Urkunde und einen symbolischen Scheck in der Hand, wieder gesetzt hatte, betrat Sandra Schwarz die kleine Bühne. Sie sorgte für das nächste fassungslose Staunen.

»Meine Schwester hätte sehr gerne zwölf Monate auf dieser wunderschönen Insel verbracht. Den Verlust können wir alle noch gar nicht ermessen. Ich am wenigsten.« Sie musste ein paar Mal tief durchatmen, bevor sie weitersprechen konnte. »Mark Theis ist ein würdiger Sieger.« Sie sah ihn an und lächelte. »Ich bin sicher, Dorinda hätte niemanden lieber auf dieser Position gesehen als ihn.« Nach einer kleinen Pause setzte sie schmunzelnd hinzu: »Sich selbst natürlich ausgenommen.« Leises vorsichtiges Lachen. Sandra hingegen wurde ernst. »Meine Schwester ist nicht durch einen tragischen Unfall ums Leben gekommen, sie ist kaltblütig umgebracht worden. Ich wünsche mir von Herzen, dass derjenige zur Verantwortung gezogen wird, der ihr das angetan hat.« Conny beobachtete diejenigen, die in irgendeiner Weise mit Dorinda in Verbindung gestanden hatten: die Verleger Rasmussen und Heinze, Theis natürlich, den Buchhändler und Udnik. Ihre steinernen Mienen verrieten nichts. »Und zwar schnell. Deshalb setze ich fünfzigtausend Euro aus.« Tuscheln erfüllte das Zelt. »Fünfzigtausend Euro für den maßgeblichen Hinweis, der zur Festnahme des Mörders meiner Schwester führt«, beendete sie ihre Ausführung. Conny und Paul sahen sich an. »Gerade entdecke ich die leitende Kommissarin im Publikum. Sie nimmt sicher gern jede vermeintlich noch so unbedeutende Information entgegen.« Alle Blicke waren auf Conny gerichtet.

»Hätte sie mir das nicht vorher sagen können, statt mich so zu überrumpeln?«, zischte sie Paul aus dem Mundwinkel zu.

Nachdem alle Reden gehalten waren, wurden die ersten Hiddenseer Literaturtage offiziell als beendet erklärt. Zwei junge Damen liefen mit Tabletts herum und reichten Sekt. Die Autoren der Lesung und natürlich Mark Theis würden noch eine Weile anwesend sein, hatte es geheißen, so dass man sich Autogramme holen, Bücher signieren lassen oder einfach ein paar Fragen stellen konnte.

»Glühwein oder noch besser heißer Sanddornsaft wäre passender«, meinte Conny. Es dauerte nicht lange, bis der erste Journalist sich zu ihr durchgekämpft hatte.

»Sie sind die leitende Kommissarin? Gibt es denn schon eine Spur? Und halten Sie es für sinnvoll, von privater Seite eine Belohnung auf Hinweise auszusetzen?«

»Guten Tag«, sagte Conny und sah ihn vorwurfsvoll an. »Wenn Sie sich vorgestellt und mir gesagt hätten, für wen Sie arbeiten, hätte ich Ihnen sagen können, ob Ihre Redaktion eine Einladung zur Pressekonferenz erhalten hat. Wie dem auch sei, die PK findet heute Nachmittag statt.« Sie nannte ihm Ort und Zeit. »Wenn Sie mich jetzt entschuldigen würden. Ich habe zu tun. Kriminalhauptkommissar Paulsen steht Ihnen aber sicher gern zur Verfügung.« Sie lächelte verbindlich, ließ die beiden stehen und schlängelte sich durch die Menschenmenge, die sich anscheinend nicht auflösen wollte. »Herr Theis, kann ich Sie kurz sprechen?« Sie bahnte sich ihren Weg zwischen Journalisten, Autogrammjägern und der Blondine hindurch, die in einem Pulk um den frischgebackenen Inselschreiber standen.

»Im Moment ist es schlecht. Sie sehen ja, was hier los ist«, sagte Rasmussen nicht gerade besonders freundlich. Interessant, der Verleger schien sehr darum bemüht zu sein, seine möglicherweise von Dorinda initiierte Ablehnung wiedergutzumachen.

»Ja, das sehe ich.« Sie zückte Ihren Dienstausweis. »Und Sie sehen ja, dass ich darauf keine Rücksicht nehmen kann.«

Conny sah kurz in die Runde. »Wenn Sie uns bitte entschuldigen würden.« Die kleine Menschentraube zerstreute sich, wobei zwei Reporter versuchten, sich in der Nähe herumzudrücken. Sie hofften wohl darauf, das eine oder andere aufzuschnappen. Klar, wenn der zukünftige Inselschreiber womöglich verdächtig wäre, hätten sie eine gute Story.

»Gehen wir nach nebenan«, schlug Conny vor. Sie verschwanden hinter dem Vorhang, durch den die Lesenden und die Bauchtänzerinnen aufgetreten waren. »Meinen Glückwunsch!«, begann Conny. »Sie hatten nicht mit dem Sieg gerechnet, oder?«

»Nein, wirklich nicht.« Unbändige Freude war das nicht gerade, die er ausstrahlte. »Alle haben damit gerechnet, dass die Wahl auf Dorinda fällt. Und das wäre ja auch so gewesen, wenn sie nicht …« Er stockte. »Ich habe mich gefragt, ob man aus Gründen der Pietät die ganze Sache verschiebt oder ob man wirklich einen Ersatz aus dem Hut zaubert. Dabei wäre ich aber nie darauf gekommen, dass ich das sein könnte«, sagte er leise. Er war groß und schlank mit breiten Schultern. Sein schwarzes Haar stand in einem interessanten Gegensatz zu seinen blauen Augen. Ein wenig erinnerte er sie an Oberstaatsanwalt Kurtz, wobei die Augen von Theis auffallender und heller waren. Aber auch er hatte klassische Gesichtszüge. »Ich hatte mich fast ein bisschen aus Verzweiflung beworben«, gestand er, »in letzter Sekunde. Mein Verleger hatte gerade mein zweites Exposé abgelehnt, und ich wusste, dass es woanders nicht viel besser aussehen würde. Also dachte ich, dass ich im Geschäft bleiben könnte, wenn ich dieses Amt übernehmen dürfte.«

»Herr Udnik sagte, Ihr erster Roman hat sich ganz gut verkauft. Warum wollte Ihr Verleger dann keinen zweiten? Ist das nicht ungewöhnlich?«

»Ja und nein.« Er dachte nach. »Normalerweise will ein Verlag natürlich nachlegen, wenn er einen Titel gut verkauft hat. Andererseits sind ordentliche Verkaufszahlen eines Erstlings noch kein Anlass für Freudensprünge. Es ist einfach nur ein Anfang.« Theis zog den Reißverschluss seiner dicken Strickjacke zu. Die Aufregung, die vielen Menschen oder beides hatten ihn die Kälte bisher wohl nicht spüren lassen. »Wissen Sie, es spielen so viele Dinge eine Rolle bei der Entscheidung für oder gegen einen Romanstoff.«

»Spielen auch andere Autoren eine Rolle, die beispielsweise Einfluss auf den Verleger ausüben?« Sie sah ihm in die Augen.

»Wen meinen Sie damit?«

»Dorinda Schwarz zum Beispiel.«

»Wer hat Ihnen das erzählt?«

»Das ist unerheblich. Herr Theis, Sie hatten allen Grund, sauer auf Dorinda zu sein. Und Sie profitieren erheblich von ihrem Ableben. Nur dadurch kommen Sie demnächst in den Genuss eines extrem hohen monatlichen Honorars. Nicht schlecht, wenn man gerade noch befürchten musste, beruflich keinen Fuß mehr auf die Erde zu bekommen.«

»Ich war nicht sauer auf Dorinda. Jedenfalls nicht lange. Ich habe sie geliebt.« Seine Augen schimmerten.

»Aber sie hat Sie abserviert. Beruflich und privat.«

In seinem Blick flackerte Erstaunen auf, dann sagte er fest: »Ich habe mich von ihr getrennt.«

»Obwohl Sie sie geliebt haben?«

»So ist es. Manchmal muss jemand erst mal seine Dämonen besiegen, bevor er für eine ernsthafte Beziehung bereit ist. Ich hätte ihr dabei geholfen, aber Dorinda wollte sich diesen Dämonen nicht stellen.« Conny musste schlucken. Wenn es nach Paul ging, wären sie längst verheiratet. Sie war es, die die Bindung immer ein wenig locker und unverbindlich hielt. Auch Conny versuchte, ihre Dämonen einfach zu ignorieren. Womöglich hatte Theis recht, und das funktionierte nicht.

Sie räusperte sich. »Wo waren Sie in der Nacht von Donnerstag auf Freitag, Herr Theis?«

»In Stralsund. Ich hatte eine Lesung aus meinem ersten Roman«, antwortete er ruhig. »Ich bin mit dem Schiff am Freitagnachmittag gekommen. Wollen Sie das Ticket sehen?«

»Nein, danke.« Eine Lesung war eine öffentliche Sache. Die Kollegen würden das leicht überprüfen können, aber Conny kannte das Ergebnis bereits. »Eine Frage noch: Wenn Sie selbst erst am Freitag angereist sind, woher wissen Sie dann so genau, dass Herr Rasmussen gegen seinen ursprünglichen Plan schon am Donnerstag auf der Insel war?«

Theis runzelte die Stirn. »Sie sind sehr gut informiert«, sagte er langsam.

»Ich gebe mir Mühe, meinen Job ordentlich zu machen.« In Gedanken setzte sie hinzu: »Wenn ich es im Privatleben schon nicht schaffe.«

»Der Literaturbetrieb ist wie eine große Familie. Es wird trefflich über jeden getratscht, der gerade nicht anwesend ist. Und wenn einer für viel Geld per Taxiboot nach Hiddensee übersetzt, statt das günstigere Schiff zu nehmen, dann ist das ein gefundenes Fressen.«

Conny blieb nicht genug Zeit, um wegen der Pressekonferenz nervös zu werden. Es war beinahe drei Uhr, als sie und Paul das Segelschiff verließen und wieder festen Boden unter die Füße bekamen. Auf dem Weg zum Rathaus von Vitte, in dessen Sitzungssaal die PK stattfand, organisierte sie eilig eine Kutsche, die sie am Abend zum Essen im *Bootshaus* in Grieben bringen würde. Für mehr reichte es nicht. Im Rathaus angekommen, besprach sie mit Paul grob, was gesagt werden durfte, was lieber nicht. Wobei sich diese Frage kaum stellte, da es ohnehin so vieles gab, das längst jedem auf der Insel bekannt war, deswegen sicher auch allen Journalisten. Conny war trotzdem froh, sich mit ihm abstimmen zu können. Es war das erste Mal, dass sie eine solche Veranstaltung leiten und vor einer nicht unerheblichen Menge Reportern an ein

Mikrofon treten musste. Zwei Kamerateams waren als Erstes vor Ort. Sie bauten ihre Ausrüstung auf. Dann ging alles sehr schnell. Kriminalkommissarin Conny Lorenz dankte den Damen und Herren von der Presse für ihr Kommen. Sie berichtete, dass der Fundort der Leiche in deutlicher Anlehnung an eine Szene aus *Gefährliche Gier* gestaltet worden war. Auch dass er auf dem Dornbusch im Norden der Insel lag und dass es einer von Dorindas Verlegern war, der sie entdeckt hatte, ließ sie die Anwesenden wissen. Sie gab offen zu, von der Summe überrascht worden zu sein, die Sandra Schwarz auf Hinweise, die zur Aufklärung des Verbrechens führten, ausgesetzt hatte.

»Ich kann mich der Aufforderung von Frau Schwarz nur anschließen. Jeder, der etwas gesehen hat, etwas Ungewöhnliches, Rätselhaftes, der eine Person beobachtet hat, soll sich bitte unbedingt bei der Polizei melden. Wer also einen mitternächtlichen Spaziergang zum Leuchtturm unternommen hat oder dort oben in aller Frühe joggen war und dem dabei etwas aufgefallen ist, ist gefragt. Es könnte sein, dass Dorinda Schwarz nicht an dem Ort getötet wurde, an dem man sie gefunden hat. Aus diesem Grund sind auch Beobachtungen, die in der Nacht von Donnerstag auf Freitag in Kloster, beziehungsweise zwischen dem Ort und dem Hügelland gemacht worden sind, von Interesse für uns. Bitte scheuen Sie sich nicht, sich zu melden«, sagte sie schließlich eindringlich, »selbst wenn Sie für unerheblich halten, was Sie beobachtet oder gehört haben. Für unsere Ermittlungsarbeit kann es von Bedeutung sein. Danke sehr.«

Die Lämpchen, die anzeigten, dass die Kameras liefen, erloschen. Einige der Journalisten stellten Fragen nach Verdächtigen. Ob auch der zukünftige Inselschreiber unter Verdacht stehe, wollte einer wissen. Immerhin profitiere er doch in finanzieller Hinsicht.

»Ein nachvollziehbarer Gedanke«, antwortete Conny.

»Den hatten wir auch schon.« Sie lächelte freundlich. »Ich kann Ihnen sagen, dass Herr Theis für die vermutete Tatzeit ein Alibi hat, da er auf dem Festland aus seinem Roman gelesen hat.« Den Reportern war anzusehen, dass sie die Antwort zufriedenstellte. »Er müsste schon einen Killer geschickt haben«, ergänzte sie zwinkernd. »Aber dies ist die Realität und kein Roman, weshalb diese Option nicht gerade ganz oben auf unserer Liste steht.«

»Was hältst du von einer Siesta«, schlug Conny Paul vor. »Wir haben noch über eine Stunde, bis wir zum Essen abgeholt werden. Wenn wir uns beeilen …« Bevor er antworten konnte, platzte Marlene dazwischen. Im Schlepptau hatte sie einen älteren Mann, dessen Haut von Wind und Wetter gegerbt war. Er trug einen zerschlissenen blauen Wollmantel, an dessen Ärmel Marlene ihn in das Rathaus gelotst hatte.

»Moin!« Sie nickte Paul kurz zu. »Conny, das is Fiete, Fiete Jessen. Der möchte eine Aussage machen.« Sie wandte sich an den Mann, den sie Fiete nannte und der nicht den Eindruck erweckte, als sei er freiwillig hier. »Ne, Fiete, is doch so, du willst der Kommissarin doch erzählen, was du gesehen hast?«

»Nö, dat wull ik egens nich«, murmelte er widerwillig. »Ik wull dat nur di …«

»Fiete, ich bin auch bei der Polizei. Deine Aussage hat bei mir die gleichen Konsequenzen.«

»Die wat?« Er sah sie an, die Stirn krausgezogen.

»Frau Lorenz ist aber nun mal zuständig und verantwortlich. Und wenn du scharf auf die Belohnung bist, musst du schon mit ihr schnacken.« Etwas versöhnlicher beruhigte sie ihn: »Ist 'ne ganz Nette!«

»Danke für die Blumen.« Conny griente. »Na, dann schießen Sie mal los, Herr Jessen.« Als sie den Namen aussprach, stutzte sie und sah Marlene fragend an, die ihn endlich losgelassen hatte.

»Wir sind verwandt«, bestätigte die. »Um hundert Ecken.«

»Paulsen«, stellte Paul sich vor und schüttelte Fietes Hand. »Wenn es Ihnen lieber ist, können wir uns auch unterhalten.«

»Prima, und ich haue mich aufs Ohr«, verkündete Conny fröhlich. Da hatte sie die Rechnung aber ohne Fiete gemacht. Nachdem er zunächst überhaupt nicht mit Fremden sprechen wollte, sprudelte er im nächsten Moment los, als wäre es morgen zu spät. Er habe Frau Schwarz doch nur mal aus der Nähe sehen wollen. Na ja, nee, er hätte da auch ein paar Fragen auf dem Herzen gehabt. Wenn sich also eine Gelegenheit ergeben hätte, mit ihr zu reden, hätte er sich natürlich gefreut, aber belästigt habe er sie natürlich nicht. Nein, ganz bestimmt nicht. Nur ein einziges Mal habe er versucht, sie zu treffen.

»Weißt du doch, Marlene, hast mich ja gesehen an dem Abend.« Die nickte. »Ja, nachdem diese snaakschen Tanten mit so 'ner schwarzen Plörre herumgeplanscht haben, wollte ich erst schon nach Hause gehen. Dachte, nu is sowieso nix mehr zu machen, und die Frau Schwarz will nur noch ihre Ruhe haben.«

»Aber Sie sind nicht nach Hause gegangen?«, hakte Conny ein.

»War ik schon fast, bin aber wieder umdreiht.«

»Warum?«

Er knetete die Hände, denen man ansehen konnte, dass sie schon viel angepackt und schwer gearbeitet hatten. »Na ja, is doch nich schön, wenn so was passiert. Und denn noch auf Hiddensee. Wat sollte die denn von uns denken?«

»Na, die Tanten waren schließlich nicht von hier«, verteidigte Marlene sofort ihre Insel.

»Nee, die nich. Trotzdem.« Fiete kaute auf der Unterlippe. »Ik dachte man blots, es wär nett, wenn sich jemand bei ihr entschuldigen würde und gucken, ob alles wieder im Lot is.«

»Und Sie meinten, das sei Ihre Aufgabe.« Conny sah ihn ernst an.

»Jo. Nich, dass es am Ende keen en macht. Dachte ich«, sagte er unsicher.

»Jetzt erzähl doch mal, was du beobachtet hast«, ermunterte Marlene ihn.

»Ach so, ja, das … Also ik bin zurück, und da hab ich eine Gestalt gesehen. Die sah aus wie diese Superhelden, wissen Sie?« Conny runzelte fragend die Stirn. »Na, so'n Held mit Umhang eben.«

Conny warf Paul rasch einen Blick zu, der ganz und gar auf Fiete konzentriert war. »Wo haben Sie diese Gestalt genau gesehen?«, wollte sie wissen.

»Na, dat war nich weit von de Kark wech. Da is doch dieser ganz schmale Sandweg kurz vorm Mühlberg. Weißt schon, Marlene«, sagte er und sah sie flehend an.

»Das ist mehr ein Trampelpfad als ein Weg«, erklärte die nickend und strich sich die Haare hinter die Ohren. »Auf dem kann man von der Kirche parallel zum Kirchweg laufen. Man kommt hinter dem Hauptmann-Haus raus. Ganz nah bei der Villa von dem Udnik«, ergänzte sie.

Conny machte sich Notizen. »Und weiter?« Sie sah auf.

»Wie, weiter?« Fiete blickte hilflos von Marlene zu Paul und dann wieder zu Conny. »Nix weiter.«

»Kam die Gestalt aus dem Weg, oder stand sie nur still da?«, half die ihm auf die Sprünge. »War sie allein?«

»Ach so, jo, der Kerl war allein.«

»Sind Sie sicher, dass es ein Mann war?«

Er dachte nach. »Nö. Aber diese Superhelden sind doch Kerle«, überlegte er laut. »Oder nich?«

»Na, Catwoman ist eindeutig eine Frau«, warf Marlene ein.

Die kannte Fiete nicht. Nun konnte er das auch nicht mehr so genau sagen. Es war immerhin zappenduster gewesen, rechtfertigte er sich. Dann fiel ihm Connys Frage wieder ein.

»Dieser Typ kam den Weg herunterspaziert. Nee, der is eher geschlichen, hat sich immer wieder umgeguckt. Und keinen Muckser hat der gemacht, nich mal die Schritte hat man gehört.« Conny lächelte ihm aufmunternd zu. »Und denn kam die Frau Schwarz den Kirchweg hoch. Die war schon fast am *Kirchblick*, aber da ist die Gestalt ganz schnell zu ihr hin.«

»Und dann?« Connys Puls beschleunigte sich. Das konnte wirklich ein wichtiger Hinweis sein.

»Dann bün ik wech.« Er zuckte mit den Schultern. »Ik heff doch nich an Moord dacht!« Fiete machte große Augen. »Die standen so nah zusammen, da wollt ik nich stören.«

Manchmal war Höflichkeit einfach fehl am Platz.

Jakob Staudinger hatte es sich nicht nehmen lassen, seine Lieblingskriminalkommissarin, wie er sagte, und ihren Begleiter selbst an einen Zweiertisch zu führen, der im hinteren Teil des *Bootshauses* stand. Nach einem knappen Wortwechsel hatte er sich entschuldigt. Er hatte eine Weihnachtsfeier und ein Klassentreffen zu betreuen. Das erforderte seine ganze Aufmerksamkeit. Auf dem Tisch stand ein kleines Adventsgesteck mit Seesternen darauf. In der Mitte flackerte eine Kerze. Auch das Fenster neben ihnen war festlich und gleichzeitig ein wenig maritim dekoriert und von zwei Kerzen erhellt. Die Kellner und Kellnerinnen trugen Uniformen, die an Matrosenanzüge angelehnt waren. Es duftete nach Tanne, nach Zimt und nach Gebratenem.

»Eine nette Idee, mit einer Kutsche herzufahren«, stellte Paul fest, nachdem sie ihre Bestellung aufgegeben hatten. Paul hatte sich für einen Rotwein zum Essen entschieden, Conny blieb lieber bei einer Sanddorn-Schorle. Nur keinen Alkohol, schon gar nicht heute. »Ich könnte auf die Idee kommen, du wirst auf deine alten Tage noch romantisch.«

Sie sah ihn an, und ihr wurde flau im Magen. Es hätte ein wirklich romantischer Abend werden können, aber sie musste mit ihm reden. Über ein ganz und gar nicht romantisches Thema.

»Vielen Dank auch für die alten Tage.« Sie setzte eine beleidigte Miene auf. »Und übrigens solltest du lieber nicht auf Ideen kommen. Auf Hiddensee hat man nicht viele Möglichkeiten, wenn man von A nach B will. Laufen, mit dem Rad oder mit der Kutsche fahren, viel mehr gibt es nicht. Es sei denn, wir hätten uns den Polizeiwagen geliehen, aber ich wollte Herrn Staudinger doch nicht beunruhigen.« Sie drückte den weichen Rand der Kerze vorsichtig zur Flamme, so dass die schmelzende Wachsmenge zunahm. Wie sollte sie nur anfangen? Paul beobachtete sie. Konnte er nicht einfach ein wenig plaudern? Sie konnte später noch von ihrem Bruder erzählen. Das wäre sicher früh genug. Aber nein, er wartete ab, dass sie von allein zur Sprache brachte, was sie beschäftigte. Sie holte tief Luft. »Das Telefonat heute Morgen ...«, begann sie zögernd. »Ich habe versucht, meinen Bruder anzurufen.«

»Du hast wieder Kontakt zu ihm?« Das Kerzenlicht ließ Schatten über Pauls Wangen hüpfen und zauberte Reflexe in die grauen Strähnen seines frisch geschnittenen Haares. Wie wach und warm sein Blick in diesem Moment war.

»Er ist in Stralsund.«

»Ach.« Die Überraschung war ihm ins Gesicht geschrieben. »Das ist doch schön, oder? Viel hast du bisher nicht von ihm erzählt, aber ich hatte den Eindruck, dein großer Bruder hat in deinem Leben eine wichtige Rolle gespielt.«

Sie nickte zaghaft. »Das hat er.« Dann atmete sie tief ein. »Er stand gestern, als ich von der Besprechung nach Hause kam, vor meiner Tür. Ich glaube, er hat schon länger keinen festen Wohnsitz mehr und auch keine Anlaufstelle, wo er unterschlüpfen könnte.«

»Du glaubst? Du hast ihn nicht danach gefragt?«

»Nein. Ich hatte doch nur ein paar Minuten, um meine Sachen zu packen. Dann hätte ich eigentlich gleich wieder aufbrechen müssen. Und ich war geschockt.«

»Das verstehe ich.« Kurze Pause. »Du sagst, du glaubst, er habe schon länger keinen festen Wohnsitz mehr. Hast du nie versucht, seinen Aufenthaltsort zu ermitteln?«

»Einmal, aber das ist lange her.« Sie starrte in die Flamme. Dieses Mal dauerte das Schweigen lange. Schließlich sagte sie düster: »Ohne meinen Bruder hätte ich den Horror bei meinen Eltern nicht überlebt. Manchmal wäre ich gern abgehauen. Bin ich aber nicht!« Ihr Ton verriet ihre ganze Wut, die sich ein halbes Leben aufgestaut hatte.

»Du kannst ihm nicht verzeihen, dass er gegangen ist«, stellte Paul fest.

»Das stimmt nicht«, gab sie gereizt zurück. »Es war vollkommen richtig.«

»Es kann ja sein, dass es richtig war, trotzdem hat es dich enttäuscht.«

Sie musste schlucken. Tränen stiegen in ihre Augen, und sie musste sich konzentriert an dem Gesteck zu schaffen machen, als eine junge Kellnerin die Getränke servierte. Bloß nichts anmerken lassen.

»Zum Wohl!« Paul erhob sein Glas, sobald sie wieder allein waren.

»Zum Wohl«, sagte sie leise und zwang sich zu einem Lächeln.

»Du hast dich einsam gefühlt und im Stich gelassen. Das ist ganz normal«, nahm er den Faden wieder auf.

»Du hast in letzter Zeit wohl zu viel mit dem Wennemann zu tun gehabt, mit diesem Psychologiestudenten«, scherzte sie halbherzig.

»Dafür brauche ich nicht die Meinung eines Fachmanns. Ist doch klar: Ein kleines Mädchen hat nur einen festen Halt im Leben, seinen großen Bruder. Der haut von einem auf den anderen Tag ab, ohne sie vorzuwarnen. Die Kleine fühlt sich verraten und vor allem unendlich allein.« Er griff über den Tisch und legte seine Hand auf ihre. Wieder so ein schmerzhaft dicker Kloß in ihrem Hals. Es dauerte ein wenig, bis sie antworten konnte.

»Er hat mir so gefehlt!«, flüsterte sie.

Die Bedienung brachte die Vorspeisen. Conny bekam eine Tomatensuppe, Paul hatte Tapas gewählt, die auf einer Schiefertafel serviert wurden. Sie rührte gedankenverloren in ihrer Suppenschale. Am liebsten würde sie auf der Stelle versuchen, Axel anzurufen. Ob er jetzt zu Hause war?

»Ich habe ihm angeboten, in meiner Wohnung zu bleiben, solange ich nicht da bin. Ich hätte ihn doch schlecht wegschicken können, ihn auf die Straße setzen. Im Dezember!«

»Selbstverständlich nicht. Es ist doch schön, dass er jetzt eine Bleibe hat und du weißt, wo du ihn erreichen kannst.« Paul sah sie eindringlich an. »Oder stimmt etwas nicht mit ihm?«

»Ich glaube, er hat ein Drogenproblem. Ich bin nicht sicher, aber die Anzeichen waren ziemlich eindeutig. Paul, ich habe keine Ahnung, ob ich noch Möbel habe, wenn ich zurückkomme. Natürlich habe ich ihm auch etwas Geld dagelassen, damit er sich etwas zu essen kaufen kann. Wenn er das für Drogen ausgibt, kommt er nicht weit. Ich möchte mir nicht ausmalen, was er dann tut.«

Paul legte die Zahnstocher, mit denen er Datteln im Speckmantel, Artischocken oder auch Sardellen in den Mund befördert hatte, fein säuberlich in eine Vertiefung am Rand der Schiefertafel. Sie lagen in einer geraden Reihe exakt parallel zur leicht erhabenen Kante.

»Morgen habe ich hier noch zu tun, aber am Dienstag brauchen wir sowieso wieder eine Teambesprechung in der Inspektion. Ich hoffe, er ist dann noch da.«

»Du musst dich mit ihm aussprechen«, meinte er ernst. »Wie viele Jahre habt ihr kein Wort miteinander gewechselt?« Sie zuckte nur mit den Schultern und schüttelte den Kopf. »Ich nehme an, du hast ihm noch nie gesagt, wie du dich gefühlt hast, als er gegangen ist. Das musst du unbedingt tun.«

»Wofür soll das gut sein? Ich finde es schlauer, die Vergangenheit endlich ruhen zu lassen.«

»Das ist überhaupt nicht schlau, Conny. Vielleicht bleibt er in Stralsund. Dann kannst du ihm helfen. Aber dafür musst du ihm vertrauen. Er dir übrigens auch. Und das klappt nur, wenn ihr reinen Tisch macht. Du musst wissen, wie er die letzten Jahre verbracht, wie er sich gefühlt hat. Er muss wissen, wie wütend du auf ihn warst, nachdem sich die Traurigkeit verwandelt hatte.«

Seine Worte hallten in ihr nach. »Ich glaube kaum, dass ich auf die Schnelle einen Therapieplatz für ihn finde. Außerdem ist meist ein fester Wohnsitz oder zumindest ein geklärter Aufenthaltsstatus nötig.«

»Wenn wir uns mit ganzer Kraft für ihn einsetzen, finden wir auch eine Therapieeinrichtung, die ihn aufnimmt.«

»Wir?«

»Ja, Conny, wir. So ist das bei Paaren. Und als solches sind wir doch heute unterwegs. Hast du das nicht gesagt?« Da saß er vor ihr in einem seiner geliebten Rollkragenpullover. Burgunderrot zur schwarzen Hose. Sehr elegant. Er strahlte eine ungeheure Souveränität aus. Plötzlich schien alles ganz klar und beinahe einfach. Zumindest in der Theorie. Warum hatte sie sich ihm nicht sofort anvertraut? »Gemeinsam kriegen wir das schon hin. Vorausgesetzt, dein Bruder spielt mit.« Nach einem kurzen Moment meinte er: »Du kannst ihm deine Wohnung überlassen und zu mir ziehen. Dann hat er einen festen Wohnsitz ganz in unserer Nähe.« Jetzt schmunzelte er verschmitzt. »Das ist absolut selbstlos. Ich denke dabei ausschließlich an deinen Bruder und an deinen Kater.«

»So siehst du aus.« Sie musste lachen.

»Im Ernst, für deinen Bruder wäre es ein Segen, um aus der

Szene wegzukommen. Und Häppchen würde sich bestimmt freuen, wenn Frauchen wieder regelmäßig in der Nähe wäre.«

Sie kniff die Augen zusammen. »Aber was ist mit dir? Du müsstest womöglich leise Jazz hören. Es würden Sachen von mir herumliegen.«

Er sah sie verunsichert an. »Warum? Du könntest dir bei der Gelegenheit auch gleich Ordnung angewöhnen.«

»Du bist nicht ordentlich, Paul, du bist pedantisch«, erklärte sie ihm liebenswürdig. Dann wurde sie ernst. »Glaubst du wirklich, du kannst es mit mir aushalten? Nicht nur besuchsweise, sondern ständig, meine ich.«

»Wie lange predige ich dir schon, dass wir uns ein Haus suchen und heiraten sollten?«

»Moment, von Heiraten ist aber nicht gleich die Rede, nur weil ich zu dir ziehe.«

»Du machst es also?«

»Wenn mein Bruder noch da ist und dableibt«, sagte sie leise, »ja, dann würde ich dein Angebot gerne annehmen. Danke, Paul!«

»Schade, dass es nur wegen deines Bruders ist.«

»Nicht nur«, sagte sie sanft. »Auch wegen Häppchen.«

Er kniff die Augen zusammen. »Raus mit dir!«, sagte er drohend.

»Was?«

»Geh raus, bevor der Hauptgang kommt, und ruf ihn an!« Paul hasste es, wenn jemand, mit dem er Zeit verbrachte, zwischendurch telefonierte. Aber er kannte sie eben auch sehr gut und wusste, wie unruhig sie war, wie gern sie jetzt zu Hause anrufen würde. Ein warmes Gefühl durchströmte sie.

»Ich weiß das zu schätzen, Paul, wirklich.« Sie stand auf und gab ihm einen Kuss. »Danke. Bin gleich wieder da.«

Nachdem Conny mit ihrem Bruder gesprochen hatte, konnte sie das Essen und den Rest des Abends beinahe entspannt genießen. Zwar war das Telefonat kurz ausgefallen, und sie konnte nicht einschätzen, inwieweit Axel ehrlich zu ihr war, aber er war noch da. Das war das Wichtigste. Sie hatte mehrfach erwähnt, dass sie am Dienstag nach Stralsund kommen und sich den Abend für ihn reservieren würde, und hoffte inständig, das würde ihn dazu bewegen, auch weiterhin zu bleiben. Über den Fall Dorinda Schwarz sprachen Paul und sie nicht. Sie redeten über Literatur und Musik, unterhielten sich über das Leben auf einer Insel wie Hiddensee. Conny schaffte es sogar, mit ihm über ein gemeinsames Haus nachzudenken.

»Wenn wir in Altefähr etwas finden, erfüllt sich dein Wunsch, auf einer Insel zu leben, und es ist trotzdem nicht weit von der Kriminalpolizeiinspektion entfernt.«

»Aber wir müssten jeden Morgen über den Rügendamm fahren«, gab sie zu bedenken. »Nach Feierabend das Ganze noch mal. Ich weiß nicht.« Sie überlegte. »Warum sehen wir uns nicht mal in der Frankensiedlung um? Wenn wir Glück haben, ist eins der hübschen alten Häuser zwischen dem Strelasund und der Kleingartensiedlung zu haben. Ein altes Häuschen mit Garten und Blick auf vorbeifahrende Segelschiffe, das wäre schon etwas«, sagte sie verträumt.

»Das wäre wunderbar«, stimmte er ihr zu.

Jakob Staudinger, ein Bayer, der auf Hiddensee hängengeblieben und Chef des *Bootshauses* war, trat an ihren Tisch. Erst jetzt fiel Conny auf, dass sich die Reihen der Gäste bereits deutlich gelichtet hatten.

»Ich habe Sie in den Abendnachrichten gesehen«, berichtete Staudinger, nachdem er sich erkundigt hatte, ob das Essen zu ihrer Zufriedenheit gewesen war. »Wir haben in der Küche einen winzigen Fernseher in einer Ecke unter der Decke montiert«, erklärte er. »Auf einem sehr übersichtlichen Eiland zu leben und Arbeitszeiten zu haben, die sich ein wenig ungünstig über den Tag verteilen, ist eine schwierige Kombination für jemanden, der gerne sehr aktuell informiert ist.« Er zwirbelte den rötlich-braunen Schnurrbart, der akkurat zu kleinen Schnecken gedreht war. »Eine Zeitschaltuhr sorgt dafür, dass ich die Zwanzig-Uhr-Nachrichten und die um Mitternacht nicht verpasse, ohne dass der Apparat ständig laufen muss und meine Mitarbeiter ablenkt.« Er lächelte freundlich. »Ein bisschen ungewöhnlich, ich weiß, hat sich aber bewährt.«

»Nicht das einzig Ungewöhnliche an ihm«, dachte Conny und betrachtete sein kinnlanges gewelltes Haar. Sie hatte Staudinger bei ihrem ersten Fall auf der Insel kennengelernt. Er war ein Unikum mit auffallend guten Manieren und Umgangsformen, die ihn ein wenig altmodisch erscheinen ließen. Nachdem sie zunächst nicht schlau aus ihm geworden war, hatte sie seine ausgeprägte Wahrheitsliebe und seinen anständigen Charakter am Ende sehr schätzen gelernt.

»Ihre Lebensgefährtin hat eine sehr gute Figur vor der Kamera gemacht«, sagte er gerade zu Paul. »Sie hat Ihnen vielleicht erzählt, dass ich Sie um diese Frau beneide?«

»Nein.« Paul lächelte überrascht. »Das hat sie nicht.«

»Dazu ist sie wahrscheinlich zu bescheiden und zu feinfühlig«, meinte Staudinger. »Aber es ist so. Als Frau Lorenz das erste Mal auf Hiddensee war, sind wir uns bereits begegnet, und ich war auf Anhieb fasziniert von ihr.« Staudinger setzte sich zu ihnen und ließ noch eine Runde Wein bringen. Dieses Mal sagte auch Conny nicht Nein. Sie plauderten über ihren ersten Einsatz auf Hiddensee. »Ich wollte in ihrer Nähe sein. Und was ist passiert? Sie hielt mich für einen Halunken, hat mich über den Friedhof verfolgt, ist bei einem Sprung gestürzt und hat sich das Knie verletzt. Ich hatte ein schrecklich schlechtes Gewissen.« Conny erinnerte sich nur zu gut an diese Szene. Es hatte eine ganze Weile gedauert, bis sie die Krücken wieder losgeworden war. Irgendwann kamen sie auf den Mord an Dorinda Schwarz zu sprechen. »Es ist keine hochgeistige Literatur, aber ich gestehe: Ich liebe ihre

Krimis. Ich hätte die Dame gern mal live erlebt, aber aus beruflichen Gründen konnte ich nicht zu ihrem Vortrag kommen. Schade.«

»Das Restaurant lässt Ihnen nicht viel Zeit, was?« Paul mochte ihn. Das war nicht zu übersehen.

»Wir hatten ein Klassentreffen hier. Knapp vierzig Personen, die ein Drei-Gänge-Menü gebucht hatten, da ist einfach zu viel vorzubereiten. Und alles muss stimmen. Solche Veranstaltungen überlasse ich ungern dem Personal.«

»Sagten Sie nicht, Sie hätten heute auch ein Klassentreffen hier? Ist das ein Zufall, oder kommt das häufig vor?«

»Kein Zufall, die Insel scheint mir zu den liebsten Orten zu gehören, die Leute wählen, um Menschen zu treffen, mit denen sie vor zehn, zwanzig oder dreißig Jahren zur Schule gegangen sind!« Staudinger lachte. »Das hat mich auch überrascht, als ich neu hier war. Inzwischen habe ich eine Erklärung dafür gefunden. Wenn die Herrschaften ihre Begegnungen auf Hiddensee haben, kann keiner weg. Auch wenn man sich nichts mehr zu sagen hat. Es fährt abends einfach kein Schiff.« Seine Augen blitzten amüsiert.

»Sie hätten Dorindas Vortrag also gern angehört?«, kam Conny wieder auf den Fall zu sprechen.

»Ja, durchaus. Andererseits, es war ein Vortrag und keine Lesung aus einem ihrer spannenden Werke. Und diese Emanzipationspamphlete interessieren mich dann doch nicht ganz so sehr. Nicht, dass Sie mich falsch verstehen«, sagte er eilig. »Ich halte die Unterdrückung des weiblichen Geschlechts gewiss für ein wichtiges Thema. Nur mag ich Damen eben lieber als diese Emanzen, wenn Sie verstehen.« Das war typisch für ihn, fand Conny. Gab es heutzutage überhaupt noch Damen? Wollten Frauen nicht einfach als moderne gleichberechtigte Wesen wahrgenommen werden, statt als Damen oder Emanzen? Egal, bei ihm wirkte es irgendwie charmant, wenn er so über das weibliche Geschlecht sprach.

Mit einem Mal zog er die buschigen, über der Nasenwurzel zusammengewachsenen Augenbrauen hoch. »Dieses Mal verdächtigen Sie mich hoffentlich nicht, oder?«

Conny schüttelte den Kopf. »Ihr Alibi ist leicht zu überprüfen. Sie hatten ein Klassentreffen hier mit knapp vierzig Personen, sagten Sie? Außerdem hat sogar der Staatsanwalt in höchsten Tönen von Ihrer Ehrlichkeit und Integrität geschwärmt.« Oberstaatsanwalt Kurtz war, wie Staudinger auch, Mitglied im Rotary-Club. Ehrlichkeit spielte bei den Rotariern eine bedeutende Rolle, und einige von ihnen setzten diese Einstellung sogar im täglichen Leben um, wie Conny gelernt hatte.

»Sehen Sie!« Er strahlte. »Darauf trinken wir.« Er hielt das Glas in die Höhe und sah zufrieden in die Runde.

»Was macht die Krimis von Frau Schwarz aus?«, wollte Paul wissen. »Ich habe noch keinen gelesen. Bisher.«

»Nun, jeder empfindet das gewiss anders. Mich fasziniert der Blickwinkel, aus dem die Episoden erzählt werden. Sie schlüpfen als Leser in die Figur der Tessa, einer psychopathischen Serienkillerin. In der Realität ist einem ein solcher Mensch mit seinem Denken und Handeln natürlich vollkommen fremd.« Er trank einen Schluck Wein. Immer wieder sah er sich kurz um, ob alles seinen Gang ging oder ob er gebraucht wurde. »Schon im ersten Teil war ich gefesselt davon, wie gut es Dorinda Schwarz gelingt, die Sichtweise der Mörderin zu erklären. Die hat nie aus Habgier oder nur aus purem Vergnügen getötet. Es gab immer einen plausiblen Grund. Wenn ich es auch nicht wahrhaben wollte, so hat es doch nicht lang gedauert, bis ich mit Tessa mitgefiebert und sie verstanden habe.« Conny verzog skeptisch das Gesicht. »Ich weiß genau, was Sie denken. Und eben dieser Widerspruch, dieser innere Kampf, den Frau Schwarz ihren Lesern abverlangt hat, macht den Reiz aus.« Jetzt war seine Begeisterung nicht mehr zu stoppen. Er erzählte von den verschiedenen Mordfällen, von seinem Lieblingsband und natürlich von *Gefährliche Gier*. »Das war ein Paukenschlag. Man glaubte bereits, dieses Mal geht Tessa der Polizei ins Netz. Aber nein! Denken Sie sich, sie begeht einen zweiten Mord ausschließlich zur Ablenkung. Damit führt sie die Ermittler auf eine andere Spur und kann in letzter Sekunde entkommen.« Er freute sich, als habe er soeben selbst seinen Kopf aus einer Schlinge gezogen. In der nächsten Sekunde wurde seine Miene ernst. »Sehen Sie, genau das meine ich. Man sollte doch mit der Polizei mitfiebern und hoffen, dass diese mordende kranke Person endlich dingfest gemacht wird. Per Verstand tut man das auch. Aber das Herz schlägt für die Mörderin. Dieses Dilemma schürt so viele Emotionen. Ich glaube, das macht diese Bücher so unglaublich erfolgreich«, schloss er.

»Na, dann hoffen wir mal, unser Täter kennt nicht alle Details der Inhalte und macht ihr nicht noch mehr nach. Einen Mord zur Ablenkung kann ich nämlich überhaupt nicht gebrauchen.« Conny seufzte.

Es war Zeit, sich zu verabschieden. Die Männer tranken noch einen Grappa zusammen, um die Wartezeit auf die Kutsche zu überbrücken.

Montag, 8. Dezember

So früh, wie Paul am Vortag angekommen war, so früh brach er am nächsten Morgen auf. Conny war lange vor dem Wecker wach geworden. Sie hatte ihn betrachtet, wie er dalag und schlief. Selbst während er träumte, zeigten sich Falten auf seiner Stirn, als habe er schwierige Aufgaben zu bewältigen. Sein Gesicht war ihr zugewandt, ein Ellenbogen war angewinkelt, die Hand lag neben seiner Schläfe. Eine typische Haltung für ihn. Sie hatte ihn angesehen und daran gedacht, wie sie eng aneinandergeschmiegt eingeschlafen waren. Es überwältigte sie, wie uneingeschränkt sie sich auf ihn verlassen konnte, wie selbstverständlich er ihre Probleme zu seinen machte und ihr bei der Lösung half.

»Ich liebe dich«, hatte sie geflüstert und gestaunt, wie einfach es ihr über die Lippen gekommen war. Paul wünschte sich, dass sie es öfter sagte, aber sie versteckte sich meist hinter der Behauptung, derlei Aussagen für albern und unnütz zu halten. Die Wahrheit war, dass sie Angst vor ihren eigenen Gefühlen hatte, noch dazu, wenn das Gefühl Liebe hieß. Ihre Eltern hatten sich angeblich geliebt, als sie geheiratet und eine Familie gegründet hatten. Und wohin hatte das geführt?

Es war ein nebliger Morgen, die Temperatur musste ein paar Grad über dem Gefrierpunkt liegen. Die Feuchtigkeit kroch Conny in die Knochen. Sie fröstelte. Wenigstens blies nur ein normaler Wind, anstatt dass einem ein Sturm die Tränen in die Augen trieb.

»Ich bin kurz im Büro zu erreichen und fahre dann direkt nach Greifswald«, informierte Paul sie in seinem sachlichen Chef-Ton, als sie zu dem kleinen Hafen gingen. Conny wurde noch kälter. Nicht wegen des Tonfalls, der war in Ordnung, sondern wegen Greifswald.

»Was willst du denn da?«, fragte sie überflüssigerweise, denn sie wusste es natürlich.

»Ich werde den Kollegen im Institut für Rechtsmedizin einen Besuch abstatten. Mal sehen, was sie uns über Dorinda Schwarz sagen können.«

»Du brauchst doch nicht extra hinfahren. Das kannst du doch auch telefonisch erledigen.«

»Ich möchte mir die Leiche selbst ansehen. Außerdem ist es immer besser, vor Ort mit den Obduzenten zu sprechen.«

»Es kann nicht zufällig sein, dass du vor allem mit einer bestimmten Obduzentin sprechen willst?« Conny sah ihn von der Seite an.

»Du bist eifersüchtig!«, stellte er fest und schmunzelte.

»Bitte? So ein Quatsch!«

»Doch, ganz klar. Es hat dir neulich schon nicht gefallen, dass Kathi Fittkau meine Handynummer hat.«

»Unsinn. Es hat mich überrascht. Das war alles.«

»Das ist ja nicht wahr«, beharrte er fröhlich. »Es hat dich gewurmt. So sieht es aus.«

»Und?« Sie zuckte demonstrativ die Schulter. »Du hast mir gesagt, dass es in diesem Punkt keinen Grund zur Eifersucht gibt. Also …«

»Damit ist das für dich erledigt?«

»Selbstverständlich. Warum nicht?« Ihr Ton sprach eine andere Sprache.

»Dann ist es ja gut.« Eine Weile herrschte Schweigen.

Conny sah auf die Fähre, die eben festmachte. »Weiß sie eigentlich, dass ich nicht nur deine Mitarbeiterin bin?« Sie gab sich alle Mühe, ihre Frage beiläufig klingen zu lassen.

»Nein, das weiß niemand. Du willst doch, dass wir es geheim halten.«

»Aber nicht unbedingt im Institut in Greifswald. Das ist doch wie mit Marlene und Michael. Ich werde ihnen privat sagen, wie es ist, und sie bitten, das für sich zu behalten. Das könntest du mit dieser Fittkau auch so machen.«

»Kathi«, korrigierte er. Sie warf ihm einen eisigen Blick zu. »Oder Frau Fittkau. So viel Zeit muss sein.«

»Ach, das ist mir doch zu dumm! Ehrlich, es ist mir egal, was Frau Fittkau denkt oder nicht. Ich bin doch nicht im Kindergarten, dass ich so etwas stundenlang diskutieren muss.« Pauls belustigter Gesichtsausdruck machte ihre Laune nicht besser. Sie zupfte ihren dicken Schal bis über die Nase und sah zu, wie ein Mitarbeiter an Bord des soeben eingetroffenen Schiffchens sich anschickte, die Gangway anzulegen, damit zuerst die Passagiere, die aus Stralsund gekommen waren, aussteigen und dann die neuen Fahrgäste einsteigen konnten. In wenigen Augenblicken hieß es also Abschied nehmen.

Conny wollte nicht, dass sie in dieser unangenehmen Stimmung auseinandergingen. Sie musste das in Ordnung bringen und tat es auf ihre Weise, indem sie wieder sachlich wurde und ihn als ihren Chef behandelte.

»Morgen haben wir dann also Teambesprechung, ja?« Er nickte. »Schön. Denkst du, es wäre möglich, dass ich, wenn ich dann wieder auf die Insel gehe, Matthias Wennemann als Verstärkung mit nach Hiddensee nehme?« Er sah sie lange an. Das war ein Blick, den sie bei ihm noch nicht kannte. Er gefiel ihr überhaupt nicht.

»Ach, Conny, du bist so durchschaubar.« Er machte Anstalten, einfach davonzugehen.

»Bitte? Wieso, was meinst du?« Sie stellte sich ihm in den Weg.

»Muss ich das wirklich erklären? Ich dachte, du kannst solchen Kinderkram nicht ausstehen.«

»Paul, ich weiß nicht, was du willst. Du bist der Chef, du entscheidest, ob ich den Praktikanten haben kann.« Was sollte daran kindisch sein? Manchmal war Paul wirklich ein Rätsel für sie.

»Es liegt doch auf der Hand, Conny. Du denkst, wenn ich dich mit Kathi Fittkau eifersüchtig machen kann, kannst du das mit diesem Wennemann schon lange.«

Sie schnappte nach Luft. An alles hatte sie gedacht, aber daran nicht. Dummerweise erklärte sie ihm nicht, warum sie den Studenten zu Rate ziehen wollte, sondern sagte nur schnippisch: »Matthias oder Herr Wennemann. So viel Zeit muss sein.«

Eine halbe Stunde später hatte Conny sich ein Elektrofahrrad geliehen und war nach Vitte zur Polizeistation gefahren.

»Moin, ihr zwei, ich muss euch etwas sagen«, begrüßte Conny Marlene und Michael, die anscheinend auch gerade erst gekommen waren. Beide hatten noch von der Kälte gerötete Gesichter. Marlene sammelte die Kaffeebecher ein, um sie spülen zu gehen, Michael fuhr seinen Computer hoch. »Paul Paulsen, mein Chef, den du gestern kennengelernt hast, Marlene, ist auch mein Lebensgefährte. So, das wäre geklärt.« Sie ließ die beiden nicht zu Wort kommen, obwohl Marlene ganz offensichtlich sofort einen Kommentar loswerden wollte, wie ihre begeistert leuchtenden Augen verrieten. »Ich wäre euch sehr dankbar, wenn ihr das nicht herumtratschen würdet. In meiner Dienststelle wissen die Kollegen noch nichts. Ich will es ihnen demnächst selber sagen.« Erst jetzt schälte sie sich aus dem Mantel und hängte ihn an die Garderobe.

»Na, Glückwunsch!«, rief Marlene gut gelaunt. »Der sah nett aus. Warum hast du das für dich behalten? Ist doch keine Schande, mit einem Kriminalhauptkommissar zusammen zu sein. Im Gegenteil.« Sie pfiff durch die Zähne.

»Siehst du, genau deshalb habe ich es für mich behalten«, entgegnete Conny gereizt. »Warum bekommt eine unerfahrene Schauspielerin eine Hauptrolle?« Sie sah von einem zum anderen. »Weil sie mit dem Regisseur schläft«, beantwortete sie die Frage selbst. »Was glaubt ihr, was die Kollegen denken, weshalb eine unerfahrene Kriminalkommissarin in eine Dienststelle geholt und mit der Leitung interessanter Fälle betraut wird?« Wieder ein Blick in die Runde. »Eben. So, und jetzt würde ich gern arbeiten.« Ihr entging nicht, dass die Hiddenseer Kollegen tiefe Blicke tauschten, bevor Marlene mit den drei Kaffeebechern verschwand.

»Wo wir gerade alleine sind«, begann Michael. »Wir hatten gestern einige Anrufe, Leute, die sich gemeldet haben, weil sie etwas beobachtet haben wollen. So viel war hier noch nie los.« Er lachte, sah Connys unbewegte Miene und wurde sofort wieder ernst. »Jedenfalls hat Pia Nehmer angerufen. Die arbeitet im Hotel *Meerblick*, in dem die Schwestern Schwarz abgestiegen sind.«

»Was hat sie gesagt?«

»Sie hat Fiete Jessen gesehen. Im Hotel. Genauer gesagt: Im Flur vor der Suite.«

»Interessant.«

»Ich hab's Marlene nicht erzählt, weil die doch irgendwie mit Fiete verwandt ist.«

»Schon in Ordnung. Dann werde ich mich mal mit Frau Nehmer unterhalten. Und anschließend nehme ich mir dann wohl diesen Fiete vor. Der hat mir gestern nämlich weismachen wollen, er habe nur ein einziges Mal versucht, Dorinda zu treffen. Das war anscheinend nicht ganz die Wahrheit.«

Marlene kam wieder herein. Sie balancierte drei Becher, in denen heißer Kaffee dampfte, auf einem Tablett. Conny zog sich ihren Mantel über.

»Und was ist mit Kaffee?« Marlene verstand die Welt nicht mehr. Wenn Conny sich nicht einmal dafür Zeit nahm, war irgendetwas absolut nicht in Ordnung.

Conny ging zum Hotel *Meerblick* und wartete auf Pia Nehmer, die laut Aussage einer Kollegin nur rasch eine Besorgung für einen Gast machte. Im Kamin flackerte ein Feuer, so dass das Foyer sehr warm war. Sie zog ihren Mantel aus und legte ihn sich über den Arm. Sie musste wieder an den kühlen schnellen Abschied von Paul am Morgen denken. Wie konnte er ihr nur unterstellen, sie wolle ihn mit Matthias Wennemann eifersüchtig machen? Das war ganz und gar absurd. Der Praktikant war noch grün hinter den Ohren. Was sollte sie wohl mit ihm anfangen? Dass er Psychologie studierte und sie gerade in diesem Fall vielleicht gut unterstützen konnte, in dem sie es mit Egomanen, durchgeknallten Fans, vergeistigten Dichtern und anderen schrägen Typen zu tun hatte, war ihm nicht einmal in den Sinn gekommen. Von wegen: »Wir sind ein Paar und lösen Probleme gemeinsam.« Wie sollte das wohl funktionieren, wenn er nicht einmal professionell mit ihr arbeiten konnte, wenn er privaten Ärger in berufliche Überlegungen einbezog? »Total unprofessionell«, dachte sie wütend.

»Frau Lorenz?« Eine Frau um die Mitte fünfzig stand vor ihr. Sie trug eine weiße Bluse und einen dunkelblauen Rock. »Pia Nehmer.« Sie streckte Conny die Hand hin. »Meine Kollegin sagt, Sie kommen wegen meiner Aussage.«

»Ja, das ist richtig, Frau Nehmer. Können wir irgendwo ungestört reden?« Hinter der Rezeption gab es einen kleinen Raum, in dem Gäste, die bereits ihr Zimmer räumen mussten, aber erst mit der Nachmittagsfähre abreisten, ihr Gepäck lassen konnten.

»Nicht gerade gemütlich, aber hier stört uns bestimmt keiner.« Pia schloss die Tür hinter ihnen. »Ja, wenn Sie noch Fragen haben, fragen Sie gerne. Oder geht es schon um die Belohnung? Muss ich die eigentlich versteuern?«

»Das Geld ist für solche Hinweise gedacht, die maßgeblich zum Täter führen«, gab Conny ruppig zurück. »Es muss sich erst mal zeigen, ob Ihre Hinweise das leisten können.« Sie warf ihr einen vernichtenden Blick zu. »Dann erzählen Sie mir doch mal, was Sie schon meinem Kollegen gesagt haben!«

»Das war so: Der Fiete, Fiete Jessen, der aus dem Heimatmuseum, wissen Sie? Der ist hier im Hotel herumgegeistert.« Sie dachte nach. »Das war am Donnerstag. Der Herr Udnik hatte einen Kasten Pralinen mit einem Kärtchen hier abgegeben, das zur Begrüßung in der Suite für die Frau Schwarz liegen sollte. Ich habe es eben schnell selbst hinaufgebracht, und da sehe ich den Fiete im Flur direkt vor der Suite.«

»Hat er Ihnen gesagt, was er da wollte?«

»Er wäre noch nie bei uns im Hotel gewesen, hat er gesagt. Und er wollte doch mal wissen, wie ein Star so wohnt. Ich sollte ihm die Suite sogar aufschließen, damit er mal gucken kann. Das habe ich aber natürlich nicht gemacht.« Ihre Wangen bekamen eine rosige Farbe. »Na ja, ich bin ja sowieso rein und hab die Tür offen gelassen. War doch der Fiete, dem mochte ich das nicht ausschlagen. Der is außerdem harmlos.«

»Hat er die Suite betreten?«

»Nee, höchstens einen Schritt hinein kann er gemacht haben. Ich hab ja auch gleich wieder zugesperrt.«

»Das ist alles?«

»Nein, nein. Am späten Nachmittag, nachdem die Damen Schwarz angereist waren, habe ich ihn noch mal gesehen. Da drüben, auf der anderen Seite der Rezeption.« Sie deutete hinter sich. Conny lehnte an zwei leeren übereinander angebrachten Regalbrettern, die sich während der Saison sicher so manches Mal unter der Last von Koffern und Taschen bogen. Der kleine quadratische Raum wurde nur von einer schwachen Lampe erhellt. Der Fußboden, irgendein Kunststoffzeug, war fleckig, es roch muffig. Die hässliche Seite des schicken Vier-Sterne-Hauses. Was mochte einen im Keller oder in anderen Wirtschaftsräumen erwarten? »Er wollte gerade die Treppen hinaufsteigen«, erinnerte Pia sich. »Ich habe ihn gefragt, was er schon wieder bei uns will. Da hat er etwas davon gemurmelt, dass er hoffte, Dorinda Schwarz kurz sprechen zu können, bevor sie zu ihrer Veranstaltung geht. Und er wolle doch sicherstellen, dass sie auch alles habe, was sie braucht.« Sie schüttelte den Kopf. »Dabei sind dafür ja wohl wir zuständig.«

»Das ist Ihnen alles erst eingefallen, nachdem eine Belohnung ausgesetzt wurde?«

»Ach du meine Güte, nee. Nee, aber das is doch der Fiete. Den kennt hier jeder, müssen Sie wissen. Den mag auch jeder leiden, obwohl er ein Dösbaddel is. Aber eben ein lieber.« Da gab es noch mehr, was sie auf dem Herzen hatte, nur fiel es ihr offenbar schwer, den beliebten Fiete zu verraten. »Bei Mord hört der Spaß ja wohl auf«, platzte sie plötzlich heraus. »Lieber Kerl oder nich. Das ist nämlich so: Der Fiete wollte unbedingt selber bei den Literaturtagen auftreten. Der hat selbst mal ein Buch geschrieben.«

»Ich weiß.«

Damit hatte Pia nicht gerechnet. »Ach so, ja. Na, jedenfalls hat er vorher schon immer gefragt, wann er denn mal eine Lesung im Gerhart-Hauptmann-Haus machen könnte. Natürlich haben ihn alle ausgelacht.«

»Wieso natürlich?«

»Na ja, der Fiete ist doch kein Autor oder so was. Der ist nich die hellste Kerze auf dem Kuchen, wenn Sie verstehen. So einer kann doch nicht beim Hauptmann ...« Sie war durcheinander. »Ich weiß nur, dass er nie durfte. Als dann bekannt wurde, dass der Udnik gleich ein ganzes Festival auf die Beine stellen will, hat der Fiete sich sofort gemeldet, damit er mitmachen kann.«

»Er wurde wieder abgewimmelt, richtig?«

»Klar! Der Udnik wollte nur große Namen, seriöse Schriftsteller.« Conny musste an die Lesung im Zelt denken. Ich bin ein Baum. War das seriös? »Tja, da is der Fiete böse geworden. Wenn Sie mich nicht lesen lassen, hat er gebrüllt, dann vermassel ich Ihnen Ihr schönes Festival. Sie werden noch an mich denken! Das hat er gesagt.«

»Haben Sie das mit eigenen Ohren gehört?« Conny dachte an den nervösen Mann, den sie gestern im Flur des Rathauses befragt hatte. Sie konnte ihn sich nur schwer brüllend und womöglich drohend vorstellen.

»Nee!« Pia schüttelte vehement den Kopf. »Aber das ging innerhalb von Minuten rum auf der Insel. Das is hier so. Nachrichten sprechen sich in Schallgeschwindigkeit rum. Immer. Und wenn unser dösiger Fiete den reichen Sack ... Entschuldigung, den Herrn Udnik bedroht, dann ist das eine Nachricht!«

Conny rief Fiete Jessen im Heimatmuseum an, um ihren Besuch anzukündigen. Er war alles andere als begeistert. Zuerst versuchte er, sie komplett abzuweisen, dann bat er sie, am Abend zu ihm nach Hause zu kommen.

»Wenn die Leute uns zusammen im Museum sehen, denken die am Ende noch, ich bin verdächtig«, sagte er aufgeregt.

»Glauben Sie denn, das sind Sie nicht?«

»Bin ich?«, kam es panisch zurück.

»Das Heimatmuseum hat geöffnet«, sagte Conny ruhig. »Ist doch nichts dabei, wenn ich es mir mal ansehen möchte.« Damit war das Gespräch beendet, und sie machte sich auf den Weg nach Kloster.

Auf dem kleinen Platz vor dem Heimatmuseum lag in einem von Natursteinen eingefassten Beet ein Anker aus dem siebzehnten Jahrhundert. Er hatte Conny schon bei ihrem ersten Aufenthalt beeindruckt. An welchen fernen und nahen Orten mochte er sich wohl schon im Meeresboden festgehalten haben? Wenn er erzählen könnte, würde sie ihm liebend gern zuhören. Die spannenden Zeiten waren für ihn jedoch vorüber. Schon seit den Siebzigern lag er wohl auf dem Trockenen. Um ihn herum gruppierte sich kahl geschnittener Lavendel. Conny betrat das weiße Haus, in dem das Heimatmuseum seinen Standort gefunden hatte. Auf dem alten gelben Ziegelboden standen moderne Klötze aus hellem Holz, die augenblicklich ihre Aufmerksamkeit auf sich zogen. Sie boten den Rahmen für kleine Glasvitrinen mit Seeigeln, Dickmuscheln, Donnerkeilen und Klappersteinen darin. Besonders interessierte sie sich für die Dioramen, die Szenen aus der Frühzeit der Insel zeigten. Man hätte sie detailreicher ausgestalten können, fand sie und bekam auf der Stelle Lust, ein Modell zu beginnen. Vom Hafen von Vitte vielleicht. Oder sie könnte das Heimatmuseum mit seinem Anker davor nachbauen. Es kribbelte in ihren Fingern. Vor das Vergnügen hatte der liebe Gott nun mal die Arbeit gesetzt. Sie sah sich weiter um. Fiete Jessen war nirgends zu sehen. Er hatte doch wohl nicht gleich die Flucht ergriffen?

»Herr Jessen?« Sie ging ein paar Schritte, sah sich aufmerksam ein Leinenschießgerät und eine Hosenboje an. Seltsame Apparaturen. Die Boje sah aus wie ein Rettungsring, an dem jemand eine Hose befestigt hatte. Bilder zeigten die Gerätschaften im Einsatz. Keine schöne Vorstellung, bei dieser Kälte in der Ostsee zu treiben und auf deren Hilfe angewiesen zu sein. Sie hörte ein Knarzen, dann Schritte. Fiete kam die Treppe herunter.

»Moin«, sagte er leise. »Sie hätten echt nich kommen sollen. Nu heißt das bestimmt gleich, der Fiete hat die berühmte Frau abgemurkst.«

»Hat er denn?«

»Nee, nie nich! Ich hab Ihnen doch vertellt, wat ik gesehen hab.«

»Das haben Sie. Aber ich kann nie sicher sein, ob die Leute mir die Wahrheit sagen oder einen Bären aufbinden.« Sie sah ihn unbewegt an. »Machen Sie sich mal keine Sorge, Sie sind nicht der Einzige, mit dem ich spreche. Sie leiten also das Heimatmuseum?«

»Ja, na ja, leiten … Ich kümmer mich um alles«, gab er unsicher zurück. Wahrscheinlich hatte er erwartet, ohne Umschweife ins Kreuzverhör genommen zu werden. »Dat war mal unsere Seenotrettungsstation. Nach'm Zweiten Weltkrieg wurde die nich mehr gebraucht. Min Vader hat dafür gesorgt, dass 'n Museum draus wird. Die Vermieter-Lüüd wollten dat auch, weil die dann was hatten, was ihre Gäste angucken konnten. Vader het immer seggt, dat is wichtig, dat wi uns an unsere Vergangenheit erinnern tun. Dat ham andere woll auch so gesehen.«

»Führen Sie mich ein bisschen herum?«

»Kloor!« Er zeigte ihr einen alten Strandkorb, eine alte Wiege, Geschirr und Besteck mit den typischen Hiddenseer Hausmarken darauf. Conny erinnerte sich daran, diese in Grieben auf einigen Häusern gesehen zu haben. Es handelte sich um Zeichen, die Familien zuzuordnen waren. Über Jahrhunderte hinweg hatte man mit diesen einfachen Formen, die aus geraden Linien bestanden, seinen Besitz markiert. Selbst auf Grabstätten waren sie zu finden. Durch ein Fenster im ersten Stock konnte sie den Strand sehen. Die Wellen rollten gleichmäßig ans Ufer. Alles grau in grau, wie auf einem Schwarz-Weiß-Foto. Die See wirkte bedrohlich. Vielleicht musste man hier geboren sein, um es auch während der Herbst- und Wintermonate auf Hiddensee auszuhalten, überlegte sie. Der Parkettboden knarrte unter ihren Stiefeln, als sie Fiete um eine Reihe von Vitrinen herum folgte.

»Ich habe Ihr Buch über die Insel gelesen.«

Er blieb stehen und drehte sich zu ihr um. »Ehrlich?«

Sie musste über seine runden Augen schmunzeln. »Ja, ehrlich. Ich mag Inseln und Hiddensee ganz besonders. Wissen Sie, ich finde, in den Erzählungen von früher und in den Anekdoten lernt man einen Ort am besten kennen. Viel besser als in den Beschreibungen eines begnadeten Literaten, der nur zu Besuch hier war.«

»Men ik ok!« Er nickte eifrig. Zum ersten Mal lag ein Leuchten in seinem Gesicht. Gut möglich, dass er sie nicht mehr als seine Feindin betrachtete. »Nur schert sich keen en drum. Hauptsache, du hast einen Namen«, sagte er und verdrehte die Augen. »Gerhart Hauptmann, Gret Palucca … Ja, wenn du so heißt, denn kriegst gleich ein Museum, oder jemand veranstaltet 'ne Tanzwoche dir zu Ehren.« Seine Stimme triefte vor Ironie, und er betonte jedes Wort.

»Tanzwoche. Klingt interessant.«

»Interessant? Albern is dat, wie die da rumhüpfen, als hätten die Juckpulver in den Puschen. Am Strand, am Leuchtturm und auf'm Deich, nirgends ist man vor diesen Hupfdohlen sicher.«

Conny lachte leise. Sie sah einige Fotos an. »Hier im Museum wird den Herrschaften mit den großen Namen anscheinend auch jede Menge Platz eingeräumt.« Sie las vor, was unter den Bildern stand: »Mascha Kaléko, Alexander Ettenburg, Oskar Kruse-Lietzenburg, alles keine Hiddenseer, oder?«

»Meinen Sie etwa, ik hab die gern Tach für Tach vor de Nees?«, schrie er sie aus heiterem Himmel an. Seine Augen flackerten. Gerade noch hatte sie geglaubt, sein Vertrauen und eventuell sogar ein wenig Sympathie gewonnen zu haben, das war vorbei. Jetzt konnte sie sich vorstellen, dass er laut wurde und seine Mitmenschen bedrohte. »Die Leute erwarten das. Gehört eben dazu«, ergänzte er noch und wurde wieder ein bisschen ruhiger.

Conny ahnte, dass er unberechenbar sein konnte. Kein angenehmer Gedanke. Dennoch nutzte sie die Gunst des Moments, in dem er aufgebracht und daher weniger kontrolliert war, um ihn in die Zange zu nehmen.

»Sie haben behauptet, nur ein einziges Mal versucht zu haben, Frau Schwarz zu treffen. Wollen Sie bei dieser Behauptung bleiben?«

»Ja. Ja, sicher. Dat war am Donnerstag.«

»Nach dem Vortrag?« Sie sah ihm fest in die Augen.

»Jo.«

»Und was wollten Sie vorher im Hotel?«

»Na, blots man sehen, wie so'n Star wohnt. Unsereins haust in so'n ollen Schuppen, die im Luxushotel. Ik darf gar nich lesen, die im Arbeitszimmer vom Hauptmann«, schimpfte er. Dann gab er zu, sowohl am Vormittag als auch am Nachmittag im *Meerblick* gewesen zu sein. Er gab dafür die gleichen Gründe an, die er Pia Nehmer auch erzählt hatte. Entweder sagte er die Wahrheit, oder er war gar nicht so dösig, wie alle meinten, sondern ein raffinierter Lügner.

»Schildern Sie mir bitte, was Sie in der Nacht nach dem Vortrag beobachtet haben!«

»Noch mal?«

»Ja, noch mal, wenn ich bitten darf.« Mal sehen, was passierte, wenn man ihn unter Druck setzte.

»Ik bin halt nach der Geschichte mit dem Teer und den Federn nach Hause. Dat heißt, ik wollte nach Hause, bin aber noch mal zurück. Und da hab ik ihn gesehen. Wie so'n Vampir kam er direkt vom Friedhof, dieser Typ mit dem Umhang.«

»Letztes Mal kam er noch aus einem kleinen Sandweg«, erinnerte sie ihn scharf.

»Ja? Ach so, ja, dat … weiß nich. Es war man auch bannig duster.«

»Weiter!«

Fiete erzählte, er habe plötzlich etwas aufblitzen sehen, dachte, das sei womöglich ein Messer. »Da bün ik natürlich fix abgehauen.«

»Von einem Messer haben Sie bisher nichts ausgesagt.«

»Hab ich doch!«

»Nein, Herr Jessen. Warum haben Sie nicht die Polizei verständigt, wenn Sie glaubten, da habe jemand eine Waffe bei sich?« Sie ging einen Schritt auf ihn zu. »Mitten in der Nacht. Herr Jessen, eine Waffe unter einem Umhang! Sie mussten doch davon ausgehen, dass Frau Schwarz bedroht wird.«

»Ik dachte, die kennen sich, die Schwarz und der Mensch mit dem Umhang.«

»Die meisten Opfer kannten ihre Mörder«, sagte sie laut.

»Ik wusste doch nich, dat der sie gleich umbringen will«, schrie er. In seinen Augen lag nackte Panik.

»Was, dachten Sie, will er mit dem Messer in der Nacht und auf der Straße anfangen? Rasenkanten schneiden?«

»Ik war's nich! Außerdem war da noch einer.«

»Noch einer? Wo genau?«

»In der Nähe eben. Im Dunkeln. Ik hab so'nen Schatten gesehen. Auf der andern Straßenseite am Zaun. Unterm Appelbaum.«

»Können Sie den Schatten ein bisschen näher beschreiben?«, fragte sie ungeduldig.

»Nee, kann ik nich.« Sein Gesicht war dunkelrot geworden. Ein Zeichen dafür, dass er sich in Lügen verstrickte, oder einfach nur pure Angst?

Sie ließ ihn eine Weile zappeln. Dann sagte sie: »Ich muss Sie bitten, sich zu unserer Verfügung zu halten, Herr Jessen.«

»Wat?« Er schnappte nach Luft.

»Falls Sie vorhaben sollten, die Insel zu verlassen, melden Sie sich bitte vorher in der Polizeistation und lassen Sie Marlene oder Michael Wolter eine Adresse da, unter der wir Sie erreichen können.« Er stand vor ihr wie der sprichwörtliche begossene Pudel und tat ihr beinahe leid. Doch Conny hatte ihre Gefühle im Griff. Sie wusste, dass die schlimmsten Verbrecher herzzerreißend leiden und Angst haben konnten, wie ein kleines Kind. Davon durfte man sich in diesem Job nicht beeinflussen lassen.

Nach der Begegnung mit dem allseits beliebten Dösbaddel Fiete, der sich in seiner Aussage ziemlich verheddert hatte, ging Conny an den Strand. Der Nebel wurde immer dichter. Es war scheußlich. Trotzdem, sie musste den Kopf frei kriegen, ihre Gedanken sortieren. Sie stapfte über den weichen Sand, der unter ihren Stiefeln nachgab. Schon nach wenigen Schritten brach ihr trotz der niedrigen Temperaturen der Schweiß aus. Kein Wunder, aufgrund ihrer Knieverletzung hatte sie einige Wochen gar nicht joggen können. Erst kürzlich hatte sie wieder damit angefangen. Es war unfair, wie schnell man seine Kondition, die man einmal mühsam aufgebaut hatte, wieder einbüßte. Ein paar dicke Möwen saßen weit vorne am Meeressaum und hofften wohl darauf, dass die grauen Wellen der Ostsee ein paar Leckereien für sie dabeihatten. Im gleichmäßigen Rhythmus schwoll das Rauschen der Wogen an und ebbte ab. Es roch nach Algen und nach Fisch. Conny überlegte, dass es vernünftig wäre, sich irgendwo etwas zu essen zu besorgen. Appetit hatte sie keinen. Paul schlich sich in ihre Gedanken. Warum hatte sie ihm nicht einfach erklärt, weshalb sie Wennemann gern zur Unterstützung auf der Insel hätte? Stattdessen hatte sie ihm eine alberne Retourkutsche verpasst. Es musste sich ja anhören, als wollte sie ihn auch eifersüchtig machen, weil sie selbst eifersüchtig war. Mist! Warum hatte sie seine Unterstellung bezüglich dieser Fittkau nicht einfach souverän weggelächelt? Sie ärgerte sich über sich selbst. Wieso eigentlich? Es war nicht ihre Schuld, wenn Paul solche absurden Schlüsse zog. Manchmal konnte er ihr wirklich gestohlen bleiben. Die Idee, für eine Weile zu ihm zu ziehen, erschien ihr nicht mehr als die Lösung ihrer Probleme. Im Gegenteil. Die Vorstellung legte sich wie eine Kralle um ihre Brust, die zudrückte und ihr die Luft zum Atmen nahm. Die Alternative erschien ihr allerdings auch nicht gerade verlockend. Ihre Wohnung war zu klein, um sie sich mit Axel zu teilen. Für ein oder zwei Nächte war das okay, aber länger? Axel. Ihr Bruder hatte sich einen tollen Zeitpunkt ausgesucht, um aus dem Nichts aufzutauchen! Männer! Conny spürte, wie ihr ein Schweißtropfen den Rücken hinablief. Ohne es zu merken, war sie immer schneller geworden. Jetzt lag ein feuchter Film auf ihrer Haut, Schal und Mütze fühlten sich nass und kalt an. Hoffentlich holte sie sich nicht auch noch eine Erkältung. Sie blieb stehen, atmete dreimal bewusst tief ein und aus. Dann machte sie kehrt. Also schön, sie musste sich auf ihren Fall konzentrieren. Fiete Jessen hatte unterschiedliche Angaben gemacht, die darauf schließen ließen, dass er es mit der Wahrheit nicht so genau nahm. Er hatte kein Alibi. Nur hatte er auch kein Motiv, jedenfalls keins, von dem sie bisher wusste. Man musste ihn im Auge behalten. Wen gab es sonst noch? Mark Theis profitierte von Dorindas Tod. Und sie hatten eine Beziehung gehabt. Nichts kam häufiger vor als

Beziehungstaten. Dummerweise hatte er ein absolut wasserdichtes Alibi. Es wäre dennoch gut, noch einmal mit ihm zu reden. War er überhaupt noch auf der Insel? Vermutlich nicht. Udnik fiel ihr ein.

»Der war es bestimmt nicht«, dachte sie. »Der wollte viel zu gerne mit Dorinda angeben.«

Sie kaufte sich in Kloster ein Fischbrötchen, biss ein paar Mal lustlos hinein und schob ihr Rad kauend zurück zu dem kleinen roten Ferienhaus. Dort angekommen, konnte sie kaum noch die Hand vor Augen sehen. Die Masten der Segelboote, die Restaurants am Hafen, die Mole, alles verschwand in einer dicken grau-weißen Nebelwand. Conny schauderte. Sie schob das Fahrrad in den zum Häuschen gehörenden Schuppen und schloss es sicherheitshalber ab. Als sie sich gerade wieder aufrichten wollte, hörte sie ein Knacken. Ganz dicht hinter sich. Sie fuhr herum. Im Türrahmen stand eine Gestalt, eine Frau im Herrenanzug mit einem roten Schal um den Hals. Sie starrte Conny aus leeren Augen an. In dem diffusen Gegenlicht und eingehüllt in den Dunst, der wie Trockeneis an ihr hochkroch, sah sie aus wie eine lebende Tote, eine, die geradewegs einem Grab entstiegen war.

»Reiß dich zusammen«, dachte Conny. Ihre Hand wanderte automatisch zu ihrem Hosenbund. Mist, ihre Waffe hatte sie nicht bei sich. »Kann ich etwas für Sie tun«, fragte sie.

»Sie sind die Kommissarin, stimmt's?« Die Stimme klang rau und gehetzt. »Die, die in dem Mord ermittelt.«

»Conny Lorenz, Kriminalkommissarin. Und Sie sind …?«

»Tessa«, zischte sie. »Ich habe Dorinda Schwarz getötet.«

»Ist Ihnen klar, was Sie da gerade gesagt haben?«

»Was denken Sie denn? Dass ich verrückt bin?« Jetzt wurde die Stimme schrill. Kein Zweifel, die Frau war nicht bei Sinnen. »Das bin ich nicht. Ich bin die Einzige in dieser Gesellschaft, die klar denken kann.«

Conny fiel ein, wo sie den Namen Tessa bereits gehört hatte. »Tessa ist eine Figur in den Krimis von Frau Schwarz. Sie behaupten, Sie tragen den gleichen Namen?« Sandra Schwarz hatte von einer Leserin erzählt, die sich kleidete wie die Serienfigur, die sie offenbar zu kopieren versuchte. Conny wollte nicht einfallen, wie die in Wirklichkeit hieß.

»Namen!« Die vermeintliche Tessa spuckte das Wort aus. »Die bedeuten gar nichts. Es kommt darauf an, wer wir sind.«

»Und Sie sind eine Mörderin.« Conny sah sie aufmerksam an. Sie trat langsam einen Schritt zur Seite. Im Regal zu ihrer Rechten hatte sie aus dem Augenwinkel ein Gartenwerkzeug entdeckt, ein langer Holzgriff mit einem gebogenen Dreizink daran. Conny hatte einige Griffe gelernt, mit denen sie einen Angreifer auch ohne Hilfsmittel zu Fall bringen konnte, aber man wusste ja nie.

»Das bin ich«, hauchte die Frau voller Stolz und Ehrfurcht vor einer Serienkillerin, die lediglich Fiktion war. Große Güte, die war von der Realität so weit entfernt wie ein Söldner von der Friedensbewegung.

»Ihnen ist doch klar, dass Tessa nur eine Erfindung von Dorinda Schwarz ist, die sie angeblich getötet haben wollen?« Die Fremde machte einen schnellen Schritt auf Conny zu. »Hey, hey, ganz langsam! Wir wollen uns nur unterhalten.«

Ihr Gesicht verzog sich zu einem überheblichen und äußerst zufriedenen Grinsen. »Sie haben Angst vor mir. Das sollten Sie auch.«

»Ich möchte Ihnen ungern wehtun, das ist alles«, erklärte Conny sachlich. Sie spürte ihren Puls rasen. Gleichzeitig war alles, was sie in der Hochschule für die gehobene Laufbahn gelernt hatte, was sie zuvor bereits im Mittleren Dienst oft genug hatte anwenden müssen, in ihrem Kopf. Ablenken und Zeit gewinnen. »Erzählen Sie mir, wie Sie Dorinda getötet haben! Haben Sie sie erwürgt, ihr die Kehle zugedrückt, mit bloßen Händen?«

Die angebliche Tessa richtete ihren Blick auf den Boden. Das konnte ein Anzeichen dafür sein, dass sie sich erinnerte, dass ihre Gedanken wirklich in die Vergangenheit glitten. »Es war ganz einfach«, flüsterte sie. »Sie hat sich nicht gewehrt.« Conny war eiskalt. Sie musste dringend aus dem feuchten Shirt raus, das am Strand ihren Schweiß aufgenommen hatte. Noch dringender musste sie diese kranke Person unter ihre Kontrolle bringen. Während die immer tiefer in ihrer eigenen Welt versank, sondierte Conny die Lage. Sie standen ziemlich nah beieinander. Ein langer schneller Schritt würde sie auf Höhe der ungebetenen Besucherin bringen, vielleicht sogar etwas weiter. Es könnte ihr gelingen, deren Arm zu packen und sie auf den Boden zu bringen. So konnte sie sie in Gewahrsam nehmen. Ein kurzes Zögern, da wisperte die Frau: »Mein ewig Dorn im Auge, bist die Maria im weißen Kleid. Du Heilerin, dass all deine Mühe sich lohne, bring ich dir ein Geschenk dar, eine Dornenkrone.« Ein Gedicht von Dorinda Schwarz. Oder wenigstens ein Teil davon.

»Ich habe ihr eine Dornenkrone geschenkt, habe sie ihr über die blasse Stirn gelegt. Wie schön sie ausgesehen hat!« Die Stimme wurde dünn. Reue? Wenn ihr die Tränen kamen, sie zusammenbrechen würde, hätte Conny sie. Das Gegenteil geschah. Sie brach in schallendes böses Gelächter aus. »Ich habe es getan«, rief sie, einem größenwahnsinnigen Alleinherrscher gleich. »Ich werde die Tessa-Reihe fortsetzen, besser, als sie je war.«

»Glauben Sie, dass Sie im Gefängnis die Muße zum Schreiben haben?« Noch ehe sie die Frage zu Ende ausgesprochen hatte, stürzte Conny auf die Wahnsinnige zu. Die hatte in derselben Sekunde einen Grill umgerissen, der neben ihr gestanden hatte und laut scheppernd zu Boden ging, genau vor Connys Füße. Die Polizistin strauchelte, spürte einen scharfen Schmerz in ihrem Knie. Verdammter Mist! Ihre Verletzung war so gut wie verheilt, nur ganz selten tat es noch weh, wenn sie das Gelenk ungünstig belastete. Ausgerechnet jetzt! Conny setzte der flüchtenden Tessa-Kopie nach. Die Pforte zu dem kleinen Garten war offen.

»Bleiben Sie stehen!«, rief Conny in den wabernden Nebel, der den Nachmittag in Finsternis tauchte. Rascheln in den gelben Halmen der Gräser, die vom Sommer übrig waren. Nur der Wind, schätzte Conny. Sie glaubte, eine Silhouette zu erkennen und nahm die Abkürzung über den Rasen. Ein Satz über das dicke Tau, das zwischen Holzpfählen baumelte und den Zaun ersetzte, dann stand sie auf dem Weg, der zum Hafen führte. Sie lief so schnell, dass es in ihrer Lunge stach, rannte weiter, obwohl sie die Frau mit dem roten Schal nirgends ausmachen konnte. Der Hafen von Kloster war nicht groß, und es waren kaum Menschen unterwegs. Trotzdem war die Unbekannte wie vom Erdboden verschluckt. Conny hastete um jede Hausecke, spurtete im Dauerlauf an der Hafenkante entlang, um zu sehen, ob sich auf den kleinen Motorbooten etwas bewegte. Sie kontrollierte sogar die Telefonzelle und tastete sich dann vorsichtig die schmalen, teilweise zerbrochenen Steinstufen hinter dem Hafen hinauf, die durch dichtes Gestrüpp zu offenen Feldern führten. Von hier oben musste man einen schönen Blick auf die Ostsee haben, wenn nicht gerade eine dicke Suppe aus Feuchtigkeit und grauen Wolken alles verschlang, wie es jetzt der Fall war. Conny keuchte. Sie blieb still stehen, aber da war nichts, was die Flüchtende verraten konnte. Sie war ihr tatsächlich durch die Lappen gegangen. »Das gibt's doch gar nicht«, fluchte Conny leise. Ihr Atem ging rasselnd. Es wurde wirklich höchste Zeit, dass sie wieder regelmäßig trainierte. Wütend ging sie zurück zu ihrer Unterkunft. »Du kommst nicht weit«, flüsterte sie böse, während sie die Nummer der Polizeistation wählte. »Michael? Conny hier. Dieser durchgeknallte weibliche Fan war gerade bei mir. Keine Ahnung, woher die weiß, wo ich wohne. Sie sagt, sie ist Tessa, hat Dorinda umgebracht und wird die Reihe besser denn je fortsetzen.« Das Mobiltelefon in einer Hand, schlüpfte sie aus Mantel, Pullover und T-Shirt, kaum dass sie das Haus betreten hatte. »Sieh bitte nach, wo sie wohnt, hier auf Hiddensee, meine ich. Ich will, dass sich sofort jemand vor ihrer Pension postiert und sie abfängt.« Während sie ihm erklärte, was geschehen war und dass sie die mögliche Täterin am Hafen von Kloster verloren hatte, zog sie ein frisches Shirt und einen von Paul ausrangierten Rollkragenpullover an, den sie jetzt übernommen hatte.

Michael hatte sie reden lassen, ohne sie auch nur einmal zu unterbrechen. Jetzt sagte er: »Eva Schuster, so heißt diese Tessa-Kopie, ist Freitagabend vorzeitig abgereist.«

Kapitel 5

Die Aussprache

Dienstag, 09. Dezember

Es behagte Conny nicht im Geringsten, Hiddensee verlassen zu müssen. Ausgerechnet jetzt, wo sich dort möglicherweise eine Mörderin herumtrieb. Noch dazu eine, die nicht im Ansatz geistig auf der Höhe zu sein schien. Aber Paul hatte darauf bestanden, dass die Besprechung wie geplant stattfand. Und zwar mit Kriminalkommissarin Conny Lorenz. Er hatte eine Einheit der Bereitschaftspolizei auf die Insel geschickt, die jeden Quadratzentimeter durchkämmen sollte. Wenn Eva Schuster, die am Freitag ausgecheckt hatte, am Montag aber nicht zum Dienst in dem Hofladen bei Luckow, unweit der polnischen Grenze, erschienen war, sich irgendwo auf dem Eiland versteckte, würde man sie finden. Das war seine Überzeugung.

»Das ist ganz untypisch«, hatte Evas Kollegin Feddersen erklärt. »Sie mag ein bisschen eigen sein, aber unzuverlässig ist sie bestimmt nicht. Wir machen uns große Sorgen. Vor allem, weil sie doch zum ersten Mal ihrem Idol live begegnet ist! Wir sind schon alle ganz gespannt auf ihren Bericht.« Eva würde es sich um keinen Preis nehmen lassen, jede Einzelheit haarklein zu beschreiben, meinte sie. Dass Dorinda Schwarz ermordet worden war, hatte sie nicht mitbekommen. »Ich interessiere mich nicht so sehr für Politik und Literatur und den ganzen Kram. Deshalb höre ich so gut wie nie Nachrichten.« Nachdem die Information bei ihr sacken konnte, begriff sie die Tragweite. »O Gott, hoffentlich hat Eva sich nichts angetan. Die war doch regelrecht vernarrt in diese Autorin. Eva ist ziemlich extrem. Keine Ahnung, was die alles anstellt, wenn so etwas Schlimmes passiert.«

Die Aussage der Kollegin war alles andere als beruhigend. Zu allem Überfluss gingen Conny Staudingers Worte nicht aus dem Kopf: »Denken Sie sich, sie begeht einen zweiten Mord ausschließlich zur Ablenkung. Damit führt sie die Ermittler auf eine andere Spur und kann in letzter Sekunde entkommen.« So hatte er den Inhalt von *Gefährliche Gier* geschildert, jenem Roman, den der Mörder als Vorlage für den Fundort der Leiche verwendet hatte.

Sie hatte sich also in aller Frühe auf den Weg nach Stralsund gemacht. Conny hatte kurz überlegt, zunächst in ihre Wohnung zu gehen, um nach Axel zu schauen, aber dann fand sie das unfair, weil sie sich erst für den Abend angekündigt hatte. Wenn er noch abwaschen oder sonst wie Ordnung schaffen wollte, bevor sie kam, wäre es für ihn nicht gerade schön, vor der Zeit überrascht zu werden. Natürlich war das nur eine jämmerliche Ausrede, eine Rechtfertigung, um ein paar Stunden zu gewinnen. Conny war einfach nur feige, so sah es aus. Sie hatte Angst vor dem Wiedersehen, Angst davor, dass sie ihn mit irgendwelchen Typen erwischte oder dabei, wie er sich gerade einen Schuss setzte. Nein, sie ging lieber auf direktem Weg ins Büro. Vor der Besprechung war ohnehin nicht viel Zeit. Das war zwar feige, aber irgendwie auch fair, redete sie sich ein.

»Moin, Frau Lorenz!« Renate stellte gerade Teller mit Keksen und Thermoskannen mit Kaffee auf die Tische im Konferenzraum.

»Moin, Renate! Na, sind Sie mal wieder die Erste?«

»Sie wissen doch, der frühe Vogel … Aber der Chef war noch früher da.« Sie machte ein vielsagendes Gesicht.

»Herr Paulsen ist schon da?« Ihr wurde mulmig. Ihr letztes Telefonat war kühl und sachlich gewesen. Sie hatten kein privates Wort gewechselt.

»Irgendetwas ist dem über die Leber gelaufen«, flüsterte Renate vertraulich. »Das kenne ich gar nicht von ihm, dass er so kurz angebunden ist. Dafür ist doch sonst der Brix zuständig.« Sie lachte fröhlich. »Ist aber auch eine harte Nuss, was? Die Sache mit der Schriftstellerin, meine ich.«

»Wir sind erst drei Tage dran, trotzdem machen diese Medienheinis schon Druck, als würden wir seit drei Monaten im Trüben fischen. Die rufen täglich bei den Kollegen auf Hiddensee an und bei Herrn Paulsen auch ständig.«

»Da sagen Sie was. Ich habe die meistens in der Leitung. Wieso rufen die nicht in der Pressestelle an, wie es sich gehört?«

»Weil die wissen, dass da geschulte Leute sitzen, Renate. Die würden die Redakteure mit Floskeln abspeisen. Da überfallen die lieber Polizisten, die nicht auf raffinierte Fragestellungen gefasst sind.«

»Ist Frau Lorenz noch nicht da, Renate?« Paul kam herein. Er sah blass aus.

»Doch, ist sie«, antworteten Renate und Conny wie aus einem Mund.

»Kann ich Sie kurz sprechen, bevor es losgeht?« Ohne eine Reaktion abzuwarten, machte er auf dem Absatz kehrt und ging zurück in sein Büro. Das Grummeln in Connys Magen nahm zu, was sicher nicht nur daran lag, dass sie nicht gefrühstückt hatte. Typisch Paul, er wollte die dicke Luft beseitigen. Wenn es sein musste, zwischen Tür und Angel. Im Grunde ein guter Charakterzug, nur entstanden leider nicht selten noch mehr Missverständnisse, wenn man unter Zeitdruck und mit der ständigen Sorge, von neugierigen Ohren gehört zu werden, heikle Beziehungsfragen klären wollte. Conny lag falsch. Es ging keinesfalls um persönliche Dinge.

»Sind Sie sicher, dass …« Er hatte sie versehentlich gesiezt, obwohl sie allein waren. Sie wusste nicht, ob sie darüber schmunzeln sollte. »Bist du sicher, dass die Frau, die dir gestern entwischt ist, Eva Schuster war?«

»Sie passte exakt auf die Beschreibungen. Sie gibt sich als Tessa aus. Das hat Eva Schuster meines Wissens getan. Warum?«

»Ein halbes Dutzend Kollegen von der Bereitschaft ist nach deinem Anruf gestern auf die Insel gefahren. Nichts. Es gibt keine Spur von ihr.«

»Es ist nicht auszuschließen, dass es Nachahmer gibt, eine Trittbrettfahrerin vielleicht, die sich einfach nur interessant machen wollte, aber das glaube ich nicht.«

»Warum nicht?« Er ließ sie nicht aus den Augen. »Hast du Anhaltspunkte dafür, dass es die echte Schuster war?«

»Die echte Schuster!« Conny stieß hörbar die Luft aus. »Es gibt eine falsche Tessa, aber auch eine falsche Schuster? Das glaube ich nicht.«

»Warum nicht?«, wiederholte er.

»Das passt nicht. Diese Frau war exakt so angezogen, wie Tessa herumläuft, sie hat den gleichen Haarschnitt getragen …« Conny suchte nach Worten. Natürlich konnte sie nicht hundertprozentig sicher sein. »Irgendjemand müsste von Evas Marotte wissen und sich innerhalb kürzester Zeit mit den richtigen Klamotten und der passenden Frisur versorgt haben.« Er sagte nichts. »Ich habe es einfach im Gefühl, dass sie es war«, schloss sie.

»Dein Gefühl reicht mir nicht.« Sie tauschten lange Blicke. Conny schluckte. Er meinte es so zweideutig, wie es geklungen hatte. »Kurtz schlägt uns den Einsatz der Bereitschaft und vor allem die Kosten dafür um die Ohren, wenn wir ein Phantom jagen.«

»Du hättest die Bereitschaft nicht anfordern müssen«, gab sie schnippisch zurück und bedauerte ihren Ton augenblicklich. Ruhiger sagte sie: »Unsere Dienststelle wird mit den Kosten nicht belastet, sondern sie betreffen den Landespolizeihaushalt. Kurtz hat also keinen Grund, sich deswegen zu ereifern. Aber wie gesagt, der Einsatz war meiner Meinung nach nicht nötig. Ich hätte bleiben und nach dieser ominösen Dame suchen können.«

»Alleine? Brillante Idee, Frau Kollegin.« Er sah auf die Uhr. »Wir müssen rüber.« Wieder ging er vorneweg, ohne darauf zu achten, ob sie hinterherkam.

Die Frauenrechtlerinnen konnten als Täterinnen ausgeschlossen werden. Sie hatten allesamt ein Alibi. Das war aber auch schon das Einzige, was in diesem Fall sicher war. Paul berichtete von den Ergebnissen der Rechtsmedizin.

»Dr. Petersen und Frau Dr. Fittkau haben die Obduktion vorgenommen.« Er sah Conny in die Augen und fuhr fort: »Ich habe mit Herrn Dr. Petersen gesprochen. Im Blut von Frau Schwarz ist ein Amphetamin nachgewiesen worden. Berücksichtigt man die Tatsache, dass diese Substanz sechs Stunden braucht, um abgebaut zu werden, und dass das Opfer gegen zweiundzwanzig Uhr noch lebend gesehen wurde, ergibt sich eine Todeszeit in der Nacht von Donnerstag auf Freitag zwischen etwa dreiundzwanzig Uhr und vier Uhr morgens.«

»Vermutlich eher früher, also in Richtung Mitternacht, als in den Morgenstunden«, überlegte Oberstaatsanwalt Kurtz laut. »Die Einnahme der Amphetamine wird nicht das Letzte gewesen sein, was sie in diesem Leben getan hat.«

»Zumal sie von dem Vorfall mit den demonstrierenden Damen, die zudem ihr Pseudonym enttarnt hatten, aufgewühlt gewesen sein muss. Etwas zur Beruhigung wäre dann angebrachter gewesen«, stimmte Conny ihm zu. »Ich könnte mir vorstellen, dass sie die schon am frühen Abend eingenommen hat, um Energie für ihren Vortrag zu haben.«

»Ich weiß nicht. Hat man vor so einem Auftritt nicht Lampenfieber?«, gab Feddersen zu bedenken. »Da greift man doch auch eher zu Beruhigungspillen, als dass man sich auch noch aufputscht.«

»Spekulationen bringen uns nicht weiter.« Paul sah in die Runde. »Wir haben eine Zeitspanne zwischen dreiundzwanzig und vier Uhr. Das deckt sich mit der chemischen Untersuchung der Augen der Toten. Es stimmt außerdem mit den Angaben von Frau Dr. Schäfer überein, die Totenflecken und Leichenstarre bewertet hat. Gibt es Fakten, die diese Spanne weiter eingrenzen?«

»Nein.« Conny schüttelte den Kopf. »Frau Dr. Schäfer hat es leider versäumt, die Körpertemperatur rektal zu messen. Die Aufregung, nehme ich an.« Sie seufzte. Wenn diese Inselärztin doch nur eine Fortbildung in Sachen Leichenschau absolvieren würde. Beim nächsten Mal vergaß sie sonst wieder irgendetwas. »Die Schwester hat angeblich in der Nacht, als sie zurück ins Hotel kam, einen Blick in Dorindas Schlafzimmer geworfen, ohne allerdings das Licht einzuschalten. Als der Verleger Bodo Heinze sie gegen halb zehn Uhr benachrichtigt hat, konnte sie es nicht glauben und hat sofort wieder nachgeschaut. Das Bett war unberührt. Sie muss sich von der Form des Kissens und der Decke derartig täuschen lassen haben, dass sie in der Annahme, ihre Schwester schlafe selig, ebenfalls ruhig hat schlafen können. Dabei ist Dorinda Schwarz höchstwahrscheinlich nicht mehr in ihr Hotel zurückgekehrt.«

»Gibt es jemanden, bei dem sie hätte übernachten können?«, wollte Hansen wissen.

»Nein, davon ist nichts bekannt.«

»Hatte sie keinen Liebhaber oder so etwas?«, knurrte er.

»Sie hatte mal einen. Mark Theis. Von ihm ist sie aber getrennt, und er war zur fraglichen Zeit noch nicht auf der Insel.«

»Aber er traf doch kurz darauf auch ein, richtig?« Kurtz kniff die Augen zusammen.

»Ja, am Freitagnachmittag.«

»Hatte er eine Wohnung gemietet? Es wäre doch möglich, dass die beiden doch noch nicht so ganz getrennt waren, aber nicht wollten, dass jemand davon wusste.« Conny und Paul sahen sich an. »Kann sein, dass er ihr einen Schlüssel hinterlegt hat, damit sie einen Rückzugsort hat, von dem niemand weiß.«

Sie räusperte sich. »Es gibt bisher keinerlei entsprechenden Hinweis, aber ich werde das überprüfen. Auf jeden Fall wurde sie in dem Kleid aufgefunden, in dem sie ihren Vortrag gehalten hat. Das spricht dafür, dass sie bald nach Verlassen des Hauptmann-Hauses überwältigt wurde. Wenn wir den geheimen Rückzugsort einmal vernachlässigen. Es war kalt und sehr windig. Sie wird keinen ausgiebigen Spaziergang gemacht haben, anstatt in das Restaurant *Kirchblick* zu gehen.« Sie dachte kurz nach. »Außerdem gibt es die Aussage von Fiete Jessen. Er will, nicht lange nach dem Vorfall vor dem Hauptmann-Haus, gesehen haben, wie eine Person in einem Umhang sie kurz vor dem Lokal abgefangen hat.«

Paul nickte zustimmend. »Er hat zwar keine konkrete Beschreibung der Person liefern können, aber mir schien sehr glaubhaft, was er beobachtet haben will.«

»Leider hat er sich inzwischen ziemlich widersprochen. Die geheimnisvolle Gestalt kann seine Erfindung sein. Das glaube ich aber nicht. Ich denke, an seiner Beobachtung ist etwas dran. Wir suchen mit Hochdruck nach weiteren Zeugen, die seine Aussage bestätigen können.« Sie sah in die Gesichter der Kollegen. »Ich möchte noch mal auf das Amphetamin zurückkommen. In Dorindas Handtasche wurde ein silbernes Pillendöschen gefunden, das aber leer war. Sandra Schwarz behauptet, ihre Schwester habe höchstens mal Koffeinpillen oder so etwas wie Baldrian genommen, je nach Bedarf, um ihr enormes Arbeitspensum zu schaffen.«

»Geschwister haben manchmal Geheimnisse voreinander«, warf Feddersen ein.

»Ja, das haben sie.« Conny nickte nachdenklich.

»Amphetaminhaltige Präparate werden auch in den mannigfaltigsten Therapien eingesetzt«, meldete sich Matthias Wennemann eifrig zu Wort. »In einigen Appetitzüglern kommen sie etwa vor. Genauso wie in manchen Asthmamedikamenten.«

Asthma. Conny wurde hellhörig. »Gibt es Asthmamedikamente, die per Injektion verabreicht werden?«

»Meines Wissens ist es so, aber ich studiere Psychologie und nicht Medizin. Sie sollten das von einem Fachmann verifizieren lassen.«

»Das werde ich. Dieser Buchhändler von Rügen, Herr Schweiger, ist Asthmatiker. Er hat offen gesagt, dass er Dorinda nicht leiden konnte. Sie sei eine Hexe, so hat er sie genannt.«

»Wo war er in der Nacht?«, wollte Paul wissen.

»Erst hat er im *Hiddenseer Stübchen* gegessen, dann ist er schlafen gegangen. Allein.« Conny überlegte. »Vielleicht hat die Schwarz wirklich nichts selber eingeworfen, außer harmlosem Zeug. Vielleicht hat ihr jemand anders eine amphetaminhaltige Substanz gespritzt. Aber kann ein Asthmamittel tödlich sein?«

»Es gab nach meinem Wissensstand ein Mittel, das erst kürzlich vom Markt genommen wurde. Es hat bei mehreren Patienten schwere anaphylaktische Symptome ausgelöst. Verkrampfungen der Atemorgane beispielsweise. In diversen Fällen hat das zum Tode geführt.«

»Nicht in mannigfaltigen Fällen?«, flüsterte Feddersen.

Matthias dachte eine Sekunde nach. »Doch, ich glaube, das könnte man auch sagen«, antwortete er ernsthaft.

»Woher kennen Sie sich so gut mit Medikamenten aus?«, fragte Conny ihn.

»Mein Vater ist Arzt.«

»Ach nee«, brummte Hansen.

»Was wissen wir über die Todesursache?«, wandte Conny sich wieder an Paul.

»Atemstillstand. Insofern könnte das passen. Weitere auffällige Substanzen sind nicht nachgewiesen worden. Auch keine Verletzungen des Brustkorbs oder Anzeichen für eine Strangulation.«

Als Nächstes stand der Spurensicherungsbericht auf dem Programm. Doch der hatte nichts ergeben. Keine Fingerabdrücke, weder an der Kugelschreibermine noch an der Handtasche oder anderen Fundstücken. Dorindas Mobiltelefon fehlte.

»Sieht so aus, als hätte sie keins bei sich gehabt«, stellte Feddersen fest. »Diese Schriftsteller leben vermutlich alle ein bisschen hinter dem Mond und lehnen solch technischen Schnickschnack ab.« Leises Gelächter hier und da.

»Sie hat eins besessen.« Conny dachte nach. »Ihre Schwester sagte, sie habe versucht, Dorinda telefonisch zu erreichen, als die nicht im Restaurant erschienen ist. Feddersen, klären Sie das bitte. Kann sein, dass sie es nur nicht eingesteckt hatte an dem Abend, und Sandra Schwarz hat es mittlerweile im Hotelzimmer gefunden.«

»Was ist mit dem Zettel, der zwischen ihren Zähnen gesteckt hat?«, wollte ein Kollege wissen. »Bringt der uns weiter?«

»Nicht wirklich.« Conny seufzte. »Das Gedicht darauf stammt von Karl-Jürgen Grenz. Wolter hat mit ihm gesprochen. Der Mann ist vollkommen paranoid.«

»Wolter ist paranoid? Das is ja mal was Neues«, fiel Hansen ihr ins Wort und lachte.

»Hansen, bitte«, wies Paul ihn gereizt zurecht.

»Schon gut, schon gut.«

»Aus Angst, dass jemand ihn vergiften könnte, hat er ständig und überall etwas zu essen dabei, was er selbst gekauft oder zubereitet hat. Obwohl er Geld wie Heu hat, benutzt er nur Plastiktüten. Er schreckt nicht einmal davor zurück, eine solche bei einer Lesung auf der Bühne zu deponieren, gut sichtbar für seine Zuhörer. Das hat Wolter natürlich nicht von ihm direkt«, erklärte sie schmunzelnd. »Grenz ist Pensionär, war mal Studienrat. Seine Frau arbeitet noch, sie hat eine hohe Position in einer Privatklinik. Geld verdienen muss er mit dem Schreiben also nicht, geschweige denn davon leben. Im Grunde ist die Dichterei für ihn nur ein Hobby. Das darf man aber auf keinen Fall sagen.«

»Wieso nicht?« Feddersen sah sie erstaunt an.

»Er will unter allen Umständen als Profi wahrgenommen werden. Immerhin hat er schon eine Handvoll Gedichte veröffentlicht. Grund genug, sich Schriftsteller zu nennen.« Sie hob die Augenbrauen. »Er hat eine Figur entwickelt, die in mehreren seiner Texte vorkommt. Übrigens auch in dem Gedicht auf dem bei Dorinda gefundenen Zettel. Es handelt sich um den Scherenmann. Dieser Grenz hat einen unglaublichen Geltungsdrang. Er spricht pausenlos von seinem Scherenmann, als wäre er eine wandelnde Dauerwerbesendung.«

»Hat der Typ ein Alibi?« nuschelte Hansen, einen Keks zwischen den Zähnen.

»Nein. Angeblich ist er erst am Samstag angereist. Dafür spricht, dass er an diesem Tag tatsächlich im Hotel eingecheckt hat. Dasselbe übrigens, in dem auch die Schwarz gewohnt hat. Er macht gleich ein bisschen Urlaub und bleibt bis zum nächsten Wochenende. Sobald ich wieder auf der Insel bin, nehme ich ihn mir vor. Es wäre immerhin möglich, dass er doch schon früher auf Hiddensee war, aber woanders gewohnt hat. Unter Umständen sogar unter einem anderen Namen.«

»Benutzt er auch ein Pseudonym?« Paul wirkte unzufrieden. Kein Wunder, viel Greifbares hatten sie noch nicht. Und ihm saß die Presse im Nacken.

»So ist es. Sein richtiger Name ist Karl-Jürgen Gertes.«

»Na, da ist Grenz natürlich mächtig originell.« Hansen verzog das Gesicht. »Wieso machen die das alle? Warum schaffen die sich alle so'nen Künstlernamen an?«

»Dafür gibt es unterschiedliche Gründe. In seinem Fall soll es seiner Sicherheit dienen«, erläuterte Conny und lachte spöttisch. »In anderen Fällen scheint mir das durchaus sinnvoll zu sein. Wir haben gesehen, wie Leser darauf reagieren, wenn jemand so extrem verschiedene Genres bedient wie etwa Dorinda Schwarz.« Sie sammelte sich kurz. »Wir müssen ihm auf jeden Fall noch mal auf den Zahn fühlen. In *Gefährliche Gier* war im Mund des Opfers ein Hinweis auf den Täter oder die Täterin versteckt. Grenz hat das Gedicht geschrieben. Wenn es auch in unserem Fall ein Hinweis ist, könnte es auf den Urheber hindeuten.«

»Der soll sich selbst belasten?« Eine Kollegin schüttelte ungläubig den Kopf.

»Tessa, die Mörderin aus dem Buch, hat auch eine Spur zu sich selbst gelegt. Aber natürlich so clever, dass man es erst begreift, wenn man sie ohnehin überführt oder zumindest in Verdacht hat. Grenz hatte ein Motiv. Neid. Und Wut, weil er Dorinda unterstellt hat, sich Lyrikpreise zu kaufen. Aber reicht das? Und vor allem: Was hat er von ihrem Tod?«

»Genugtuung«, mutmaßte Feddersen. »Mir scheint, in dieser Szene laufen eine Menge Egomanen herum mit einem gehörigen Riss in der Schale.«

»Schönes Stichwort«, hakte Conny ein. »Damit wären wir bei Eva Schuster.«

»Oder der Frau, die Sie für Schuster halten«, meldete sich Kurtz zu Wort. »Wenn ich richtig informiert bin, ist bei Ihnen eine Person im Tessa-Look aufgetreten. Frau Schuster, die ebenfalls so herumlief, hatten Sie vorher noch nicht gesehen, nicht wahr?«

»So ist es«, gab Conny zu. Sie wandte sich an Matthias: »Wie wahrscheinlich ist es, dass eine Frau eine andere nachmacht, die wiederum eine Figur kopiert? Was meinen Sie?«

»Nachahmer kennen wir vor allem aus Fällen mit großer öffentlicher Wirkung«, sagte er langsam, nachdem er einige Sekunden überlegt hatte.

»Was der so alles kennt«, murmelte Hansen.

»Öffentlichkeit ist hier zwar gegeben, aber es sorgt gewiss nicht für die größte Aufmerksamkeit, eine völlig unbekannte Person zu imitieren.«

»Es sei denn, die unbekannte Person ist eine Mörderin«, wandte Hansen ein. »Denken Sie mal an diesen Norweger, diesen Breivik. Den kannte vor seinen Anschlägen keine Sau.« Er fing einen strafenden Blick von Paul ein. »Tschuldigung. Trotzdem hat sich schnell ein Verehrer gefunden, der ihn kopieren wollte.«

»Das mag an der Wucht des Verbrechens gelegen haben«, gab Matthias zu bedenken.

»Was ist von jemandem zu halten, der sich wie eine Serienkillerin einrichtet und kleidet?« Conny hoffte sehr, von dem Psychologiestudenten erhellende Erkenntnisse zu gewinnen.

»Das ist schwer zu sagen, dazu bräuchte ich mehr Informationen über die betreffende Dame. Spontan würde ich die Vermutung äußern, dass die Killerin ihr Idol ist, weil sie über mehr Selbstbewusstsein verfügt. Das lässt den Schluss zu, die Nachahmerin hat selbst ein eher schwach ausgeprägtes Selbstwertgefühl.« Er dachte eine Weile nach. Die Kollegen warteten ab, sahen ihn zunächst an, tauschten dann verständnislose Blicke. Sie wussten nicht, ob von ihm noch etwas zu erwarten war. Auch Conny war nicht sicher, ob seine Ausführungen bereits beendet waren. Sie wollte ihm gerade eine weitere Frage stellen, da sagte er: »Selbstverständlich gibt es auch die mannigfaltigsten Persönlichkeitsstörungen, die sich hinter einem solchen Verhalten verbergen können. Formen der Schizophrenie gehören dazu.«

»Ich bin bei Ihnen, wenn Sie sagen, diese Frau Schuster ist in die Rolle der Tessa geschlüpft, weil sie deren Stärke, Selbstbewusstsein und möglicherweise auch Macht bewundert hat. Warum sollte sie aber ihre angebetete Lieblingsschriftstellerin umbringen, die ihr Idol noch dazu geschaffen hat? Das ergibt für mich keinen Sinn.«

»Weil sie nicht alle Tassen im Schrank hat«, entgegnete Hansen.

»Nicht jeder Streit hat etwas mit Tassen zu tun, lieber Herr Hansen«, meinte Matthias schmallippig. »Außerdem ist Ihre Ausdrucksweise politisch nicht korrekt, wenn ich mir diese Bemerkung erlauben darf.«

»Dürfen Sie nich!«, polterte Hansen.

»Anscheinend wird es Zeit, dass wir alle eine kleine Pause und etwas frische Luft kriegen.« Conny sah in die Runde.

»Ja, Zeit, das hier abzubrechen«, stimmte Kurtz ihr zu. »Sie fahren morgen wieder auf die Insel. Ich bin sicher, bis dahin haben wir diese Frau Schuster.«

»Ralf Rasmussen, der Verleger, ist heute noch in Stralsund. Mit ihm spreche ich als Erstes. Und ich werde Renate bitten, ein Foto von Frau Schuster zu besorgen, damit wir diesbezüglich sicher sind.« Kurtz verteilte die weiteren Aufgaben.

Als die Kollegen sich schon auf den Weg in die Mittagspause machten, sagte Paul zu Kurtz: »Ich würde Herrn Wennemann gern mit nach Hiddensee schicken. Ich glaube, er könnte Frau Lorenz eine Hilfe sein. Was meinen Sie?«

Kurtz nickte. »Machen Sie das.« Er klopfte Paul leicht auf den Rücken und verabschiedete sich.

Conny und Paul waren nicht lang allein, denn Renate machte sich sofort daran, die Tische wieder abzuräumen und diverse Kaffeeränder und Krümel zu entfernen.

»Haben Sie noch ein paar Minuten, Frau Lorenz?«

Sie sah auf die Uhr. »Ja, ein paar Minuten.« Sie folgte ihm in sein Büro.

»Sprichst du heute mit deinem Bruder?«, fragte er, sobald er die Tür hinter ihr geschlossen hatte.

»Das habe ich vor.«

»Schön. Denkst du, du schaffst es, vorher kurz zu mir zu kommen?« Ihr wurde unbehaglich. »Ich muss dir etwas zeigen.« Mit einem Mal sah er aus wie ein kleiner Junge, dessen Fußball soeben die festlich gedeckte Tafel abgeräumt hatte.

»Alles in Ordnung?« Jetzt war sie wirklich beunruhigt.

»Nein, nicht so ganz. Am besten, du siehst es dir nachher selbst an.«

»Gut. Ich treffe mich mit Rasmussen sowieso unten am Hafen. Da liegst du für mich quasi auf dem Weg. Danke übrigens, dass du den Wennemann mit mir nach Hiddensee schickst. Er ist manchmal ein bisschen langsam beim Denken, hat aber ein brillantes Köpfchen, glaube ich.«

»Tja, hoffen wir, ich bereue die Entscheidung nicht.« Er sah sie ernst an.

»Ich rufe gleich Wolter an, der soll ihm eine Unterkunft besorgen. Er kann ja schlecht bei mir auf der Couch schlafen.« Sie schenkte ihm ein vorsichtiges Lächeln.

Conny wählte den Weg zum Rathaus, vorbei an St. Nikolai und dann die Semlower Straße hinunter in Richtung Fährkanal. So konnte sie über den Weihnachtsmarkt gehen und sich an dem Anblick des gewaltigen Baumes erfreuen, der fein herausgeputzt vor dem Rathaus stand. Wenn es in wenigen Stunden dunkel wurde, würde er noch eindrucksvoller sein, aber schon jetzt sah er prächtig aus. Zarte Lichterketten umschlangen ihn, wie die Fäden einer Spinne. Wenn Conny es über sich bringen und den Kollegen von ihrer Beziehung zu Paul erzählen würde, könnten sie in diesem Jahr ganz öffentlich Hand in Hand über den Markt schlendern und die festlich-behagliche Atmosphäre genießen. Sie würde es tun, sie würde dieses Versteckspiel beenden. Sollten die doch von ihr denken, was sie wollten.

Zu dieser Tageszeit war noch nicht viel los in dem angesagten Lokal, das für seine nahezu unüberschaubare Bierauswahl ebenso bekannt war wie für das qualitativ hochwertige Essen mit Bio-Zertifikat. Der rote Schopf des Verlegers Rasmussen stach zwischen den anderen Köpfen hervor.

»Danke, dass Sie sich die Zeit genommen haben und einen Tag länger in Stralsund geblieben sind«, sagte Conny höflich.

»Es gibt in der Nähe eine Druckerei, die ich mir schon länger mal ansehen wollte. So hat es ganz gut gepasst.«

Conny stand der Sinn nicht nach langem Geplänkel. Sie kam direkt zur Sache: »Herr Rasmussen, die berühmten Spatzen pfeifen von den Dächern, dass Frau Schwarz Ihrem Verlag den Rücken kehren wollte. Das dürfte der Dame bei Ihnen keine Sympathien eingebracht haben, oder?«

»Ach wissen Sie, damit muss man immer rechnen und leben.« Er lehnte sich entspannt zurück. Eine Geste, die Conny sehr gewollt erschien.

»Sicher. Als Autofahrer muss man auch ständig damit rechnen, in einen Unfall verwickelt zu werden. Tritt diese Situation ein, ist man trotzdem sauer.«

»Netter Vergleich.« Er lachte und faltete die Hände. »Natürlich war ich nicht begeistert, als Frau Schwarz mir mitteilte, sie würde zu *NoZaMa Print* wechseln. Ich habe versucht, ihr bessere Konditionen anzubieten, ein höheres Garantiehonorar, bessere Staffeln und einen Drei-Buch-Vertrag obendrauf.«

»Das heißt?«

»Sie hätte die Sicherheit gehabt, in den nächsten sechs Jahren drei neue Tessa-Bände zu veröffentlichen. Dorinda Schwarz hat einen Haufen Geld verdient. Trotzdem sind solche Vereinbarungen für einen Autor wie ein Sechser im Lotto, weil sie das Finanzielle auf lange Sicht planbar machen, was bei Künstlern sonst eher nicht der Fall ist.«

»Verstehe. Ich kann mir vorstellen, dass dieser Gedanke für einen Wackelkandidaten verlockend ist, der seinen Durchbruch noch nicht geschafft hat. Aber bei einer Bestseller-Autorin hat das Ganze doch wohl eher für den Verlag einen Wert, weil er sie an sich bindet.« Sie beobachtete ihn.

»Zugegeben, der Vorteil wäre nicht einseitig gewesen. Ein solcher Mehr-Buch-Vertrag kann eine klassische Win-win-Nummer sein. Aber täuschen Sie sich nicht. Das Publikum ist heute nicht mehr berechenbar. Ein schwaches Buch von Frau Schwarz, ein Knaller im gleichen Genre von einem Konkurrenten, schon kann ein Stern am Literaturhimmel verglühen. Versetzen Sie sich mal in die Lage eines Verlegers, der in einem solchen Fall noch Verträge für zwei weitere Bände zu erfüllen hat.«

»Dorinda Schwarz war anscheinend nicht sehr überzeugt von Ihrem Angebot.«

»Sie hatte sich noch nicht endgültig entschieden.«

»Aber die Tendenz war klar. Weg von Ihrem Verlag.«

»Ich würde sagen, die Chance stand fünfzig zu fünfzig.«

»Ach ja?« Sie konnte nicht beweisen, dass er unrecht hatte. Also griff sie von einer anderen Seite an. »Herr Rasmussen, warum sind Sie nicht zu Dorindas Vortrag gegangen, obwohl Sie bereits am Donnerstag auf Hiddensee waren?« In seinen Augen blitzte Erschrecken auf. Ganz kurz nur, dann hatte er sich wieder im Griff.

»Mein ursprünglicher Plan sah anders aus.« Er betrachtete seine Fingernägel, als ob es dort etwas zu entdecken gäbe. »Dann hat sich ein Termin zerschlagen, so dass ich die Möglichkeit hatte, bereits am Donnerstag anzureisen.«

»Warum haben Sie ein Taxiboot genommen? Die Fahrt ab Stralsund kostet locker das Zehnfache vom Fährticket.«

»Geld zu haben und auszugeben, ist doch keine Schande.«

»Grundsätzlich nicht, nein. Das Wassertaxi zu wählen, um möglichst unbemerkt anzureisen, schon. Sie haben überall verbreitet, vor Freitag nicht dort sein zu können, und haben sich dann still und heimlich doch schon am Donnerstag angeschlichen.«

»Das ist doch völliger Unsinn!« Seine souveräne Fassade begann zu bröckeln. Nur ein wenig, aber genug, um Hammer und Meißel an genau der Stelle anzusetzen.

»Dorinda Schwarz hat sich von Ihnen in die vorderen Ränge der Bestsellerlisten hieven lassen. Anstatt Ihnen für den finanziellen Einsatz und Ihr Engagement zu danken, wollte sie Sie fallen lassen und die Ernte dessen, was Sie gesät haben, Ihrem ärgsten Konkurrenten auf dem Silbertablett präsentieren.« Er winkte halbherzig ab, knetete die Finger und veränderte immer häufiger seine Sitzhaltung. Kein Zweifel, er fühlte sich unbehaglich. »Das konnten Sie nicht einfach hinnehmen. Sie sind heimlich nach Hiddensee gefahren und haben sie zur Rede gestellt. Direkt nach ihrem Vortrag. War es nicht so?«

»Nein, so war es nicht!« Er holte tief Luft. »Von heimlich kann auch gar nicht die Rede sein. Aber die Fährverbindungen waren so, dass ich nach meiner Fahrt von Süddeutschland die erste unmöglich kriegen konnte, mit dem späten Schiff wäre ich auf jeden Fall zu spät da gewesen, wenn ich den Vortrag noch hätte hören wollen. Ich wollte noch einen Versuch machen, mit ihr zu reden, ja. Niemand verabschiedet sich gern von einer sprudelnden Ölquelle. Schon gar nicht, wenn er die Verantwortung für knapp dreißig Mitarbeiter hat.«

»Das kann ich nachvollziehen.«

»Als mein Termin abgesagt wurde, habe ich mich entschlossen, schon früher zu fahren. Ich wollte in aller Ruhe und auf neutralem Boden noch einmal mit Frau Schwarz reden. Das war meine Pflicht als Verlagsleiter.«

»Aber sie hat nicht eingelenkt. Da sind Sie wütend geworden.«

»Sie wollen mir doch nicht ernsthaft einen Mord unterstellen?« Schweißperlen schimmerten auf seiner Stirn. »Das ist absurd! Überlegen Sie doch mal: Verleger verliert Autorin und bringt sie um. Wie lange dauert es, bis er unter Verdacht gerät? Sie halten mich doch nicht wirklich für so dumm. Außerdem gäbe es viele Leichen, wenn alle ihre Exgeschäftspartner gleich umbringen würden.« Er lachte trocken.

»Es bringt auch nicht jeder Verlassene seine Exfrau um. Und doch tun es einige. Wenn sie sich nicht unter Kontrolle haben, zum Beispiel. Oder wenn die Exfrau, in diesem Fall die Autorin, nicht nur nicht einlenkt, sondern ihren Verleger auch noch verhöhnt.«

»Hören Sie, ich habe Frau Schwarz vor ihrer Veranstaltung kurz gesprochen. Sie hat sich keinen Millimeter bewegt. Ich war wütend. Und wie! Das ist der Grund dafür, dass ich nicht zum Vortrag gegangen bin. Ich habe viele Termine und wenig Zeit für mich. Darum habe ich es vorgezogen, es mir mit einem guten Glas Grappa und einem über tausend Seiten starken Manuskript gemütlich zu machen, das ich zu bearbeiten habe.«

»Die Chance stand also nicht fünfzig zu fünfzig, wie Sie eben behauptet haben. Frau Schwarz war auf dem Absprung.«

»Ja«, gab er leise zu. »Ja, es sah ganz so aus.«

»Und Sie waren natürlich allein in Ihrer Ferienwohnung mit dem Grappa und dem Manuskript, und es gibt niemanden, der Ihre Aussage bestätigen könnte.«

»So ist es. Sie können mir glauben oder es lassen.«

Vom Fischmarkt aus ging Conny die Heilgeiststraße hoch. Es war erst früher Nachmittag, trotzdem war es schon so dunkel, dass man meinen könnte, die Sonne würde jeden Augenblick untergehen. Welche Sonne überhaupt? Die Häuser reckten ihre Giebel in einen Himmel, der aussah wie ein Glas mit Tuschwasser, wenn man den Pinsel darin zum ersten Mal ausgespült hatte, milchig-grau. Connys Stimmung war ebenso düster. Es gab in diesem verdammten Fall keine greifbare Spur, nichts, was wirklich Erfolg versprach. Sie stapfte mit gesenktem Kopf über den Bürgersteig. Sie konnte es nicht leiden, im Trüben zu fischen. Was ihr jedoch noch mehr zu schaffen machte als ihr berufliches Auf-der-Stelle-Treten, war ihr Privatleben. Die Spannungen zwischen ihr und Paul nahmen zu. Vielleicht hätte sie nicht von Reinbek nach Stralsund ziehen sollen. Es hatte Vorteile, getrennte Leben zu führen und nur Wochenenden und Urlaube miteinander zu verbringen. Es hatte aber auch Nachteile, daran erinnerte sie sich nur zu gut. Was er jetzt wohl von ihr wollte? Ihr Magen krampfte sich zusammen. Was musste er ihr so dringend zeigen? Und warum hatte er geschaut, als würde sein schlechtes Gewissen ihn gleich auffressen? Ihr Herz klopfte, als sie das Haus betrat, in dem seine großzügige Dachwohnung lag. Sie ging zu Fuß hinauf. Jedes Training, das sie kriegen konnte, war ihr willkommen. Vor der Wohnungstür schöpfte sie Atem. Keine Musik drang an ihr Ohr. War das ein gutes oder ein schlechtes Zeichen? Kaum, dass sie den Schlüssel in das Schloss gesteckt hatte, hörte sie seine Schritte. Paul öffnete ihr. Er küsste sie flüchtig.

»Conny, es geht um Häppchen«, begann er eilig. »Keine Sorge, es geht ihm gut. So weit. Es ist nur … Es ist eher ein kosmetisches Problem.«

Sie hatte mit einigem gerechnet, aber sicher nicht damit, dass es etwas mit ihrem Kater zu tun haben könnte.

»Wieso, was …?«, stotterte sie verwirrt. Da kam Häppchen mit erhobenem Schwänzchen aus dem Wohnzimmer gelaufen. Mit halb nacktem erhobenem Schwänzchen. Der Schwanz war nicht die einzige Stelle, wo das Tier Fellverluste zu beklagen hatte. Conny starrte auf ihren vierbeinigen Gefährten, der sich inbrünstig an ihrem Bein rieb. Vom Schwanzansatz bis zum Kopf zog sich ein nahezu kahl geschorener wellenförmiger Streifen. Nur dicht über der Haut abgeschnittene Stoppeln waren noch da. »Was ist passiert?« Sie sah auf und direkt in Pauls belustigt blitzende Augen.

»Ich glaube, man nennt das Undercut oder Sidecut«, gab er gelassen zurück. »Ist die Trendfrisur in diesem Winter.«

Jetzt musste Conny auch schmunzeln. »Sehr schick. Im Ernst: Was habt ihr zwei angestellt?« Sie streichelte Häppchen über den Rücken. Es fühlte sich an, als habe er sich Samtstücke in den dicken Pelz einarbeiten lassen.

»Ich war wirklich wütend auf dich wegen dieser dummen Retourkutsche …« Conny wollte Einspruch erheben, doch er ließ es nicht zu. »… die keine war. Ich weiß. Aber ich dachte, du wolltest mich eifersüchtig machen. Und das sind Spielchen, die ich überhaupt nicht schätze.« Er seufzte. »Du kennst mich. Wenn mich etwas sehr ärgert, habe ich das dringende Bedürfnis, irgendwo Ordnung zu machen.«

»Du solltest diesen inneren Drang übrigens unbedingt mit einem Psychologen besprechen«, neckte sie ihn.

»Der Läufer im Wohnzimmer zwischen der Sofaecke und dem großen Tisch ist mir schon lange ein Dorn im Auge, weil er wandert. Er schlägt Wellen. Das ist gefährlich. Wie leicht könnte jemand stolpern? Oder du rutschst mit dem gesamten Ding weg.«

»Paul, was hast du gemacht?« Sie stemmte die Hände in die Hüften.

»Ich wollte den Teppich fixieren. Also habe ich doppelseitiges Klebeband aufgebracht. Das war wohl alt. Jedenfalls hat es an der Unterseite des Läufers nicht gehalten.«

Conny schloss eine Sekunde die Augen. »Du weißt, dass du zwei linke Hände hast und so etwas mir überlassen sollst.«

»Ich konnte dich schlecht bitten. Du warst nicht da, außerdem war ich ja gerade sauer auf dich.« Er sah sie zerknirscht an. »Und es lag auch gar nicht an meiner Ungeschicklichkeit, sondern an dem Klebeband. Ich wollte nur schnell sehen, ob ich noch anderes habe. Ehrlich, ich war höchstens eine Minute nicht im Raum. Als ich zurückkam, hatte Häppchen eine Schlange auf dem Rücken. Er muss sich mitten hineingeschmissen haben ins Vergnügen. An seinem Fell hat das Zeug ausnehmend gut gehaftet.«

Aus Connys Schmunzeln wurde ein breites Grinsen. »Mein armer Kater«, sagte sie in schmeichelndem Tonfall und kraulte die glücklicherweise noch dicht bewachsenen Ohren des Tieres, »hat der böse Onkel Paul dir wehgetan?«

»Ich ihm?« Paul schob die Ärmel seines Pullovers hoch und legte lange rote Spuren frei. Häppchens Handschrift. »Alles Zupfen und Reißen war vergeblich. Wenn du glaubst, er hätte stillgehalten, um es mir leichter zu machen, bist du schiefgewickelt.«

»Wie es aussieht, war er gewickelt.«

»Dein Kater konnte es gar nicht leiden, wenn ich an dem Kleber gezogen habe. Was blieb mir anderes übrig? Ich habe meinen elektrischen Bartschneider geholt.«

»Warum besitzt du so etwas?«

»Weil es eine Zeit gab, in der ich einen Bart getragen habe.«

»Das hast du mir bisher verheimlicht. Ich glaube, wir müssen dringend mal einen Fotoabend machen.« Sie legte ihm einen Arm um die Taille. »Und mit diesem fiesen Schneider hast du das arme Tier traktiert?«

»Ich habe Häppchen entlang des Streifens einen Bürstenschnitt verpasst. Er mochte das Brummen des Bartschneiders aber gar nicht.«

»Er muss völlig verstört gewesen sein.«

»Verstört? Bockig war er, bockig wie sein Frauchen. Soll ich dir meine Oberschenkel zeigen?«

»Was haben deine Schenkel mit meinem Kater zu tun?« Sie runzelte verständnislos die Stirn.

»Er hat sich aufgeführt wie ein Irrer und von einer Seite auf die andere geworfen. Ich hatte Angst, dass er sich noch mehr in dem Klebemist verheddert und womöglich noch Teppichfasern dazukommen. Dann hätte ich ihn am Ende überhaupt nicht mehr frei schneiden können. Deshalb habe ich mich über ihn gehockt.«

»Nackt?« Jetzt starrte sie ihn fassungslos an.

»Nein. Aber eine handelsübliche Jeans ist ein lächerlicher Schutz gegen die Krallen dieser kleinen Bestie.« Er streichelte Häppchen über den Kopf. »Frau Schmidt hat geklingelt und gefragt, ob alles in Ordnung sei. Sie hat sein Fauchen und Knurren bis nach nebenan gehört.«

»Du Ärmster«, sagte sie sanft und ließ ihren Blick von Paul zu Häppchen gleiten.

»Ich habe den ganzen Abend und einen halben Ring Fleischwurst gebraucht, um deinen Stubentiger überhaupt nur wieder in meine Nähe zu locken.«

Als hätte der taube Kater jedes Wort verstanden, lief er in die Küche.

»Wenn ich es mir recht überlege, könnte Häppchen mit diesem Look einen Trend setzen. Wer weiß? Womöglich laufen demnächst alle Katzen in Stralsund mit … wie hast du es genannt? … mit Undercut herum.«

»So habe ich es nicht genannt, so heißt es.« Paul ging einmal im Monat zum Friseur. Er musste es wissen. »Möchtest du einen Tee?«

»Nein, danke. Ich mache mich lieber auf den Weg und sehe nach, ob meine Wohnung noch existiert. Kann sein, dass mein Bruder Schlimmeres angestellt hat, als sich in Klebeband zu wickeln.«

»Soll ich dich begleiten?«

»Lieb, dass du fragst. Nein, ich glaube, es ist besser, wenn ich mich allein mit ihm ausspreche. Nach all den Jahren …«

»Sehe ich auch so. Ich wollte es dir wenigstens anbieten.«

Sie standen noch immer im Flur. Häppchen kam aus der Küche zurück. Da niemand Anstalten machte, ihm die zweite Hälfte des Fleischwurstkringels zu servieren, marschierte er ins Wohnzimmer, wo er sich vermutlich neben die für ihn bereitgelegte Decke kuscheln und seine letzten langen Haare auf der cremefarbenen Ledercouch verteilen würde.

»Danke, Paul!« Conny schmiegte sich an ihn. Es wäre schön, heute Nacht bei ihm zu sein, aber es würde vermutlich ein sehr langes Gespräch mit ihrem Bruder werden. »Ich bin froh, dass du nicht mehr sauer auf mich bist.«

»Na, kleine Schwester, alle Gangster geschnappt?« Axel lag auf dem Sofa, in eine Decke gewickelt, wie sie ihn zurückgelassen hatte. Als ob er sich keinen Zentimeter bewegt hätte.

»Nicht mal einen einzigen.« Sie ließ demonstrativ die Schultern hängen.

»Dann musst du bald wieder los?«

»Ja, morgen früh.«

»Soll ich weiter die Wohnung hüten, oder …?«

»Oder was?«, fragte sie sich. Laut sagte sie: »Das wäre toll, wenn es dir passt.«

»Klar, geht in Ordnung«, meinte er lässig. Sie konnte in seinem Gesicht sehen, wie froh er war. »Ist ganz cool, deine Bude.«

»Freut mich, dass sie dir gefällt. Sie ist nicht riesig, aber es ist alles da. Hunger?«

»Jo. Sorry, ich hab nix gekocht. Is nicht so mein Ding.«

Sie lachte. »Hätte mich auch gewundert. Passt irgendwie nicht zu dir. Magst du Chinesisch?«

»Flühlingslolle mit Schäfelhund?«

»Wie gut, dass du keine Vorurteile hast.«

»Sehe ich genauso. Jo, Chinesisch ist allelbest.«

»Okay, dann deckst du den Tisch, und ich gehe uns was holen.« Ihre kleine alte Musikanlage und der Fernseher waren noch da, und sie besaß noch Möbel. Was sie noch mehr freute, war der gute Zustand ihres Bruders. Axel wirkte sehr viel aufgeräumter als bei seinem Auftauchen aus heiterem Himmel. Wie es aussah, fühlte er sich in ihren vier Wänden wohl. Er würde bleiben. Paul und sie würden sich um ihn kümmern, ihm vielleicht einen Job besorgen. Alles würde gut werden.

Während des Essens erzählte sie ihm von ihrem Fall. Keine Details oder Namen, sondern nur Dinge, die auch in der Zeitung zu lesen waren. Als die Teller geleert waren, holte sie alkoholfreies Bier aus der Küche.

»Hast du Angst, dass ich dich verprügel, wenn ich was intus habe, wie unser Alter es immer gemacht hat?«

»Nein, ich habe keine Angst vor dir.« Sie sah ihm in die Augen. »Aber wahrscheinlich ist unser Vater der Grund, warum ich nie Alkohol im Haus habe. Das hier schmeckt mir gut, und es tötet nicht meine grauen Zellen.« Sie öffnete die Flaschen. »Was ist mit dir? Nimmst du Drogen?« Jetzt war es raus. Ohne Umschweife.

»Klar. Wenn ich an welche rankomme.«

»Was nimmst du?«

»Jeden Scheiß.« Er zwinkerte. »Nee, keine Sorge, war 'n Gag. Ich bin nicht abhängig oder so.«

»Ehrenwort?«

»Was zählt schon ein Ehrenwort von mir?« Seine Miene verfinsterte sich. Er sah plötzlich viel älter aus.

»Mir würde es etwas bedeuten.« Er blieb ihr den Schwur schuldig.

»Ich hab dich sitzen gelassen. Ich wette, du hasst mich.« Seine Stimme wurde noch rauer. Er konnte sie nicht ansehen.

»Nein! Nein, Axel, ich hasse dich nicht. Das habe ich nie getan.« Nach einer Weile des Schweigens sagte sie leise: »Ich war enttäuscht und traurig. Ich glaube, das Schlimmste war, dass du es mir nicht vorher gesagt hast.«

»Du warst ein kleines Mädchen.« Er zeichnete mit dem Finger das Etikett der Bierflasche nach. Seine Nägel waren bis zur Kuppe abgekaut und blau angemalt. »Kleine Mädchen sind Nervensägen. Sie verplappern sich.« Er grinste schief. »Oder sie wollen verhindern, dass ihr großer Bruder abhaut, und petzen deshalb.«

»Ich hätte dich nicht verpetzt. Aber ich hätte mich darauf einstellen können.«

»Das sagst du jetzt. Jetzt bist du ein großes Mädchen. Immer noch 'ne Nervensäge, aber ein großes Mädchen.«

»Hey!« Sie knuffte ihn liebevoll in die Seite. Sie saßen nebeneinander auf ihrem schon leicht zerschlissenen Sofa. Er war kein Fremder. Er hatte sich verändert, hatte den größten Teil seines Lebens ohne sie verbracht, aber er war noch immer ihr Bruder Axel. Nie hätte sie geglaubt, dass das familiäre Band, von dem so viel geredet wurde, tatsächlich existierte.

Er trank einen großen Schluck. »Puh, ich bin schon total besoffen«, lallte er und kicherte. Dann wurde er ernst. »Du hättest mich nicht alleine gehen lassen. Du hättest mitkommen wollen, hättest mich angebettelt«, flüsterte er, ohne sie anzusehen. »Das hätte ich nicht ausgehalten. Ich hätte nicht nein sagen können. Das hätte ich nicht geschafft.«

»Ich hätte nicht mitkommen wollen«, widersprach sie.

»Doch, hättest du.«

»Nein, bestimmt nicht.«

»Klar! Ganz sicher.«

Wieder Schweigen. Dann sagte sie trotzig: »Was wäre so schlimm dran gewesen? Gertrud hat mehrmals erwähnt, dass es Möglichkeiten für uns gäbe. Wir hätten zusammen zum Jugendamt gehen können. Die hätten eine Pflegefamilie für uns gefunden.«

»Hey, komm wieder runter, Nervensäge!« Er trank die Flasche leer. »Hast du noch eins? Schmeckt echt besser, als ich dachte.«

»Klar.« Conny ging in die Küche. Sie merkte, dass ihre Knie zitterten.

»Du hast immer geglaubt, dass alles gut wird, wenn man sich bloß an Recht und Ordnung hält, wenn man hübsch auf dem Pfad von Moral und Anstand bleibt, und sich an die Regeln hält«, sagte er müde, als sie sich wieder neben ihm auf das Sofa fallen ließ. »Ich hab dich drum beneidet, kannst mir glauben. Ich konnte das nicht. Regeln waren wohl noch nie mein Ding.«

»Wo bist du hingegangen damals?«

Axel fing an zu erzählen. Von ein paar Jungs, die er schon kennengelernt hatte, als er noch zu Hause schlief. Er hatte in einem Lottoladen Schnapsfläschchen mitgehen lassen, um sich einen Platz in der Gruppe zu sichern.

»Ich dachte, ich könnte bei einem von denen pennen. Wenigstens für ein paar Nächte.« Ein bitteres Lachen. »Hatte ja keine Ahnung, dass die selbst längst auf der Straße saßen. Zuerst fand ich's echt Scheiße, aber dann hab ich gemerkt, dass das gar nich so übel is. Weißt du, kleine Schwester, auf der Straße bist du echt frei. Außer die Bullen nehmen dich hops.« Sie warf ihm einen Seitenblick zu. »Sorry.« Er erzählte von Nächten in den Eingängen von Geschäften oder in den Wartehäuschen an den Bushaltestellen. »Einmal ham wir den Keller von einem Mehrfamilienhaus geknackt. Das war geil. Da lagen Matratzen im Fahrradkeller, und es war warm. Ich hab so tief gepennt wie lange nich mehr. Hab darum nich gehört, dass die … Polizei kam.«

»War das, als sie dich nach Hause gebracht haben?«

Er nickte. »Ich wollte bleiben. Echt! Du bist aus deinem Zimmer gekommen in deinem dünnen Nachthemd, barfuß. Du hast im Flur gestanden und geschlottert, weil die Heizung mal wieder kaputt war und der Alte sich nicht drum gekümmert hat. Du musst halb erfroren gewesen sein, trotzdem hast du gestrahlt wie ein Honigkuchenpferd.« Die Erinnerung zauberte ihm ein Lächeln auf das hagere Gesicht. Auch Conny würde diese Nacht nie vergessen. Leise sprach er weiter: »Ich wollte zu dir ins Bett krabbeln, dich aufwärmen und dir versprechen, dass ich dich nicht mehr alleine lasse.«

»Hast du aber nicht. Am nächsten Morgen warst du wieder weg. Für immer.« Sie schluckte. »Ich weiß, warum. Ich habe ihn gehört, wie er getobt hat. Du hast einmal geschrien, dann habe ich dich nicht mehr gehört, nur noch ihn und das Klatschen und Krachen.« Ihre Stimme war nur noch ein Wispern. »Ich habe mir die Finger in die Ohren gesteckt und die Decke über den Kopf gezogen. Ich hab's trotzdem gehört.« Sie sah ihn an und erschrak über den Hass in seinen Augen.

»Er hat mir mit der Faust ins Gesicht geschlagen. Dann hat er sich einen Hammer geschnappt. Du haust nicht mehr ab, hat er gesagt, und mir das Ding auf mein Knie getrümmert. Bin ich aber«, knurrte er störrisch. »Auch wenn ich dachte, der Schmerz bringt mich um. Das war egal. Hauptsache, weg.« Er starrte vor sich hin. »Is nie richtig verheilt«, sagte er dann und zuckte mit den Schultern. Deshalb humpelte er also. Er erzählte weiter, dass er eigentlich in der Nähe hatte bleiben wollen, um ein Auge auf seine Schwester haben zu können. »Aber da war dieser Junge. Noch keine vierzehn. So'n kleiner Scheißer, den man einfach mögen musste. Wenn der da war, fühlte es sich an, als wenn die Sonne scheint. Kennst du so was?« Sie nickte, obwohl sie nicht ganz sicher war. »Der wollte unbedingt zur Gruppe gehören. Also musste er 'ne Mutprobe machen, wie alle. Die ham ihm Nagellackentferner gegeben. Tüte über'n Kopp und dann schnüffeln. Ich dachte noch, das is ja 'ne einfache Probe. Wer hat schon Schiss vor 'nem Rausch? Aber die Dosis war wohl zu stark, oder der Kleine hat's nich vertragen. Keine Ahnung. Die Lippen sind ganz blau geworden, die Ohren auch. Dann hat er aus dem Mund geblutet und war tot.«

Conny musste ein paar Mal tief durchatmen, bevor sie

sprechen konnte. Axel hatte den Jungen wirklich gemocht, und der war vor seinen Augen gestorben. Wahrscheinlich fühlte er sich schuldig.

»Das passiert immer wieder«, erklärte sie ihm sanft. »Zum Schnüffeln brauchst du keine schwer zu beschaffenden Drogen, du kriegst alles im Supermarkt. Dummerweise ist es nahezu unmöglich, das Zeug richtig zu dosieren. Es gibt mehr Todesopfer, als die meisten denken. Ein Viertel davon erwischt es schon beim ersten Versuch.«

Er nickte. »Doch keine so einfache Mutprobe.« Axel stieß Luft durch die Nase aus. »Da bin ich weg, nach Hamburg.«

Es war weit nach Mitternacht, als die Geschwister sich erzählt hatten, wie sie die letzten zwanzig Jahre verbracht hatten, wie es ihnen ergangen war und heute ging, welche Träume sie noch hatten.

»Könntest du dir vorstellen, zu bleiben?«, wollte Conny wissen.

»Hab ich doch schon gesagt. Geht klar.«

»Nein, ich meine für immer. Oder zumindest für ganz lange.« Sie lächelte zaghaft.

Sechs Monate vor Dorindas Tod

»Ach, die Frau Schwarz, det is aber 'ne Überraschung, dass Sie mich anrufen.«

»Wenn mich nicht alles täuscht, fällt Ende dieser Woche die Entscheidung, wer Inselschreiber auf Hiddensee wird.«

»Det täuscht Sie nich. Sie wollen mich doch wohl nich noch auf den letzten Metern beeinflussen, wa?« Er lachte unsicher. Jetzt bloß kein falsches Wort.

»Wollen Sie mich auf den Arm nehmen, Udnik? Ich rufe an, um Sie an das eine oder andere zu erinnern, bevor Sie in die letzte Jury-Sitzung gehen.«

»Frau Schwarz, det is alles nich so einfach …«

»Ich dachte, das wäre jetzt endlich geklärt, Udnik.« Sie ließ ihn nicht zu Wort kommen, was nicht vielen Menschen gelang. »Wenn Dorinda Schwarz sich um einen lächerlichen, bisher völlig bedeutungslosen Posten bewirbt, noch dazu auf einer nichtigen Insel voller kratzbürstiger Bewohner und ohne jegliches Weltflair, dann adelt das den gesamten Wettbewerb.«

»Det is mir ja klar …«

»Sollte die Wahl auf einen anderen fallen, wäre das eine nicht hinnehmbare Demütigung. Ich verspreche Ihnen, ich würde all meine Kontakte innerhalb der Branche spielen lassen, um Sie fertigzumachen. Kein seriöser Schriftsteller setzt dann mehr seinen Fuß auf dieses überflüssige Eiland. Haben Sie mich verstanden? Keiner!«

»Liebe Frau Schwarz …«

»Halten Sie den Mund! Sie sollten sich Ihr Süßholzgeraspel lieber für die anderen Jury-Mitglieder sparen.«

»Ick hab natürlich Einfluss, aber ik kann det nich allein entscheiden. Immerhin machen die Kollegen einiges locker, um das Honorar für zwölf Monate zu sichern.«

»Gutes Stichwort. Sie hatten angedeutet, dass die monatliche Summe über dem liegt, was man gemeinhin für solche Ämter erwarten darf. Es bleibt doch dabei?«

»Natürlich, ja, sicher! Nur die genaue Höhe steht noch nicht fest.«

»Und wir sind uns einig, dass sich die Inselschreiberin nur ab und zu auf Hiddensee sehen lassen muss? Zwölf Monate auf diesem kleinbürgerlichen Anhängsel von Rügen hält doch kein Mensch aus.«

»Na ja, die Leute sollen natürlich ihre Inselschreiberin auch mal sehen. In einem Café oder am Strand. Verstehen Sie? Einheimische und Touristen. Det muss schon drin sein für 'ne Stange Geld.«

»Mal ist relativ. Um mal gesehen zu werden, braucht man keine 365 Tage. Zehn bis zwanzig tun es auch. Schließlich hat eine Erfolgsautorin noch andere Verpflichtungen.«

»Det is mir ja klar. Hören Sie, ich bin aber auch Zwängen ausgesetzt. Ich ...«

»Wohl wahr. Sie tun nämlich hübsch, was ich sage. Ansonsten kann es ganz unangenehm für Sie werden. Sie wissen, was Sie zu tun haben, wenn Sie in der Literaturszene auch nur ansatzweise ernst genommen werden wollen. Na dann, gutes Gelingen.« Aufgelegt. Sie hatte einfach aufgelegt.

Kapitel 6

NACHTWANDERUNG

Mittwoch, 10. Dezember

»Was hat Sie dazu bewogen, zur Polizei zu gehen, Frau Lorenz?« Nachdem Matthias mit dem Dienstwagen nicht aus der Parklücke gefahren, sondern gehüpft war, hatte Conny kurzfristig überlegt, sich doch selbst ans Steuer zu setzen. Nur fuhr sie eben höchst ungern Auto. Da kam ihr der Praktikant gerade recht. Sie hatten den Rügendamm hinter sich gelassen und waren jetzt auf der Höhe von Samtens. Die halbe Strecke nach Bergen, wo Schweiger seine Buchhandlung hatte, war geschafft. An dem dortigen Polizeihauptrevier würden sie das Fahrzeug stehen lassen und sich von einem Kollegen nach Schaprode bringen lassen, von wo sie nach Hiddensee übersetzen konnten. Vorausgesetzt, sie überstanden auch den Rest der Fahrt noch unfallfrei. Matthias beschleunigte den Wagen auf die jeweils zugelassene Höchstgeschwindigkeit, indem er das Gaspedal bis zum Anschlag trat. Gab es eine Geschwindigkeitsbegrenzung oder wurde eine Ampel rot, trat er ebenso heftig auf die Bremse, kam fast zum Stehen, bemerkte, dass er noch zu weit von dem jeweiligen Signal entfernt war, gab wieder ruckartig Gas, um gleich darauf erneut mit Wucht die Bremse zu betätigen. Conny war nicht gut. Auf der Fähre oder den Booten der Wasserschutzpolizei war ihr noch nie übel geworden. Jetzt drehte sich ihr Magen um.

»Hm, Frau Lorenz, was hat Sie veranlasst, diesen Beruf zu ergreifen?«, wiederholte er.

»Was hat Sie veranlasst, Ihren Führerschein zu machen? Haben Sie überhaupt einen?«

»Aber ja!« Er sah sie von der Seite an. Lange.

»Könnten Sie bitte wieder nach vorne schauen?«

Er lachte. »Das wäre ja ... sträfliche Dummheit wäre das, wenn ich einen Dienstwagen der Polizei fahren würde, ohne eine gültige Fahrerlaubnis zu besitzen.« Er konnte sich über diese Vorstellung kaputtlachen. Fröhlich klopfte er auf das Lenkrad. Als er sich endlich beruhigt hatte, kam er auf seine Frage zurück.

»Das ist eine lange Geschichte«, antwortete Conny seufzend.

»Wir haben doch Zeit.«

»Stimmt. Wir werden sie nutzen, um uns auf unsere Arbeit vorzubereiten. Ich möchte, dass Sie diesen Buchhändler genau im Auge haben, wenn ich ihn vernehme.« Er sagte nichts, schien aber über etwas nachzudenken. »Konzentrieren Sie sich bitte auf Mimik und Gestik, auf alle Anzeichen, die dafür sprechen, dass dieser Schweiger lügt oder dass er besonders nervös ist.« Wieder kein Wort von ihm. »Haben Sie mich verstanden?«

»Der Buchhändler heißt Schweiger?«

»Ja.«

»Witzig, finden Sie nicht? Wenn man liest, schweigt man für gewöhnlich.«

»Sie vielleicht, ich nicht.« Conny lachte. »Ich lese Paul ständig etwas aus der Zeitung vor. Meistens, während er selber gerade lesen will. Das kann er überhaupt nicht leiden.« Das Lachen blieb ihr im Halse stecken. Sie hatte Paul erwähnt. So wie sie es getan hatte, lag auf der Hand, in welcher Beziehung sie zueinander standen. Sie versuchte, in Matthias' Miene zu erkennen, ob er begriffen hatte. Glücklicherweise war der bereits mit einem ganz anderen Gedanken beschäftigt.

»Sind Sie sich bewusst, wie doppeldeutig das Wort Buchhandlung ist?« Conny wusste nicht, worauf er hinauswollte. Sie war nur froh, dass er offenbar nichts kapiert hatte. »Nun ja. Wir haben zum einen das Geschäft, den Laden, in dem wir Bücher erstehen können. Die …?« Er sah sie erwartungsvoll an.

»Buchhandlung«, gab sie tonlos zurück.

»Genau. Zum anderen haben wir den Inhalt eines Buches, die Geschichte, die erzählt wird, die …« Wieder dieser erwartungsvolle Seitenblick.

»Die Buchhandlung«, antwortete sie folgsam. »Tatsächlich. Sie sind sehr aufmerksam. Ist mir noch nie aufgefallen.« Er strahlte zufrieden.

Schweigers Laden lag in der Nähe des Marktes, nur wenige Schritte vom Benedix-Haus entfernt, einem der ältesten Gebäude der Insel Rügen. Im Schaufenster waren sämtliche Werke von Dorinda Schwarz, Lyrikanthologien und die pornografischen Bücher von H. Mann aufgebaut. Zwischen letzteren – schon die Umschläge ließen keinen Zweifel an den Inhalten aufkommen – thronte ein Foto von Dorinda, eine Ecke mit einer schwarzen Schleife versehen. Ziemlich taktlos, fand Conny, vor allem, wenn man bedachte, wie wenig Schweiger von der Verstorbenen gehalten hatte. Das Klingeln eines Glöckchens ertönte, als sie den Laden betraten. Matthias' Aufmerksamkeit gehörte sofort einer Buchreihe, die sich mit historischen Persönlichkeiten beschäftigte und auf einem Tisch mit Zinnsoldaten und Gipsbüsten ausgestellt war. Das konnte ja heiter werden.

»Guten Tag. Kann ich Ihnen helfen, oder möchten Sie sich erst umsehen?« Es klang, als würde Schweiger diese Frage zigmal am Tag stellen. Erst jetzt sah er sie an. »Ach, Sie … Sie sind doch die Kommissarin, richtig?«

»Kriminalkommissarin, um ganz genau zu sein. Lorenz.« Sie reichte ihm die Hand.

»Tja, ich weiß gar nicht, wie ich Ihnen helfen kann.« Er sah ängstlich zu einer Kundin, die in einem Sesselchen saß, eine Auswahl von Büchern vor sich auf einem kleinen runden Tisch. Dann schaute er zu einem Mann, der ein Mädchen bei sich hatte. Alle schienen sehr mit sich beschäftigt zu sein, niemand nahm zu Schweigers Erleichterung Notiz von Conny und ihrem Begleiter. »Ich weiß leider gar nichts. Das hatte ich aber auch schon gesagt. Also, insofern weiß ich gar nicht, was Sie noch wollen.« Er lachte kurz. »Was wollen Sie überhaupt?«

Conny lächelte ihn freundlich an. »Wie geht es Ihnen, Herr Schweiger?«

Matthias widmete sich noch immer den historischen Figuren zwischen den Buchdeckeln. Dachte er, sie gab ihm ein Zeichen, wenn die Vernehmung anfing? Oder hatte er einfach vergessen, warum und mit wem er hier war? Conny dachte eine Sekunde darüber nach, ihm auf die beigefarbenen Wildlederschuhe zu treten, damit er ihr seine geschätzte Aufmerksamkeit schenkte.

»Danke, muss ja«, entgegnete der Buchhändler sichtlich irritiert.

»Was macht das Asthma? Nicht, Herr Kollege Wennemann, das interessiert uns brennend, oder?« Sie funkelte ihn an.

»Sein Asthma interessiert uns?« Er runzelte die Stirn. »Sind es nicht eher die Medikamente, die er nimmt?«

Conny atmete tief durch. Danke, lieber Gott, dass dieser Träumer nicht Polizist werden will!

»Aber wieso?«, stammelte Schweiger.

Conny strahlte ihn an. »Mein Kollege hat recht«, verkündete sie fröhlich. Dann wurde sie ernst. »Welche Präparate nehmen Sie gegen Ihr Asthma oder haben Sie sich in letzter Zeit verschreiben lassen?«

»Was geht Sie das denn an? Eine solche Frage ist doch wohl

ein Angriff auf meine Intimsphäre, oder nicht?« Wieder sah er sich hektisch nach möglichen Zuhörern um. »Ohne einen konkreten Verdacht oder Beweis gegen mich haben Sie kein Recht auf eine Antwort. Da muss es doch Regeln geben. Ich muss doch auf so eine Frage …«, ereiferte er sich. Ein Hustenanfall kam ihm dazwischen. Sein Gesicht lief rot an. Er ging eilig zu seinem Schreibtisch, holte ein Pumpfläschchen aus einer Schublade und atmete einen Spraystoß tief ein. Die lesende Frau sah nur kurz auf, ließ sich jedoch nicht von dem Zwischenfall stören. Der Mann mit dem Kind verließ das Geschäft.

Schweiger hielt Conny die Plastikflasche hin, als er wieder Luft bekam. »Das interessiert Sie? Bitte schön!«, sagte er böse. »Habe ich immer bei mir. Für Notfälle.«

»Und sonst so? Irgendwelche Tabletten?«

Matthias mischte sich ein: »Das Spray ist ein antiobstruktives Mittel.« Conny und Schweiger sahen ihn verblüfft an. »Atemwegserweiternd. Sie nehmen es bei Bedarf. Wir wüssten gern, welche antientzündlichen Präparate Sie verwenden.« Dieser junge Kerl hatte wirklich seine hellen Momente, die nicht zu unterschätzen waren.

Schweiger zögerte, wand sich.

»Ich kann auch Ihren Arzt von seiner Schweigepflicht entbinden, wenn Ihnen das lieber ist«, meinte Conny schroff.

»Ich werde gerade neu eingestellt. Bis vor kurzem habe ich Benidoson bekommen, aber das ist verboten worden«, gestand er kleinlaut. Conny und Matthias tauschten Blicke. »Jetzt nehme ich …«

»Geht uns nichts an«, unterbrach Conny ihn gut gelaunt. »Ihnen ist nicht zufällig jemand eingefallen, mit dem Sie im *Hiddenseer Stübchen* gesprochen haben?«

»Mit der Kellnerin. Das habe ich doch schon gesagt. Sie wollte wissen, ob viele Zuhörer zu dem Vortrag gekommen sind.«

»Nach dem Essen sind Sie in Ihr Zimmer gegangen. Auf dem Weg dahin und überhaupt den Rest der Nacht waren Sie allein, was aber niemand bezeugen kann, stimmt's?«

»Wie soll denn einer bezeugen, dass ich allein in meinem Bett gelegen habe?« Er sah sie ängstlich an.

»Stimmt auch wieder.« Sie schenkte ihm ihr schönstes Strahlen. Der Tag fühlte sich bisher einfach zu gut an, von der Autofahrt einmal abgesehen. »Das war's schon, Herr Schweiger. Vielen Dank, dass Sie sich Zeit für uns genommen haben. Auf Wiedersehen.«

»Können Sie das wirklich?«, fragte Matthias, als das Glöckchen hinter ihnen verklang. »Können Sie einen Arzt von seiner Schweigepflicht entbinden?«

»Das ist nicht so einfach. Ich habe geblufft.« Als sie im Wagen saßen, meinte sie: »Benidoson ist das Zeug, das Amphetamine enthält, richtig?«

»Ja, es handelt sich um genau das Mittel, von dem ich gesprochen habe.«

»Er wollte uns den Namen nicht nennen. Das könnte bedeuten, dass er Angst hatte, sich mit seiner Aussage zu belasten.« Sie schüttelte den Kopf. »Was ist sein Motiv? Dass er sie nicht leiden konnte, weil sie eine Zicke war, reicht mir nicht.«

»Seine Zurückhaltung lässt sich auch anders erklären«, wandte Matthias ein. »Kann doch sein, dass es ihm einfach peinlich war.« Sie sah ihn fragend an. »Nun, die Arznei hat bei einigen Herren erektile Dysfunktion als Nebenwirkung verursacht.«

»Impotenz?«

»Ja, so kann man es auch nennen.«

Matthias war in einem Zimmer über dem Schnellimbiss *Strandperle* direkt am Vitter Hafen untergebracht.

»Die gute Nachricht: Das Sauerfleisch ist ausgezeichnet«, verkündete Conny. »Die schlechte ist, dass Sie nach nur einer

Nacht dort riechen werden wie wandelndes Frittenfett. Und nehmen Sie sich bloß vor der Wirtin in Acht. Sie riecht noch schlimmer als die Fritteuse. Ihrer Kriegsbemalung nach zu urteilen, ist das pure Absicht. Seien Sie also auf der Hut!«

Zuerst nahmen sie sich den Dichter Grenz vor. Sie trafen ihn in dem Café des Vitter Hotels *Meerblick*, in dem auch Dorinda Schwarz logiert hatte. Ihre Schwester bewohnte noch immer die Suite, hatte es an der Rezeption geheißen. Auch Karl-Jürgen Grenz oder Gertes, wie er wirklich hieß, bewohnte hier ein Zimmer. Conny und Matthias bestellten Kaffee, Grenz erklärte, er trinke Tee. Man konnte sich an einem Tisch, auf dem ein Samowar stand, die Sorte aussuchen und Milch, Zucker oder Zitrone nehmen. Das sei unbedenklich. Schließlich würden die nicht jeden Teebeutel vergiften. Wer DIE waren, ließ er offen. Unter dem Tisch hatte er einen Beutel mit Keksen auf dem Schoß. Neben dem Samowar standen Weihnachtsplätzchen, an denen er sich hätte bedienen können, doch das erschien ihm zu riskant. Also legte er jeweils ein Exemplar des eigenen Gebäcks auf die Untertasse und versorgte sich mit dem Untertisch-Tütchen unauffällig mit Nachschub.

»Herr Gertes …«, begann Conny. Weiter kam sie nicht.

»Sind Sie wahnsinnig?«, zischte er, beugte sich dabei weit zu ihr herüber und sah sie empört an. »Ich bin hier unter meinem Künstlernamen eingebucht. Niemand darf wissen …« Eine Kellnerin ging an ihrem Tisch vorbei. Er verstummte augenblicklich. Da war ein Flackern in seinen Augen. Der hatte wirklich nicht alle Fransen am Teppich, dachte Conny. »Sie ahnen ja nicht, wie gefährlich ich lebe.«

»Stimmt, keine Ahnung. Warum leben Sie gefährlich?«

»Die sind hinter mir her!« Schweißperlen glitzerten auf seiner Stirn wie die Schneeflöckchen, die am Fenster vorbeisegelten. Verrückt oder nicht, er hatte wirklich Angst.

»Warum glauben Sie, dass jemand hinter Ihnen her ist?«

»Weil ich Dinge weiß.«

»Keine überzeugende Antwort. Jeder Mensch weiß Dinge«, meinte Matthias.

»Aber nicht jeder kennt solche, die ein anderer lieber verbergen würde.«

Matthias runzelte die Stirn und nahm einen Schluck Kaffee. »Interessanter Gedanke«, sagte er dann langsam. »Man müsste recherchieren, ob es dazu eine Statistik gibt.« Grenz war sichtlich irritiert.

»Die Dinge, von denen Sie sprechen«, hakte Conny ein, »haben die etwas mit dem Tod von Dorinda Schwarz zu tun?«

»Ja! Ich meine, ja, davon gehe ich aus. Mit Sicherheit kann ich es natürlich nicht sagen, aber es ist möglich. Es ist sogar naheliegend. Sie wusste diese Dinge nämlich auch, sie war sogar darin verstrickt. Zum Teil jedenfalls.«

»Herr … Grenz, ich muss Sie auf die strafrechtlichen Konsequenzen aufmerksam machen, mit denen Sie bei einer unvollständigen oder unrichtigen Aussage zu rechnen haben.« Conny war überzeugt davon, dass er flunkerte, um es nett auszudrücken. Oder er hielt mit einer Information hinter dem Berg.

»Nein, das müssen Sie nicht. Weder müsste ich etwas verschweigen, noch habe ich einen Grund, Ihnen etwas anderes zu sagen als die Wahrheit.«

»Wer's glaubt …«, dachte Conny. »Dann schießen Sie mal los!« Sie nahm einen Schluck Kaffee und beobachtete ihn über den Rand ihrer Tasse hinweg.

»Bodo Heinze ist ein Lyrik-Verleger. Was sage ich? Es ist der große Lyrik-Verleger in Deutschland. Es ist quasi ein Ritterschlag, wenn man bei ihm unter Vertrag ist.«

»Ach ja?« Conny sah ihn arglos an. »Ich habe eher den Eindruck, jeder kann bei ihm veröffentlichen. Hat er nicht neben den Profis auch einige Hobbyautoren im Programm?«

»Wie kommen Sie auf solchen Unfug?«

»Na ja, Sie veröffentlichen doch auch bei ihm, leben aber nicht vom Schreiben. Dann ist das Ganze doch wohl ein Hobby, eine private Leidenschaft.« Sie zuckte die Schultern und setzte eine unschuldige Miene auf.

»Sie haben doch keine Ahnung! Nehmen Sie Kunst etwa nur ernst, wenn sie auch Kommerz ist? Mein Scherenmann-Zyklus ist äußerst erfolgreich. Gleichwohl lässt sich davon nicht leben.«

»Auf den komme ich nachher noch zu sprechen.«

»Sie kennen meine Scherenmann-Gedichte?« Erfreutes Erstaunen trat in sein Gesicht. Ein wenig hatte Conny sich soeben von dem Kunstbanausen-Image rehabilitiert. »Ja, diese Figur ist mein Prachtstück«, schwärmte er. »So etwas gelingt nur einmal im Dichterleben. Er ist mein *Zauberlehrling*, meine *Glocke*, mein *Macbeth*.«

»Schlechter Vergleich«, warf Matthias ein. »Zweifellos gehört der *Zauberlehrling* zu Goethes populärsten Werken. Doch mit *Faust* oder *Die Leiden des jungen Werthers* gelangen ihm mindestens ebenso große Würfe. Gleiches gilt für Shakespeare. Auch er hat in seinem Dichterleben diverse Erfolge errungen. Und bedenken Sie nur, dass gerade *Macbeth* keinesfalls als nichtkommerziell bezeichnet werden kann. Shakespeare war Hofdichter bei Jakob I. Es war ihm gewiss daran gelegen, den König, von dem er finanziell abhängig war, mit seiner Arbeit zu erfreuen.« Grenz war kurzfristig sprachlos.

Conny nutzte die Gelegenheit, wieder zu übernehmen. »Ich kenne ein Scherenmann-Gedicht. Wie gesagt, ich komme noch darauf zurück. Jetzt interessiert mich erst mal, welche geheimnisvollen Dinge Sie wissen. Haben die etwas mit der Anzeige zu tun, die Sie in einer Lyrik-Zeitschrift aufgegeben haben?«

»Es war ein offener Brief. Ja. Sandra Schwarz hätte es nicht ertragen, wenn Dorinda bei einem Wettbewerb auf einem zweiten oder gar dritten Platz gelandet wäre. Dabei ist das doch keine Schande.«

»Wenn es mehr als drei Teilnehmer gab, nicht«, merkte Matthias an.

»Es gab bei Heinzes Ausschreibungen immer zahlreiche Teilnehmer«, gab Grenz pikiert zurück.

»So richtig glücklich waren Sie mit einem dritten Platz aber auch nicht, oder?« Conny sah ihm in die Augen. »Warum sonst der offene Brief?«

»Es ist eine Frage des ›Warum‹. Wenn Sie von meinem offenen Brief wissen, kennen Sie gewiss auch den Inhalt. Ich habe Frau Schwarz vorgeworfen, sich Lyrikpreise zu kaufen. Wenn nicht Qualität, sondern Bestechungsgeld entscheidet, dann ist das ein Skandal.«

»Haben Sie Beweise für Ihre Behauptung?«

»Sie hat es zugegeben. Einmal in einem schwachen Moment. Das müssen Sie sich vorstellen! Könnten Sie sich an einem Preis erfreuen, für den Sie bezahlt haben?«

»Sie hat es zugegeben?« Conny konnte es nicht glauben.

»Ja, es war bei einer Benefiz-Lesung für eine Bibliothek, die einem Feuer zum Opfer gefallen war. Viele Schriftstellerkollegen haben sich zu dieser Veranstaltung zusammengetan. Natürlich wollte ich mit meinem Scherenmann auch nicht hintanstehen. An diesem Abend kamen wir ins Gespräch über Verkaufszahlen und Erfolg. Ich habe damals bestimmt schon zwanzig Jahre geschrieben und hatte auch schon einiges veröffentlicht. Sie war als Lyrikerin gerade erst in Erscheinung getreten. Ich werde es nie vergessen. Sie sagte, es gäbe für alles einen großen Plan. Sie könne es sich nicht leisten, mit ihren Gedichten nur Mittelmaß zu erreichen. Das würde an ihrem Status insgesamt rütteln.« Er verzog angewidert das Gesicht. »Sie hatte wahrhaftig eine durch und durch kommerzielle Strategie, bei der sie in jedem Genre ganz oben stehen musste. Sie sagte, sie nutze nur alle Möglichkeiten des

Marktes. Wenn jemand sich dafür bezahlen ließe, ein Gedicht in einem Wettbewerb gewinnen zu lassen, dann sei das für sie gut investiertes Geld.«

»Haben Sie jemals mit Heinze darüber gesprochen? Es kann ihm doch nicht recht gewesen sein, dass Frau Schwarz öffentlich darüber redet. Auch wenn Sie damit an die Öffentlichkeit gegangen wären, was Sie ja schließlich getan haben, kann das nicht in seinem Sinn gewesen sein.«

Er lachte freudlos auf. »Natürlich habe ich mit ihm gesprochen. Was haben Sie erwartet, Frau Lorenz? Er hat selbstverständlich alles geleugnet. Was glauben Sie, warum ich den Brief anonym veröffentlicht habe? Ich wollte nicht gänzlich geächtet und zum Gespött werden. Ist doch klar, was alle gesagt hätten: Der ist ja nur neidisch, weil er selbst nie einen ersten Platz schafft.« Er sah sich kurz um, stellte sicher, dass sie nicht belauscht wurden. Dann senkte er die Stimme. »Ich weiß noch mehr über den feinen Herrn Heinze. Er hat vor einem Jahr einen Band mit Hölderlin-Gedichten herausgebracht, die der große Literat angeblich im Sommer 1802 in Stuttgart verfasst haben soll, nachdem man bei ihm erstmals nervliche Erschöpfungszustände diagnostiziert hatte.«

»Interessant!« Matthias war mit einem Schlag hellwach. »Ist dieser Band noch erhältlich? Ich wüsste sehr gern, ob seine geistigen Beschwerden sich in den Gedichten bereits niedergeschlagen haben.« Manchmal war er Conny regelrecht unheimlich.

»Die Texte sind nicht von Hölderlin«, flüsterte Grenz. »Sie stammen von Heinze selbst. Ich habe bei ihm Entwürfe gesehen. Verstehen Sie jetzt, warum ich gefährlich lebe? Außerdem …«

Das war allerdings ein starkes Stück! »Sehe ich das richtig?«, versicherte Conny sich. »Heinze hat selber gereimt und das Ergebnis als plötzlich aufgetauchte Hölderlin-Gedichte ausgegeben?« Grenz sah sich wieder hektisch um und nickte.

»Es kann doch nicht sehr kompliziert sein, ihm den Schwindel nachzuweisen«, gab Matthias zu bedenken. Conny sah zu ihm herüber. Sie meinte in seinem Gesicht dieselben Zweifel zu erkennen, die sie auch hatte. Wenn Grenz paranoid war, konnte die gesamte Geschichte seiner kranken Fantasie entsprungen sein.

»Anerkannte Fachleute der Hölderlin-Gesellschaft zweifeln an der Echtheit.« Jetzt nickte Grenz eifrig. »Aber Heinze ist nicht dumm, und er hat Geld. Er hat einen Gutachter gefunden, der bestätigt hat, dass die Gedichte aus der Feder des Meisters stammen.« Nach einem langen eindringlichen Blick seufzte er. »Wenn er's wüsst', der Hölderlin, er würde in die Wälder fliehen!«

»Sehr hübsch. Haben Sie das eben gerade einfach so aus dem Stegreif gedichtet?« Conny setzte eine bewundernde Miene auf. Ihr entging nicht der skeptische Seitenblick von Matthias. Glücklicherweise hielt er den Mund.

»Ach, das war doch nichts.« Grenz spielte den Verlegenen und winkte ab. »Wissen Sie, mein Scherenmann …«

»Nein, wirklich, ich fand's beeindruckend. So etwas würde mir im Leben nicht einfallen.« Das war nicht gelogen. »Würden Sie mir das bitte aufschreiben?« Sie erkannte Argwohn in seinen Augen. »Wenn es Ihnen nichts ausmacht. Ich kann mir Gedichte nicht einmal besonders gut merken, geschweige denn selbst ausdenken. Es wäre wirklich sehr schade, wenn ich mich an diese Zeile bald nicht mehr erinnern würde.« Bevor er lange darüber nachdenken konnte, riss sie die letzte Seite aus ihrem Notizbuch und schob sie ihm hin. Ihren Stift behielt sie in der Hand. Wie sie gehofft hatte, griff er in die Innentasche seines Jackets. Grüne Tinte und die gleiche Schrift wie auf dem Zettel, den sie zwischen Dorindas Zähnen gefunden hatte.

»So, bitte schön.« Grenz schob ihr das Papier wieder herüber. Er sah äußerst zufrieden aus.

»Danke, sehr freundlich.« Conny ließ den Zettel zwischen die Seiten ihres Büchleins gleiten. »Tja, Herr Grenz, das war es zunächst. Sie haben uns sehr geholfen.«

»Dann werden Sie sich jetzt um Heinze kümmern?« Er hatte große Angst und hoffte vermutlich, dass Conny den vermeintlichen Betrüger Heinze in Kürze festnehmen würde.

»Wir gehen Ihren Hinweisen nach«, bestätigte sie vage.

»Aber Sie sagen ihm doch nicht, von wem Sie die Informationen haben, oder?« Panik, das war echte nackte Panik.

»Aber nein.« Conny trank den letzten Schluck aus ihrer Tasse. Er war eiskalt. Sie hasste kalten Kaffee. »Ach, Herr Grenz, eins noch: Wann genau sind Sie auf Hiddensee angekommen?«

»Am Samstagvormittag.«

»Was haben Sie am Freitag gemacht?«

Er sah sie verblüfft an. »Da war ich mit meiner Frau aus. Wir wollten eigentlich zum Kegeln, wie an jedem Freitag, aber es ist leider ausgefallen. Das hatte ich Ihrem Kollegen schon erzählt.«

»Natürlich, wie dumm von mir.« Sie lächelte und stand auf. Sofort erhoben sich auch Matthias und Grenz. »Und Sie bleiben noch eine Weile, habe ich gehört?«

»Ich habe das Zimmer noch bis zum Wochenende reserviert, aber ich habe darüber nachgedacht, früher abzureisen.«

»Warum das? Gefällt es Ihnen nicht auf der Insel?«

Er trat so dicht auf Conny zu, dass sie seinen Kräuterteeatem riechen konnte. »Warum ist Heinze Ihrer Meinung nach noch hier?«

»Er ist noch auf Hiddensee?« Na, das war ja interessant.

»Allerdings. Angeblich, um Frau Schwarz beizustehen.« Er kam noch näher. Conny trat instinktiv einen Schritt zurück. »Die beiden …« Er stockte. »Wenn Sie mich fragen, will er sich die Rechte auf noch unveröffentlichtes Material sichern, das in Dorindas Schubladen ganz sicher auftauchen wird.« Er schluckte. »Und er will mich aus dem Weg räumen«, keuchte er. »So wie Dorinda.«

»Was meinen Sie damit?«

»Sie hätte bestätigen können, dass er sich seine Lyrikpreise hat bezahlen lassen.« Seine Augen funkelten irre. »Und jetzt ist sie tot.«

»Hat er Sie jemals konkret bedroht?«

»Einmal?« Seine Stimme überschlug sich. »Heinze hat sich sogar mit meiner Frau getroffen und mir gesagt, wenn ich den Mund aufmache, wird sie die nächste Begegnung mit ihm nicht überleben.« Er schnappte mehrmals hintereinander nach Luft, als würde er im nächsten Moment kollabieren, dann stieß er hervor: »Ich muss jetzt gehen.« Grenz drehte sich abrupt um und ging eilig davon.

Kurz bevor er das Café verließ, rief Conny: »Das Scherenmann-Gedicht, das ich kenne, war mit Ihrer Handschrift und demselben Stift, den Sie gerade eben benutzt haben, auf einen Zettel geschrieben.« Mit jedem Wort ging sie auf ihn zu. »Wollen Sie wissen, wo ich den gefunden habe?«, fragte sie, als sie direkt vor ihm stand. »Im Mund von Dorinda Schwarz, der toten Dorinda Schwarz«, ergänzte sie, als sei das nicht klar. »Sie wissen sicher, wie ihre Leiche in Szene gesetzt wurde. Alles erinnerte an ihren Roman *Gefährliche Gier*. Auch darin hat das Opfer ein Stück Papier zwischen den Zähnen. Mit einem Hinweis auf den Mörder«, sagte sie hart. Grenz wurde blass.

Conny schickte Matthias zu Michael. Er sollte sich erkundigen, ob die Kollegen der Bereitschaft etwas entdeckt hatten. Außerdem sollte er nachfragen, ob Grenz' Kegel-Alibi überprüft worden war.

»Das war's dann für heute. Gehen Sie Sauerfleisch essen, aber denken Sie dran, auf die Wirtin aufzupassen. Es sei denn, Sie sind auf der Suche nach weiblicher Gesellschaft«, hatte sie zu Matthias gesagt. Dann hatte sie sich in ihr Häuschen zurückgezogen. Es wurde höchste Zeit zu basteln. Dieses Mal fiel es ihr nicht schwer, sich für ein Motiv zu entscheiden, das sie in Miniatur nachbauen würde. Sie modellierte grob zwei Hügel, setzte auf den einen den Leuchtturm, auf den anderen eine Kiefer. Es war nur ein Entwurf, nur eine Skizze gewissermaßen. Sie hatte es im Gefühl, dass es in diesem Fall nicht so sehr auf den Fundort ankam, sondern auf die Beteiligten. Sie würden ihr die nötigen Steinchen für das Puzzle liefern. Dorinda mit ihrer typischen Frisur und dem beinahe bläulich-schwarzen Haar gestaltete sie zuerst. Dann folgte Grenz als Scherenmann, Fiete mit seiner Wollmütze und Eva Schuster als Tessa-Kopie. Für Sandra Schwarz stellte sie eine fertige Figur auf. Sie konnte ihr später noch ein Klemmbrett in die Hand geben oder Ähnliches als Zeichen für die Assistentin. Connys Gedanken wanderten zurück zu ihrer Begegnung mit Eva, bevor diese verschwunden war. Diese Person hatte behauptet, Dorinda getötet zu haben. Conny nahm das Abbild der Frau zur Hand und malte zu dem dunklen Herrenanzug einen roten Schal, an den sie sich wieder erinnerte. Aus einem winzigen Fetzen Küchenkrepp, das sie schwarz einfärbte, stellte sie einen Umhang her und zog ihn ihr an. Am liebsten wäre sie damit zu Fiete gelaufen und hätte gefragt, ob die Gestalt, die er in der Nacht beobachtet haben wollte, so ausgesehen hatte. Das war natürlich Unfug.

»Wo bist du?«, flüsterte sie und starrte die Eva-Figur zwischen ihren Fingern an. Sie hatte den Mord gestanden, aber keine Einzelheiten dazu preisgegeben, außer denen, die jeder kannte. Sie hatte behauptet, gefährlich zu sein, eine Serienkillerin womöglich. Das Gedicht von Dorinda, das sie zitiert hatte, es musste eine Bedeutung haben. Eine Bedeutung, die vielleicht etwas über das Mordmotiv verriet? Conny seufzte. Unruhe machte sich in ihr breit. Sie sah zum Fenster. Draußen wurde es gerade dunkel. Zu spät, um eine Runde zu joggen. Mist, wieder ein Tag ohne Training. Außerdem bekam sie durch kaum etwas anderes so schnell einen klaren Kopf wie durch das Laufen. Was hatte diese Eva Schuster gewollt? Wollte sie sich nur interessant machen? Wollte sie, dass man überall nach ihr suchte? Ihre Kollegin machte sich große Sorgen um sie. Sie traute ihr offenbar eine Dummheit zu, nachdem Evas großes Idol tot war. Was, wenn sie sich das Leben nehmen und bei einer groß angelegten Suche der Polizei gefunden werden wollte? Ein spektakulärer Abgang nach einem eher unauffälligen armseligen Leben. Connys innere Unruhe wuchs. Eigentlich hatte sie ihr kleines Modell ausgestalten und die übrigen Beteiligten in diesem Fall ergänzen wollen, aber sie hielt es nicht aus, den ganzen langen Abend hier drinnen zu hocken. Einem Impuls folgend, sprang sie auf, band ihr Holster mit ihrer Waffe um und zog sich ihre dicke Daunenjacke an. Dann schlüpfte sie in die Wanderschuhe, mit denen sie trotz der dichten Schneedecke, die sich im Lauf des Tages gebildet hatte, Halt haben würde. Sie schnappte sich eine große Taschenlampe und zur Sicherheit Batterien auf Vorrat, setzte ihre Mütze auf, wickelte ihren Schal dreimal um den Hals und machte sich auf den Weg. In der *Strandperle* am Hafen von Vitte fragte sie die blond-toupierte Wirtin nach Matthias' Zimmernummer.

»Ach, die Frau Polizistin … Hab schon gehört, dass Sie wieder ermitteln. Und, schon eine Idee, wer die Königin der Literatur abgemurkst hat?«, wollte sie wissen, statt Conny eine Antwort zu geben.

»Sie erfahren es zuerst«, wisperte Conny vertraulich. »Und jetzt muss ich meinen Kollegen sprechen. Es ist dringend.« Sie trat einen Schritt näher an die Wirtin heran, obwohl deren süßes Parfüm ihr schon jetzt den Atem raubte. »Gefahr im Verzug, wenn Sie verstehen.«

»Ach du Schreck!« Die Wirtin verlor sichtlich Farbe unter ihrer dicken Schminke. »Zimmer drei.«

»Danke!« Schon lief Conny am Tresen vorbei zur Treppe, die zu den Zimmern führte.

»Dieses Jüngelchen ist Ihr Kollege?«, hörte sie die Wirtin rufen. »Der soll Kommissar sein? Nicht zu fassen!«

Conny hatte gerade geklopft, da öffnete sich auch schon die Tür, als hätte Matthias dahinter gewartet.

»Frau Lorenz.« Mit ihr hatte er nicht gerechnet. Seine Wangen bekamen etwas Farbe.

»Störe ich?«

»Nein, kommen Sie doch bitte herein.« Er ging einen Schritt zur Seite. »Es ist nicht gerade komfortabel, aber es gibt eine Sitzgelegenheit.« Nicht gerade komfortabel, war stark untertrieben. Das Zimmer passte zum Ambiente des Imbisses. Es war unfassbar, was einige Menschen als Ferienunterkunft anboten. Als sie Platz genommen hatte, hockte er sich in Ermangelung eines zweiten Stuhls auf das Bett. Ihre Knie berührten sich beinahe, so eng war es.

»Haben Sie bei den Kollegen der Bereitschaft etwas erreichen können?«

»Die haben alle Strände abgesucht. Ein Unfall oder auch ein Suizid könne nicht ausgeschlossen werden. Da wir hier auf einer Insel sind, liegt es nahe, Eva Schuster im Wasser zu vermuten. Also, falls sie sich selbst in die Ostsee gestürzt hat oder gestolpert ist, meine ich.« Ja, das konnte tatsächlich leicht geschehen. Das hatte Conny bei ihrem ersten Einsatz auf Hiddensee gesehen. Die Steilküste war hoch, die Wege dort oben rutschig. »Dafür gibt es aber keinen konkreten Hinweis«, fuhr er fort. »Es sind auch sämtliche Spazierwege abgesucht worden. Nichts. Die Beamten verteilen jetzt noch Fotos von Frau Schuster an sämtliche Vermieter und Restaurants. Mehr können sie nicht tun, sagen sie.« Noch immer keine Spur von ihr. Conny hatte es im Gefühl, dass diese Person noch auf der Insel war. Wo konnte man sich hier so gut verstecken?

»Interessiert Sie meine Meinung?«

Sie sah ihn überrascht an. »Allerdings.«

»Sie ist nicht mehr hier. Vorgestern ist sie bei Ihnen aufgetaucht, richtig?« Conny nickte. »Hiddensee ist zu klein, als dass man von einer Dutzendschaft der Polizei nicht aufgespürt würde. Tessa ist klug. Wenn sie Hinweise auf ihre Verbrechen gibt, dann so, dass man sie trotzdem nicht festnehmen kann. Wenn ich das richtig verstanden habe, spielt sie mit der Staatsgewalt. Sie will den vermeintlichen Ruhm für ihre Taten einstreichen, sich aber auf keinen Fall verurteilen lassen. Wenn diese Dame eine Nachahmerin ist, wird sie es genauso halten. Sie hat ein Geständnis abgelegt, ohne ihr Gesicht zu verbergen. Sie hat die Tat begangen und will die Lorbeeren dafür einheimsen. Aber sie will nicht, dass Sie sie dingfest machen.«

»Glauben Sie wirklich, dass Eva Schuster die Täterin ist?«

Er dachte lange darüber nach. »Ich weiß es nicht. Es kann genauso gut sein, dass sie sich mit fremden Federn schmückt, um wenigstens für einen kurzen Zeitraum aus der Bedeutungslosigkeit treten zu können.«

Conny nickte langsam, dann stand sie auf. Sofort sprang auch Matthias auf und machte einen Schritt zur Seite, um nicht mit ihr zusammenzuprallen.

»Ich habe den Eindruck, der entscheidende Fingerzeig, der Schlüssel zu dem gesamten Fall, hängt ganz dicht vor meiner Nase, nur ich erkenne ihn nicht. Entweder ist Grenz komplett durchgeknallt, oder Heinze hat wirklich Dreck am Stecken. Eva Schuster ist geistig definitiv nicht gesund. Wer möchte bitte wie eine Serienkillerin sein?« Er zuckte nur mit den Schultern. Klar, solche Fälle waren Inhalt seines Studiums und für ihn insofern vermutlich Alltag. »Der Buchhändler hat das Mittel genommen, dessen Nebenwirkungen einen Menschen töten können«, dachte sie weiter laut nach. »Wir haben durchaus Verdachtsmomente, aber so richtig überzeugend ist das alles nicht.« Sie seufzte. »Ich sehe mir noch mal den Fundort der Leiche an«, sagte sie. »Da gibt es im Grunde nichts mehr zu sehen. Schon gar nicht zu dieser Tageszeit. Aber irgendwie habe ich das Gefühl, ich muss da jetzt hin. Was sagen Sie als Psychologiestudent dazu? Muss ich mir Sorgen machen?«

»Dürfte ich Sie wohl begleiten?«, fragte er, statt ihr eine Antwort zu geben.

Conny war eiskalt. Trotz der dicken Daunenjacke, der Handschuhe und dem zweiten Paar Socken fror sie erbärmlich. Es war ein inneres Frösteln, das von ihrer Unruhe und auch von ihrer Ungeduld herrührte. Dazu kam die feuchte Kälte. Matthias musste in seinen schicken Halbschuhen noch mehr leiden als sie. Der Weg von Vitte nach Kloster war beleuchtet. Spärlich zwar, aber immerhin.

»Sie halten mich nicht für verrückt, weil ich im Dunkeln ohne triftigen Grund noch einmal an den Fundort der Leiche zurückkehren möchte?«, brach sie das Schweigen.

»Was ist schon verrückt? Selbst Menschen mit einem Schädel-Hirn-Trauma sind zu bestimmten Zeiten als verrückt bezeichnet worden. Oder jene, die sich anders verhielten, als die Gesellschaft es gerade erwartete.« Er lächelte. »Ich bin mit diesem Wort vorsichtig.« Ziemlich gute Antwort, fand Conny. Sie hing ihren Gedanken nach. Da sagte er unvermittelt: »Es ist gerade mal siebzehn Uhr. Eine vollkommen normale Zeit, um seiner Arbeit nachzugehen. Und es ist Ihre Arbeit, jeden Hinweis zu verfolgen, um den Fall zu lösen, selbst wenn dieser Hinweis nur Ihrem Gefühl entspringt. Warum bis morgen warten? Sie haben sicher eine sehr gute Taschenlampe.«

»Stimmt, die habe ich.« Interessant, wie lange er sich mit ihrer Frage beschäftigt hatte. »Wollten Sie schon immer Psychologie studieren? Ist das Ihr Traum?«

»Um Himmels willen, nein!« Er zog ein Gesicht, als sei das ein vollkommen abwegiger Gedanke. »Mein Traum«, sagte er finster. »Es spielt im Leben keine Rolle, wovon wir träumen.« Diese Einstellung passte gar nicht zu ihm.

»Denken Sie das wirklich?«

»Ich habe das gelernt.« Es entstand eine lange Pause. Sie hatten das Haus des berühmten Stummfilmstars Asta Nielsen längst hinter sich gelassen, das Conny noch immer nicht besichtigt hatte. Man hörte das Knarzen des frisch gefallenen Schnees unter ihren Sohlen.

»Ich möchte Ihnen nicht zu nahe treten«, begann Conny zaghaft, »aber meine Erfahrungen sind da ganz anders. Träume können einem das Leben retten, finde ich. Insofern spielt es schon eine Rolle, und ich muss Ihre Lektion in Frage stellen.«

»Ich wäre sehr gerne Orchestermusiker geworden. Ich spiele Klavier und Geige, wissen Sie? Beides recht ordentlich. Was hätte es mir genützt, davon zu träumen?«

»Okay, wenn Sie es so sehen, haben Sie recht. Es nützt nichts, wenn es bei dem Traum bleibt. In diesem Fall zumindest. Sie hätten versuchen müssen, ihn auch in die Tat umzusetzen. Warum haben Sie das nicht?«

»In den Augen meines Vaters ist das kein Beruf. Künstler sind seiner Meinung nach Menschen, die sich vor der Arbeit drücken. Musizieren ist ein Hobby. Das macht man nach der Arbeit, nicht stattdessen.«

»Das lassen Sie mal lieber niemanden hören, der von Musik, Malerei oder Literatur lebt.«

»Es ist, wie gesagt, die Sicht meines Vaters. Es wäre für ihn völlig inakzeptabel gewesen, wenn sein einziger Sohn sich sein Leben lang nur mit einem Freizeitvergnügen befasst hätte, statt einen ehrbaren Beruf zu erlernen.«

Sie schüttelte den Kopf. »Ich kenne Ihren Vater nicht, aber da muss ich ihm doch kräftig widersprechen. Mein Lebensgefährte versteht viel von Kunst und besonders viel von klassischer Musik. Von ihm weiß ich, dass das Studium neben dem Umgang mit dem Instrument und der Perfektionierung des eigenen Spiels auch Musikgeschichte, Tonsatz und derartige Fächer beinhaltet.«

»Ist Ihr Mann Musiker?« Gott sei Dank, er hatte trotz ihres Versprechers am Vormittag nicht begriffen, dass sie mit Paul zusammen war.

»Mein Lebensgefährte«, stellte sie richtig. »Wir sind nicht verheiratet. Nein, er interessiert sich nur sehr dafür. Jedenfalls muss man schon als Kind fleißig üben, um überhaupt die Chance auf eine Ausbildung zu haben. Später kommt das nervige Vorspielen, bis man mal ein festes Engagement hat, dann die vielen Abendstunden und Wochenenddienste. Ich begreife nicht, wie jemand das als etwas anderes bezeichnen kann denn als harte Arbeit.«

»Es ist die Tätigkeit an sich. Verstehen Sie? Mein Vater ist Arzt. Menschenkurieren ist beispielsweise für ihn Arbeit, denn es schließt eine gewisse Ernsthaftigkeit und auch einen Sinn ein, den niemand bestreiten wird. Die Welt dreht sich ohne Musiker weiter, nicht aber ohne Ärzte.«

»Das wusste ich nicht«, entgegnete sie erstaunt. »Ich meine, ich halte Mediziner auch für sehr wichtige Leute. Dass aber unser Planet einfach stehenbleiben soll, wenn sie von ihm verschwinden, kann ich mir gar nicht vorstellen.« Sie fing einen fragenden Seitenblick von ihm auf und grinste breit. »Sie haben sich das doch nicht wirklich einreden lassen! Ich meine, womit entspannen all die wichtigen Herren Doktoren oder Ingenieure, Pfleger oder Kommissare? Sie gehen ins Konzert, schalten ihr Radio ein, lesen ein Buch«, beantwortete sie die Frage für ihn. »Glaubt Ihr Vater ernsthaft, all das wird von Menschen nebenbei gemacht, die ab acht Uhr am OP-Tisch stehen müssen?«

»Ich glaube, er hat sich darüber nie Gedanken gemacht. Kunst ist zu seiner Erbauung einfach vorhanden. Wer dafür sorgt und unter welchen Bedingungen, hat für ihn keine Bedeutung.« Conny wusste nicht, was sie dazu sagen sollte. Nach einer Weile erzählte er ihr von seiner Kindheit und Jugend. »Mein Vater hat schon sehr früh dafür gesorgt, dass mein Selbstbewusstsein sich nicht entwickelt hat. Mit acht Jahren habe ich zu Weihnachten auf der Geige gespielt. Es war das erste Mal. Vorher hatte ich immer nur Klavierstücke eingeübt. Meine Mutter hatte Tränen in den Augen, so sehr hat es ihr gefallen. Das sage ich nicht, um Ihnen zu imponieren, sondern damit Sie meine Enttäuschung verstehen«, erklärte er eilig. »Vater sagte, ich müsse an meiner Körperhaltung arbeiten, sonst bekäme ich Probleme mit der Schulter. Das war alles.« Conny sah ihn an und hatte plötzlich einen Achtjährigen vor Augen. Sie stellte sich vor, wie eifrig er geübt haben mochte, wie aufgeregt er gewesen war. Sie konnte ihn förmlich vor sich sehen, wie er unendlich traurig mit gesenktem Kopf das Instrument beiseitegelegt und versucht hatte, sich für den Rest des Weihnachtsabends unsichtbar zu machen. »Lob habe ich gar nicht erst erwartet.« Er lachte bitter. »Oder erhofft. Hätte er sich die Mühe gemacht, mein Spiel zu kritisieren, wäre ich schon zufrieden gewesen.« Er holte tief Luft. Conny packte ihre Taschenlampe aus, denn Kloster mit seinen hell erleuchteten Fenstern, der funkelnden Weihnachtsdekoration und den Straßenlaternen lag hinter ihnen. Mit jedem Schritt drangen sie tiefer in eine erschreckende Schwärze ein. »Ich habe studiert, um meinem Vater zu gefallen«, gestand er leise. »Mir war es gleich, womit ich den Rest meines Lebens verbringe. Die Hauptsache war für mich, dass er endlich etwas an mir erkennt, das ich gut mache. Meine schulischen Leistungen waren außergewöhnlich, dafür hatte ich keine richtigen Freunde. Dummerweise war das für ihn selbstverständlich. Das mit den exzellenten Leistungen, meine ich.«

»Schon klar«, gab sie zurück.

»Tja, na ja, jetzt studiere ich eben Psychologie. Diese Entscheidung habe ich wohl auch getroffen, um mich selbst besser zu verstehen und meine Verhaltensmuster zu ändern. Es ist ja so: Wenn man durchschaut, warum man sich so oder so entscheidet, warum man dieses oder jenes tut, dann kann man daran arbeiten, sich zu verändern.«

Conny dachte, dass er genau das Gegenteil ihres Bruders war. Während Matthias versucht hat, seinem Vater alles recht zu machen, um irgendwie Anerkennung zu ergattern, war Axel störrisch. Er hat Unfug gemacht, um die Aufmerksamkeit der Eltern zu kriegen. Trotzdem hatten die beiden einiges gemeinsam.

»Sie sollten sich nicht verändern«, erwiderte sie. »Sie sind noch jung. Der Rest Ihres Lebens kann ein ganzes Weilchen dauern. Darum sollten Sie ihn mit etwas verbringen, was Ihnen Freude macht, denke ich. Aber darüber hinaus bleiben Sie am besten, wie Sie sind.« Und dann sagte sie noch: »Sie sind nämlich ziemlich in Ordnung.«

»Ist das Ihre ehrliche Meinung?«, kam es leise zurück. Am liebsten hätte sie ihn mit der Taschenlampe angeleuchtet, um sein Gesicht zu sehen.

»Natürlich! Sie sind ein feiner Mensch, Matthias.« Ohne darüber nachzudenken, hatte Conny den Weg zu dem zugewachsenen Pfad eingeschlagen, auf dem der Täter mit der Leiche gekommen sein musste. Es war beschwerlich, sich in der Finsternis durch das Dickicht zu schlagen. »Wissen Sie was?«, sagte sie keuchend und schob einen dicken Ast zur Seite. »Ich glaube, Sie werden ein ganz hervorragender Psychologe sein. Sie haben Empathie und ein Gefühl für Menschen. Das ist wichtiger als das ganze Studium.« Plötzlich ertönte ein zartes Glöckchen. Gleichzeitig strauchelte Matthias neben ihr.

»So ein Mist!«, schimpfte er.

»Alles in Ordnung?« Conny leuchtete auf seine Füße. Ein dünner Draht, der quer über seinem linken Schuh lag, reflektierte das Licht ihrer Lampe.

»Was zum Teufel …?« Weiter kam sie nicht. Rascheln. Dann ein schriller Schrei, der sie zum Schweigen brachte. Sie riss die Taschenlampe hoch und blickte in das Gesicht von Eva Schuster. Nein, es war kein Gesicht, es war eine grässliche Fratze. Eva hatte Wangen, Kinn und Stirn mit Schlamm beschmiert. Ihre Haare steckten unter einem Tuch im Camouflage-Look, das offenbar am Hinterkopf von einem Knoten gehalten wurde. Ihre Augen waren weit aufgerissen, ihr Mund war ein wenig geöffnet, die Lippen standen leicht schief, als hätte sie einen Schlaganfall erlitten. Eine Hand packte Matthias' blonden Schopf, die andere presste ihm ein Messer an die Kehle.

»Lassen Sie ihn los!«, schrie Conny. »Sofort!« Das Glöckchen. Eva hatte eine Falle gestellt, in die sie prompt getappt waren. Wofür? Nur, um gewarnt zu sein, falls jemand ihrem Versteck zu nahe kam? Oder wartete sie hier oben auf ihr nächstes Opfer? Conny wechselte die Hand, mit der sie die Lampe hielt.

»Denken Sie nicht einmal dran«, kommandierte Eva. Sie klang, als sei sie komplett wahnsinnig geworden. Gleichzeitig war ihr Verstand hellwach. Sie würde es nicht zulassen, dass Conny nach ihrer Waffe griff. »Jetzt haben Sie Angst vor mir, nicht wahr? Alle beide. Gut so.« Sie sang die letzten beiden Wörter geradezu. So klang doch nur die böse Hexe im Märchen, aber bestimmt kein Mensch aus Fleisch und Blut. Verdammt, Conny musste handeln, diese Irre ablenken. Sie drückte Matthias noch den Kehlkopf ein.

»Okay, ja, ich gebe es zu: Sie machen mir Angst.« Das war nicht einmal gelogen. »Sie sind nicht Tessa.« Als sie das Flackern in ihren Augen sah, ergänzte sie schnell: »Sie sind besser! Viel besser.« Die Fratze wurde zu einem zufriedenen Grinsen. »Sie haben Dorinda getötet, Sie sind meinen Kollegen entkommen. Reife Leistung, alle Achtung. Haben Sie sich die ganze Zeit hier draußen versteckt?« Schweren Herzens richtete sie den Lichtstrahl nach unten. Zwei oder drei

Schritte entfernt war eine Plastikfolie zu erkennen, die mit einigen langen Knüppeln zu einem Zelt umfunktioniert worden war. Darunter waren eine dünne Campingmatratze und ein Schlafsack zu sehen. Conny deutete mit dem Kopf darauf. »Komfortbereich bis minus zwanzig Grad oder noch mehr?« Mit der Frage hatte Eva nicht gerechnet. Sie sah sich kurz um. In der gleichen Sekunde zog Conny ihre Waffe. »Loslassen!«, schrie sie wieder. »Ich sag's nicht noch einmal.«

Das Messer drückte sich in Matthias' Kehle. Er stand mit hängenden Armen da, starrte sie aus riesigen Augen an und japste.

»Niemals«, zischte Eva. »Nur eine Bewegung, und er ist so tot wie Dorinda Schwarz.«

Conny zwang sich, ruhig zu atmen. »Hören Sie, das ist eine Notsituation, und ich bin befugt, meine Waffe zu benutzen. Ich werde nicht zögern, das zu tun.«

»Wetten, dass Sie ihn treffen?« Blitzschnell duckte sie sich hinter Matthias, ohne den Griff zu lockern oder die Position des Messers zu verändern. Sie spähte an seinem Hals vorbei, um Conny nicht aus den Augen zu verlieren. Nur das Weiße der Lederhaut, das ab und zu aufblitzte, verriet sie. Zu riskant, auf sie zu schießen.

»Also gut, Sie sind ein echter Profi, nicht wahr? Sie geben hier den Ton an«, begann Conny und ließ die Pistole ein Stück sinken.

»So ist es.« Evas Kopf erschien wieder neben dem von Matthias. Der war trotz der Kälte noch bleicher als sonst.

»Dann sagen Sie mir, was Sie wollen.« Conny zwang sich, ruhig zu atmen.

»Blut!«, kreischte Eva und bohrte die Spitze des Messers in seinen Hals.

»Aber doch nicht seines«, wandte Conny schnell ein. »Ich bin diejenige, die Sie wollen, stimmt's? Dorinda hat Tessa erfunden, aber Sie können bessere Folgen schreiben. Also wurde sie nicht mehr gebraucht und musste sterben. Ich ermittle in dem Mordfall, aber ich habe noch keine nennenswerten Ergebnisse zustande gebracht. Sie dagegen haben einen messerscharfen Verstand. Sie sind mir entwischt und haben mich jetzt schon wieder überrumpelt.« Hoffentlich gefiel dieser Bekloppten ihre Theorie. »Ich werde also auch nicht mehr gebraucht, mein Blut soll fließen. Nicht seines.« Eva starrte sie an. »Hören Sie mir zu! Dieser Mann hat mit dem Fall nichts zu tun. Er ist mein Freund«, sagte sie vorsichtig. War das ein Stirnrunzeln? »Da oben bei der einzelnen Kiefer soll ein Kraftort sein. Eine Nachtwanderung mit Taschenlampe«, sagte sie mit samtiger Stimme, »ein besonderer Ort … Auch eine Kommissarin ist mal privat, wenn Sie verstehen, und hat Bedürfnisse. Ich wollte meinen Freund mal im Freien verführen. Er hat mit dem Fall nichts zu tun«, wiederholte sie eindringlich.

»Ein Schäferstündchen?« Das war wieder die knarzende Hexenstimme.

»Ja, genau.« Conny lachte verschämt. »Sie kauft es mir ab«, dachte sie. Hoffentlich. »Ist ein bisschen frisch hier draußen, aber das vergisst man schnell, wenn man verliebt ist.«

»Na, da will ich dem Liebesglück doch nicht im Wege stehen«, schnarrte sie. »Im Gegenteil. Ich sehe euch gerne zu.« Sie deutete auf ihr Lager. »Bitte. Mein Haus ist dein Haus. Ist mal ein bisschen Abwechslung.« Sie lachte laut und klirrend. Matthias zitterte am ganzen Körper.

»Hey, Schatz, frierst du?«, fragte Conny sanft. Die Andeutung eines Nickens war alles.

»Sie wird schon dafür sorgen, dass dir warm wird«, flüsterte Eva ihm ins Ohr. Dann brüllte sie Conny an: »Schmeiß deine Waffe da rüber! Und dann ausziehen!«

»Nein, erst lassen Sie ihn gehen.«

»Damit er wegläuft und ich nichts zu sehen kriege?« Der hohe Tonfall tat in den Ohren weh. »Waffe runter!«, verlangte sie erneut. Die hatte deutlich zu viele Krimis gelesen. Das Messer bohrte sich tiefer in Matthias' Hals. Ein Tropfen Blut war kurz zu sehen, bevor er von seinem Schal aufgesogen wurde.

»Bitte, tun Sie ihm nicht weh«, versuchte Conny einzulenken. »Ich lege meine Pistole hin. In Ordnung?« Matthias atmete auf. Der Druck ließ anscheinend nach. Sie ging ganz langsam in die Hocke, legte die Waffe in das nasse Laub. Schnee gab es hier nicht. Die Sträucher ringsherum waren einfach zu dicht, sie ließen nichts durch. »Ich komme jetzt wieder …«, begann sie ganz langsam. »… hoch!« Bei diesem Wort sprang sie auf, packte Evas Hand mit dem Messer und riss sie zur Seite. Die Lampe rutschte ihr dabei aus den Fingern. Eva schrie ihren Protest in die Dunkelheit, Matthias röchelte. Nur nicht loslassen. Conny drehte die Hand ihrer Widersacherin, so weit sie konnte, nach hinten. Ein Schmerzensschrei. Der Lichtstrahl zu ihren Füßen nützte ihr verdammt wenig. Immerhin erkannte sie, dass Matthias zwei Schritte vorwärts stolperte. Er hatte sich aus dem Griff befreien können. Gott sei Dank! Conny warf sich mit aller Kraft gegen Evas Körper.

»Du Miststück, du widerliche miese Hure«, fluchte die. Noch eine Drehung, ein weiterer Griff, den sie schon hundertmal in der Polizeischule geübt hatte, dann hatte sie Eva in ihrer Gewalt. Mit einem Mal blendete Conny gleißendes Licht. Eva nutzte ihre Chance sofort. Sie rammte ihr das Knie in die Seite. Conny bekam keine Luft mehr. Evas Hand mit dem Messer darin entglitt ihr.

»Tut mir leid«, hörte sie Matthias sagen. Er senkte eilig die Taschenlampe. Im Lichtkegel tauchte Connys Pistole auf. »Hier!« In einer einzigen fließenden Bewegung, die sie ihm nie zugetraut hätte, hob er die Waffe auf und warf sie ihr zielsicher zu.

»Ich steche euch ab, euch alle beide«, kreischte Eva und

stürzte auf Conny zu. Die wich blitzschnell aus, sah, wie Eva auf Matthias zutorkelte. Der wollte aus der Schusslinie gehen, bekam jedoch einen dicken Ast ins Gesicht. Dieses Mal würde diese Möchtegernkillerin nicht lange drohen. Sie würde Matthias auf der Stelle das Messer in den Leib rammen. Conny schoss. Eva schrie auf. Ein dumpfer Aufprall. Das Licht der Lampe war wieder auf sämtliche Füße gerichtet. Matthias lag am Boden. Das war doch gar nicht möglich. Sie konnte ihn doch gar nicht getroffen haben. Conny hörte Evas Wimmern. Sie bückte sich, griff nach der Taschenlampe. Eva kauerte am Boden, die Arme über den Kopf gelegt.

»Nicht schießen. Nie mehr schießen. Ich will auch immer artig sein«, wiederholte sie gebetsmühlenartig und klang wie ein kleines Mädchen, das sich allein im dunklen Keller fürchtete. Das Messer lag neben ihr im Laub. Conny nahm es an sich. Sie riss Eva auf die Füße, brachte ihre Hände auf den Rücken und legte ihr Handschellen an.

»Bewegen Sie sich auch nur einen Meter weg, schieße ich wieder«, drohte sie.

»Nein, bitte nicht. Nicht schießen. Nie mehr schießen. Ich will auch immer artig sein.«

»Das höre ich gern«, sagte Conny hart. Dann kniete sie neben Matthias nieder. »Hey, Matthias, alles in Ordnung?« Sie leuchtete seinen Körper an. Da war kein Blut zu sehen. Nichts. Wie denn auch? Er stöhnte. Gott sei Dank! Langsam hob er den Kopf.

»Es tut mir so leid, Frau Lorenz. Es tut mir so schrecklich leid«, sagte er mit dünner Stimme. »Haben Sie sie erschossen? Ist es meine Schuld?«

»Nein, sie lebt. Hören Sie mich?« Erst allmählich fand er sich wieder in der Gegenwart ein.

»Ich bin aber auch zu nichts zu gebrauchen. Erst blende ich Sie, dann falle ich auch noch in Ohnmacht wie so eine Memme.« Vorsichtig kam er wieder auf die Füße.

»Sie waren ausgesprochen gut zu gebrauchen«, widersprach Conny. »Ohne Sie hätte ich weder die Taschenlampe noch meine Waffe in die Finger gekriegt. Hey, es war Ihr erster Einsatz. Da darf so ein kleiner Fehler schon mal passieren.« Sie schenkte ihm ein Lächeln. »So, und jetzt hören Sie auf, Ihren Mantel abzuklopfen. Es sind keine Blätter mehr dran. Ich brauche Sie, um unsere Tessa für Arme irgendwohin zu bringen, wo wir ungestört mit ihr reden können.

Sobald sie wieder beleuchtete Wege erreicht hatten, rief Conny Michael an.

»Wir haben Eva Schuster. Sie hat auf dem Weg gehaust, auf dem ihr die Kugelschreibermine gefunden habt.«

»Das gibt's doch nicht.«

»Doch. Kannst du uns bitte einsammeln? Und ich brauche das Separee.«

»Klar. Bin sofort bei euch.«

»Meine Mine, hab ich verloren«, murmelte Eva. »Wiedergeben. Ist meine Mine.«

»Alles klar, Gollum«, brummte Conny. Im Licht der ersten Straßenlampe hatte sie gesehen, dass Matthias sich einen bösen Kratzer von dem dicken Ast eingefangen hatte, der sein Gesicht erwischt hatte. Der Kratzer verlief quer über seine rechte Wange. Dem armen Kerl saß der Schock obendrein noch schwer in den Knochen. Das alles war Evas Schuld. Conny war entsprechend schlecht auf sie zu sprechen.

Als sie auf der Höhe des Heimatmuseums angekommen waren, sah sie das Polizeifahrzeug den Weg herauffahren.

»Das Taxi ist da«, sagte sie und lächelte Matthias aufmunternd zu. Er musste Eiswürfel haben, wo vorher seine Zehen gewesen waren.

»Ich glaub's immer noch nicht«, sagte Michael zur Begrüßung. »Die hat bei der Kälte auf dem schmalen Trampelpfad übernachtet?«

»Meine Mine. Nicht schießen«, nuschelte Eva ununterbrochen.

»Die hat doch echt nicht alle Salzkörner auf der Stange«, meinte Michael und startete den Wagen. Conny saß mit Eva hinten. Sie betrachtete sie von der Seite. War sie die Täterin? Sie würde es herausfinden. Und wenn es die ganze Nacht dauerte. Schon während sie diesen zornigen Vorsatz fasste, wusste sie, dass sie keine Chance hatte. Ein Geständnis war das eine, doch es würde länger dauern, den Nachweis zu erbringen, dass die Tessa-Kopie die Wahrheit sagte, womit Conny ohnehin nicht rechnete.

»Kannst du sie bitte schon nach oben bringen?«, bat sie Michael, als sie vor der Tür des Rathauses von Vitte standen. Ein eisiger Wind pfiff um die Ecke des großen weißen Gebäudes.

»Dann wollen wir mal!« Michael packte Evas hinter dem Rücken fixierte Hände und schob die Tessa-Kopie vorwärts.

Conny wandte sich an Matthias: »Sie können nach Hause gehen, wenn Sie möchten. Sie sind bestimmt komplett durchgefroren, und das Büro ist leider nicht gerade kuschelig warm.«

»Ach was, geht schon.«

»Wirklich, Sie sind nur ein Praktikant.«

»Ich weiß.« Er ließ den Kopf hängen.

»Nein, so meine ich das doch nicht. Ich wollte damit sagen, dass Sie schon bei diesem Einsatz gar nicht hätten dabei sein sollen. Der war ja auch nicht gerade geplant. Das war viel zu gefährlich für Sie.«

»Ich weiß eben nicht, wie man sich in einer solchen Gefahrensituation richtig verhält. Fedder und Hansen haben schon recht, ein Praktikum in Ihrer Abteilung ist vielleicht keine so gute Idee.«

»Ach was, Sie machen Ihre Sache ganz prima.« Conny musste schmunzeln. Sie entwickelte doch tatsächlich Muttergefühle für diesen jungen Kerl. Was Paul wohl dazu sagen würde? »Entscheiden Sie selbst, was Ihnen lieber ist! Wenn Sie Feierabend machen und sich ausruhen wollen, ist das völlig in Ordnung. Wenn Sie aber bei der Vernehmung dabei sein möchten, sind Sie mir willkommen.«

»Danke!« Er strahlte sie an. »Dann komme ich gerne mit.«

Eva kauerte auf dem Stuhl in dem kleinen schmucklosen Raum. Sie hatte aufgehört, vor sich hin zu brabbeln. Gut möglich, dass Michael ihr den Marsch geblasen hatte.

»Soll ich dabei sein?«, wollte der wissen.

Conny hätte ihn gern in den wohlverdienten Feierabend geschickt. Aber sie brauchte ihn. »Nein, aber jemand muss ihre Klamotten sichern. Sie hat einen Schlafsack und so eine dünne Campingmatratze. Vielleicht liegt noch mehr Zeug von ihr da oben. Du müsstest bitte Fotos von ihrem Schlaflager machen und dafür sorgen, dass alles auf Spuren untersucht wird.«

»Ein Traum«, stöhnte er. An Matthias gewandt, bot er an: »Soll ich Sie zu unserer Insel-Ärztin mitnehmen? Ich kann Lieselotte auch benachrichtigen, damit sie sich Ihre Wange hier ansieht.«

»Nein, danke, das ist nicht nötig. Ist doch nur ein kleiner Kratzer.«

Michael zuckte die Achseln. »Wie Sie meinen. Dann werde ich mal …«

Conny saß Eva gegenüber am Tisch, Matthias nahm ein wenig abseits Platz.

»Gemäß Ihrer eigenen Aussagen wird Ihnen der Mord an der Schriftstellerin Dorinda Schwarz zur Last gelegt. Mein Name ist Conny Lorenz. Ich bin ermittelnde Kriminalkommissarin in diesem Fall und werde die Vernehmung durchführen. Mein Kollege hier wird das Protokoll führen.« Sie drückte Matthias einen Block und einen Stift in die Hand. »Verstehen Sie, was ich gesagt habe?«

»Ich bin nicht dumm«, gab Eva zurück, ohne den Kopf zu heben.

»Sehr gut. Sie haben das Recht, die Aussage zu verweigern. Werden Sie kooperieren und trotzdem auf meine Fragen antworten?«

»Tessa wird antworten.« Sie betonte jedes Wort. Conny und Matthias wechselten Blicke. Was sollte das heißen, dass sie als Tessa antwortete? Conny seufzte.

»Sehr schön«, sagte sie. »Dann beginnen wir mit den Angaben zu Ihrer Person. Ihr Name?«

Es dauerte eine ganze Weile. Dann flüsterte sie scheu: »Eva Schuster.«

»Danke, Frau Schuster.« Conny atmete auf. Sie ließ sich die Adresse nennen, befragte sie nach ihrer Arbeitsstelle und ihren Familienverhältnissen. Eva Schuster lebte allein, was Conny nicht überraschte. Da war lediglich eine Tante von knapp achtzig Jahren, die hin und wieder anrief und mit der sie jedes Jahr Weihnachten verbrachte. Sie gab an, geringfügig beschäftigt zu sein und in einem Hofladen Bonbons zu kochen. Ihre Ausbildung zur Bibliotheksassistentin hatte sie abgebrochen, weil sie sich mit der Leiterin nicht verstanden hatte, erzählte sie leise. Alles in allem eine bedauernswerte Person.

»Dann beschreiben Sie uns doch bitte einmal ganz genau, was Sie am letzten Donnerstagabend gemacht haben«, forderte Conny sie schließlich auf.

»Ich war bei diesem Vortrag. Ich wollte lieber etwas aus den Tessa-Büchern hören, aber das hat sie nicht interessiert.« Sie starrte auf einen Fleck auf der Tischplatte, den sie nicht aus den Augen ließ. »Hinterher war für Dorinda in einem Restaurant reserviert. Ich wollte mitkommen, aber auch das hat niemanden gekümmert.« Je mehr sie sich erinnerte, desto ärgerlicher wurde sie. »Nach diesem schrecklichen, langweiligen Vortrag waren da plötzlich Frauen, die Dorinda beschimpft haben und behauptet haben, sie wäre eine Verräterin. Ich habe ihr natürlich sofort angeboten, mich darum zu kümmern. Ich hätte die fertig gemacht. Aber dieser Unding hat mich rausgeschmissen.«

»Sie meinen Ronald Udnik, den Veranstalter?«

»Genau den«, bestätigte sie böse. »Dorinda hat es nicht verhindert! Ich bin nur ihretwegen hierhergekommen, habe für die Fahrt und für ein Zimmer bezahlt. Da wäre es doch nicht zu viel verlangt gewesen, dass ich mit ihr an einem Tisch sitzen darf, oder?« Sie war immer lauter geworden. Matthias rutschte unruhig auf seinem Stuhl hin und her.

»Sie haben also gefragt, ob Sie mit in das Restaurant gehen dürfen?«

»Ja.«

»Aber man wollte Sie nicht dabeihaben?« Suggestivfragen waren nicht gerade fair, andererseits wiederholte Conny im Grunde nur, was Eva bereits gesagt hatte.

»Nein, niemand wollte mich.« War sie eben noch aggressiv gewesen, schien sie jetzt wieder in sich zu versinken und klang unendlich traurig.

»Was haben Sie dann gemacht?«

»Ich habe mich in der Nähe versteckt und gewartet. Die andere Frau Schwarz ging vorbei. Da wusste ich, dass Dorinda alleine nachkommen würde.«

»Woher wussten Sie das?«

»Tessa ist nicht dumm.« Sie verfiel wieder in diesen schrecklichen Singsang, von dem Conny fürchtete, er würde sie im Schlaf verfolgen. »Tessa weiß so etwas. Sie hat so etwas im Gefühl.«

»Aha, Sie haben sich also auf Tessas Gefühl verlassen. Mit Erfolg?«

»Allerdings«, sagte sie stolz und blickte kurz direkt in Connys Augen. Dann senkte sie den Kopf sofort wieder. »Sie kam ganz alleine die Straße hinauf. Als sie nicht mehr weit von mir entfernt war, habe ich mich auf sie gestürzt und sie umgebracht.«

»Moment, nicht so schnell. Haben Sie etwas zu ihr gesagt?«

Zögern. »Nein.«

»Erzählen Sie mir ganz genau, wie Sie sich auf Ihr Opfer gestürzt und es getötet haben!«

»Ich habe mich von der Seite angeschlichen«, berichtete sie. »Dann habe ich an ihrem schwarzen Haar gezogen, so dass ihr weißer Hals im Mondlicht gut zu sehen war. Sie war viel zu überrascht, um sich zu wehren.« Sie kicherte belustigt. »Ist es nicht drollig? Sie hat sich die verschiedensten Mordfälle ausgedacht. Dann spielt sie selbst in einem eine Rolle und ist vollkommen hilflos. Ja, das war sie, hilflos. Ich hielt sie an den Haaren, so wie vorhin Ihren Kollegen, und dann habe ich ihr die Spritze in den Hals gejagt.« Conny sog scharf die Luft ein. Woher wusste sie das? Sie konnte nicht wissen, dass Dorinda Schwarz eine Einstichstelle am Hals gehabt hatte. Es sei denn, sie hatte es tatsächlich getan.

»Was war in der Spritze?« Conny hielt den Atem an.

»Gift«, zischte sie.

»Welches Gift?«

Wieder ein kurzes Zögern. War sie verunsichert? »Rizin«, sagte sie dann fest. Matthias runzelte die Stirn.

»Woher hatten Sie das?«

»Ist leicht zu kriegen. Hab die Samen über das Internet bestellt.«

»Und dann? Mit den Samen konnten Sie doch nichts anfangen.« Das war Matthias. Conny sah Eva gespannt an.

»Man muss zuerst Öl gewinnen«, erklärte sie ruhig. »Nie mit Hitze. Das Öl immer kalt pressen. Aus den Rückständen bekommst du das Rizin.« Matthias nickte, trotzdem sah er nicht überzeugt aus.

»Ich werde das nachprüfen lassen«, kündigte Conny an. »Ob in Dorindas Körper Rückstände von Rizin nachzuweisen sind, meine ich. Bisher war davon nämlich merkwürdigerweise nicht die Rede, obwohl der Leichnam bereits obduziert wurde.«

»Gar nicht merkwürdig«, widersprach Eva mit Piepsstimmchen. »Löst sich auf. Ist nicht nachzuweisen.«

»War sie sofort tot?« Conny schoss die nächste Frage ab, um sie unter Druck zu setzen. Sie gönnte ihr keine Pause, keine Zeit zum Nachdenken. Sie musste Eva dazu bringen, einen Fehler zu machen.

»Ja, sofort.« Wieder ein Ausdruck des Zweifels auf Matthias' Gesicht. Er kannte sich in medizinischen Dingen aus. Dauerte es womöglich, ehe man von der Wirkung des Rizins verstarb?

Conny entschied sich, zu bluffen: »Falsch!«, sagte sie donnernd. »Es ist ein langer Todeskampf.«

»Nicht, wenn die Dosis sehr hoch ist«, gab Eva gelassen zurück.

»Okay, sie war also sofort tot. Wo genau haben Sie da gestanden?«

»Auf Höhe des Weges, der neben dem Hauptmann-Haus entlangführt«, gab sie wie aus der Pistole geschossen an.

»Was haben Sie mit der Leiche gemacht? Ich meine, jeden Moment hätte jemand auf der Hauptstraße auftauchen können.«

»Tessa hat sie in einen dieser Holzwagen gelegt und zum Dornbusch gebracht.«

»Woher hatten Sie den Bollerwagen?«

»Stand da. Gibt's hier überall.« Das stimmte.

»Frau Schwarz war nicht gerade besonders groß oder kräftig. Trotzdem. Einen leblosen Körper zu transportieren, ist nicht so einfach. Und der Wagen stand doch sicher nicht direkt neben Ihnen.«

»Tessa ist stark«, zischte sie.

»Das kann ich bestätigen«, sagte Matthias leise.

»Und dann haben Sie sie in der Dunkelheit durch den halben Ort und bis auf die Hügel des Dornbusches gezogen?«

»Bin müde«, jammerte Eva plötzlich. »Lass mich schlafen.«

»Sie können schlafen, wenn Sie mir alles erzählt haben.«

»Nein, jetzt!«, schrie sie. Conny schloss kurz die Augen. Diese Piepsstimme würde ihr noch lange in den Ohren nachhallen.

»Ich entscheide, wann die Vernehmung beendet ist«, stellte sie ruhig fest. »Und das wird nicht passieren, bevor ich alle Einzelheiten kenne«, fügte sie zuckersüß hinzu. »Also, noch mal, Sie haben sie …«

»Ja, du elendes Miststück, ich habe sie in dem beschissenen Wagen bis da raufgezogen. Das war es mir wert.« Eva riss an den Handschellen. Gott sei Dank hatte Michael sie am Stuhl fixiert. Eben noch ein erschöpftes Häufchen Elend, war sie jetzt ein Bündel an Aggression. »Ich hatte mir den Platz ausgesucht, wo wir uns heute getroffen haben. Aber da hätte sie ja niemand gesehen. Darum habe ich sie unter die Kiefer gelegt.«

»Und ihr etwas zwischen die Zähne geschoben«, ergänzte Conny.

»Ja, sicher, genau wie im Buch.«

»Was haben Sie ihr in den Mund gelegt?«

»Papier«, gab Eva einsilbig zurück.

»Ein leeres Blatt Papier?«

»Beschriebenes Papier«, brüllte Eva. »Das weißt du ganz genau, du …« Im nächsten Augenblick war wieder alle Energie aus ihr gewichen. Die eben noch gestrafften Schultern fielen hinab, sie ließ den Kopf hängen.

Conny wechselte abrupt das Thema: »Wo ist das Handy geblieben?« Eva wirkte kein bisschen irritiert, sondern nur müde. »Tessa besitzt keins«, sagte sie kaum hörbar.

»Ich spreche von Dorindas Mobiltelefon. Es war nicht in der Handtasche. Sie muss aber eines bei sich gehabt haben. Was haben Sie damit gemacht?«

Argwöhnisch sah Eva auf. »Weggeschmissen«, behauptete sie dann kurz.

»Wohin?«

»Unterwegs. Weiß nicht mehr.« Außerdem fügte sie noch hinzu: »Die Kugelschreibermine gehört mir. Marke Schmidt und Münster. Habe ich verloren.«

»Wie viele Menschen haben Sie eigentlich schon auf dem Gewissen, Eva?«

Eva biss sich auf die Unterlippe. »Ich habe Dorinda Schwarz getötet«, erwiderte sie tonlos. »Und sie ist nicht die Letzte. Ich hätte auch ihn da umgebracht.« Sie deutete mit einer Kopfbewegung auf Matthias, ohne ihn anzusehen. »Ist nicht schlimm, ich finde schon noch jemanden.« Sie lachte leise in sich hinein.

»Ganz bestimmt nicht. Jedenfalls nicht in den nächsten Stunden oder Tagen«, ließ Conny sie wissen. »Sie haben es gehört, Herr Kollege.« Sie benutzte seinen Namen absichtlich nicht. Man konnte nie wissen, ob diese Eva Schuster bald wieder frei herumlief oder ob sie etwas über ihn behaupten würde, was ihm schaden konnte. Conny wollte Matthias schützen. »Die Beschuldigte droht ganz offen und sehr konkret an, weitere Straftaten zu begehen. Grund genug, sie in Präventivgewahrsam zu nehmen.« Conny griff zum Telefon, rief Paul an und bat ihn, alles in die Wege zu leiten. Nicht lange danach waren zwei Kollegen der Wasserschutzpolizei da und nahmen Eva Schuster mit aufs Festland.

Conny und Matthias standen allein vor dem Rathaus. Der Wind hatte noch an Intensität zugenommen. Sie zogen beide ihre Mützen weit über die Ohren und klappten die Kragen so hoch, wie es eben ging.

»Also, Matthias, was denken Sie? War sie's?«

Er nahm sich trotz des ungemütlichen Wetters Zeit für seine Antwort. »Ich fürchte, das kann ich nicht beurteilen. Dagegen spricht, dass die Symptome der Rizin-Einnahme meist sehr stark auftreten, wenn ich mich recht entsinne. Es kommt nicht selten zu Erbrechen. Der Tod tritt erst nach Stunden ein. Das ist nur laienhaftes Halbwissen«, wandte er ein. »Ob bei einer hohen Dosierung der Tod schnell eintritt, ohne dass am Leichnam Spuren zurückbleiben, die Ihnen aufgefallen wären, kann ich nicht sagen.«

»Was halten Sie von ihren Stimmungsschwankungen?« Conny setzte sich langsam in Richtung des kleinen Hafens in Bewegung.

»Nun, ihre Stimmungsschwankungen können mannigfaltige Ursachen haben.«

»Wo haben Sie bloß dieses Wort her? Mannigfaltig.« Sie lachte. »Ist ein bisschen altmodisch, oder?«

»Nicht alles, was altmodisch ist, ist auch gleich schlecht. Meine ich.«

»Da haben Sie ohne Frage recht. An welche Ursachen denken Sie?«

»Wenn sie ohnehin dazu neigt, kann schon der Stress der Vernehmung den Wechsel ihrer Launen ausgelöst haben. Es gibt Krankheitsbilder, bei denen die gewissermaßen nebenbei auftreten. Bipolare Störungen, Alzheimer, Schilddrüsenfehlfunktion«, zählte er auf. »Ihre plötzliche Müdigkeit ist ein ganz typisches Symptom, das mit solchen Stimmungsschwankungen oft einhergeht.«

Sie hatten den Hafen erreicht und steuerten auf die *Strandperle* zu.

»Haben Sie heute eigentlich schon etwas gegessen?«

»Nein.« Matthias sah jetzt wirklich mitgenommen aus.

»Was halten Sie von Sauerfleisch?«

»Wenn es gut gemacht ist …«

»Das kann ich Ihnen versprechen. Kommen Sie, Sie sind eingeladen.«

Am nächsten Morgen rief Conny noch von ihrer Unterkunft aus in Stralsund an. Sie erkundigte sich nach der Marke der sichergestellten Kugelschreibermine.

»Kleinen Moment mal.« Rascheln, ein dumpfer Laut. Jemand hatte den Hörer mit der Muschel auf den Tisch gelegt. Erneutes Knistern, dann war der zuständige Kollege wieder am Apparat. »Das ist eine Schmidt und Münster.«

»Danke.« Conny hätte nicht gedacht, dass Eva Schuster Dorinda Schwarz ermordet hatte. Aber im Moment sprach einfach mehr dafür als dagegen. Eine richtig heiße Spur. Sie hätte zufrieden sein können. Wenn da nur nicht dieses komische Gefühl wäre, das ihr sagte: Eva Schuster ist unschuldig.

Kapitel 7

Böse Überraschung

Donnerstag, 11. Dezember

Auf dem Weg zur Polizeistation von Hiddensee überlegte Conny, was ihr auf der Insel noch zu tun blieb. Sie würde sich Heinze noch einmal vorknöpfen und ihm wegen der Dinge, die dieser paranoide Dichter behauptet hatte, auf den Zahn fühlen. Mit Fiete wollte sie auch noch einmal reden. Wenn sie Glück hatte, konnte sie danach nach Hause fahren und sich um ihren Bruder kümmern. Ein bisschen Zeit für Paul wäre auch schön. Sie hatte noch immer Angst, dass ihre Beziehung in eine Richtung lief, die sie beide nicht lange aushalten würden. Aber wenn sie ganz ehrlich zu sich selbst war, stand ihr Bruder momentan an erster Stelle. Er brauchte sie, und sie wollte unbedingt, dass er sein Leben doch noch in den Griff bekam, dass er mit ihrer Hilfe überhaupt erst ein neues Leben anfing. Sie würde sich die Zeit nehmen, ihn gleich vom Büro aus anzurufen. Conny hoffte sehr, dass er sich weiter zusammenriss und nicht schon die Ecken von Stralsund ausfindig machte, in denen man gewisse Typen antreffen konnte. Sie betrachtete den endlich mal wieder knallblauen Himmel. Ihr Atem stand eisig in der Luft, aber das war ihr deutlich lieber als das ständige Grau der letzten Tage. Der Schnee knirschte unter ihren Sohlen. Der Begriff Räumdienst war hier offenbar ein Fremdwort. Wennschon, es war ohnehin nicht viel los auf den Straßen und Wegen. Und eine dichte Schneedecke war allemal angenehmer als angetauter Matsch. Während sie an der

Tür zum Tourismusbüro vorbei die Stufen hinauflief, fragte sie sich, wie es Matthias an diesem Morgen gehen würde und ob er schon da war. Sie hatte ihm angeboten, erst auszuschlafen und dann bei Frau Doktor Schäfer vorbeizuschauen, falls er meinte, der Kratzer auf seiner Wange könnte doch eine Behandlung gebrauchen. Sie öffnete die Tür. Da war er schon.

Matthias stürzte auf sie zu. »Ich habe es nicht für möglich gehalten, aber der Herr Hansen hatte recht. Es hagelt Tote. Das hat doch nichts mit Ihnen zu tun?«

Conny durchbohrte ihn mit ihrem Blick. »Das will ich nicht hoffen. Wer ist es?«

»Keine Ahnung. Vielleicht habe ich auch nicht alles richtig mitbekommen … Der Herr Wolter ist eben an das Telefon gegangen und sagte: Was ist passiert? Sind Sie sicher?«

»Das kann alles Mögliche bedeuten.« Conny sah zu Michael hinüber. Der lauschte aufmerksam und winkte sie kurz zu sich heran.

»Nein, Sie haben alles genau richtig gemacht«, sagte er. »Sie dürfen nichts anrühren. Hören Sie? Bleiben Sie einfach, wo Sie sind, und rühren Sie nichts an. Absolut gar nichts. Der gesamte Poolbereich muss außerdem sofort abgesperrt werden. Wir sind gleich bei Ihnen.« Hörte sich an, als käme Conny erst mal nicht dazu, mit Axel zu telefonieren. Michael legte den Hörer auf. »Grenz ist tot.«

Die Leiche des ehemaligen Studienrats und Poeten Karl-Jürgen Grenz trieb im Wasser des hoteleigenen Swimmingpools. Das Gesicht war dem Mosaik auf dem Boden des Beckens zugewandt, als würde er gerade über einen Vers nachdenken, mit dem er diesem Bad ein literarisches Denkmal setzen konnte. Grenz trug einen Trainingsanzug aus Ballonseide, der für Connys Geschmack kein bisschen zu ihm passte. Genau dieser Anzug war es jedoch, der sich offenbar derartig mit Luft gefüllt hatte, dass Grenz nicht untergehen konnte.

Als sei er selbst zu einem Ballon geworden, trieb der Dichter an der Oberfläche. Sie dachte an das letzte Gespräch mit ihm. Entweder war er nicht halb so paranoid, wie sie geglaubt hatte, oder seine Panik, dass ihm jemand etwas antun könnte, hatte ihm einen Herzinfarkt beschert. Beides schien ihr gleichermaßen plausibel. Die Luft war feucht-warm. Conny öffnete ihre Winterjacke und wickelte eilig ihren Schal ab. Es roch nach Chlor. Alle schwiegen, man hörte nur das leise Gluckern des Wassers, das permanent in seichter regelmäßiger Bewegung durch die Überlaufrinnen verschwand.

Direkt am Beckenrand stand ein junges Mädchen mit ausladendem Hinterteil und für die kleine Gestalt unproportional großen Brüsten. Sie hielt ein Telefon in der Hand und hatte Michael offenbar wörtlich genommen. »Bleiben Sie, wo Sie sind«, hatte er zu ihr gesagt. Da stand sie also.

»Haben Sie ihn gefunden?«, wollte Conny wissen.

»Nein, ich arbeite an der Rezeption.« Der Blick des Mädchens ging an Conny vorbei.

»Ich habe ihn gefunden.« Die Stimme kannte Conny. Sie drehte sich um. Sandra Schwarz saß kerzengerade auf einer Liege. Sie sah aus, als wäre ihr der Geist ihrer Schwester begegnet. Ein Toter war auch nicht gerade ein Pappenstiel. Schon gar nicht, wenn man gerade erst einen geliebten Menschen verloren hatte. Ganz langsam wandte Sandra Conny den Kopf zu. Tränen schimmerten in ihren Augen. »Ich habe ihn gefunden und bin nach vorne zur Rezeption gelaufen.« Ihre Stimme klang brüchig. »Geht das jetzt etwa so weiter? Müssen noch mehr Menschen sterben? Mein Gott, das ist so grauenhaft.« Sie schlug die Hände vor das bleiche schmale Gesicht. In dem dicken flauschigen Bademantel sah sie noch zerbrechlicher aus als sonst. Conny registrierte, wie Michael Fotos machte und sich dann mit der Mitarbeiterin der Rezeption zurückzog. Sehr gut. Er musste nicht mitkriegen, dass Matthias sich den Toten ansah. Das war rechtlich mehr als heikel, aber Conny hielt nicht allzu viel von den Fähigkeiten von Frau Doktor Schäfer in Sachen Leichenschau. Sandra Schwarz kannte Matthias nicht, und es ging keine kostbare Zeit verloren. Conny flüsterte ihm ins Ohr, er solle sich den Toten so gründlich ansehen, wie es ging. Jede kleine Veränderung, alles, was auf einen nicht natürlichen Tod hindeutete, war interessant. Grenz konnte noch nicht lange hinüber sein. Beste Chancen also, die Todesursache zu ermitteln. Dann ging sie zu Sandra und setzte sich neben sie.

»Es tut mir sehr leid, Frau Schwarz, dass Sie das durchmachen müssen. Denken Sie, Sie könnten mir trotzdem ein paar Fragen beantworten? Je näher an einem Ereignis dran, desto präziser sind unsere Erinnerungen.« Ein Zittern lief durch Sandras Körper. Dann ließ sie die Hände in den Schoß sinken, atmete tief durch und tupfte sich mit dem Ärmel des Bademantels die Wangen.

»Natürlich, Sie haben recht. Es ist nur … Muss denn jetzt jeder Angst haben, der schreibt und veröffentlicht?« Sie sah sie mit großen ängstlichen Augen an.

»Nein, das glaube ich ganz bestimmt nicht.«

»Aber es muss doch einen Grund geben.« Sie hob die Hände und ließ sie in einer hilflosen Geste wieder fallen. »Und einen Zusammenhang. Das kann doch kein Zufall sein.« Wieder atmete sie tief ein. »Das Geld, das ich demjenigen in Aussicht gestellt habe, der einen wichtigen Hinweis geben kann, hat das denn zu nichts geführt? Sind Sie noch immer keinen Schritt weiter?«

»Doch, Frau Schwarz, das sind wir. Nur haben wir hier leider einen weiteren Fall. Jedenfalls nach meiner ersten Einschätzung. Aber Herr Grenz könnte natürlich auch einem Herzinfarkt erlegen sein. Wir wissen mehr, wenn eine ärztliche Untersuchung stattgefunden hat.«

»Das war kein Herzinfarkt«, entgegnete Sandra leise. »Das war Mord.«

»Was macht Sie da so sicher?«

»Er hat um Hilfe gerufen.« Conny war sprachlos. »Das heißt, ich meinte jemanden gehört zu haben. Die Stimme habe ich nicht erkannt. Und es war nicht das erste Mal, wissen Sie. Da hat schon mal ein Pärchen im Wasser herumgealbert. Sie kennen das sicher, die haben sich geneckt, sind untergetaucht und haben eben auch scherzhaft um Hilfe gerufen. Darum dachte ich mir erst nichts dabei. Ich habe mich in aller Ruhe umgezogen, habe meine Sachen ordentlich zusammengelegt und in einem der kleinen Schränke verstaut. Ich mache mir solche Vorwürfe«, flüsterte sie und schluchzte. »Warum habe ich nur so lange gebraucht? Ich hätte ihm vielleicht noch helfen können. Dann würde er jetzt noch leben.«

»Das wissen wir nicht«, beruhigte sie die schlotternde Frau. »Haben Sie das eigentlich immer so gemacht? Sich hier unten erst umgezogen, meine ich.«

»Ja.«

»Warum? Sie hätten sich doch in Ihrer Suite ganz bequem ausziehen und in Badeanzug und Bademantel hierherkommen können.«

»Hätte ich. Aber das ist so eine Unart, die sich in Hotels eingebürgert hat. Es wird ja sogar mit speziellen Gängen geworben, durch die man von den Zimmern in die Sauna oder das Schwimmbad gelangt. Ich finde das ganz fürchterlich. Finden Sie das etwa schön, kaum bekleidet in einen Fahrstuhl zu steigen, den Sie sich womöglich mit vernünftig gekleideten Herrschaften teilen müssen?«

Conny ließ die Frage unbeantwortet. »Sie haben ihn also schreien hören. Können Sie sich noch daran erinnern, was er gerufen hat? Was genau?«

»Hilfe. Er hat einfach nur Hilfe gerufen, der Ärmste.« Wieder schossen ihr Tränen in die Augen. »Wahrscheinlich habe ich seine Stimme nicht erkannt, weil er schon Wasser geschluckt hatte. Ich darf es mir gar nicht ausmalen.«

»Nein, das sollten Sie lieber nicht.«

»Er ist morgens immer am Becken vorbei in den Fitnessraum gegangen, um seine Armmuskulatur zu trainieren«, erzählte sie. »Wir haben uns manches Mal getroffen, weil ich oft um die gleiche Zeit meine Runden durch das Wasser gedreht habe. Er hat mir mal erklärt, dass er das für sein Kegelhobby macht. Geschwommen ist er nie. Ich glaube, er konnte gar nicht schwimmen.«

»Frau Schwarz, haben Sie sonst noch etwas gehört? Etwas, das auf einen Streit hingedeutet hat oder nur auf die Anwesenheit einer weiteren Person?«

»Ich weiß nicht, ich bin nicht sicher.« Sie begann, die Nagelhaut sämtlicher Finger in Form zu schieben. »Da war noch eine Stimme, meine ich. Aber das kann natürlich auch irgendwo in den Umkleideräumen oder im Saunabereich gewesen sein.«

»Haben Sie ein Wort dieser anderen Stimme verstanden?« Conny war zwischenzeitlich aus ihrer Jacke geschlüpft, trotzdem lief ihr der Schweiß den Rücken herunter. Sie schob sich die Haare hinter die Ohren und spürte, wie nass einzelne Strähnen bereits waren. Widerlich.

»Nein, tut mir leid. Es war eine männliche Stimme. Das ist alles, was ich sagen kann.« Sie starrte weiter auf ihre Hände. Conny hatte den sicheren Eindruck, dass Sandra noch etwas auf dem Herzen hatte.

»Frau Schwarz, ich habe schon im Zusammenhang mit der Ermordung Ihrer Schwester gesagt, dass jedes noch so kleine Detail von Bedeutung sein kann. Wenn Sie also noch irgendetwas bemerkt haben oder es Ihnen auch nur so vorkam, als hätten Sie etwas gehört oder gesehen, sagen Sie es mir bitte. Glauben Sie mir, Sie können nichts Falsches sagen, nichts, was sozusagen Schaden anrichtet. Ich bin für jeden Tipp dankbar und werde sicher auch nicht müde, ihn zu überprüfen.« Sie lachte freundlich.

»Aus Ihrer Sicht ist es vielleicht kein Schaden, wenn jemand fälschlicherweise unter Verdacht gerät. Für die betroffene Person kann es sogar ein großer Schaden sein, oder nicht?« Sie wirkte in höchstem Maße verunsichert.

»Von wem sprechen Sie, Frau Schwarz? Haben Sie jemanden gehört, den Sie kennen?«

Sie zögerte lange, verschränkte die Finger ineinander und rieb die Hände. Sie trug offenkundig einen inneren Kampf aus. Dann sagte sie leise: »Es könnte die Stimme von Bodo Heinze gewesen sein, die ich heute früh gehört habe. Ich möchte ihn auf keinen Fall zu Unrecht belasten«, rief sie verzweifelt. »Auf der anderen Seite war es so. Ich hörte eine Männerstimme und wunderte mich, was Herr Heinze hier im Haus und noch dazu zu so früher Stunde zu tun hatte. Ich sagte mir, ich hätte mich vermutlich getäuscht.« Plötzlich schluchzte sie auf. »Ich muss Ihnen das doch sagen.«

»Auf jeden Fall. Das haben Sie ganz richtig gemacht.« Conny legte ihr eine Hand auf den Arm. Bodo Heinze. Der Mann, vor dem Grenz höllische Angst gehabt hatte. Sie sah zu Matthias hinüber, der einen Ärmel des Toten zu fassen bekommen hatte und nun mit spitzen Fingern mal eine Hand aus dem Wasser hob, um sie eingehend zu betrachten, oder dann wieder den Körper leicht drehte. Matthias standen Schweißperlen auf der Stirn. Er hatte vor Aufregung nicht einmal daran gedacht, die Jacke auszuziehen. Außerdem hatte sein Teint einen grünlichen Farbton angenommen. Trotzdem erledigte er tapfer, worum Conny ihn gebeten hatte.

»Vor allem, weil ich gerade einen ganz schlimmen Gedanken hatte«, hörte sie Sandra erstickt sagen.

Conny drückte sanft ihren Arm. »Welcher Gedanke ist das?«

»Der, dass Bodo Heinze auch meine Schwester getötet haben könnte.« Ihre Lippen zitterten. Sie sah Conny an.

»Wie kommen Sie darauf?«

»Nun ja, es gab da eine Sache zwischen den beiden. Mir war das nicht recht, aber natürlich hat Dorinda solche Dinge entschieden. Sie war schon sehr erfolgreich als Krimi-Autorin.« Sandra machte eine kurze Pause, und Conny fürchtete schon, sie würde es sich anders überlegen und nicht weitersprechen. »Irgendwann kam sie zu mir und sagte, es gäbe so schicke Lyrikpreise und die würden immer die gleichen Leute bekommen. Es könne doch nicht so schwer sein, zu diesen Leuten zu gehören. Sie wollte unbedingt auch Trophäen im Schrank stehen haben.« Sandra lachte leise. »Im Romanbereich ist das nicht so einfach. Schon gar nicht, wenn man bei einem großen Publikumsverlag unter Vertrag ist und Unterhaltung macht.« Sie senkte den Blick. »Mir gefiel es nicht besonders, dass sie sich in dem Bereich betätigen wollte. Das war doch gar nicht ihr Ding, wie man so sagt. Aber sie ließ sich natürlich nicht reinreden. Es war dann aber doch nicht so einfach, gleich ganz oben in der Lyrik-Szene dabei zu sein. Damit hatte sie nicht gerechnet. Sie sagte mir, sie könne es sich nicht leisten, irgendwo in der zweiten oder womöglich hinteren Reihe zu stehen. Sie habe ihm Geld angeboten, damit Herr Heinze ihr im nächsten Wettbewerb den Sieg zuspricht. Und er hat es genommen.« Ein tiefer Seufzer. Sie schien erleichtert zu sein, dass die Wahrheit nun raus war. »Selbstverständlich wollte er nicht, dass jemand davon erfährt. Bei Dorinda konnte man aber nie sicher sein, dass sie es nicht ausplaudert.« Sandra sah Conny betrübt an. »Ist so etwas ein Mordmotiv?«

Conny hatte Sandra auf ihr Zimmer geschickt, damit sie sich etwas anziehen und ein wenig zur Ruhe kommen konnte. Bevor Michael mit Inselärztin Lieselotte Schäfer eintraf, blieben ihr noch ein paar Minuten, mit Matthias zu sprechen.

»Er hat eine Einstichstelle am Oberarm«, sagte er sofort. »Die Ärztin soll ihm unbedingt gleich Blut abnehmen. Ich kann mir zwar nicht vorstellen, dass Rizin verwendet wurde, aber das ist im Grunde auch nicht von Bedeutung. Viele Gifte werden vom Körper rasch abgebaut.«

»Danke, Matthias, Sie haben mir sehr geholfen.«

»Meinen Sie das ehrlich?« Er sah sie kurz an. »Ja, ich denke, Sie sagen so etwas nicht nur so. Schön, das freut mich sehr.« Er lächelte schüchtern und bekam endlich wieder etwas Farbe ins Gesicht, die nichts mit Grün oder Gelb zu tun hatte. »Wenn es Ihnen recht ist, würde ich jetzt gerne eine kleine Pause machen. Mir ist nicht ganz wohl. Ich glaube, etwas frische Luft und dann vielleicht ein Nickerchen würden mir guttun.«

»Klar, machen Sie das! Sie haben es sich verdient. Rufen Sie in der Polizeistation an, wenn Sie etwas brauchen, ja?«

»Danke sehr.« Matthias machte Anstalten zu gehen. »Ach, mir ist da vorhin übrigens etwas aufgefallen, was nichts mit der Leiche zu tun hat. Ich habe das Gespräch mit Frau Schwarz mitangehört. Ich hoffe, das war nicht indiskret.«

»Nein, Sie hatten ja kaum eine Chance, uns nicht zuzuhören. Was ist Ihnen aufgefallen?«

»Frau Schwarz sagte, sie habe Herrn Grenz um Hilfe rufen hören. Ertrinkende schreien aber nicht. Das habe ich jedenfalls noch nicht erlebt. Und ich bin schon seit vielen Jahren Rettungsschwimmer bei der DLRG. Im Sommer mache ich oft Dienst am Strand.« Ein vielseitiger junger Mann, ging Conny durch den Kopf. »Meistens geraten die Leute in Panik und schlucken sofort Wasser. Die haben gar nicht mehr genug Luft, um nach Hilfe zu schreien.« Sie hörte ihm aufmerksam zu, das schien er zu genießen. Deshalb setzte er seinen Vortrag fort: »Wissen Sie, wer dick und doof ist …« Matthias musste über seinen ungewollten Wortwitz lachen. »Wer Übergewicht hat und eher von einfachem Gemüt ist, meine ich, der überlebt länger.« Conny runzelte fragend die Stirn. »Aber ja, ein schlauer Mensch, der nicht viel auf den Rippen hat, friert schneller. Und er denkt nach und rechnet sich bei großer Kälte kaum eine Chance aus. Er gibt sich auf. Der Dicke dagegen, der …«

»Der Pool ist geheizt, Matthias. Was wollen Sie mir sagen?«, unterbrach Conny ihn.

»Ach so, ja, natürlich. Das waren nur allgemeine Ausführungen. Entschuldigen Sie bitte! Was ich sagen wollte, ist, dass der Hilferuf dafür spricht, dass Herr Grenz nicht alleine war und beispielsweise aufgrund eines Herzinfarkts ertrunken ist. Er wird Angst vor einem Angreifer gehabt und deshalb gerufen haben. Das ist meine laienhafte Auslegung.«

»In Ordnung, Matthias, danke für den Hinweis.« Er wurde etwas übereifrig, fand sie.

Conny bat Michael, vom Hotel ohne Umwege zu Heinze zu fahren und ihn in die Dienststelle zu bringen. Sie selbst machte sich direkt auf den Weg dorthin.

»Gut, dass du da bist«, begrüßte Marlene sie. »Also ehrlich, langsam überlege ich mir, ob ich den Job wechsle. Hier geht's zu …« Sie rollte mit den Augen.

»Was ist denn los? Sag bitte nicht, es gibt noch eine Leiche.«

»Nee, nich ganz so schlimm. Is nur Fiete.« Sie deutete auf das Nebenzimmer. »Er will 'ne Aussage machen.«

»So?« Den konnte sie im Moment ganz und gar nicht brauchen. Conny glaubte weder, dass er etwas mit dem Tod von Dorinda zu tun hatte, noch dass er etwas Wichtiges dazu sagen konnte. Sie dachte kurz nach. Michael kümmerte sich um Heinze, der zumindest im zweiten Fall der Hauptverdächtige war. Eva war in Stralsund gut aufgehoben. Also schön, würde sie sich eben kurz anhören, was Fiete auf dem Herzen hatte.

»Moin!« Sie setzte sich zu ihm an den Tisch.

»Moin!« Fiete hatte seine löchrige Wollmütze in der Hand und knetete sie, als wäre sie ins Wasser gefallen und müsste ausgewrungen werden. »Ich möchte eine Aussage zu Protokoll geben«, sagte er und betonte jede Silbe. Wahrscheinlich hatte er sich diesen einwandfrei hochdeutschen Satz vorher zurechtgelegt.

»Na, dann schießen Sie mal los!«

»Beim ersten Mal hat Lene mich so'n büschen überrumpelt. Und als Sie ins Museum gekommen sind, da war ik auch so dörcheinanner. Ik hatte Angst, dass Sie mich für'n Lögenbüdel halten.« Nach langer Vorrede schilderte er endlich, was er gesehen hatte. Das war deutlich interessanter, als Conny erwartet hatte. Fiete hatte nämlich beobachtet, wie Dorinda nach dem Malheur mit der Kundgebung und dem symbolischen Akt des Teerens und Federns allein die Straße hinaufgekommen sei. Eine Frau mit einem Umhang sei plötzlich aus dem Schatten getreten.

»Hatten Sie nicht gesagt, es sei ein Mann gewesen?«, hakte Conny ein.

»Ja, aber nu hab ich mir dat überlegt. Dat war 'ne Frau, so zart is keen Kerl.« Dorinda hätte noch etwas gesagt, dann hat die Person im Umhang die Hand gehoben und ihr etwas in den Hals gestochen. Für ein Messer sei das eigentlich zu klein gewesen, meinte er, aber er konnte den Gegenstand nicht richtig erkennen. Jedenfalls sei Dorinda der Angreiferin bewusstlos in die Arme gesunken. Die hat sie zur Seite geschleift, wo im Schatten ein Bollerwagen bereitstand, hat sie hineinbugsiert, den Umhang ausgezogen und über den Körper gedeckt, hatte er beobachtet.

»Nu sleiht over dörteihn, heff ik dacht«, stieß er hervor und machte große Augen. »Tschuldigung. Nun schlägt es aber dreizehn, habe ich gedacht.«

»Schon klar«, sagte Conny und schmunzelte. »Weiter!«

Er erzählte, dass er nicht in der Lage gewesen war, sich auch nur einen Millimeter zu rühren. Im Schutz einer Hausecke hatte er ausgeharrt und zugesehen, wie die Frau davonging. Immer wieder sah er zu dem hölzernen Wagen hinüber, doch dort rührte sich nichts. Als er endlich beschloss, nach der überwältigten Starautorin zu sehen, kam ein Mann sehr flotten Schrittes die Straße herunter. Er ging zielstrebig auf den Bollerwagen zu, hob einmal kurz den Stoff an, schnappte sich dann den Griff und ging mit dem Gefährt in Richtung Dornbusch davon.

»Außerdem war dat wie so'n Krimi. Ik heff dacht, wenn ik dat aufschreib, werd ik auch so berühmt«, gestand er kleinlaut. »Kriegt ihr mich nu wegen unterlassene Hilfestellung dran?«

Zu seiner unendlichen Erleichterung durfte Fiete Jessen nach Hause gehen. Er hatte fest damit gerechnet, auf der Stelle verhaftet und abgeführt zu werden. Dass sein Geständnis, einen Überfall beobachtet, aber nichts unternommen zu haben, um dem Opfer zu helfen, für ihn noch unangenehme Folgen haben würde, verdrängte er wohl, solange man ihn nicht gleich hinter schwedische Gardinen brachte, wie er es nannte.

Michael hatte Heinze in dessen Hotel in Vitte unter dringendem Tatverdacht festgenommen. Die beiden trafen just ein, als Fiete sich aus dem Staub machte.

»Das geht hier zu …«, beklagte sich Marlene wieder und drehte ihren dicken Zopf um den Finger.

»Wie im Taubenschlag«, ergänzte Conny für sie und lächelte ihr zu. Doch Marlene stand nicht der Sinn nach netten Worten unter Kollegen. Sie war schwer damit beschäftigt, im Stress zu sein.

Also wandte Conny sich Heinze zu: »Guten Tag, Herr Heinze. Wir haben einiges zu besprechen.«

»Ich wüsste nicht, was«, erwiderte er mit seiner weichen Stimme. Er klang sehr freundlich. War ihm wirklich nicht klar, in welcher Situation er sich befand? Heinze trug dieses Mal einen dünnen goldenen Ring im linken Ohrläppchen und wieder den schwarzen zu hohen Hut, den er auch nicht abnahm. Michael machte Anstalten, ihn nach nebenan zu führen.

»Kommst du gleich mit?«, fragte er sie.

»Ich muss noch ein Telefonat erledigen, dann bin ich da. Kannst du dich solange um ihn kümmern?«

»Kein Problem! Bitte schön, Herr Heinze.« Michael öffnete die Tür und ließ dem Lyrik-Verleger den Vortritt.

Unterdessen rief Conny Paul an, um ihn schnell über die neuen Ereignisse inklusive zweiten Todesfall zu informieren. »Jemand soll sich Eva noch einmal vornehmen«, bat sie. »Sie könnte Heinzes Komplizin sein. Wie sonst sollte sie einige Details wissen? Außerdem hat Fiete Jessen ausgesagt, dass eine Frau Dorinda überfallen und in einem Bollerwagen abgelegt, aber ein Mann sie danach weggeschafft hat.«

»Dieser Herr Jessen scheint viel zu erzählen, wenn der Tag lang ist«, kam es vom anderen Ende der Leitung zurück.

»Ich glaube ihm. Er hatte Angst, dass wir ihn wegen unterlassener Hilfeleistung drankriegen. Deshalb hat er nur Bruchstücke preisgegeben und sich in Widersprüche verstrickt. Ich glaube ihm«, wiederholte sie. »Hinzu kommt, dass ich mir beim besten Willen nicht vorstellen kann, dass die beiden Morde nichts miteinander zu tun haben sollen.«

»Du meinst, sie haben Dorinda gemeinsam umgebracht und unter der Kiefer auf dem Dornbusch zur Schau gestellt, und jetzt hat Herr Heinze diesen Dichter allein erledigt, weil seine Partnerin bei uns in Gewahrsam ist?«

»So könnte es sein. In *Gefährliche Gier* geschieht der Mord zur Ablenkung von dem Täter, hat Staudinger erzählt. Erinnerst du dich? Könnte genauso sein. Wir haben Eva festgenommen, und ihr Kompagnon Heinze begeht den zweiten Mord allein, um von ihr abzulenken.«

»Wo ist die Verbindung zwischen dem Verleger Heinze und der am Rande der Gesellschaft stehenden Eva Schuster?«

Genau diese Frage beschäftigte Conny auch schon. »Das muss ich herausfinden«, sagte sie düster.

»Du musst vor allem nach Stralsund kommen. Ich schicke dir Kollegen, die Herrn Heinze abholen. Du wirst dir den Rest des Tages freinehmen.« Bevor sie protestieren konnte, fuhr er fort: »Du brauchst Zeit für deinen Bruder. Ich setze Hansen an eine mögliche Verbindung zwischen Heinze und Schuster. Die Vernehmung von Herrn Heinze übernehme ich selbst.«

»Dann kann ich mit Eva sprechen.«

»Nein, das übernimmt Konrad. Das ist schließlich sein Spezialgebiet, dafür ist er ausgebildet.«

»Kannst du Konrad bitte Matthias an die Seite stellen? Seine theoretischen Studien an der Universität durch praktische an lebenden Objekten bei uns zu bereichern, wie er sich mal ausgedrückt hat, ist das eine. Einem Polizeipsychologen bei der Arbeit zuzusehen, etwas ganz anderes. Er könnte dabei sicher eine Menge lernen.«

»Gute Idee.«

Das Einzige, was Conny gut kochen konnte, wenn man es denn so nennen wollte, war Steak mit Zwiebelsoße und Kroketten. Es hatte ihr erst gar nicht gefallen, dass sie einen halben freien Tag nehmen sollte. Mitten in der heißen Phase ihrer Ermittlungen! Aber Paul war der Boss. Außerdem befand sie sich in einer persönlichen Ausnahmesituation. So war doch schon während der Überfahrt Vorfreude in ihr aufgekeimt. Sie würde den Tisch liebevoll decken, für Axel und sich kochen. Möglicherweise würde sie sich sogar dazu durchringen, eine Flasche Wein oder vielleicht lieber ein paar Flaschen richtiges Bier zu kaufen. In der Stadt angekommen, fuhr sie erst mit den Kollegen in die Böttcherstraße und ging ins Präsidium. Paul war gerade in einer Besprechung, so dass sie ihn nicht sehen konnte. Sie würde einfach später anrufen.

»Ich mache für heute Feierabend, Renate«, verkündete sie.

»Was ist denn mit Ihnen los? Das kennt man ja gar nicht. Sonst schlafen Sie doch nicht mal, bevor die Bösewichte nicht alle hinter Schloss und Riegel sitzen.«

»Nun übertreiben Sie mal nicht.«

»Übertreibung macht anschaulich«, beharrte Renate.

»Stimmt ja«, gab Conny zu. »Ich habe auch ein paar Gewissensbisse. Aber es geht auch mal ein paar Stunden ohne mich. Hoffe ich. Wir haben handfeste Spuren, und die Kollegen sind alles alte Hasen. Ich kann nichts, was die nicht auch könnten.«

»Woher mit einem Mal diese Einsicht?« Renate schob ihre Brille, die sie am Schreibtisch manchmal benutzte, auf die Nasenspitze.

»Offen gestanden, brauche ich die Zeit für Familienangelegenheiten«, sagte Conny leise. »Das ist wohl eher der Grund als eine plötzliche Einsicht.« Sie lachte unsicher. »Mein Bruder ist im Moment bei mir zu Besuch. Wir haben uns ziemlich lange nicht gesehen.«

»Und dann haben Sie keinen Urlaub genommen?«

»Jetzt, wo wir zwei Leichen auf dem Tisch haben, wie Hansen sagen würde? Das geht gar nicht, Renate. Aber einen halben Tag werden die mal ohne mich schaffen, dachte ich.«

Renate lachte schallend. »So viel zu tiefen Erkenntnissen über die Fähigkeiten der Kollegen«, sagte sie prustend. »Na dann, schönen Abend!«

»Danke! Falls etwas sein sollte, erreichen Sie mich jetzt noch eine Weile mobil und dann unter meiner Nummer zu Hause.« Renate sah sie über den Brillenrand an. »Nur falls etwas Wichtiges sein sollte«, ergänzte Conny und machte sich auf den Weg.

Sie hätte nur einmal um die Ecke gehen und zwei Straßen überqueren müssen, dann wäre sie zu Hause gewesen. Ein ungutes Gefühl beschlich sie. Axel wusste nicht, dass sie auf dem Festland war. Sie würde ihn überraschen. Keine gute Idee. Sie schnappte sich ihr Handy und wählte die eigene Nummer. Nichts. Nun gut, ihr Bruder war kein Gefangener. Die Abenddämmerung setzte zwar schon ein, trotzdem war es noch herrlich draußen. Bestimmt hatte er den sonnigen Tag genutzt, um ein wenig über den Weihnachtsmarkt zu streifen oder sich das wunderschöne alte Rathaus anzusehen. Es konnte tausend Erklärungen geben. Kein Grund, gleich panisch zu werden. Sie bog zweimal rechts ab und erreichte die Heilgeiststraße, wo es ein Feinkostgeschäft gab, in dem sie sonst nicht unbedingt kaufte. Dort würde sie gutes Fleisch bekommen und vielleicht auch eine feine fertige Suppe. Noch war es in den Straßen und Läden erträglich, in ein oder zwei Stunden, wenn viele Feierabend hatten, würde es voll werden, am Wochenende vermutlich brechend voll. Als Conny in Richtung Fischmarkt lief, wo es handgemachte Schokolade und Pralinen gab, fiel ihr ein, dass sie bei ihrem Anruf zu Hause nicht nach zweimal Klingeln aufgelegt und erneut gewählt hatte. Das war aber ihr Erkennungszeichen. Damit hätte Axel gewusst, wer dran war. Ihr fiel ein Stein vom Herzen. Sie dachte kurz darüber nach, es noch einmal zu probieren, ließ es aber bleiben. Die Kroketten mussten in das Gefrierfach oder am besten gleich in den Ofen. Der Heimweg war nicht lang. Was sollte es bringen, ihn fünf oder höchstens zehn Minuten, bevor sie da war, vorzuwarnen? Als sie den Altbau vor sich hatte, in dem Paul wohnte, dachte sie daran, wie viel mehr Platz bei ihm war, wie viel schöner das Haus war, in dem er lebte. Für sie allein war ihre übersichtliche Wohnung und auch das ein wenig lieblos schlichte Treppenhaus mit den Briefkästen im Flur in Ordnung. Für Axel war es vermutlich ein kleines Paradies. Sie würden einen gemütlichen Abend haben und ganz zwanglos die Zukunft besprechen. Conny freute sich wahnsinnig darauf. Sie schloss die Wohnung auf.

»Nicht erschrecken«, rief sie laut. »Bin von der Verbrecherjagd zurück.« Sie warf ihren Mantel auf den Garderobenhaken, schmiss den Schal darüber. Es war ruhig in der Wohnung. Zu ruhig. »Axel?« Vielleicht war er doch auf dem Weihnachtsmarkt. Schade, wenn sie ihn getroffen hätte, hätten sie zusammen einen Glühwein trinken können. Sie trug die Einkaufstasche in die Küche und ging dann ins Wohnzimmer. Die Wolldecke, unter der er beim letzten Mal geschlafen hatte, lag ordentlich gefaltet auf dem Sofa. Sein Bettzeug bildete einen kleinen Turm auf dem Sessel. Auf dem Couchtisch sah sie ein Blatt Papier. »Kleine Schwester«, stand über dem Text. Das sah sie sofort. Conny schluckte hart. Wenn er nur kurz draußen wäre, hätte er nicht so viele Worte gemacht. Ihr war klar, was das bedeutete. Sie ließ sich auf das Sofa fallen und nahm den Brief zur Hand.

»Kleine Schwester,

vielleicht hast du mich nicht gehasst, aber du hast mir auch nicht so ganz verziehen, dass ich dich verlassen habe. Ist okay. Das verstehe ich. Trotzdem hast du mich in deiner Wohnung sein lassen. Danke dafür. Du weißt natürlich, dass ich auf der Straße lebe. Ist ein feiner Zug von dir, mir helfen zu wollen. Du warst eben schon immer das gute Kind.«

Conny musste ein paar Mal blinzeln, bevor sie weiterlesen konnte.

»Ich war und bin der Böse. Ich hab drüber nachgedacht, für immer oder zumindest für länger hier zu bleiben. Ehrlich! Aber das ist nicht mein Ding. Ich war ein bisschen in der City. Wusstest du, dass die schon im 14. Jahrhundert diese Prunkfassade an das Rathaus gebaut haben? Ist aber alles nur Schau und nichts dahinter.«

Conny schnaubte wütend. »Hättest du dir die Mühe gemacht, das Rathaus zu besichtigen, hättest du gesehen, dass es von innen noch viel schöner ist«, flüsterte sie böse. Das war das Problem mit ihrem Bruder. Er verurteilte Dinge und

Menschen zu schnell. Er drückte ihnen einen Stempel auf, der in sein Weltbild passte. Die Hauptsache, er konnte sich wieder als armes Opfer betrachten. Sie schloss die Augen. Nicht weinen, nein, nur nicht heulen! Axel war alt genug. Wenn er sein Leben unbedingt wegwerfen wollte, bitte. Jeder war seines eigenen Glückes Schmied. Sie öffnete die Augen wieder und las weiter:

»So ist unsere tolle Gesellschaft, Schwesterchen. Nach außen tun alle, als wären sie die Größten. Ist nicht mein Ding. Um ehrlich zu sein, habe ich einfach nichts, womit ich Eindruck machen könnte. Außer meine Schwester. Mit dir könnte ich angeben, denn du bist echt ein Schatz. Du bist eine gute Fee. Leider ist mein Leben kein Märchen. Bevor ich deines auch noch durcheinanderbringe, mache ich mich lieber vom Acker. Du warst ohne mich besser dran und wirst es auch wieder sein. Danke, kleine Schwester, für die gute Zeit mit dir und für das alkoholfreie Bier. War echt 'ne Erfahrung …

Hab dich lieb, pass auf dich auf!«

Seine Unterschrift sah aus, als hätte auch er eine Träne vergossen. Conny ließ das Blatt auf den Tisch segeln. Sie saß da und krallte ihre Fingernägel in ihre Oberschenkel, bis sie es nicht mehr aushielt. Draußen war es inzwischen dunkel. Auch hier drinnen war es nicht gerade hell. Sie hatte vorhin nur im Flur die Lampe eingeschaltet. Das war im letzten Tageslicht gerade genug gewesen, um Axels Abschiedsbrief lesen zu können. Sie sah zu seinem Bettzeug hinüber, stand auf, schnappte sich sein Kopfkissen und setzte sich wieder hin. Conny zog die Knie an, das Kissen fest an sich gepresst, und ließ ihren Tränen endlich freien Lauf. Sie hatte ihren Bruder wieder verloren. Dieses Mal womöglich für immer. Sie hätten zusammen Weihnachten feiern, im Sommer an den Strand gehen können. Vielleicht wären sie sogar mal zu dritt verreist. Auf jeden Fall hatte er endlich eine Chance auf ein gutes Leben gehabt, mit einer richtigen Familie, in der niemand grün und blau geschlagen wurde. Warum konnte er das nicht annehmen? War es ihre Schuld? Hatte sie ihn zu sehr überfallen mit ihren Vorstellungen, ihrer Planung? Eine kaputte Seele passte wohl einfach nicht in eine heile Welt. Ein Schluchzen schüttelte ihren Körper.

»Ich wollte für dich kochen«, schrie sie. »Ich wollte für dich da sein! Warum musst du immer weglaufen? Warum musst du alles kaputtmachen?« Sie schlug ihre Fäuste in das Kissen, wieder und wieder. Schließlich ließ sie kraftlos die Stirn auf ihre Knie fallen. Warum musste er alles kaputtmachen?

Als sie nicht mehr weinen konnte, ging sie ins Bad, schaufelte sich ein paar Hände kaltes Wasser ins Gesicht, zog sich ihren Mantel wieder an und machte sich auf den Weg. Sie würde die Nacht bei Paul verbringen. Er würde sie trösten. Auf dem Weg von der Unnütze Straße zu seiner Wohnung in der Heilgeiststraße bekam sie es mit der Angst zu tun. Sosehr sie Paul auch liebte, so sorgsam vermied sie es doch, ihn einen Blick in ihr Innerstes werfen zu lassen. Er wusste viel von ihr, kannte sie gut. Und doch schützte sie ihren innersten Kern vor ihm, damit er sie niemals verletzen konnte, wirklich verletzen, sodass es nicht mehr heilen würde. Conny ging langsam und matt über die Straße. Sie hielt auf den Alten Markt zu. Wenn sie jetzt direkt zu Paul ginge, würde sie kein Wort herausbringen, sondern schon beim Anblick seines überraschten Gesichts wieder anfangen zu heulen. Keine gute Vorstellung. Sie schlurfte zwischen den Ständen des Weihnachtsmarkts bis zu einer Bude, an der es friesischen Eiergrog gab. Der würde eine Watteschicht über sie stülpen, in der sie ihre Gefühle wenigstens ein bisschen verstecken konnte. Sie nahm einen Schluck. Der Rum brannte in ihrer Kehle. Ihre Augen glitten über die unzähligen Besucher hinweg, die lachend miteinander plauderten. An den Bratwurstbuden herrschte Hochbetrieb.

Es duftete nach Wein, Rum, nach Zimt und Holzkohle. Auf einer Eisbahn glitten Erwachsene auf wackeligen Beinen dahin, während ihre Kinder über die schimmernde Fläche sausten, als täten sie nie etwas anderes. »Energieverschwendung«, dachte Conny frostig. Der riesige Weihnachtsbaum strahlte vor der beleuchteten Prunkfassade des Rathauses. Sie nahm noch einen Schluck. Verdammt, das Zeug war zu heiß, um es schnell herunterzustürzen. Zu süß war es obendrein, aber wahrscheinlich würde sie es gar nicht herunterkriegen, wenn weniger Zucker drin wäre. Axel hatte schon recht. Dieser ganze Zirkus mit Oh, du Fröhliche, Glöckchen, Engeln und Friede, Freude, Eierkuchen war eine einzige große Lüge. Jetzt taten alle so, als gäbe es so etwas wie eine heilige Nacht. Nach Weihnachten jammerten sie dann wieder über zu viel oder über keine Arbeit, über nicht geräumte Straßen und Steuererhöhungen. Jetzt rannten sie noch von einer Weihnachtsfeier zur anderen, kauften Geschenke für Summen, die sie nicht hatten, dann schlugen sie wieder ihre Frauen und Kinder oder ließen die Familie am besten gleich sitzen.

»Alles nur schöner Schein, aber nichts dahinter«, dachte sie zornig und knallte den Becher auf den Holztresen.

»Hey, hey, der wird noch gebraucht«, schimpfte der Mann in der Grog-Bude.

»Sie haben doch Pfand kassiert«, schnauzte sie zurück. »Wenn er kaputt gegangen wäre, hätten Sie das Geld. Mehr als dieser olle Becher wert ist, wette ich.«

»Ist ja gut. Ihnen auch fröhliche Weihnachten«, maulte der Mann, räumte ihren leeren Becher ab und ließ sie einfach stehen.

Conny war nicht betrunken. Es fühlte sich nur an, als hätte jemand reichlich Weichzeichner benutzt. Der Schmerz war weniger intensiv. Alles war weniger intensiv. Gutes Gefühl irgendwie. Wahrscheinlich war es das, was ihr Vater so gemocht hatte. Nur hatte der dummerweise vom Weichzeichner bis zur Besinnungslosigkeit gesoffen. Sie stapfte durch ihren ganz persönlichen Nebel zur Heilgeiststraße und lief weiter bis zu Pauls Adresse. Jetzt fühlte sie sich imstande, ihm zu sagen, was geschehen war, ohne gleich die Fassung zu verlieren.

»Conny! Ist etwas passiert?« Er trug eine dunkelbraune Leinenhose und einen weißen Rollkragenpullover. Anscheinend war er ganz auf einen entspannten Abend eingestellt.

»Gute Nachrichten«, sagte sie und lachte bitter. »Du kannst deine Wohnung ganz für dich alleine behalten.« Er runzelte die Stirn noch mehr, als er es sowieso immer tat. »Prima, was? Du brauchst dich auch nicht mit meiner mangelnden Ordnungsliebe herumzuschlagen.«

»Komm rein.« Er schloss die Tür hinter ihr.

»Mein Bruder ist wieder einmal abgehauen.« Mit hängenden Schultern stand sie in seinem Flur und musste schwer schlucken. Wenn sie nicht aufpasste, fing sie doch wieder an zu heulen. Bloß nicht! »Weg! Von der Bildfläche verschwunden«, sagte sie schnell und schnitt eine Grimasse. »Das heißt, ich muss doch nicht zu dir ziehen.«

»Und das nennst du gute Nachrichten?«

Konnte er sie nicht einfach in den Arm nehmen? Er musste doch sehen, in welchem Zustand sie war. Männer! Egal, ob sie Axel hießen oder Paul.

»Klar«, sagte sie ein bisschen zu laut. »Stell dir vor, ich ziehe hier ein! Dann liegen die Sets womöglich nicht mehr im Neunzig-Grad-Winkel auf dem Esstisch. Oder die Sofakissen haben nicht mehr genau in der Mitte einen Knick.« Sie machte eine Handbewegung, als würde sie von oben nach unten eine Falte in ein Kissen schlagen.

»Wenn du dein Herz ausschütten und erzählen möchtest, was genau eigentlich los ist, dann kannst du das gerne tun. Ich bin hier, ich habe Zeit. Falls du aber vorhast, mir weiter eine so hässliche Szene vorzuspielen, muss ich dich enttäuschen«, sagte er ernst und sah sie streng an. »Ich mag so etwas nicht, und ich lasse mich auch nicht darauf ein.«

»Herrgott, Paul, bist du denn nie von der Rolle? Bist du nicht auch mal wenigstens ein kleines bisschen sarkastisch, wenn dir das Leben gerade eine dicke fette Zitrone gegeben hat?« Warum ließ sie sich nicht einfach gehen? Wollte sie denn nicht getröstet werden? Nein, sie hatte gerade wieder erlebt, was geschah, wenn man sich jemandem öffnete, wenn man signalisierte, dass man jemanden in seiner Nähe haben, den Rest des Lebens mit ihm verbringen wollte. Schon war er weg. »Was willst du?«, fragte sie ihn scharf. »Dass ich wie ein kleines hilfloses Mädchen dem großen klugen Paul um den Hals falle und in Tränen ausbreche? Tut mir leid, das ist nicht meine Art. Und das weißt du.« Er sah sie lange an. In seinem Blick lagen Kummer und Enttäuschung. Es tat weh. Aber sie war hier diejenige, die Kummer hatte, die enttäuscht worden war. Die Wahrheit war, dass sie sich in eine Ecke manövriert hatte, aus der sie nicht herauskam.

»Hörst du dir eigentlich zu?« Er würde keinen Schritt auf sie zu machen. Nicht, wenn sie weiter so bockig blieb. Das wusste sie. Doch das nützte ihr nichts, denn sie konnte einfach nicht anders. Und es ärgerte sie, dass er nicht einmal jetzt über seinen Schatten sprang.

»Wozu denn?«, fragte sie patzig. »Dafür habe ich doch dich. Dachte ich jedenfalls«, sagte sie etwas leiser. »Aber es interessiert dich anscheinend einen Scheißdreck, was passiert ist.«

»Conny, du weißt, dass ich solche Ausdrücke nicht leiden kann.«

»Verdammt, Paul, es gibt Momente, da sagen Menschen solche Dinge«, platzte sie heraus.

»Nicht alle Menschen.«

»Nein, du natürlich nicht. Du hast dich ja ständig und absolut unter Kontrolle!« Seine stoische Ruhe konnte sie wirklich zur Weißglut treiben.

»Es ist wohl am besten, du reißt dich jetzt sofort zusammen, oder du gehst.« Ein dünnes Stimmchen in ihrem Hinterkopf versicherte ihr, dass Paul nur auf ein winziges Signal wartete. Er hoffte, dass sie endlich zur Vernunft kam, dass sie einlenkte, alles von Anfang an erzählte und blieb. Conny hatte kein Ohr dafür. Viel zu laut dröhnten die Worte: »Du gehst.«

»Na schön, wie du willst«, sagte sie knapp, drehte auf dem Absatz um und stürmte aus seiner Wohnung.

Trotzig bog sie vor St. Jakobi ab. Sie stapfte an dem monumentalen Backsteinbau vorbei und sah hinauf zu dem markanten Turm. Der runde Helm, eingerahmt von vier eckigen Türmchen, verschwamm vor ihrem Blick. Conny wusste, dass es ihre Schuld war, dass sie sich benommen hatte wie ein dummes, unreifes Kind. Gleichzeitig redete sie sich ein, dass Paul ein Auge hätte zudrücken müssen. Er musste auch einen Teil der Schuld haben, sonst könnte sie es nicht aushalten. Sie lief durch bis zur Frankenstraße, bog rechts ab und beeilte sich, zum Neuen Markt zu kommen. Bloß nicht umkehren, bloß nicht zu Kreuze kriechen. Ihr war kalt, schrecklich kalt. Kaum dass sie den Marktplatz erreicht hatte, hätte sie schon wieder verschwinden mögen. Die Karussells blinkten zu aufdringlich, machten schrille Geräusche, die zu allem Überfluss noch von Schlagermusik untermalt wurden. Die dreischiffige St.-Marien-Kirche ertrug das bunte Getöse mit beneidenswertem Gleichmut. Genau wie Paul. Warum konnte sie nicht so sein? Warum fiel es ihr nur so schwer, gelassen zu sein? Conny wollte weg, sie fühlte sich unwohl in diesem Trubel, der nicht für sie bestimmt war. Doch sie hatte auch Angst davor, alleine in ihrer Wohnung zu hocken, wo sie Axels Nähe noch immer schmerzhaft spüren würde. Ob sie sich volllaufen lassen sollte? All die traurigen Erinnerungen, die Wut, die Enttäuschung einfach ausschalten und dann seelisch taub ins Bett fallen. Eine verlockende Vorstellung.

»Es ist wohl am besten, du reißt dich jetzt sofort zusammen«, hörte sie Paul sagen. Sie sah sich um, doch er war nicht da. Jedenfalls nicht körperlich. Aber er hatte ja recht. Der eine Becher Eiergrog hatte ihr schon nicht gutgetan. Ohne Alkohol hätte sie sich vermutlich klüger verhalten. Conny seufzte. Dann straffte sie die Schultern und machte sich auf den Heimweg.

Unentschlossen stand sie in der Küche. Sie konnte die Suppe und das Fleisch einfrieren. Andererseits hatte sie Hunger. Hätte sie jetzt Gesellschaft, würde sie liebend gern am Herd stehen. Ihr Telefon klingelte. Sie stürzte ins Wohnzimmer. Ob Axel sich meldete? Oder tat es Paul doch leid?

»Matthias Wennemann hier, guten Abend!«

»Ach«, sagte sie betrübt, »das ist ja eine Überraschung.«

»Keine schöne, Ihrer Stimme nach zu urteilen.«

»Nein, nein, entschuldigen Sie, ich hatte nur jemand anderes erwartet.«

»Ich muss mich entschuldigen, dass ich so spät noch störe. Ich wollte Ihnen nur von dem Gespräch zwischen dem Polizeipsychologen und Frau Schuster erzählen. Danke übrigens, dass ich dabei sein durfte.«

»Danken Sie Paul … Paulsen dafür. Er hat das veranlasst«, sagte sie matt.

»Es war wirklich faszinierend«, sprudelte er los. »Aber ich kann Ihnen das natürlich auch morgen im Büro erzählen. Tut mir wirklich leid. Es war kindisch von mir, heute Abend noch anzurufen.«

»Haben Sie schon gegessen?«, fragte sie, ohne lange darüber nachzudenken.

»Nein, ich wollte mir gleich ein Brötchen schmieren. Als Koch bin ich eine ziemliche Null.«

»Da können wir uns die Hand reichen. Immerhin kann ich Steaks braten, Suppe aufwärmen und Kroketten in den

Ofen schieben. Beeindruckend, oder?« Sie lachte, ohne sich zu amüsieren. »Machen Sie sich auf die Socken, und ich bereite alles vor. Dann können Sie mir beim Essen von dem Gespräch erzählen. Einverstanden?«

»Frau Schuster ist zutiefst davon überzeugt, beide Taten begangen zu haben«, berichtete Matthias. Er achtete peinlich darauf, nicht mit vollem Mund zu sprechen und erst wieder eine Gabel zu füllen, wenn er glaubte, genug Zeit für den nächsten Bissen zu haben. Irgendwie war er Paul in mancherlei Hinsicht ähnlich.

»Was aber völlig unmöglich ist«, warf Conny ein. »Sie befand sich bereits in Gewahrsam, als Grenz ums Leben gekommen ist.«

»Sie vermischt Realität und Fiktion, das ist das Problem. Sie müssen sich das so vorstellen: Eva ist schon häufig in die Rolle der Tessa geschlüpft und hat ganz real Dinge getan, als wolle sie beispielsweise einen Mord vorbereiten oder vertuschen. So hat sie etwa die Mine ihres Kugelschreibers an der Stelle deponiert, wo sie später ihren Schlafplatz gebaut hat.«

»Sie hat sie gar nicht verloren?«

»Nein, sie hat das ganz bewusst gemacht, um später damit die Handschellen öffnen zu können, falls sie festgenommen werden sollte.«

»Moment, das heißt, sie hat von vornherein geplant, dort zu campieren? Und sie hat auch damit gerechnet, verhaftet zu werden? Dann muss sie doch eine Straftat begangen haben. Wofür sonst …?«

»Nein, nicht unbedingt. Es ist sogar eher unwahrscheinlich, dass sie eine Straftat begehen wollte oder es sogar getan hat. Im Grunde ist sie nämlich ein eher ängstlicher und interessanterweise auch friedliebender Typ. Sie schlüpft nur manchmal in diese Rolle und fühlt sich dann böse und damit auch stark. Der Kniff, eine Kugelschreibermine zu hinterlegen, um sich damit bei einer Festnahme zu befreien, stammt aus einem Tessa-Roman. Sie hat es einfach nachgespielt.«

»Aber dieses Schlaflager im Freien. Wozu sollte das gut sein?« Conny schob sich das letzte Stück Steak in den Mund. »Sie hatte doch ein Zimmer gemietet«, sagte sie kauend.

»Herr Konrad sieht es so: Frau Schuster war hin- und hergerissen. Einerseits hat sie in Erwägung gezogen, am Tag nach Dorindas Vortrag abzureisen. Einen längeren Aufenthalt hätte sie sich nämlich nicht leisten können. Andererseits wollte sie der Aussage ihrer Kollegin zufolge unbedingt auch noch an der Abschlussveranstaltung teilnehmen, bei der Dorinda Schwarz, davon war Eva Schuster überzeugt, zur Inselschreiberin gekürt werden würde. Sie hat also Schlafsack und Matratze sicherheitshalber mitgenommen, um vor Ort entscheiden zu können.«

»Hm, sie hat Tessa gespielt, Dinge wirklich getan, ist aber unter Umständen nicht in der Lage, in der Realität böse und skrupellos zu sein«, überlegte Conny laut. »Und dann hat die Wirklichkeit sie eingeholt. Ihre Vorbereitungen für ein Verbrechen à la Tessa haben plötzlich einen Sinn bekommen.«

»Ganz genau«, stimmte er zu. »Sie konnte überhaupt nicht mehr unterscheiden. Darum ist sie der Ansicht, die beiden Morde begangen zu haben. Worauf sie übrigens alles andere als stolz ist«, ergänzte er. »Wäre es bei einem Tötungsdelikt geblieben, wäre nicht auszuschließen, dass sie es vor dem Hintergrund eines totalen Realitätsverlustes getan hat. Aber sie behauptet das bei beiden Morden. Das führt Herrn Konrad und übrigens auch mich zu dem Schluss, dass sie unschuldig ist.«

Nachdem Matthias gegangen war, brachte Conny noch die Küche in Ordnung. In ihrem Kopf hatten wieder Gedanken Platz, die nichts mit Axel oder Paul zu tun hatten. Gut, die beiden schlichen sich noch ständig an, aber die Ablenkung hatte ihr einfach gutgetan. Überhaupt: Das Beste war, sich kopfüber in Arbeit zu stürzen. Das hatte ihr noch immer geholfen.

Freitag, 12. Dezember

Conny nahm das erste Schiff nach Hiddensee. Eine Weile stand sie draußen an Deck. Der eisige Wind biss ihr in die Wangen und trieb ihr ununterbrochen Tränen in die ohnehin noch verquollenen Augen. Je kleiner die Türme der Stralsunder Altstadt und die Pfeiler der Rügenbrücke wurden, desto schlimmer nagte das schlechte Gewissen an ihr. Es war kindisch, einfach wegzulaufen. Sie hätte ins Büro gehen und Paul um eine Aussprache bitten sollen. Nur hatte sie allein der Gedanke daran in Panik versetzt, als sie allein in ihrem Bett gelegen hatte. Nun war es zu spät. Sie würde sich eine gute Begründung einfallen lassen müssen, denn dummerweise war Paul nicht nur ihr Lebensgefährte, falls er das noch war, er war auf jeden Fall auch ihr Chef. Dem würde es überhaupt nicht gefallen, dass sie ohne Rücksprache gefahren war, vor allem in dieser heißen Phase der Ermittlungen, und ohne auf der Insel etwas Wichtiges zu tun haben. Sie ging hinein, holte sich einen Kaffee und setzte sich an eines der großen Fenster. Das Schiff schaukelte heftig. Conny schlürfte schnell den ersten Schluck, bevor er auf der Untertasse landete. Mist, war das heiß! Ihre Laune war im Keller. Sie ärgerte sich über sich selbst. Noch nie vorher war sie dermaßen unprofessionell gewesen. Noch nie.

In Vitte ging sie von Bord. Sie hatte den Kragen ihres Mantels hochgeschlagen und den Blick gesenkt, als wollte sie nicht erkannt werden.

»Hoppla, junge Frau! Besser, Sie gucken, wohin Sie latschen.« Ronald Udnik stand genau vor ihr. Noch ein Schritt, und sie wäre in ihn hineingelaufen. »Ach nee, die Bullette. Tschuldigung. Ham 'ne Menge zu tun, wa? Ick hab von Grenz jehört. So eine Sauerei!« Er schüttelte den Kopf. »Wer macht'n so wat?«

»Das wüsste ich auch gern«, entgegnete sie finster. Sie wollte an ihm vorbei, doch er verstellte ihr den Weg.

»Wie sieht's denn aus mit Ihren Nachforschungen? Gibt's schon wat Handfestes?«

»Ja, gibt es, aber aufgrund der laufenden Ermittlungen darf ich Ihnen leider nichts sagen.« Sie lächelte ihn übertrieben freundlich an.

»Verstehe, verstehe. Det is alles een janz großer Mist, wa? Nee, nee, det mit den Literaturtagen hab ick mir anders vorjestellt, janz anders. Tschuldigung.« Er bemerkte anscheinend selbst, wie sehr er wieder in seine Berliner Mundart verfiel. »Wenn ich Pech hab, kommt bei der zweiten Auflage der Veranstaltung keen Mensch, weil alle denken, es wird wieder jemand umgelegt.« Er seufzte. Dann lachte er auf, die Zungenspitze zwischen den wulstigen Lippen. »Mann muss immer das Beste aus allem machen, wa? Ich verarbeite das Ganze zu einem Krimi. Det verkauft sich bestimmt bombig. Also, wenn Sie mir doch wat verraten können, wäre ich darüber nich unglücklich, wenn Sie verstehen. Kann ich alles verwurschten.«

Sie ging nicht darauf ein. Stattdessen sagte sie: »Wie es scheint, standen die Hiddenseer Literaturtage von Anfang an unter keinem guten Stern. Erst die Beeinflussung wegen des Inselschreiber-Postens, dann der Krawall nach Dorindas Vortrag, und obendrauf noch zwei Tote. Tut mir wirklich leid für Sie.« Wieder machte sie Anstalten, zu gehen.

»Ja, die Frau Schwarz hat mich gewaltig unter Druck gesetzt«, plauderte er weiter. »Is schon komisch, wie sehr man sich manchmal von Drohungen Bange machen lässt.« Er lachte wieder. Die Äderchen in seinem Gesicht waren dunkelrot. »Die Frau Schwarz hat aber auch Dampf gemacht.«

»Tja, Dorinda konnte ziemlich durchsetzungsstark sein, was?« Conny hatte nicht einen Funken Lust, mit ihm zu klönen.

»Nee, nich Dorinda, Sandra Schwarz war das. Die hat immer wieder angerufen und darauf bestanden, dass ihre Schwester ausgewählt wird. Die war doch die graue Eminenz und die treibende Kraft hinter allem. Globe ick zumindest.« Das war ja mal interessant! Die zerbrechliche Sandra Schwarz war also gar nicht so scheu, wie man immer meinen konnte. Was, wenn sie auch hinter der Idee steckte, für einen Lyrikpreis zu bezahlen. Und dann war die Sache aus dem Ruder gelaufen, und Heinze hatte Plappermäulchen Dorinda sicherheitshalber zum Schweigen gebracht. Dann hatte Sandra jetzt eine Menge böser Schuldgefühle, vermutete Conny. Da hatte es sich doch schon gelohnt, noch einmal herzukommen.

»Na, wat geht Ihnen durch'n Kopp?«

»Nach dieser Kundgebung und dem damit zusammenhängenden Eklat waren Sie doch mit Frau Schwarz und Herrn Heinze schon im Restaurant, richtig? Ist Heinze eigentlich die ganze Zeit bei Ihnen gewesen?« Wenn Fietes Beobachtung dieses Mal richtig war und es sich bei dem Mann, den er gesehen hatte, wirklich um Bodo Heinze gehandelt hatte, dann müsste dessen Alibi Löcher haben wie Fietes alte Mütze.

»Ja. Soweit ick det sagen kann, heißt das. Ich war ja selbst nicht die ganze Zeit da, sondern musste unbedingt noch mal bis zum Hauptmann-Haus latschen, um nach Dorinda zu sehen. Da hatte der Heinze mich drum gebeten, weil er doch meente, sie jesehen zu haben. Na, ick war der Veranstalter, also hab ich mich jekümmert, wa?«

»Als Sie zurückkamen, war er aber noch da?«

Er dachte kurz nach. »Da war er wohl gerade auf dem Klo. Jedenfalls saß die arme Frau Schwarz zeitweilig alleene im

Kirchblick und hat vergebens gehofft, det ihre Schwester noch eintrudelt.«

Heinze, diese Ratte! Er hatte Udnik mit seiner Behauptung, Dorinda kurz im Eingang des Restaurants gesehen zu haben, nach draußen gelockt. Dann hatte er die Zeit genutzt, um die Leiche wegzuschaffen, während die Schwester der Toten auf ihn wartete. So könnte es gewesen sein, oder? Conny würde später nach Kloster radeln und dann die Zeit stoppen, die man vom *Kirchblick* bis zum Dornbusch und wieder zurück brauchte.

Sie ging zuerst in ihr Ferienhaus, um die Taschenlampe mit neuen Batterien auszurüsten. Zwar hatte sie nicht vor, bis nach Sonnenuntergang unterwegs zu sein, aber man wusste ja nie. Obendrein war es sowieso ein ziemlich trüber Tag. Da war es bestimmt kein Fehler, für etwas mehr Licht sorgen zu können. Ihr Blick fiel auf den Tisch mit dem Modell von Dorindas Fundort, das sie gebastelt hatte. Conny setzte sich, um alles in Ruhe zu betrachten. Es war noch früh, sie hatte Zeit. Spontan beschloss sie, die Figuren weiter auszugestalten. Dabei würde sie einen klaren Kopf kriegen und den gesamten Fall in aller Ruhe von allen Seiten betrachten. Udnik verpasste sie einen Lorbeerkranz. Das war zwar nicht ganz korrekt, aber es zeigte doch sein größtes Bestreben: Ruhm. Er könnte theoretisch auch der Mann sein, den Fiete gesehen hatte. Aber hätte der ihn nicht erkannt? Was noch mehr gegen Udnik als Täter sprach, war das fehlende Motiv. Ihm ging es um Anerkennung in der Literaturszene und um Ansehen generell. Durch die Morde bekam er weder das eine noch das andere. Trotzdem musste sie ihn noch fragen, wo er zum Zeitpunkt des Todes von Grenz gewesen war. Conny machte sich eine entsprechende Notiz. Bodo Heinze drückte sie ein schwarzes Kästchen in die Hand als Symbol für sein dunkles Geheimnis. Sie stellte seine Figur ein wenig abseits in den Schatten und legte auf die schwarze Kiste noch ein winziges Büchlein, das die Hölderlin-Fälschung darstellen sollte. Sie hatte keinen Grund mehr, an den Schilderungen von Grenz zu zweifeln, und war gespannt, was Paul diesbezüglich herausbekam. Eva Schuster stellte sie durch zwei Rücken an Rücken geklebte Püppchen dar. Eines hatte Körperhaltung und Mimik eines total verängstigten Menschen, ihr anderes Ich dagegen hielt ein Messer in der Hand. Die Haare waren vollkommen zerrauft, um den Wahnsinn bildlich umzusetzen. Grenz legte sie eine Tüte mit Früchten auf den Bauch als Zeichen für seine ständige Panik davor, mit fremden Lebensmitteln vergiftet zu werden. Er durfte neben Dorinda liegen, beides Opfer. Dann war da noch der zweite Verleger, Ralf Rasmussen. Sie drückte ihm einen Geldsack in die Hand, der unten offen war, aus dem sein Vermögen also nur so kullerte. Sein Motiv war klar, nur hatte der Vermieter seines Appartements ausgesagt, er habe ihn weit vor Beginn der Veranstaltung ins Haus kommen sehen. Er erinnere sich, dass er überrascht war, warum ein berühmter Verleger nicht zu dem Vortrag seiner berühmten Autorin ginge. Das Gebäude mit den drei Ferienwohnungen sei sehr hellhörig, hatte er weiter berichtet. Er könne daher beinahe beschwören, dass in dem Appartement von Herrn Rasmussen den Rest des Abends bis in die späte Nacht jemand gewesen sei. Er habe immer mal wieder Schritte und auch die Toilettenspülung gehört.

Conny nahm die Figur von Mark Theis zur Hand. Er kam als Täter nicht in Frage, denn er hatte ein wasserdichtes Alibi. Trotzdem gehörte er natürlich dazu. Sie stellte ihn dicht neben Dorinda, die er wohl geliebt hatte. Mehr zum Vergnügen stellte sie drei Püppchen auf, denen sie zum Ausdruck ihrer Weiblichkeit *Emma*-Hefte und einen Spiegel als Venussymbol anfertigte. Buchhändler Schweiger war eine harte Nuss. Er hatte für die erste Tat kein Alibi und ein unzureichendes

Motiv. Für die zweite Tat hatte er sicher ein Alibi, denn er war bestimmt in seinem Laden gewesen, vermutete sie. Conny machte sich eine weitere Notiz. Es war immerhin möglich, dass er einen freien Tag gehabt hatte, als Grenz sein letztes Bad genommen hat. Wie konnte sie seine Figur charakterisieren? Sie erwärmte den Kunststoff, bis sie einen Arm biegen konnte. Die Hand vor dem Mund sollte auf sein Asthma hinweisen und sie an das Medikament erinnern, das Dorinda möglicherweise bekommen hat und das von ihm stammen könnte. Was, wenn er der Mann war, der Dorinda weggeschafft hat? Sie musste den genauen Ablauf überprüfen. War es möglich, dass er im *Hiddenseer Stübchen* gegessen hatte und zu der Zeit vor dem *Kirchblick* erschienen war, als Fiete dort den Mann beobachtet hat?

Fiete. Er war der Letzte, der noch blieb. Sie klemmte ihm sein Buch unter den Arm und malte ihm übertrieben große Augen als Zeichen, dass er alles mitangesehen hatte. Dann lehnte sie sich zurück und betrachtete ihr Werk. Am liebsten hätte sie augenblicklich Paul angerufen, um zu hören, was die Vernehmung von Heinze ergeben hatte. Nein, er würde sich schon melden, wenn es etwas Neues gab. Spätestens, wenn er kapierte, dass sie nicht im Büro erscheinen würde, fügte sie in Gedanken hinzu und spürte schon wieder einen unangenehmen Druck auf ihrer Brust. Einmal tief durchatmen und auf das Wesentliche konzentrieren! Sie zog sich an, ging in den Schuppen, schnappte sich das Rad und machte sich auf den Weg nach Kloster. Sie wollte wissen, wie lange man von dort zum Dornbusch brauchte. Außerdem wollte sie endlich wissen, ob etwas dran war an dem Gefasel von einem Kraftort. Zwar glaubte sie nicht an so etwas, gebrauchen könnte sie es in diesem Augenblick aber umso mehr.

Conny suchte gerade einen Zaun, an dem nicht geschrieben stand, dass das Anschließen von Fahrrädern verboten sei, da klingelte ihr Mobiltelefon. Ihre Kehle war auf der Stelle zugeschnürt. Hektisch kramte sie in ihrer Manteltasche und bekam es zu fassen. Es war Pauls Nummer im Display. Ihr wurde noch banger zumute.

»Wo bist du?« Seine Stimme klang eisig.

»Auf Hiddensee. Ich …«

»Hör mir zu! Eva Schuster hat heute Morgen eine Aussage gemacht. Sie hat an dem Abend auf dem Kirchweg Bodo Heinze beobachtet. Er hat sich gebückt und etwas hochgehoben, das aussah wie ein Umhang. Darunter lag eine Person.« Conny hielt den Atem an. »Sie ist erstaunlich klar«, berichtete Paul weiter. »Konrad sagt, es ist möglich, dass sie den Schock einigermaßen überwunden und wieder in die Wirklichkeit zurückgefunden hat. Fürs Erste jedenfalls«, fügte er missmutig hinzu.

»Hat sie die Person erkannt?«

»Nein, zuerst nicht. Aber den Umhang. Es war eindeutig ein Modell, das Tessa immer getragen hat, sagte sie. Es gibt wohl eine Krimi-Szene, in der Tessa ihren Umhang über eines ihrer Opfer breitet. Deshalb wusste Frau Schuster sofort, was los ist.« Er lachte trocken. »Da soll noch mal einer sagen, dass Lesen nicht bildet.« Ein Räuspern. »Das war wohl der erste Moment, in dem sie gar nicht mehr zwischen Realität und Fiktion unterscheiden konnte.«

»Kein Wunder. Sie sieht plötzlich den Original-Tessa-Umhang und einen Menschen darunter. Sie musste ja das Gefühl haben, in eines der Bücher katapultiert worden zu sein.«

»So ähnlich«, stimmte er frostig zu. »Jedenfalls hat sie sich auf Heinze gestürzt. Natürlich hat sie Dorinda sofort erkannt. Ihrer Einschätzung nach sei die zu dem Zeitpunkt bereits tot gewesen. Und Frau Schuster hat auch gleich die Einstichstelle entdeckt. Sie hat wohl ein geschultes Auge für solche Details.«

»Jahrelanges theoretisches Training«, murmelte Conny.

Ihre Füße wurden kalt, sie begann, den Sandweg auf und ab zu laufen, während sie weiter Pauls Bericht lauschte.

»Heinze hat ihr daraufhin versprochen, sie zu seinem neuen Literatur-Star zu machen. Er hat ihr in Aussicht gestellt, sie Sandra Schwarz zu empfehlen. Die bräuchte ja jemanden, der die Fortsetzung der Tessa-Reihe schreibt, hat er ihr gesagt. Armes Ding«, sagte Paul. Conny konnte sich seinen Gesichtsausdruck genau vorstellen. »Ihre Augen haben noch immer geleuchtet, als sie mir davon erzählt hat. Sie hat fest daran geglaubt, in die Fußstapfen ihres Idols treten zu dürfen.« Es entstand eine lange Pause. Conny dachte darüber nach, ob sie jetzt ein privates Gespräch beginnen sollte, doch sie wusste, dass er das nicht mögen würde. Dies hier war eine dienstliche Angelegenheit.

»Was ist mit Heinze? Hat er gestanden? Die Indizien sind erdrückend.«

Keine Antwort. Sie konnte hören, wie er tief durchatmete. »Dummerweise sind es nur Indizien. Wir hatten nichts gegen ihn in der Hand, um ihn länger festzusetzen.«

»Was soll das heißen?« Conny blieb stehen. Sie ahnte Schlimmes.

»Wir haben ihn gehen lassen.«

»Was?« Das durfte doch nicht wahr sein. »Trotz einer solch belastenden Aussage?«

»Sie hat sie heute früh gemacht. Heinze durfte gestern schon das Präsidium verlassen. Das hätte ich dir gesagt, wenn …« Conny stockte der Atem. »Konrad sagt, es sei aufgrund ihres labilen Zustands ein Leichtes, die Aussage von Frau Schuster anzufechten. Trotzdem läuft die Fahndung nach Heinze natürlich mit Hochdruck.«

»Fahndung?« Ihre Stimme überschlug sich beinahe. »Das heißt, er ist in die Freiheit marschiert und sofort untergetaucht? Ihr habt ihm doch gesagt, dass er sich zur Verfügung halten und seinen Aufenthaltsort bekanntgeben muss?«

»Wir sind keine Anfänger.«

»Dann ist sein Verschwinden so gut wie ein Geständnis.« Sie sah auf die Uhr. »Ich habe hier noch etwas zu erledigen. Wenn ich mich beeile, kann ich heute noch das Schiff zurück nehmen. Oder ich lasse mich abholen. Ich halte dich auf dem Laufenden.«

»In Ordnung. Bis später.« Die Verbindung war beendet.

Conny fühlte sich elend. Kein persönliches Wort. Er hatte nicht einmal kommentiert, dass sie auf die Insel gefahren war, ohne sich abzumelden. Sie würde zu Kreuze kriechen müssen, um zwischen ihnen alles wieder ins Lot zu bringen. Dann würde sie das eben tun, dachte sie trotzig. Doch erst würde sie mal ihre Arbeit erledigen. Wieder ein Blick auf die Uhr. Entschlossen machte sie sich auf den Weg in Richtung Leuchtturm. Als sie an der Kiefer angekommen war, stoppte sie die Zeit. Sie schloss kurz die Augen, blickte dann über diese hübsche kleine Insel, die sie so liebgewonnen hatte. Die Ostsee war so aufgewühlt wie sie selbst. Schaumkronen tanzten auf den grauen Wellen. Sie sah hinüber nach Neu- und Altbessin, jenen Zungen, die wie Finger in das Meer ragten. Plötzlich ergriff Conny eine innere Unruhe. War das etwa die Wirkung dieses komischen Kraftorts? Na, schönen Dank, unruhig war sie von alleine. Was sie brauchte, war Kraft! Nein, ihre Verfassung hatte nichts mit dem Platz hier oben zu tun. Conny kannte dieses Gefühl. Sie hatte es immer dann, wenn sie etwas übersehen hatte. Etwas Bedeutsames.

Kapitel 8

Ein unmoralisches Angebot

Freitag, 12. Dezember

Sie hastete über den Kiesweg und dann über die Betonbohlen zurück in Richtung Kloster. Wie hatte sie nur so blind sein können? Schon viel früher hätte sie eins und eins zusammenzählen müssen. Heinze hatte Dorinda nur zum Dornbusch geschafft, getötet hatte sie eine Frau. Und diese Frau war nicht Eva Schuster. Während sie völlig außer Atem voranstolperte, fiel ihr eine Formulierung von Grenz ein, die sie gleich merkwürdig gefunden hatte: »Die Schwarz hätte es nicht ertragen, wenn Dorinda Schwarz bei einem Wettbewerb auf einem zweiten oder gar dritten Platz gelandet wäre.« Die Schwarz war nicht Dorinda, es war Sandra Schwarz! Natürlich, alles passte zusammen. Sandra Schwarz war es auch, die Udnik unter Druck gesetzt hatte. Conny hatte den Ort erreicht. Sie lief weiter, wäre fast auf dem feuchten Fußweg ausgerutscht. Conny sah Sandra vor sich, wie sie, eingehüllt in diesen übergroßen flauschigen Bademantel, auf der Liege gehockt hatte. Sie hatte behauptet, Grenz schreien gehört zu haben. Er habe nur Hilfe gerufen, sonst nichts, der Ärmste. Das waren ihre Worte gewesen. Laut Matthias riefen Ertrinkende aber nicht um Hilfe. Er hat nicht geschrien, weil Heinze ihn angegriffen hat. Er hat überhaupt nicht geschrien. Sandra Schwarz hatte sich das alles nur ausgedacht. Sie hätte Bücher schreiben sollen, nicht ihre Schwester. Connys Gedanken überschlugen sich. Die Puzzleteile waren beinahe greifbar und setzten sich vor ihrem geistigen Auge eins nach dem anderen zusammen. Sie sah ihre Figuren vor sich, an denen sie gerade noch gearbeitet hatte. Alle hatten ein Merkmal, etwas, das sie von den anderen auf den ersten Blick abhob. Nur die von Sandra besaß so etwas nicht. Sie war so unauffällig zwischen all den exzentrischen Gestalten, dass Conny eigentlich darüber hätte stolpern müssen. *Bodyguard*, schoss es ihr durch den Kopf. Paul hatte den Film ins Gespräch gebracht, weil er meinte, es ginge darin um eine Schriftstellerin, die bedroht wird. Außer Atem und völlig verschwitzt erreichte sie ihr Fahrrad. Natürlich, auch in *Bodyguard* war die Schwester der Diva deren Assistentin, auch sie stand im Schatten ihrer erfolgreichen Schwester und wurde von aller Welt übersehen. »Danke, Paul!«, flüsterte sie. Zu allem Überfluss hatte Sandra auch noch Medizin studiert. Sie wusste natürlich, welche Substanzen tödlich wirkten und nur schwer oder gar nicht nachzuweisen waren. Sie wusste auch, wie man eine Spritze setzen musste.

Für Conny lag die Lösung auf der Hand. Trotzdem wollte sie hören, ob Hansen eine Verbindung zwischen Heinze und Eva entdeckt hatte.

»Nee«, sagte er mit seiner tiefen brummigen Stimme, die Conny inzwischen sehr mochte. »Da is nix, absolut kein Berührungspunkt. Ich bleib dran, aber ich glaube nich, dass wir da was finden.«

»Glaube ich auch nicht, Hansen«, stimmte sie zu. »Ich wollte nur sichergehen.«

»Wo stecken Sie eigentlich?«

»Auf Hiddensee«, antwortete sie knapp.

»Übrigens, das Handy von Dorinda Schwarz ist aufgetaucht. So'n Halbwüchsiger hat's in Kloster gefunden. Er wollte es wohl erst behalten, dachte dann aber, er kriegt was von der fetten Belohnung ab, wenn er's brav abliefert.« Kurze Pause. »Hatte die Schwester nicht behauptet, sie habe versucht, Dorinda telefonisch zu erreichen, als die nicht ins Restaurant kam?«

»Ja.«

»Da is aber kein Anruf von der Schwester im fraglichen Zeitraum drauf.«

»Könnte den jemand gelöscht haben?«

»Kaum anzunehmen, aber ich kann ja mal die Telefongesellschaft fragen. Die müssten das auf jeden Fall nachvollziehen können.« Es piepte. Hansen klemmte mal wieder den Apparat zwischen Schulter und Ohr und drückte dabei unbeabsichtigt auf Tasten.

»Machen Sie das. Obwohl … Hansen, ich glaube, nicht Eva Schuster hat mit Heinze gemeinsame Sache gemacht, sondern Sandra Schwarz.«

»Wat? Klei mi an Moors!«

»Hansen!«, sagte sie tadelnd und bekam zum ersten Mal an diesem Tag gute Laune. Sie konnte diesen ollen Knorzkopp aber auch zu gut leiden. »Ich statte der Dame jetzt mal einen Besuch ab«, verkündete sie.

»Nehmen Sie bloß den Wolter mit!«, hörte sie ihn noch sagen. »Sie wissen, wie Ihr letzter Alleingang um ein Haar geendet hätte.« Conny sparte sich einen Kommentar und schaltete das Telefon aus.

Sie trat in die Pedale, als sei der Leibhaftige hinter ihr her. Dafür gab es keinen Grund, denn Sandra würde erst morgen abreisen und fühlte sich sicher. Keine Gefahr, dass sie sich aus dem Staub machte. Egal, Conny wollte sie haben. Und zwar jetzt. Der Teppich im langen Flur vor der Suite schluckte ihre Schritte. Sie hob die Hand, um zu klopfen, da hörte sie Stimmen. Die weibliche gehörte zu Sandra Schwarz. Kein Zweifel. Die männliche? Conny spitzte die Ohren. Das konnte … Sie würde es gleich wissen.

»Frau Lorenz!« Sandra war noch immer komplett schwarz

gekleidet. Wie passend. Sie trug eine Perlenkette und Perlenohrringe. Ihr Teint war rosig. Sie sah aus, als ginge es ihr ziemlich gut. »Was führt sie noch einmal zu mir, Frau Kommissarin?«, fragte sie laut, unternahm aber keine Anstalten, Conny hereinzubitten. Wenn Conny richtig gehört hatte, war Heinze hier. Wollte sie ihn warnen und ihm Zeit geben, damit er durch ein Fenster fliehen konnte? In einem Tessa-Roman würde das eventuell so passieren. In der Realität war es eher unwahrscheinlich, dass der Lyrik-Verleger über ein Balkongeländer in die Freiheit kletterte. Wenn er es überhaupt war.

»Ich wollte sehen, ob Sie sich von dem Schock erholt haben.«

»Wie nett von Ihnen. Ja, es geht schon, danke.« Sie nestelte an ihrer Kette.

»The show must go on«, sagte Conny. »Und Sie sind ja ein Profi.« Sandra sah sie an. Sie war auf der Hut. »Darf ich kurz hereinkommen?«

»Es ist gerade ungünstig, ich habe Besuch.«

»Dauert nicht lange«, entgegnete Conny ungerührt und schob sich an der zierlichen Frau vorbei in das Wohnzimmer der Suite. »Sind nur ein paar Fragen. Ach, der Herr Heinze.« Sie hatte sich also nicht getäuscht, die männliche Stimme gehörte zu ihm. Da hatte sie doch gleich zwei Fliegen mit einer Klappe. Und sie konnte bei Paul punkten, wenn sie Heinze dingfest machte. Jedenfalls in beruflicher Hinsicht.

Die rosa Haut von Heinzes Wangen färbte sich eine Nuance dunkler.

»Frau Lorenz, wie nett, Sie wiederzusehen«, stotterte er.

Sandra hatte die Tür geschlossen und war zu ihnen herübergekommen. Sie standen um den kleinen dunkelbraunen Couchtisch herum und belauerten sich gegenseitig.

»Das finde ich auch«, verkündete Conny munter. Sie sah Sandra an. »Ich finde es gar nicht ungünstig, dass Sie Besuch haben. Im Gegenteil. Passt mir gut, Sie beide anzutreffen. Setzen wir uns doch!« Die beiden tauschten unsichere Blicke, folgten dann aber Connys Aufforderung.

»Herr Heinze, wo waren Sie gestern Morgen zwischen sieben und neun Uhr?«

»Spazieren in der Dünenheide«, kam es wie aus der Pistole geschossen.

»Ist ja komisch.« Sie zwinkerte Sandra auffällig zu. »Jemand hat nämlich Ihre Stimme gehört. Und zwar hier im Hotel im Poolbereich, wo der Herr Grenz ermordet wurde.« Sie lächelte ihm freundlich zu. »Ihre Stimme ist nun wirklich markant«, plauderte sie weiter. »Davon habe ich mich eben vor der Tür selbst überzeugen können. Also?«

»Das muss trotzdem ein Irrtum sein. Ich bin spazieren gegangen.« Er war sehr aufgeregt, viel zu aufgeregt für jemanden, der ein reines Gewissen hatte.

»Allein?«

»Ja, allein. Ich bin allein auf der Insel. Ich habe nur manchmal Frau Schwarz besucht, um ihr in der schweren Zeit beizustehen. Nicht wahr?« Er sah sie flehend an. »So ist es doch.« Sandra sah hilfesuchend zu Conny.

»Also, noch mal, Herr Heinze. Ihre Stimme gestern am Tatort zur Tatzeit wurde erkannt. Erschwerend kommt hinzu, dass Ihr Alibi für letzten Donnerstag geplatzt ist. Als ob Sie damit nicht schon genug in der Patsche sitzen würden, hat Sie auch noch jemand dabei beobachtet, wie Sie den leblosen Körper von Dorinda Schwarz in einem Bollerwagen Richtung Dornbusch geschleppt haben.«

»O mein Gott!« Sandra starrte ihn an und begann, am ganzen Leib zu zittern. »Ich kann es einfach nicht glauben!« Was für eine ausgesprochen talentierte Schauspielerin.

»Wie? Aber … Das ist doch alles nicht wahr!«, schrie er.

»Doch«, widersprach Conny ruhig. »Nur ist es nicht neu. Zumindest nicht für Sie, Frau Schwarz. Sie wissen ganz genau, dass er das Restaurant *Kirchblick* für eine ziemlich lange Zeit verlassen hat. Und Sie wissen auch, dass er in dieser Zeit Ihre Schwester fortgeschafft hat«, ergänzte sie kühl. Sandra saß da in ihrer typischen kerzengeraden Haltung und fixierte Conny lange. Mit einem Mal hatte es den Anschein, als weiche alle Kraft aus ihr. Sie ließ den Kopf hängen.

»Ja, Sie haben recht«, hauchte sie. Sie holte einige Male Luft, so dass Conny schon annahm, sie würde reden, doch sie blieb stumm. Als Heinze das Wort ergreifen wollte, stand sie auf und ging zum Fenster. Den beiden den Rücken zugewandt, begann sie: »Dorinda hat es so gewollt.«

»Wie bitte?« Conny meinte, sich verhört zu haben, doch Heinze nickte zustimmend. »Sie wollen mir weismachen, Ihre Schwester wollte getötet werden?«

»Aber nein!« Sandra drehte sich herum. Dann ließ sie sich matt gegen die Anrichte sinken, die vor dem Fenster stand. »Nein, sie wollte nicht sterben. Wenn sie manchmal auch sicher so überfordert von all den Erwartungen war, die an sie gestellt wurden, dass sie gerne eine Notbremse gezogen hätte. Trotzdem hegte sie nie ernsthaft Suizidabsichten.« Sie räusperte sich. »Es war so: Dorinda kam eines Tages zu mir. Sie war völlig aufgekratzt. So war sie immer, wenn sie eine brillante Idee hatte. Dorinda wollte einen fingierten Selbstmord inszenieren, als wäre es eine Passage in einem ihrer Bücher.« Sie lächelte schmal. Tränen schimmerten in ihren Augen. »Damit wollte sie endlich auch international Aufmerksamkeit erregen. In Übersee, wenn Sie verstehen.«

»Nein, das verstehe ich nicht. Meines Wissens war sie nicht nur im deutschsprachigen Raum äußerst erfolgreich. Sie hatte eine solch fragwürdige Werbeaktion nicht nötig. Außerdem: Wieso sollte ein fingierter Selbstmord in Amerika Aufmerksamkeit bringen?«

»Nun ja, eine der Berühmtheiten der Literaturszene Europas wird aufgefunden, so zurechtgemacht, wie sie es in einem ihrer Bücher beschrieben hat … Darüber hätte man berichtet. Weltweit. Wenigstens war Dorinda davon überzeugt«, sagte sie leise. »Ich glaube, was sie noch mehr angetrieben hat, war ihr Wunsch nach Rückzug. Sie wollte nicht mehr in der Öffentlichkeit stehen. Ich sollte das für sie erledigen, sie wollte nur noch in Ruhe schreiben und der Welt den Rücken kehren.«

»Sie wollte nach ihrem Selbstmord weiterhin schreiben? Ist ja eine super Idee«, meinte Conny und hob missbilligend die Augenbrauen.

»Der Plan meiner Schwester sah vor, dass ihr Suizid misslingt, dass sie in letzter Minute gerettet wird. Darum sprach ich von einem fingierten Selbstmord. Nach einer Weile im Krankenhaus hätte sie nach Hause kommen und ungestört arbeiten können. Sie sagte, es sei eine perfekte Marketingstrategie. Man hätte immer wieder Meldungen über die irre Schriftstellerin platzieren können, die sich das Leben nehmen wollte und nun das Haus nicht mehr verlässt. Sie war der Meinung, ihre Bücher würden dadurch noch reißenderen Absatz finden, überall auf der Welt.« Einen Augenblick hing sie ihren Gedanken nach.

»Jetzt begreife ich.« Conny nahm Sandra ins Visier. »Sie haben Ihrer Schwester ein Mittel gespritzt, weil die es so wollte. Herrn Heinze haben Sie mit ins Boot geholt, damit er sie unauffällig an den sorgsam ausgewählten Platz bringt und in der entsprechenden Weise zurechtmacht. Das Mittel, das Sie Ihrer Schwester verabreicht haben, sollte nur eine geraume Zeit wirken. Dann sollte sie wieder zu sich kommen, angeblich von Herrn Heinze entdeckt werden, der überall hätte verbreiten können, wie er die berühmte Schriftstellerin vorgefunden hat. Richtig?«

»Er sollte sie nur an einen warmen sicheren Ort bringen, nachdem ich ihr das Schlafmittel gespritzt hatte«, stieß Sandra hervor. »Ich wollte auf keinen Fall, dass sie die ganze Zeit in der Kälte da draußen ist! Nach dem Essen sollte er zu ihr gehen, auf sie aufpassen und sie im Morgengrauen unter der Kiefer in Pose legen. Das war der Plan!«, rief sie schluchzend. »Aber er hat sie umgebracht!«

»Was erzählst du denn da?« Heinze war wie vom Donner gerührt. Aha, die Herrschaften waren per Du. »Das ist doch nicht wahr«, stammelte er.

»Nicht?« Conny sah ihm in die Augen. »Nun, Sie hatten einen guten Grund, sie aus dem Weg zu räumen. Schließlich konnten Sie nicht sicher sein, dass Dorinda nicht überall herumposaunt, wie sie zu ihren Lyrikpreisen gekommen ist. Sie haben sich bestechen lassen, Herr Heinze. Das allein ist schon ein solides Motiv, nur kommt bei Ihnen noch eines dazu. Dorinda wusste von der hübschen kleinen Hölderlin-Fälschung. Es war zu riskant für Sie, sie am Leben zu lassen.«

»So war es nicht! Ich meine, ja, ich hätte Gründe gehabt, aber ich hätte Dorinda doch nie getötet. Und Grenz auch nicht. Warum sollte ich …? Ich wollte Sandra lediglich behilflich sein, den Plan ihrer Schwester auszuführen. Ehrlich! Deshalb bin ich eingesprungen.«

Conny stutzte. Was war das gerade? Bevor sie weiter darüber nachdenken konnte, durchbrach ein schrecklicher Klagelaut die kurze Stille.

»Ich wusste es von Anfang an.« Sandras Lippen zitterten. Sie ballte die zarten Hände zu Fäusten und starrte ihn voller Abscheu an. »Du hast nur mitgemacht, um meine Schwester mundtot zu machen. Das hattest du die ganze Zeit vor! Wie konnte ich nur ausgerechnet dich in unseren Plan einweihen? Ich mache mir solche Vorwürfe!«

»So, jetzt ist mal Schluss mit dieser Schmierenkomödie.« Conny mochte sich das Theater nicht länger ansehen. Sie würde Michael benachrichtigen, damit die beiden hier auf das Festland gebracht und endgültig in die Mangel genommen wurden. Zwei Geständnisse, Fälle erledigt, Conny konnte ihr Privatleben in Ordnung bringen. »Frau Schwarz, Herr Heinze wird per Haftbefehl gesucht. Er wurde gesehen, wie er Dorinda weggeschafft hat. Niemand wird ihm glauben, dass er nicht der Täter ist. Ihm bleibt gar nichts anderes übrig, als Sie zu verpfeifen.« Sandra hob den Kopf. Die neue Wendung gefiel ihr ganz und gar nicht. »Dass er mit dem zweiten Mord nichts zu tun hat, steht fest. Für den gestrigen Vormittag hat er ein Alibi. Er ist während seines Spaziergangs mehrfach gesehen worden«, bluffte Conny. Heinze sah sie dümmlich an, war allerdings offenkundig sehr froh, erst einmal aus der Schusslinie zu sein. »Sie haben seine Stimme nicht gehört. Sie haben Herrn Grenz auch nicht schreien gehört. Ertrinkende rufen nicht um Hilfe. Das sollten Sie sich für Ihren ersten Roman merken. Ich gehe mal davon aus, dass Sie in der Haft einen schreiben, oder?« Alle Farbe wich aus Sandras Wangen. »Sie hatten es satt, länger im Schatten Ihrer Schwester zu stehen, stimmt's? Sie haben sämtliche Lesungstermine für sie organisiert, haben ihr Interviews verschafft, Verträge für sie ausgehandelt. Wahrscheinlich haben Sie sie sogar angetrieben, wenn sie keine Lust zum Schreiben hatte. Sie waren der Erfolgsmotor und wurden von der Öffentlichkeit doch nicht wahrgenommen. Das haben Sie nicht mehr ausgehalten. Ist es nicht so?« Conny machte sich darauf gefasst, jeden Moment aufzuspringen und Sandra aufzufangen, wenn diese zusammenbrechen würde. Trotzdem ließ sie ihr keine Verschnaufpause. »Haben Sie mit Rasmussen schon die Konditionen für die nächsten Tessa-Bände ausgehandelt, oder gehen Sie anstelle Ihrer Schwester zu *NoZaMa Print*?« Connys Blick bohrte sich in den der Schwarz. »Im Oberarm von Herrn Grenz ist eine Einstichstelle gefunden worden. Was haben Sie ihm verabreicht?«

Sandras Körper, in einer Sekunde noch kraftlos und schlaff, spannte sich in der nächsten an. Mit einem Satz war sie bei Heinze und drückte ihm eine Spritze an den Hals.

»Propofol«, zischte sie. »Hoch dosiert und sehr schnell injiziert ist es meistens tödlich.« Ihre Augen waren Schlitze, ihr Blick war eiskalt. Diese Frau wusste genau, was sie tat. Auf ein Opfer mehr oder weniger kam es ihr nicht an. »Es ist kaum nachzuweisen«, fuhr sie fort. »Es sei denn, jemand nimmt das Zeug über einen längeren Zeitraum regelmäßig. Das sollten Sie sich merken, falls Sie mal einen Roman schreiben wollen, wenn Sie pensioniert sind.« Sie lachte böse. »Dieser Idiot hat es mir selbst beschafft.« Sandra deutete mit dem Kopf auf Heinze, dem der Schweiß über die Schläfen rann. Sie freute sich diebisch, von Anfang an die Kontrolle in diesem perfiden Spielchen gehabt zu haben. Wurde höchste Zeit, dass Conny übernahm.

»Woher hatten Sie das Zeug?«, fragte sie Heinze.

»Die Frau von Grenz hat's ihm gegeben«, antwortete Sandra an seiner Stelle. »Sie wollte ihn bestechen, damit ihr Mann auch mal den ersten Platz macht. Ist das nicht unglaublich komisch? Sie hat ihm Geld geboten, aber davon hat er ja genug.«

»Es ist wahr«, sagte Heinze heiser. »Sandra hatte mir von Dorindas Idee erzählt. Sie sagte, Propofol sei sehr gut zu dosieren. Da könne gar nichts schiefgehen. Sie hat Frau Grenz dieses Angebot gemacht. Ihr war ja klar, wie sehr die sich für ihren Mann einen ersten Platz in einem Lyrikwettbewerb gewünscht hat. Also hat Sandra ihr erzählt, ich habe Schlafstörungen und brauche das Zeug dringend, aber mein Arzt wolle es mir nicht geben. Sandra schlug vor, als Botin zu agieren, mir das Mittel zu bringen und dafür zu sorgen, dass ich beim nächsten Wettbewerb den richtigen Namen ganz oben auf die Liste setze. Bitte, Frau Grenz ist eine anständige Person. Sie hat ihren Mann verloren, was furchtbar genug ist. Bitte, sorgen Sie dafür, dass sie keinen Ärger bekommt. Es ist ihr bestimmt schwergefallen, Propofol aus der Klinik zu entwenden, in der sie arbeitet.« Es fehlte nicht viel, und er brach in Tränen aus. Conny seufzte. Wenn die Menschen sich doch nur rechtzeitig überlegen würden, was sie taten und wovon sie besser die Finger ließen. Wenn er in seiner gerade gar nicht angenehmen Situation noch daran dachte, Frau Grenz zu schützen, konnte er kein durch und durch schlechter Kerl sein. Conny musste ihm helfen. Die Nadel bohrte sich in seine Haut. Was auch immer in der Spritze war, es war viel. »Hoch dosiert und sehr schnell injiziert ist es meistens tödlich«, hatte Sandra gesagt.

»Okay, Frau Schwarz, wir wollen jetzt alle mal vernünftig sein.« Conny stand auf, bewegte sich aber zunächst von dem Sofa weg, auf dem Heinze saß. »Die Sache ist doch die: Ihre Schwester wollte ihren eigenen Selbstmord vortäuschen. Dazu brauchte sie Ihre Hilfe. Herr Heinze kann das bezeugen. Stimmt doch, Herr Heinze?«

»Ja!«

»Wenn ich das richtig sehe, ist er der Einzige, der die Geschichte der Polizei gegenüber bestätigen kann. Es wäre also nicht sehr klug, ihm etwas anzutun.« Sie schlenderte ganz langsam auf Sandra zu, die hinter der schweren Ledercouch stand. Conny hatte ihre Waffe nicht dabei. Verdammt, so etwas passierte, wenn man seine Sinne nicht hundertprozentig beisammenhatte!

»Bleiben Sie, wo Sie sind!« Sandras Augen funkelten. »Halten Sie mich für dumm?«

»Eben nicht. Gerade weil Sie eine kluge Frau sind, gehe ich davon aus, dass Sie nicht den Mann töten, der Sie entlasten kann. Sie wollten Ihre Schwester doch gar nicht umbringen. Es war ein Unfall, nicht wahr? Die Dosierung ist zu hoch geraten, oder vielleicht war das Propofol von vornherein zu stark.« Sie musste Sandra beschäftigen, um nah genug an sie heranzukommen. Wenn Heinze eine geringe Dosis des Mittels abbekäme, wäre das zu verschmerzen. Sandra durfte nur nicht die Gelegenheit haben, ihm die gesamte Menge zu injizieren. »Ihre Schwester könnte auch unglücklich in die Spritze gefallen sein, so dass sie das Propofol zu schnell aufgenommen hat.« Conny setzte eine verständnisvolle Miene auf und machte einen weiteren Schritt auf Sandra zu. »Ein Unfall, Frau Schwarz, weiter nichts.«

»Ja, genau, Sandra, damit sind wir beide fein raus«, stimmte Heinze hastig zu.

»Du Narr!« Sandra drückte die Nadel noch etwas fester in seinen Hals. Er gab einen gurgelnden Laut von sich. »Und was ist mit Grenz? Glaubst du ernsthaft, die lässt mich ungeschoren davonkommen?« Sie schrie ihn an und beugte sich dabei ein wenig zu ihm herunter. Connys Chance. Sie stürzte auf Sandra zu, packte ihre Hand und riss sie vom Sofa weg. Die beiden Frauen taumelten. Aus dem Augenwinkel sah Conny, dass Heinze aufsprang. Sollte er ruhig abhauen. Der kam sowieso nicht von der Insel herunter. Heinze dachte gar nicht daran, zu fliehen. Er wollte helfen. Er warf mit einem Kissen nach Sandra.

»Lyrikverleger«, dachte Conny noch spöttisch, die warfen eben mit Sofakissen, wenn sie keine Wattebäuschchen zur Hand hatten. Dann war es dunkel, weil ihr ein riesiges samtiges Etwas die Sicht nahm. Das Einzige, was sie noch spürte, bevor sie das Bewusstsein verlor, war ein Stich in den Oberarm.

»Endlich, Mann, ich versuche schon seit einer Stunde, Sie zu kriegen. Wo stecken Sie bloß die ganze Zeit, Wolter?«

»Hansen, ist das Ihre liebreizende Stimme?« Die Antwort war ein Knurren. »Ihnen auch einen guten Tag, lieber Herr Kollege«, flötete Michael gut gelaunt.

»Hat sie angerufen?«

»Wer, sie? Würde es Ihnen etwas ausmachen, in ganzen Sätzen zu sprechen?«

»Na, die Lorenz!«, polterte Hansen. »Hat sie Ihnen Bescheid gesagt, wohin sie will?«

»Nein. Ich denke, sie ist bei Ihnen in Stralsund«, sagte Michael überrascht.

»Das Denken überlassen Sie lieber jemandem, der sich damit auskennt. Ich sag Ihnen jetzt, wohin die Lorenz wollte. Ohren spitzen! Sie wollte zu Sandra Schwarz. Und da wollen Sie jetzt auch hin. Und zwar flott!«

»Flott geht gerade gar nicht«, gab Michael gelassen zurück. »Der Dienstwagen wird geladen.«

»Wat?

»Tja, lieber Kollege, Elektromobil. So fortschrittlich sind wir hier auf Hiddensee.«

»Ich werd auch gleich elektrisch«, brummte Hansen. »Die Schwarz ist dringend verdächtig, für die beiden Morde verantwortlich zu sein. Dieser Verleger Heinze könnte ihr Komplize sein. So, und nu haun Sie gefälligst die Hacken in 'n Teer und bewegen Ihren Moors da hin!«

»Bin schon unterwegs!«

Am Abend des Todes von Dorinda Schwarz

Eisige Kälte und Dunkelheit schlugen ihr entgegen. Vorsichtig blickte sie den Kirchweg hinauf. Es war doch ein gutes Stück bis zu dem Restaurant. Warum hatte sie nicht einfach getan, was ihre Schwester gesagt hatte und auf sie gewartet? Sandra hatte eben doch meistens recht. Warum war sie nur wieder so zickig ihr gegenüber gewesen? Es war diese schreckliche Überlegenheit von Sandra, die Dorinda ständig zu Widerspruch reizte. Dabei hatte sie ihr so viel zu verdanken … Entschlossen machte sie sich auf den Weg. Was war das? Sie blieb stehen, spitzte die Ohren. So, wie es die Frauen in ihren Romanen taten, wenn sie ein beängstigendes fremdes Geräusch hörten, ein unerklärliches Knistern. Nein, da war nichts. Der Wind spielte mit den Bäumen, das war alles.

Dorinda lachte auf. Da, ein Knacken. Ziemlich laut und gar nicht weit von ihr. Sie kniff die Augen zu, die von dem kalten Wind zu tränen begannen. Da war ein schmaler Pfad, kaum erkennbar. Hatte sich da nicht etwas bewegt? Sie glaubte, eine Männergestalt ausmachen zu können. Dorinda drehte sich um, blickte zurück. Niemand zu sehen. Ob Sandra bereits im Restaurant saß und es sich gut gehen ließ? Schon möglich, denn Dorinda hatte doch eine ganze Weile in der Toilette des Hauptmann-Hauses zugebracht. Andererseits konnte es dauern, wenn Sandra etwas suchte. Dorinda war schon öfter aufgefallen, dass ihre Schwester manchmal abtauchte. Sie entschuldigte sich, weil sie ein Telefonat führen oder etwas holen wollte. Dann verging eine erstaunlich lange Zeit. Dorinda hatte den Verdacht, dass ihr die Menschen einfach manchmal zu viel waren. Schließlich stand sie an Dorindas Seite auch ein wenig in der Öffentlichkeit und hatte nicht viele Gelegenheiten, für sich zu sein. Sie würde mit ihr darüber sprechen und ihr mehr Freiraum geben, wenn sie es sich wünschte.

»Hallo?«, rief sie, einer plötzlichen Laune folgend, und blickte gespannt in den kleinen finsteren Weg. »Ist jemand da?« Keine Antwort. »Trauen Sie sich ruhig heraus«, sagte sie betont fröhlich. »Ich beiße nicht.« War das nicht ein leises Rascheln? »Ich gebe Ihnen ein Autogramm, wenn Sie möchten.« Wieder Rascheln. Aber niemand gab sich zu erkennen, kein Mensch, der aus der Deckung kam. Kälte. Dorinda lief weiter, beschleunigte ihren Schritt. Jetzt konnte sie die Kirche sehen, oder besser: erahnen. Die Umrisse des Gotteshauses zeichneten sich kaum von dem grauen Nachthimmel ab. Ihr Atem bildete einen feinen Nebel vor ihrem Mund. Keine Menschenseele weit und breit, als sei diese lächerlich kleine Insel ausgestorben. Dorinda wollte nur noch die Gaststätte erreichen, wieder unter Leute kommen, die sie bewunderten. Selbst die Gesellschaft des schreibenden Bäckers erschien ihr in diesem Augenblick erstrebenswert. Trotzdem hielt sie noch einmal kurz inne. Sie musste sich diesen Ort und diese Atmosphäre einprägen. Alles war perfekt für einen Mord. Der Gedanke, ganz real, anstatt nur in ihrer Fantasie, könnte ein Kerl auf sie lauern, der in der nächsten Sekunde über sie herfallen und ihr die Kleider vom Leib reißen würde, versetzte sie beinahe in Panik. Sie sah den warmen Lichtschein, der vom *Kirchblick* nach draußen fiel. Ein beruhigender Anblick. Sie atmete tief durch. Nur noch wenige Schritte. Plötzlich eine Gestalt neben ihr. Lautlos aus der Finsternis aufgetaucht. Woher war sie so plötzlich gekommen? Dorinda kniff die Augen zusammen. Das war doch … das konnte doch unmöglich sein!

»Tessa?« Kein Zweifel, es war genau so ein Umhang, wie ihre Romanfigur ihn immer trug. Dorinda überlegte fieberhaft, was sie tun sollte. Sie machte einen Schritt zur Seite, um Zeit zu gewinnen. Das konnte nur diese Irre sein, die vorhin bei ihrer Veranstaltung gewesen war, die Frau, die sich anzog wie Tessa und so sein wollte wie sie. Dorinda griff in ihre Tasche und bekam ihr Mobiltelefon zu fassen. Die unheimliche Gestalt schlug es ihr aus der Hand. »Um Himmels willen, was wollen Sie denn von mir?«, jammerte Dorinda. »Wenn es Ihnen nur darum geht, mit zum Essen zu kommen, ist das kein Problem. Es wird sich schon ein Plätzchen für Sie finden lassen«, probierte sie es verzweifelt. Die Fremde reagierte nicht darauf. Sie zog etwas unter dem Umhang hervor. Der Umhang. Dorinda stockte der Atem, dann wurde ihr schlagartig übel. Tessa trug ihn immer, wenn sie mordete! Die Fremde hob den Arm. Dabei rutschte ihr die Kapuze ein Stück nach hinten. Es war keine Fremde. Dorinda starrte ihre Schwester an. »Du? O Gott, Sandra, warum?« Ein Stich, dann drückender Schmerz am Hals. Es wurde dunkel.

Conny holte tief Luft, musste aber augenblicklich husten. Daraus wurde ein Würgen. Um ein Haar hätte sie sich erbrochen. »Ruhig«, sagte sie sich. »Du musst ganz ruhig sein.« Sie erinnerte sich daran, dass sie bei Sandra und Heinze gewesen war. Sandra hatte ihn mit der Spritze bedroht. Connys Versuch, die Situation zu entschärfen, war danebengegangen, weil dieser Unglücksrabe das Kissen in die falsche Richtung geworfen hatte. Oder war es gar nicht die falsche Richtung gewesen? Hatte er Sandra helfen wollen, damit sie ihn nicht ans Messer lieferte und ihm die ganze Schuld in die Schuhe schob? Darum würde Conny sich später kümmern. Jetzt musste sie erst mal feststellen, wo sie war und wie sie hier herauskam. Sie öffnete die Augen. Die Dunkelheit blieb. Conny hatte ein Gefühl, das sie noch nie vorher gehabt hatte. Ein Gefühl von Enge, von extremer unvorstellbarer Enge. Nicht, dass sie etwas sehen konnte. Ihre Pupillen waren so sehr geweitet wie nur möglich, um jede Ahnung von Licht aufnehmen zu können. Doch da war nichts, absolut nichts. Nur Schwärze und Stille. Eine unangenehme dumpfe Stille. Dazu erdiger Geruch. Wie damals bei dem einzigen Familienausflug aufs Land zu einer Schwester ihres Vaters. Conny ahnte, was das bedeutete. Sie wusste, dass sie jetzt auf keinen Fall in Panik geraten durfte. Dann wäre sie verloren. Ihre Arme waren an ihren Körper gefesselt. Sie saß mit angezogenen Beinen auf dem Boden. Was war das für ein Boden? Ihre Finger strichen vorsichtig darüber. Fühlte sich an wie Ziegelsteine, rau, mit Fugen dazwischen. Ja, das konnte ein Ziegelboden sein. Ihr Rücken lehnte an einer feuchten kalten Wand. Wahrscheinlich gemauert. Holz würde sich wärmer anfühlen. Sie streckte ein Bein ein wenig aus. Sofort stieß sie gegen etwas. Noch eine Mauer? Was sollte das für ein winziger Raum sein? Sie schob beide Füße an das Hindernis, holte tief Luft und presste dann mit ganzer Kraft. Doch ihre Beine ließen sich nicht durchstrecken. Nicht einen Millimeter wollte sich wegbewegen lassen, was Connys Aufenthaltsbereich so eng begrenzte. Sie überlegte, was es geben konnte, das aus

Stein gebaut und doch so klein war. Keine Idee. Conny erinnerte sich an den Einstich. Das Zeug hatte sie nicht umgebracht. Gott sei Dank! Nein, sie fühlte sich sogar schon wieder erstaunlich frisch. Das konnte bedeuten, dass sie nicht viel von dem Betäubungsmittel abbekommen hatte. Das hieß wiederum, dass sie nicht lange ausgeschaltet gewesen war. Sie musste sich irgendwo im Hotel oder ganz in dessen Nähe befinden. Conny wollte aufstehen. Sie drehte sich auf die Seite und ging dann auf die Knie. Gar nicht so einfach, wenn man sich mit den Händen nicht abstützen konnte. Sie musste ein paar Sekunden um ihr Gleichgewicht ringen, dann hatte sie sich im Griff und richtete sich auf. Ihr Kopf schlug gegen etwas. Rasender Schmerz schoss von ihrer Schädeldecke durch den gesamten Körper. Conny fiel nach vorne und schrammte mit dem Gesicht die Wand entlang.

»Verdammter Mist!«, fluchte sie. Benommen kauerte sie auf dem Boden. Ihr Kopf dröhnte, und ihr war übel. Keine Zeit für Gejammer, sie musste herausfinden, wo sie war. Conny begann, sich langsam im Kreis zu bewegen. Sie rutschte Stück für Stück, Zentimeter für Zentimeter über den Boden, bis sie mit dem Rücken in einer Ecke saß. Sie atmete ein paar Mal tief durch. Hoffentlich hatte sie sich den Kopf nicht aufgeschlagen. Bisher spürte sie kein Blut. Es würde vermutlich nur eine ordentliche Beule geben. Die Kälte kroch durch jede Faser ihres Körpers. Wenn sie sich nur hinstellen, den Unterleib von diesem fies-eisigen Boden wegbekommen könnte, aber das hatte sich gründlich erledigt. Sie bewegte sich weiter, wie sie es eben schon getan hatte, und endete schließlich mit dem Rücken an der nächsten Wand. Conny legte die Fingerspitzen dagegen. Eine Mauer, nichts Ungewöhnliches oder gar Hilfreiches. Auch in dieser Position streckte sie ihre Beine und stieß wiederum an einen Widerstand. Knarzen. Wenn sie sich nicht täuschte, hatte die Wand, gegen die sie ihre Füße presste, ein winziges bisschen nachgegeben. »Das ist Holz«, dachte sie aufgeregt, »eine Tür!« Conny stellte die Schuhsohlen an die vermeintliche Pforte und machte Seitschritte, bis sie gegen etwas stieß. Das musste eine Zarge sein. Sorgsam darauf bedacht, sich nicht noch einmal den Kopf zu stoßen, drehte sie sich um, bis sie mit den Fingern die Tür erreichte. Okay, ein Verschlag in der unmittelbaren Umgebung des Hotels, in dem ein erwachsener Mensch nicht aufrecht stehen konnte, sollte zu finden sein. Sie musste ihr Handy einschalten. Es war noch da, sie hatten ihr in der Eile nicht einmal die Jacke weggenommen. Dabei hätten sie doch davon ausgehen müssen, dass sie darin ein Telefon, eine Waffe oder irgendetwas hatte, womit sie sich befreien konnte. Die Hände fest am Körper fixiert, konnte Conny unmöglich von oben in die Tasche greifen. Sie musste es irgendwie herausschieben. »Das klappt nie«, murmelte sie. Matthias' Worte schlichen sich in ihre Gedanken.

»Wer klug ist und lange nachdenkt, gibt sich auf, weil er zu dem Schluss kommt, keine Chance zu haben.« Das mochte für jemanden gelten, der Schiffbruch erlitten hatte und im kalten Wasser um das Überleben kämpfte. Nicht für sie.

»Komm schon, du musst es versuchen!« Gar nicht einfach. Vor allem, weil sie die Hand nicht mal zwei Zentimeter heben konnte. »Verflucht!« Kaum hatte das Telefon sich ein Stückchen bewegt, rutschte es wieder zurück. Conny legte sich ein wenig auf die Seite. Vielleicht konnte sie das blöde Ding aus der Tasche schütteln. Nein, so kam sie nicht weiter. Was würde Tessa in einer solchen Situation tun? Zum ersten Mal ärgerte sich Conny, noch keinen der Krimis komplett gelesen zu haben. Die Kugelschreibermine! Das war es. Sie hatte ihr Notizbuch bei sich. Daran klemmte immer ein Kugelschreiber. Nur war beides dummerweise in der Innentasche ihrer Jacke verstaut. »So ein verdammter Mist!«

Sie konnte keinen klaren Gedanken fassen. Da gab es etwas im Nebel ihrer Erinnerungen, das unbedingt ans Licht wollte … Sie musste sich mit der Vorstellung vertraut machen, die ganze Nacht hier zu verbringen. Es war nasskalt und draußen bereits dunkel. Nicht gerade schön, aber es würde sie auch nicht umbringen. Conny versuchte eine Position einzunehmen, in der sie seitlich auf einem Oberschenkel kauerte, anstatt dauernd den eisigen Boden unter dem Po zu haben. Das würde sie mit etwas Glück vor einer Nierenbeckenentzündung schützen. Was geisterte da durch ihr Hirn, ohne sich konkret fassen zu lassen? Sie fokussierte sich auf das Gespräch mit Sandra und Heinze, ließ es vor ihrem inneren Auge noch einmal ablaufen. Dabei fiel ihr auf, dass eine Frage nicht angesprochen worden war: Warum hat Sandra Grenz umgebracht? Conny spürte die vertraute innere Unruhe. Etwas stimmte nicht, etwas stimmte noch immer ganz und gar nicht. Sie verlagerte ihr Gewicht auf das andere Bein. Welches Motiv hatte Sandra für den zweiten Mord? Hatte sie es getan, um den Verdacht besser auf Heinze lenken zu können, dessen Stimme sie angeblich im Poolbereich gehört haben wollte? Nicht sehr wahrscheinlich. Ging es um Ablenkung, genau wie in der Romanvorlage? Plötzlich tauchte grüne Schrift vor ihr auf. In der Schule hatte Conny sich nie Gedichte merken können. Sie hatte nicht den Hauch einer Idee, wieso sie das von Grenz wieder zusammenbekam. Es war einfach da. Wort für Wort. Vielleicht war es ihr im Gedächtnis geblieben, weil es so auffallend simpel war. Sie erinnerte sich, dass sie beim ersten Lesen dachte, jemand musste es spontan hingekritzelt haben.

Ich bin der finstre Scherenmann
Ich komm dich holen irgendwann
Dessen sei dir jeden Tag gewiss

Den Schnitter nennt man mich
Bald erwischt es sogar dich
Nur werde ich's nicht sein

Die Königin bringt dir die ewge Ruh
Deckt dich mit ihrer Krone zu
Und lässt dich schlafen fein

Scherenmann, Schnitter, das waren Begriffe für den Tod. Conny hatte Grenz auf den Inhalt des Gedichts ansprechen wollen, war aber davon abgekommen. Sie dachte über die Zeilen nach.

»Wie konnte ich nur so blöd sein?« Erfreulicherweise war sie nicht in der Lage, sich mit der flachen Hand an die Stirn zu schlagen, sie hätte es in diesem Moment getan. Die Königin kam auch in Dorindas Gedicht vor. Dort wurde sie außerdem als Schwester bezeichnet, wenn Conny auch das richtig abgespeichert hatte. »Die Königin bringt dir ewge Ruh.« Das hieß weniger verschwurbelt: »Die Königin bringt dich um.« Grenz hat von Sandras Vorhaben gewusst!

Conny zerrte an dem Seil, das ihre Arme so fest an ihren Körper band. Kunststoff, da war nichts zu machen. Sie konnte es niemals zerreißen, es schnitt ihr höchstens noch stärker ins Fleisch. Sie musste hier raus. Sie musste den Kollegen sagen, was los war. Auf der Stelle! Aber wie? Wenn sie nicht schleunigst eine gute Idee hatte, verlor sie hier drinnen noch den Verstand. Wieder drifteten ihre Gedanken zurück in die Suite. Heinze hatte einen Satz gesagt, den sie nicht hatte einordnen können. Natürlich! »Deshalb bin ich eingesprungen«, hatte er gesagt. Was, wenn Grenz als Kompagnon eingeplant war, Sandra aber eiskalt abblitzen lassen hat? Dann hatte sie einen guten Grund, ihn zu töten. Sie musste befürchten, dass es nur eine Frage der Zeit war, bis er der Polizei alles erzählt hätte. Er hatte behauptet, jemand sei hinter ihm her, weil er Dinge wusste, die ein anderer lieber verbergen würde. So hatte er sich ausgedrückt. Er hat nicht von lächerlichen Lyrikpreisen oder unter falschem Namen gereimten Gedichten gesprochen, er wusste über Sandras Mordpläne Bescheid. Heinze war nur der Komplize zweiter Wahl.

Klopfen über ihr. Nein, es war mehr ein Dröhnen und ein Vibrieren. Das waren Schritte. Da ging jemand. Irgendwo über ihr.

»Hier bin ich! Hilfe!« Conny stöhnte auf. Ihre Stimme hallte von den Wänden wieder und verstärkte ihren Kopfschmerz. Sie hatte das Gefühl, ihr Hirn würde jeden Moment platzen. »Helfen Sie mir, ich bin hier eingesperrt«, schrie sie, ohne Rücksicht auf ihren Schädel. Sie durfte nicht zulassen, dass derjenige da draußen verschwand und sie wieder allein war.

Stimmen. Da sprach jemand. Sie hatte sich bestimmt nicht getäuscht.

»Hallo, hören Sie mich?«, brüllte sie. »Wenn ich die hören kann, müssen die mich doch auch hören«, dachte sie.

Ja, das waren eindeutig mindestens zwei Personen. Conny lauschte angestrengt. Ein Mann und eine Frau, wenn sie sich nicht irrte. Ihr wurde mulmig. Was, wenn es Sandra und Heinze waren, die zurückehrten, um sie endgültig auszuschalten? Sie hielt den Atem an. Das dröhnende Vibrieren, das von oben gekommen zu sein schien, hörte auf. Dafür erkannte sie nun Schritte, die sich auf die Tür zubewegten. Conny presste sich in eine Ecke. Ein Schaudern ging durch ihren Leib. Es war die feuchte Kälte, aber auch der Gedanke, ihnen gefesselt ausgeliefert zu sein. Metallisches Klingeln.

Conny hörte eine Frauenstimme sagen: »Ich warne Sie. Dieser Kellerersatz wird nur einmal im Jahr genutzt.« Es klapperte lauter. »Ich halte darin im Sommer meinen selbstgemachten Holundersekt kalt. Wenn da drinnen mal eine Flasche explodiert, ist die Sauerei zu verkraften.« Lachen. Conny fiel eine Last vom Herzen. Das war nicht Sandra Schwarz. »Was ist denn mit dem Schloss los? Ist wohl ein bisschen eingerostet.« Klappern. Endlich öffnete sich die Tür knarzend, und die Lichtkegel dreier Taschenlampen drangen herein.

»Großer Gott!« Die Frau, die einmal im Jahr Holundersekt machte, starrte Conny an. Sie war die Chefin des Hotels, die Conny bei ihrem ersten Besuch kurz über den Weg gelaufen war. Michael und Marlene waren an ihrer Seite.

»Ach du Scheiße«, entfuhr es Marlene.

»Conny!«, stieß Michael gleichzeitig hervor. Er reichte ihr eine Hand, erkannte jedoch im nächsten Augenblick, dass sie nicht danach greifen konnte. »Halt mal!« Er warf Marlene seine Lampe hinüber. Sie fing sie auf, als hätten die beiden das jahrelang geübt. »Du musst hierher leuchten. Ich brauche das Licht auf ihren Händen«, kommandierte er. »Tut dir irgendetwas weh?«, fragte er Conny.

»Mein Kopf«, brummte sie.

»Du hast eins drübergekriegt, was?« Marlene nickte verständnisvoll.

»Nee, das war ich selber. Ich wollte hoch hinaus. Keine gute Idee in dieser Sektkellerei.«

»Gott sei Dank, deinen Humor hast du noch«, meinte Michael, dem es anscheinend erhebliche Schwierigkeiten bereitete, die Schnur zu lösen. Die hatte schon deutliche Furchen in Connys Handgelenke gegraben.

»Ich kümmere mich mal um einen Eisbeutel«, brachte die Chefin hervor, die für ihre hausgemachten Spezialitäten berühmt war, und ging.

Ein leises Geräusch, nachlassender Druck.

»Endlich!« Michael hielt eine Hand schützend über Connys Kopf und half ihr behutsam aus ihrem Gefängnis.

»Hat Frau Grenz das Alibi ihres Mannes bestätigt?«, fragte Conny atemlos. »Sind die beiden am Freitag ausgegangen, weil Kegeln ausgefallen ist?«

»Was? Willst du dich nicht erst einmal ausruhen?« Michael machte große Augen.

Conny kümmerte sich nicht darum. »Was ist mit Sandra und Heinze? Habt ihr sie?«

»Dich hat's echt übel erwischt, was?« Marlene legte mitleidig die Stirn in Falten.

»Könnte mir hier vielleicht irgendjemand antworten?« Conny verzog das Gesicht. Laut sprechen war noch gar nicht gut.

»Die Suite war leer«, berichtete Michael. »Da waren wir nach Hansens Anruf zuerst.« Hansen, der Gute! Gottlob hatte er sich nicht darauf verlassen, dass Conny selbst Unterstützung anfordern würde. Er hatte sich ein ganz besonderes Weihnachtsgeschenk verdient. »Sah ziemlich chaotisch aus. Frau Schwarz hat wohl völlig übereilt ein paar Sachen gepackt und ist weg«, berichtete Michael weiter, während sie sich langsam in Bewegung setzten. »Hoffentlich keine kalte Abreise. Heinze, meine ich. Nicht, dass die den auch noch auf dem Gewissen hat.« Conny blickte kurz zurück. Das Hotel war an einen kleinen Hang gebaut. Einige Schritte neben dem Hintereingang lag der sogenannte Kellerersatz, den man in den Erdwall gemauert hatte.

»So was gab's früher öfter«, erklärte Marlene. »Stammt noch aus der Zeit, als die Leute ohne Strom zurechtkommen mussten.« Dann sagte sie kleinlaut: »Und nee, das Ehepaar Grenz war nicht aus. Kegeln hat zwar nicht stattgefunden, aber er hat die Gelegenheit genutzt, doch schon früher hier anzureisen.«

»Was?«, riefen Conny und Michael aus einem Mund und blieben wie angewurzelt stehen. Conny kochte vor Wut. »Warum erfahre ich das erst jetzt und dann auch noch erst auf Nachfrage?«

»Ein einfaches Dankeschön dafür, dass wir dich da rausgeholt haben, hätte auch gereicht«, maulte Marlene. »Es war eben viel zu tun. Außerdem fand ich's nicht wichtig. Der Typ hatte zwar unter dem Namen Karl-Jürgen Gertes für zwei Nächte ein anderes Zimmer gebucht und ist erst später hierher umgezogen, aber er hatte für die Tatzeit ein Alibi. Und hier war vorher einfach nichts frei. Das habe ich natürlich überprüft«, fügte sie beleidigt hinzu.

Zwei Wochen vor Dorindas Tod

»Es ist ihre Idee, Herr Grenz, ihr freier Wille.«

»Ich weiß nicht, die Sache scheint mir doch sehr gefährlich zu sein.«

»Bitte, ich brauche jemanden, der mir hilft. Sie schreiben doch in Ihrem Zyklus über den Scherenmann. Er kommt, wann er es für richtig hält. Wenn er Dorinda zu sich holen will, dann können wir es nicht verhindern.«

Karl-Jürgen Grenz konnte nicht glauben, dass er sich das überhaupt anhörte. Er sollte schleunigst auflegen. Andererseits war Sandra Schwarz eine einflussreiche Person und schien in echter Not zu sein. »Es ist ein gänzlich unmoralisches Angebot«, protestierte er schwach.

»Aber nein, es ist überhaupt kein Angebot. Es ist die Bitte einer verzweifelten Frau, und sie kommt von Herzen.«

»Sie ist Ihre Schwester, Frau Schwarz!«

»Ich weiß. Und es muss grausam klingen für jemanden, der nicht durchgemacht hat, was ich mit ihr durchmache. Sie können sich das nicht vorstellen.« Er hörte Schluchzen und fürchtete schon, sie würde ihm am Telefon etwas vorweinen. Doch sie sprach weiter: »Dorinda sehnt sich schon so lange danach, zu sterben. Mal hat sie gute Phasen, aber dann liegt sie mir wieder damit in den Ohren. Bitte, Herr Grenz, ich weiß mir sonst keinen Rat mehr. Wenn sie in letzter Sekunde gerettet wird, wie es mein Plan vorsieht, versetzt ihr das hoffentlich den heilsamen Schock, den sie braucht. Vielleicht hat ihre Todessehnsucht dann ein Ende, und sie erkennt wieder den Wert ihres Lebens.«

»Aber warum ich?«

»Sie sind ein ehrlicher Mann, Herr Grenz. Ich vertraue Ihnen. Davon gibt es nicht viele in der Literaturszene. Ich kann mich erkenntlich zeigen«, sagte sie hastig. »Ich habe großen Einfluss in der Branche. Wenn Sie wollen, gehört der nächste Hauptpreis in Heinzes Wettbewerb Ihnen.«

»Ich bitte Sie, auf diese Art möchte ich nun wirklich nicht …«

»Hatten Sie nicht auch einmal vor, einen Roman zu schreiben?«, fiel sie ihm ins Wort.

Er zögerte. »In der Tat, ich habe darüber nachgedacht, meinem Scherenmann mehr zu widmen als ausschließlich Gedichte.« Grenz hüstelte verlegen.

»Ich bringe Sie bei Rasmussen unter. Oder bei *NoZaMa Print*. Wo Sie wollen!«

Er dachte lange nach. »Was ist, wenn ich erwischt werde?«, fragte er schließlich.

»Dann behaupten Sie, Sie hätten Dorinda gerade aufgefunden.« Ihr schien etwas einzufallen. »Ich werde noch einen Zettel mit einem Text von Mark Theis vorbereiten. Den deponiere ich in Dorindas Handtasche. Sie schieben ihn ihr einfach zwischen die Zähne. Sollte sie tatsächlich sterben, was Gott verhindern möge, fällt der Verdacht auf ihn. Meine Schwester hat ihn sitzen lassen. Das ist ein glaubhaftes Motiv«, verkündete sie mit für seinen Geschmack etwas zu viel Elan.

»Frau Schwarz!«

»Entschuldigung.« Ihre Stimme klang augenblicklich wieder belegt. »Was ist nur aus mir geworden? Sehen Sie, was geschieht, wenn man sich tagtäglich in grausame Kriminalgeschichten hineindenken muss? Tun Sie mir bitte einen Gefallen, und schreiben Sie nicht gar so Scheußliches über Ihren Scherenmann, ja?«

Grenz zögerte. Es war nicht richtig. Andererseits war es Dorindas Wunsch. Und er sollte ihr das Schlafmittel ja nicht verabreichen, sondern sie nur an einen bestimmten Platz bringen und in bestimmter Weise zurechtmachen. Sollte der Scherenmann sie holen, war das Schicksal und lag nicht in seiner Verantwortung. »Also gut, Frau Schwarz, ich helfe Ihnen.«

Kapitel 9

Zum guten Schluss

Freitag, 12. Dezember

»Du kommst mit mir«, rief Conny Michael zu und setzte sich auch schon in Bewegung. Sandra Schwarz würde versuchen, unterzutauchen, ob mit Heinze oder ohne. Das hieß, sie hatte mit Sicherheit ein Ziel, den Hafen.

»Und ich?« Marlene lief ein paar Schritte mit, wurde langsamer, probierte, wieder aufzuholen.

»Übernimm du die Befragung im Hotel«, erwiderte Conny über die Schulter. So gern sie Marlene auch mochte, für einen Einsatz, bei dem man schnell und clever sein musste, war sie nicht zu gebrauchen. »Vielleicht kannst du herausfinden, ob sie zu zweit unterwegs sind oder sich getrennt haben. Gib uns Bescheid, wenn du etwas weißt.«

»Geht klar!« Das klang erleichtert. Marlene war nicht zur Polizei gegangen, um leibhaftig Verbrecher zu jagen.

»Und, Marlene, ruf bitte in Stralsund an. Jemand soll mit Frau Grenz sprechen. Ich muss wissen, ob ihr irgendetwas an ihrem Mann komisch vorgekommen ist, mit welcher Begründung er doch früher auf die Insel gereist ist. Alles!«

Am Hafen angekommen, pochte Connys Kopf schrecklich. Blitze tanzten vor ihren Augen. Sie konnte keine Rücksicht darauf nehmen.

»Dein Gesicht«, sagte Michael »tut's sehr weh?«

»Schon okay.« Gehetzt sah sie sich um. Von Sandra keine Spur. Wo steckst du? Die Wassertaxis warteten nicht in einer

Schlange auf Fahrgäste, wie es bei den Kollegen auf der Straße der Fall ist. Unwahrscheinlich, dass Sandra die Insel bereits verlassen hatte.

»Moin, Heinrich!« Das war Michaels Stimme. Er hatte ein Telefon am Ohr. »Wollte mal hören, ob ihr heute Abend einen kurzfristigen Transport hattet.« Conny hielt den Atem an. »Kann noch nicht lange her sein. Eine einzelne Frau. Vielleicht auch zwei Personen. Jepp, danke, Heinrich. Das war's schon.« Er ließ sein Handy in die Tasche gleiten. »Sie hat die *Störtebeker* gechartert. Muss gerade weg sein.«

»Dann nichts wie hinterher.« Die *BP 62 Uckermark* lag im Hafen, ein Schiff der Bundespolizei, das für den Einsatz in Boddenbereichen und für Küstenfahrten zuständig war. »Einsatz, Kollegen«, schrie Conny schon von weitem, während sie zu dem Kai lief, an dem das blaue Schiffchen vertäut war. Eine Möwe, die im Schutz eines Bollerwagens geschlafen hatte, suchte kreischend das Weite.

Ein Beamter erschien an Deck. »Moin! Worum geht's denn?« Sah aus, als sei er gerade im Begriff gewesen, Feierabend zu machen.

»Erkläre ich Ihnen unterwegs«, antwortete Conny und trat ungeduldig von einem Fuß auf den anderen. Konnte er nicht endlich eine Gangway anlegen, damit sie an Bord kommen konnten?

»Momentchen mal, so läuft das nicht. Wir sind hier doch nicht bei der Küstenwache im Fernsehen, wo die ständig Gangster über die Ostsee jagen.« Erst jetzt erkannte er Michael. »Moin, Michael. Alles klar?«

»Nee, wir sind in der Realität«, gab Conny patzig zurück, »und wir müssen jemanden einholen, der über die Ostsee flüchten will. Keine Zeit für langen Klönschnack.« Sie überlegte, ob sie mit einem beherzten Satz auch ohne Hilfe an Deck springen konnte.

»Ist wirklich eilig, Jo«, bestätigte Michael. »Sandra

Schwarz, dringend tatverdächtig in zwei Mordfällen, ist gerade mit der *Störtbeker* los. Die müssen wir kriegen, bevor sie auf dem Festland ist.« Jo sah von ihm zu Conny. »Conny Lorenz, Kriminalkommissarin aus Stralsund«, setzte Michael noch schnell hinzu.

»Na, denn man rein in die gute Stube.« Jo reichte den beiden nacheinander die Hand und half ihnen, an Bord zu kommen. »Was ist denn mit Ihrem Gesicht passiert?«, fragte er, während er an Conny vorbei in das Führerhäuschen verschwand.

»Was habt ihr denn alle mit meinem Gesicht?« Gereizt legte Conny eine Hand an die Wange und sog scharf die Luft ein. Das brannte fürchterlich. Sie hörte, wie der Diesel startete.

»Gott sei Dank«, zischte sie. »Ich dachte schon, der diskutiert das mit uns erst mal in aller Ruhe aus.« Die beiden folgten Jo ins Warme.

»Kurs Stralsund, oder was?« Jo sah Michael erwartungsvoll an. Der sah unsicher zu Conny hinüber.

»Ja. Davon ist auszugehen. Entweder hat sie da ein Auto stehen, oder sie kann sofort in eine Bahn springen. Ich hoffe, wir fangen sie vorher noch ab.«

Jo lachte auf. »Das können Sie sich mal ganz gepflegt von der demolierten Backe putzen, Frau Kollegin. Wir schaffen achtzehn Knoten maximal. So ein Wassertaxi ist locker mit fünfundzwanzig Knoten unterwegs.«

»Kein Problem«, warf Michael ein. »Ich versuche, den Kapitän der *Störtebeker* zu kriegen. Der soll den Motor drosseln. Er kann ihr ja was von Untiefen und gefährlichen Gewässern im Bodden erzählen.« Schon wählte er die Nummer.

Die *BP 62 Uckermark* kam quälend langsam voran. Jedenfalls hatte Conny den Eindruck. Es konnte ihr im Grunde egal sein, Sandra Schwarz hatte keine Chance, sich aus dem Staub zu machen. Michael hatte alles geklärt und dabei erfahren, dass sie tatsächlich allein unterwegs war. Sie würden die *Störtebeker* einholen und an ihrer Seite in den Hafen von Stralsund einlaufen, wo bereits Kollegen auf die Schwester der ermordeten Starautorin warten würden. Allmählich entspannte sich Conny ein wenig. Nach rund fünfundvierzig Minuten volle Fahrt, die ihr wie Schneckentempo vorgekommen waren, entdeckten sie die *Störtebeker* voraus.

»Wollen Sie?« Jo hielt ihr ein Mikrofon hin.

»Kannst du nicht?« Sie sah Michael an. »Du kennst den Kapitän.« Damit ließ sie die beiden Männer stehen und ging hinaus. Der Wind war eisig. Ihre lädierte Wange meldete sich pochend. Dafür tat die frische Luft ihrem Kopf gut. Sie hörte die Wellen gegen den Schiffsrumpf klatschen und registrierte, dass das Blubbern des Diesels leiser wurde.

»Moin, Jasper, hier ist Michael«, tönte es plötzlich mit viel Geknister aus einem Lautsprecher. Conny seufzte entnervt. Das war ja eine höchst professionelle Ansprache! »Wir müssen dich auffordern, sofort die Maschine zu stoppen und uns längsseits beikommen zu lassen.« Conny blinzelte die Tränen weg, die ihr die Böen in die Augen trieben. Sie versuchte, etwas zu erkennen. Soweit sie es sagen konnte, stand der Kapitän Jasper an seinem Steuerrad, von seiner Passagierin war nichts zu sehen. Kein Wunder, das Boot war für rund zwanzig Fahrgäste ausgelegt. Es gab also einen geräumigen Salon. Das Führerhaus war oberhalb davon.

Zwei Minuten später machten sie längsseits der *Störtebeker* fest. Conny und Michael gingen an Bord. Jasper nahm sie in Empfang. Gott sei Dank, er hatte keine Spritze am Hals! Conny stürzte sofort in den Salon. Dort saß Sandra Schwarz mit durchgedrücktem Rücken und gefalteten Händen.

»Guten Abend, Frau Lorenz. Wie ich sehe, hatten Sie nicht vor, in dem netten kleinen Keller die Nacht zu verbringen. Wussten Sie übrigens, dass solche unterirdischen Räume Ende des neunzehnten Jahrhunderts von vielen Leuten als Kühlschrankersatz benutzt wurden? Das war, bevor Elektrizität unser Land eroberte.« Sie lächelte versonnen. »Das habe ich mal für Dorinda recherchiert.«

»Sensationell«, sagte Conny tonlos. Michaels Telefon klingelte.

»Entschuldigung, soll ich …?«, erkundigte er sich unsicher. Conny nickte.

»Was ist mit Ihrem Gesicht passiert?« Sandra sah sie besorgt an.

»Sie sollten ernsthaft überlegen, Schauspielerin zu werden«, schlug Conny spöttisch vor. »Sie haben zweifellos eine Begabung. Ich fürchte nur, Sie sind zum Umschulen zu alt, wenn Sie wieder frei herumlaufen dürfen. So, und jetzt Schluss mit dem Zirkus«, sagte sie laut. »Das hier ist kein Roman, das ist die Realität. Und in der werden Sie uns jetzt auf das andere Boot begleiten und dann werden Sie in Stralsund ohne Umwege in das Präsidium gebracht.«

Sandra stand auf. »Natürlich«, sagte sie. Ihre Hand glitt in ihre Manteltasche.

»Stopp«, rief Conny. »Die Hand sofort wieder raus da, und zwar schön langsam.« Sie hatte keine Waffe, mit der sie drohen konnte. Aber Michael war ja auch noch da. Er hatte eben sein Gespräch beendet und hatte die Szene fest im Blick.

Sandra tat, was man von ihr verlangte. Sie hatte den Kopf gesenkt und lächelte. Endlich kam ihre zarte Hand zum Vorschein, darin ein Taschentuch.

»Man muss wissen, wann es zu Ende ist«, sagte sie leise, tupfte sich die Nase ab und ließ das Tuch wieder in die Tasche gleiten. Dann machte sie zwei Schritte auf Conny zu, die ihr mit einer Geste bedeutete, vorzugehen. Zu dritt bestiegen sie die *Uckermark* und liefen kaum zehn Minuten später im Hafen von Stralsund ein.

»Wollen die Herrschaften wieder mit zurück?« Jo hatte offenbar nicht vor, über Nacht in der Hansestadt zu bleiben.

»Ich auf jeden Fall«, erklärte Michael und wandte sich an Conny: »Der Anruf eben, das war Marlene. Heinze hat an der Rezeption einen Brief hinterlassen und die Mitarbeiterin gebeten, ihn demjenigen auszuhändigen, der als Erstes nach ihm fragt. Außerdem hat er sich entschuldigt, möglicherweise das Schloss zu dem Ersatzkeller beschädigt zu haben. Wir hätten die Chefin mit ihrem großen Schlüsselbund gar nicht gebraucht. Heinze hat es jedenfalls mit einem gebogenen Draht öffnen können.«

»Was stand in dem Brief?« Conny sah ihn neugierig an.

»Was ist denn nun?«, drängelte Jo.

»Ist ein Abschiedsbrief. Marlene ist auf dem Weg zur Steilküste, wo Heinze wohl ist, und braucht Verstärkung.«

Conny seufzte. »Na, dann mal zurück auf die Insel!«

»Herr Heinze, sind Sie das?« Marlene richtete den Schein ihrer Taschenlampe an die Abbruchkante der Steilküste. Dort stand eine Gestalt. Männlich, etwa einen Meter achtzig groß, schätzte sie. Der Typ rührte sich nicht. Er trug einen auffällig hohen Hut. Hatte dieser Verleger nicht immer so einen aufgehabt? Hoffentlich war Michael gleich da. Sie legte nun wirklich keinen Wert darauf, hier Heldentaten zu vollbringen. Ihr war kalt, sie hatte Hunger und reichlich schlechte Laune nach diesem verrückten Tag. Marlene legte noch weniger Wert darauf, ihm dabei zuzusehen, wie er sich sechzig Meter in die Tiefe stürzte. Sie würde sich den Rest ihres Lebens Vorwürfe machen.

»Herr Heinze, Sie müssen da weggehen. Sie stehen viel zu dicht an der Abbruchkante. Hören Sie mich?« Der Sturm toste. Marlene kniff die Augen zusammen. Als ob sie ihn dadurch besser hören könnte, wenn er überhaupt mit ihr sprach.

»Das ist meine Absicht«, sagte er plötzlich ruhig.

»Wie bitte?«

»Das ist meine Absicht«, wiederholte er lauter, ohne sich ihr zuzuwenden.

»Akustisch habe ich Sie schon verstanden.« Marlene machte zwei Schritte auf ihn zu.

»Bleiben Sie, wo Sie sind, sonst springe ich auf der Stelle.«

»Lassen Sie das lieber bleiben«, warnte sie ihn. »Am Ende bricht noch etwas ab.« Er sagte etwas, das sie nicht verstehen konnte. »Wir sind hier außerdem am Swantiberg. Das ist gerade mal wieder Sperrzone wegen der großen Abbruchgefahr. Sie dürften also gar nicht hier sein.« Er antwortete nicht. »Ich kann ja mal ein Auge zudrücken. Aber nur, wenn Sie jetzt mit mir kommen, ja?« Wieder nichts. Sie schnaufte. Marlene hatte keine Erfahrung mit solchen Situationen. Es war schon eine Weile her, dass sie gelernt hatte, wie man sich in einer derartigen Lage verhielt. Und es war pure Theorie gewesen. »Kommen Sie, Herr Heinze, gehen wir irgendwohin, wo es warm ist«, schlug sie vor.

»Gehen Sie nur, junge Frau«, rief er ihr zu. »Ich habe eine Verabredung mit dem Scherenmann.«

»Mit wem?«, brüllte sie. »Der Sturm … ich kann Sie nicht gut verstehen.« Jetzt schwieg er wieder. Sie schlotterte. Mann, das war aber auch eisig! Vielleicht konnte sie ihn irgendwie ablenken. »Ihr Brief«, rief sie. »Sie haben etwas von Höldering geschrieben und Empe … Empodo … Ach, wie hieß der zweite noch?«

»Der Erste hieß Hölderlin, der zweite Empedokles.«

»Ja, genau! Was meinten Sie damit, dass Sie vom hohen Uferweg zum Flug ansetzen wollen, wie Hölderins Empedingsbums?«

»Empedokles!«

»Ja, meinetwegen. Wer ist der Typ?« Sie musste diesen Heinze hinhalten, bis Michael auftauchte. Wenn dieser Verlagsheini dann trotzdem sprang, musste sie sich nicht alleine schuldig fühlen.

»Empedokles war ein griechischer Philosoph. Er nahm sich das Leben, indem er sich in den Krater des Ätna stürzte.«

»Ach! Das ist ja interessant!« Sie trat von einem Fuß auf den anderen, näherte sich ihm dabei ein kleines Stück. »Wenn der Irre springen will, kann ich ihn sowieso nicht halten«, dachte sie. Aber es war doch möglich, dass er sich besann, wenn sie ihn vorsichtig berühren würde.

»Hören Sie, junge Frau«, rief er ihr zu. »Gehen Sie nach Hause! Das hier ist allein meine Angelegenheit.« In dem Moment fegte eine besonders kräftige Böe über die Westküste. Sie riss Heinze den Hut vom Kopf und wehte ihn direkt in Marlenes Arme.

»Hoppla«, brachte sie überrascht hervor und packte zu. Vor Schreck wirbelte Heinze herum. Er verlor das Gleichgewicht und ruderte mit den Armen. »Da«, schrie sie und leuchtete die Zweige einer Buche an, die direkt vor ihm in die Luft ragten. Er packte sie, ein Fuß rutschte nach hinten weg über die Kante der Steilküste hinaus. Heinze stürzte, schlug hart auf die Knie, schrie und warf sich nach vorne auf den Bauch.

»Na toll«, stöhnte Marlene. »Wissen Sie eigentlich, wie weit wir zwei noch laufen müssen? Ich wette, Sie haben sich so wehgetan, dass Sie keine hundert Meter weit kommen, ohne eine Pause zu machen.«

Er rappelte sich auf. »Geht schon«, sagte er matt.

»Wenigstens leben Sie und sind nicht da runtergepurzelt.« Sie deutete auf den Abgrund und lächelte ihn erleichtert an.

»Würden Sie mir bitte meinen Hut wiedergeben?«

»Klar doch.« Sie reichte ihm seine Kopfbedeckung und richtete ihre Taschenlampe auf Heinzes Gesicht.

»Lassen Sie das, Sie blenden mich«, beschwerte der sich.

»Ein einfaches Dankeschön, dass ich Sie davon abgehalten habe, sich in den Tod zu stürzen, hätte es auch getan«, murrte sie. »Mann, wissen Sie eigentlich, dass Sie mir so richtig meinen Feierabend verhagelt haben? Erst muss ich die Kollegin aus einem Verließ befreien, dann kann ich ein riesig langes Stück zu Fuß latschen, weil Sie sich ja die hinterste Ecke für Ihren Abflug à la Empedodingsbums aussuchen mussten, und dann knallen Sie auch noch auf die Knie, und wir brauchen ewig für den Rückweg.« Er humpelte mit hängenden Schultern hinter ihr her. »Tut's doll weh?«

»Ziemlich.« Eine Weile gingen Sie schweigend nebeneinander her. »Sieht so aus, als wäre es noch nicht an der Zeit für mich, vor den Scherenmann zu treten«, sagte er unvermittelt.

»Vor wen?«

»Den Scherenmann. Haben Sie nie von ihm gehört?« Er lachte traurig. »Er ist die Hauptfigur in dem Gedichtzyklus eines meiner Autoren. Ein ebenso geschätzter wie leider toter Kollege«, ergänzte er leise.

»Aha«, machte Marlene. Sie verstand kein Wort.

»Ich trage Ihnen etwas vor, wenn Sie mögen. Dann vergeht die Zeit schneller.«

Nachdem sie und Michael Marlene mit Heinze aufgelesen hatten, ließ Conny sich bis zu ihrem Ferienhaus fahren. Die Nachtabsenkung hatte die Heizung bereits heruntergeschaltet. Conny schlüpfte in einen dicken Pullover von Paul und zog noch eine Strickjacke darüber. Trotzdem wollte das Schlottern einfach nicht aufhören. Sie ging ins Bad, blickte in den Spiegel und erschrak. Die Schrammen in ihrem Gesicht sahen übler aus, als sie sich angefühlt hatten. Kein Wunder, dass jeder sie darauf angesprochen hatte. Obendrein rahmten dunkle Ringe ihre Augen ein, und sie war bleich, jedenfalls an den Stellen, die nicht von rotem Schorf bedeckt waren. Conny seufzte und ging zurück in den kleinen Wohnraum. Da stand noch immer das Modell von dem Fundort mit all den Figürchen. Es schien eine Ewigkeit her zu sein, dass sie daran gearbeitet hatte.

»Es ist noch länger her, dass du etwas gegessen hast«, sagte eine innere Stimme zu ihr. Bei dem Gedanken machte sich ihr Magen tatsächlich bemerkbar. Nur die Vorstellung, jetzt wieder hinaus in die Kälte zu müssen, gefiel ihr gar nicht. Conny beschloss, sich kurz unter die Decke zu kuscheln, bis sie ihre Füße wieder spüren konnte und das Leben in ihre Glieder zurückkehrte. Danach würde sie etwas essen gehen und Paul anrufen. Mit diesem Vorhaben im Kopf schlief sie auf der Stelle ein.

Samstag, 13. Dezember

Conny erwachte von dem Geräusch hüpfender Gummiräder auf dem Pflaster. Dann das monotone, harte Klappern eines Rollkoffers, der über Steinboden gezogen wurde. Sie hatte intensiv geträumt, und diese Klänge passten kein bisschen in diesen Traum hinein. Conny musste sich orientieren. Sie atmete schnell ein und aus, als habe sie gerade eine Joggingrunde hinter sich. Keine Ahnung, wovon sie geträumt hatte, doch der Druck auf ihrem Brustkorb ließ nur sehr langsam nach. Umso schneller war die Erinnerung an den vergangenen Tag zurück. Conny betastete ihren Kopf. Na prima, das war eine stattliche Beule. Sie blinzelte zur Uhr. Wenn sie sich beeilte, konnte sie das erste Schiff kriegen. Eilig sprang sie aus dem Bett, musste kurz innehalten, weil ihr schwindelig wurde. Jetzt aber los. Sie schmiss ihre Sachen in ihre Tasche und verließ überstürzt das hübsche kleine Ferienhaus. Vom Hafen aus rief sie Michael an und informierte ihn. Dann stieg sie auf die Fähre. »Endlich nach Hause!«, dachte sie.

Conny hatte ihre Sachen nur in der Wohnung abgelegt und sich sofort wieder auf den Weg gemacht. Axel hatte den Hausschlüssel zurückgelassen, den sie ihm gegeben hatte. Trotzdem hatte sie gehofft, er würde vielleicht in der Nähe des Mehrfamilienhauses herumlungern und auf ihre Rückkehr warten. Das tat er nicht. Natürlich nicht. Sie hatte zwar über ihr halbes Leben keinen Kontakt zu ihm gehabt, dennoch kannte sie ihn gut genug. Wenn er weg war, kam er nicht so schnell wieder. Conny holte sich einen Cappuccino bei Matteo, erklärte ihm, sie sei gestolpert und auf das Gesicht gefallen, weil sie zu lange keinen Matteo-Cappuccino gehabt hatte. Das brachte ihn, wie erwartet, zum Lachen und ersparte ihr weitere Nachfragen.

Der Erste, der ihr in der Inspektion über den Weg lief, war Matthias.

»Guten Morgen, Frau Lorenz. Liebe Güte, was ist Ihnen passiert?«

»Ich bin beim Observieren an einer Hausecke eingeschlafen.« Sie tat so, als würden ihr die Augen zufallen, und sie würde mit dem Gesicht an einer Wand abwärts rutschen. »Verstehen Sie?« Sah nicht so aus. »War ein Scherz«, sagte sie erschöpft.

»Sie müssen nicht drüber sprechen. Jeder fragt Sie danach, richtig?«

»Stimmt.«

»Würde mir auch auf die Nerven gehen.« Er lächelte ihr freundlich zu. Dann sprudelte er los: »Stellen Sie sich vor, Frau Lorenz, ich werde den Rest meiner Praktikumszeit bei Herrn Konrad verbringen.« Er strahlte. »Das wollte ich von Anfang an. Ich meine, vielleicht werde ich wahrhaftig einmal Polizeipsychologe. Da ist es doch nur logisch, mein Praktikum auch bei einem solchen zu absolvieren.«

»Allerdings«, stimmte sie ihm zu. »Das ergibt einen Sinn.«

»Ich glaube, Herr Paulsen hat sich für mich eingesetzt«, berichtete Matthias weiter. »Ihm habe ich das zu verdanken.«

»So?«, sagte Conny knapp. »Das ist nett von ihm.«

»Ich hoffe, ich halte Sie nicht allzu sehr auf, aber ich würde

Ihnen gern noch etwas sagen.« Er blickte auf die roten Spitzen seiner Wildlederschuhe. Wie schaffte er es, dass die trotz der Schneereste und dem nassen Laub auf den Straßen so sauber waren?

»Schießen Sie los!«

»Ich habe mich an der Musikhochschule Rostock eingeschrieben.« Das überraschte Conny wirklich. »Keine Sorge, ich bleibe der Psychologie treu.« Er lachte.

»Da bin ich aber froh.«

»Es wird ziemlich aufwändig, von Greifswald zweimal die Woche nach Rostock zu fahren. Aber man bekommt nichts geschenkt. Ich meine, wenn man etwas unbedingt will, muss man auch etwas dafür tun. Ist es nicht so?«

»Absolut.«

»Ich kann mir gut vorstellen, die Polizeiarbeit durch meine Fachkenntnisse zu unterstützen. Menschen wie Sie, die das Böse unter Gefahren jagen, haben meine vollste Bewunderung. Es wäre mir eine Ehre und eine Freude, solchen Menschen bei dem, was sie tun, helfen zu können.« Matthias machte ein geradezu feierliches Gesicht. »Jedoch nehme ich mir auch zu Herzen, was Sie mir mal gesagt haben, dass man sich gut überlegen muss, womit man sein Leben verbringen möchte. Darum die Musikstudien nebenbei. Die sind für mich.«

»Gute Entscheidung! Ich hoffe, Ihnen wird das alles nicht zu viel.« Sie sah ihn kurz an. »Nein, das glaube ich nicht. Sie machen das schon.«

»Danke.« Wieder blickte er unsicher auf seine Füße. Dann sah er Conny lange in die Augen. »Danke für alles, Frau Lorenz.« Er ergriff scheu ihre Hände. »Es war großartig von Ihnen, mich mit nach Hiddensee zu nehmen. Sie haben mir wirklich einen Einblick in dieses Berufsfeld verschafft.« Conny wollte Einspruch erheben, doch er ließ sie nicht zu Wort kommen. »Ehrlich, ich glaube, ohne Sie hätte ich nach wenigen Tagen kapituliert. Das wäre höchst bedauerlich gewesen.

Deshalb … Danke!« Er drückte ihre Hände und sah ihr noch immer in die Augen.

In diesem Moment kam Paul den Flur entlang.

»Guten Morgen, Frau Lorenz. Wie sehen Sie denn aus?« War da Sorge in seinem Blick, Mitgefühl? »Besprechung in einer halben Stunde.« Paul sah noch einmal kurz von ihr zu Matthias, in der nächsten Sekunde ließ er die beiden stehen.

»Alles klar«, sagte sie leise zu Matthias. »Kommen Sie noch mit, oder erwartet Konrad Sie bereits?«

»Ich würde mir das gern noch anhören, wenn ich darf. Ich habe ja doch das eine oder andere von diesem Fall hautnah miterlebt, wenn ich das so sagen darf.«

»Dürfen Sie. Und Sie dürfen sicher auch an der Besprechung teilnehmen. Bis gleich.« Sie ging kurz in das Großraumbüro, das sie sich mit ihren Kollegen teilte.

»Haben Sie es nicht ein bisschen übertrieben mit Ihrem Peeling«, sagte Hansen zur Begrüßung.

»Sie überraschen mich. Ich hätte nicht gedacht, dass Sie sich mit solchen Dingen auskennen.«

»Das sieht aber böse aus«, meinte Feddersen und verzog das Gesicht. Brix sah kurz von seinem Schreibtisch auf und nickte ihr zu. Das war mehr, als sie von ihm erwartet hätte.

»Hat Frau Schwarz etwas ausgesagt, das wir noch nicht wussten? Irgendwelche Neuigkeiten, die ich kennen sollte, bevor es in die Besprechung geht?« Die Männer zuckten die Schultern.

»Nö. Alles im Lot.«

Wenig später versammelte sich eine kleine Mannschaft im Konferenzraum. Als Renate Conny sah, holte sie Luft.

»Nein, sagen Sie nichts. Es ist nur eine Schramme«, kam die ihr zuvor. »Bis zur Hochzeit ist alles wieder gut.«

»Ach?« Renate trat auf sie zu und fragte vertraulich: »Gibt es etwas, das ich wissen sollte?«

Conny legte die Hand an Renates Ohr und flüsterte: »Nein, Renate, absolut nichts.« Die zog enttäuscht ein Gesicht.

Staatsanwalt Kurtz war nicht gekommen. Auch einige der Kollegen hatten frei. Es war Samstag, dazu noch zwei Wochen vor Weihnachten. Nur der harte Kern war zur Stelle.

Paul begrüßte die Anwesenden und dankte ihnen für ihren Einsatz. Kein Wort darüber, dass Conny den richtigen Riecher gehabt und deswegen Sandra noch einmal gründlich auf den Zahn gefühlt hatte. Conny legte keinen großen Wert darauf, hervorgehoben und besonders gelobt zu werden. Aber in diesem Moment hätte sie sich schon gefreut, wenn ihre Fahrt auf die Insel ohne Absprache kritisch erwähnt worden wäre. Jedes kleinste Zeichen der Wahrnehmung ihrer Person hätte ihr gutgetan.

»Feddersen hatte ein interessantes Gespräch mit Frau Grenz«, begann Paul. »Vielleicht können Sie kurz berichten?« Er sah Feddersen an.

»Ja, das war wirklich recht spannend. Frau Grenz hat bestätigt, dass Sandra Schwarz ihrem Mann ein mehr als unmoralisches Angebot gemacht hat.«

»Sie wusste davon?« Conny zog die Augenbrauen hoch.

»Ja. Noch erstaunlicher ist: Er hatte zugesagt. Um das Ansehen ihres Mannes nicht zu beschmutzen, hat Frau Grenz das bei der ersten Befragung lieber für sich behalten. Verständlich, finde ich. Sie stand natürlich unter Schock.« Einige nickten. Andere malten Kringel oder kleine Weihnachtsbäume auf ihre Unterlagen und hofften wohl nur, schnell wieder nach Hause gehen zu können. »Als ich nun erneut mit ihr sprach, hat sie ausgepackt. Ihr Mann hatte sich damals, nachdem er Frau Schwarz seine Zustimmung zu ihrem perfiden Plan gegeben hat, ihr anvertraut. Er hat offenbar ganz fix bereut, dass er zugesagt hatte.«

»Schnellmerker«, knurrte Hansen.

»Sie haben lange über alles gesprochen, sagte mir Frau

Grenz. Am Ende hat das Ehepaar gemeinsam beschlossen, dass er schon am Donnerstag nach Hiddensee fahren und versuchen soll, Sandra von dem Plan abzubringen.«

»Was er auch getan hat. Er ist unter seinem richtigen Namen Karl-Jürgen Gertes gereist«, ergänzte Conny.

Feddersen nickte. »Genau. Grenz oder Gertes hat Sandra Schwarz gesagt, er könne bei einer solchen Sache einfach nicht mitmachen. Noch könne sie auch zurück. Sie ist ziemlich böse geworden, hat er seiner Frau am Telefon erzählt. Und natürlich wollte sie auf keinen Fall von ihrem Vorhaben Abstand nehmen. Er wusste sich keinen anderen Rat, als sie unter Druck zu setzen.«

»Wie das?«, wollte eine junge Kollegin wissen, die einen gelangweilten Eindruck machte, schon die ganze Zeit auf die Uhr und unter dem Tisch auf ihr Handy schielte. »Hat er etwa gedroht, ihr jeden Tag ein Gedicht zu schicken?« Sie lachte. Niemand stimmte ein.

»Er sagte wohl, dass er sie durch sein Wissen in der Hand habe. Sollte sie es tatsächlich tun, konnte er sie jederzeit verpfeifen. Grenz war anscheinend ziemlich sicher, dass sie dadurch zur Vernunft käme.«

»Da kannte er Sandra Schwarz schlecht«, meinte Conny.

»Nicht ganz«, widersprach Feddersen. »Er hat sicherheitshalber den Zettel mit dem Theis-Text gegen ein eigenes Gedicht ausgetauscht.«

»Wat für einen Text?« Hansen machte große Augen.

»Frau Schwarz hat einen Zettel mit einem Zitat aus dem ersten Roman von Mark Theis in der Handtasche ihrer Schwester hinterlegt«, erklärte Feddersen geduldig. »Ihr Helfer, also ursprünglich Grenz, sollte den Dorinda zwischen die Zähne schieben. Durch die gesamte Inszenierung hätten wir das Geschreibsel als Hinweis auf den Täter verstehen sollen.«

»Also auf Mark Theis. Kluge Dame.« Hansen nickte nachdenklich.

»Grenz war aber auch nicht blöd. Der hat nämlich extra ein Gedicht geschrieben, um uns einen klaren Hinweis auf die Täterin, auf Sandra Schwarz zu liefern. Das hat er in Dorindas Handtasche gelegt. Für den Fall, dass Sandra einen anderen Helfer rekrutieren würde.«

»Und so ist es gekommen.« Conny blickte in die Runde. »Hätten wir den Wink nur gleich verstanden, dann könnte Grenz noch leben.«

»Erstaunlich, dass Sandra kurz vor der Tat die Tasche ihrer Schwester nicht noch einmal kontrolliert hat«, sagte jemand.

»Diese Sorge hatte Grenz auch«, berichtete Feddersen. »Seine Frau hat ausgesagt, dass er sie sofort angerufen hat, als er von Dorindas Tod erfuhr. Er sagte: Hoffentlich hat Sandra Schwarz den Zettel nicht in letzter Sekunde ausgetauscht. Wenn mein Scherenmann-Gedicht im Mund der Toten gelandet ist, wird es die Ermittler sehr bald auf die richtige Spur führen.« Für einen kurzen Moment schwiegen alle.

Paul ergriff das Wort: »Eva Schuster hat übrigens ebenfalls ausgesagt, dass Heinze etwas davon gefaselt hätte, er sei nur eingesprungen, er dürfte gar nicht dort sein. Frau Schwarz kann daher schlecht behaupten, die Idee stamme nicht von ihr, sondern von Heinze.«

»Sie hat noch nicht gestanden?« Conny seufzte. Hatte Sandra nicht gesagt, man müsse wissen, wann es zu Ende ist? Dann sollte sie doch bitte schön auch reinen Tisch machen.

»Nein, sie behauptet nach wie vor, der Tod ihrer Schwester sei ein schrecklicher Unfall. Die ganze Aktion habe überhaupt nur auf Dorindas Drängen stattgefunden. Den Mord an Grenz leugnet sie. Sie bleibt dabei, Heinzes Stimme und Hilferufe gehört zu haben.«

»Das ist lächerlich!« Conny schlug mit der flachen Hand auf den Tisch. Die junge Kollegin, die ständig von ihrem Handy abgelenkt wurde, schreckte hoch. »Sie hat Heinze bedroht und mir eine Dosis Propofol verpasst. Wenn ihre Schwester unbeabsichtigt an einer Überdosis von diesem Zeug gestorben wäre und Sandra das ehrlich bedauern würde, wäre sie doch kein zweites Mal das Risiko eingegangen. Damit nicht genug. Sie hat mich in diese Gruft gesperrt, ohne zu wissen, ob ich wieder zu mir kommen würde.« Sie lachte bitter. »Die glaubt doch wohl nicht, dass sie mit einer freundlichen Verwarnung davonkommt.«

»Eine Putzfrau hat Sandra mit einer Spritze am Pool gesehen«, sagte Paul. »Die hat sich schnell verdrückt, weil sie dachte, sie hätte einen Hotelgast mit Drogen erwischt. Das war ihr furchtbar peinlich. Damit wollte die Mitarbeiterin lieber nichts zu tun haben. Glücklicherweise hat sie eins und eins zusammengezählt, als sie vom Tod des Dichters erfuhr, und hat sich bei Marlene Jessen gemeldet. Es gibt noch mehr«, fuhr Paul fort. »In Grenz' Blut ist Propofol nachgewiesen worden.« Er sah Conny kurz an, ein Blick, den sie nicht deuten konnte. »Da hatte wohl jemand ein gutes Gespür und hat Frau Doktor Schäfer im Rahmen der Leichenschau um eine sofortige Blutabnahme gebeten.«

»Die braucht nicht gestehen«, meinte Hansen und lehnte sich zufrieden zurück. »Die Staatsanwaltschaft kriegt die auch so dran.«

»Das sehe ich genauso.« Paul faltete die Hände, ein Zeichen, dass die Besprechung zu Ende war. »Die Beweislast gegen sie ist erdrückend. Ich bin sicher, dass sie einknickt, wenn ihr das klar wird.«

»Herr Paulsen, könnte ich Sie wohl noch kurz sprechen, bitte?« Conny ließ nicht zu, dass er den Konferenzraum verließ und ihr anschließend womöglich aus dem Weg ging. Sie musste sich bei ihm entschuldigen, wenn es ihr auch noch so schwer fiel.

Er sah auf die Uhr. »Kurz«, sagte er dann.

Als Conny in seine Augen sah, musste sie schlucken. Alles kam in dieser Sekunde hoch. Ihr Bruder, die Strapazen der letzten Tage, der Tod von Grenz und die Erkenntnis, dass er zu verhindern gewesen wäre. Die Kollegen wünschten ein schönes Adventswochenende, verabschiedeten sich und gingen einer nach dem anderen. Selbst Renate blieb heute nicht bis zum Schluss.

»Brauchen Sie mich noch, Chef?«

»Nein, danke, Renate. Genießen Sie Ihr Wochenende. Wir sehen uns am Montag.«

»Na dann, fröhlichen Advent! Und gute Besserung, Frau Lorenz.«

»Ja«, entgegnete Conny zerstreut.

»Also?« Paul würde es ihr nicht leicht machen.

»Da gibt es einiges, das ich gern in Ruhe besprechen würde«, begann sie zögernd. Sie kämpfte um ihre Selbstbeherrschung, wollte auf keinen Fall weinen, nicht hier. »Hast du heute Abend schon etwas vor?«

»Ja.« Er packte seine Unterlagen in die Aktentasche. »Ich habe eine Karte für das Weihnachtskonzert in St. Jakobi.«

»Aha.« Blöde Ausrede!

»Tut mir leid.« Sein Blick sagte, dass es die Wahrheit war. »Ich habe sie mir schon vor Wochen besorgt und mich darauf gefreut. Ich würde nur ungern verzichten.«

»Klar, das verstehe ich.« Conny hatte das sichere Gefühl, ihre Beziehung schippere gerade den Bach herunter. Selbst wenn sie sich entschuldigen würde, konnte sie womöglich nichts mehr retten. Mit gesenktem Kopf stand sie da. Sie spürte, dass er sie ansah. Also drückte sie den Rücken durch. »Dann werde ich wohl heiß duschen und mich gründlich ausruhen. Auch nicht schlecht.«

»Morgen Abend habe ich Zeit.«

Conny schluckte wieder. »Okay, fein.« Ihre Stimme brach. »Dann bis morgen«, sagte sie schnell und war auch schon auf dem Weg nach draußen.

Auf dem Heimweg hatte Conny sich Brot gekauft. Nachdem sie lange unter der heißen Dusche gestanden hatte, machte sie sich eine Tütensuppe. Sie hockte sich mit ihrem Abendessen ins Wohnzimmer und schaltete irgendeine Spielshow ein, die sie kein bisschen interessierte. Ihr reichten Stimmen und Menschen, die fröhliche Gesichter machten. In die Decke gewickelt, wie Axel bei seinem kurzen Besuch, grübelte sie darüber nach, wie sie Paul dazu bringen konnte, dass er ihr noch eine Chance gab. Ihre Angst, er würde sich am kommenden Abend von ihr trennen wollen, war riesengroß. Sie musste sich etwas einfallen lassen, ihm entgegenkommen. Und zwar auf seine Weise. Plötzlich hatte Conny eine Idee. Sie wählte Renates Nummer …

Sonntag, 14. Dezember

Mit klopfendem Herzen ging Conny die Heilgeiststraße entlang. Sie trug ein Strickkleid und hohe Stiefel, darüber einen für ihre Verhältnisse sehr eleganten Mantel. Sie wusste, wie gern Paul so etwas an ihr mochte. Sogar Make-up hatte sie benutzt, um die Kratzer auf ihren Wangen zu überdecken, dazu etwas Kajal und einen Hauch Lippenstift. Die Luft war klar und klirrend kalt. Genau richtig für ihr Vorhaben. Überall in den Fenstern funkelte Weihnachtsbeleuchtung, teilweise knallbunt blinkend, dann wieder feierlich-schön. Conny hatte dieses Jahr zum Fest nur einen Wunsch. Ihr Plan heute Abend sollte gelingen. Sie wollte in einigen Stunden erleichtert und überglücklich nach Hause gehen, weil es ihre Beziehung noch gab. Noch lieber würde sie gar nicht alleine nach Hause gehen. Es war lange her, dass sie vor einer Begegnung mit Paul so aufgeregt war. Zitternd stieg sie die Stufen hinauf.

»Guten Abend.« Paul trug eine schwarze Jeans und ein weißes Hemd mit Schriftzügen und Mustern darauf. Es war

Sonntag, da traf man ihn nie in einer bequemen Leinenhose an.

»Guten Abend. Danke, dass du Zeit für mich hast«, sagte sie.

»Bitte, komm rein.« Er trat zur Seite und nahm ihr den Mantel ab. »Du hast dich so schick gemacht. Gehen wir noch aus?« Kein Lächeln, kein Zeichen, dass es ihm gefiel.

Sie blieb ihm die Antwort schuldig. »Paul, mein Auftritt neulich, als mein Bruder abgehauen war, tut mir leid. Ich war nicht ich selbst.«

»Machen wir es uns doch etwas bequemer. Möchtest du etwas trinken?«

Sie sah verstohlen auf die Uhr. Paul runzelte die Stirn. Mist, er hatte es mitbekommen.

»Hast du einen Tee fertig?«, fragte sie hastig

»Ja.«

»Den nehme ich gerne.« Conny ging in Richtung Wohnzimmer, da kam ihr Häppchen mit hoch erhobenem Schwanz entgegen. »Hallo, Kater. Na, wie kommt dein neuer Look in der Katzenwelt an?« Er rieb sich an ihrem Bein. Conny hockte sich hin und kraulte ihn hingebungsvoll. Er hatte ihr sehr gefehlt. Sein Schnurren ging immer wieder in lautes Maunzen über, Zeichen höchsten Genusses. »Hätte ich beinahe vergessen«, sagte sie lächelnd, »du stehst ja eher auf Kater.«

Paul trug zwei hohe Becher zum Sofa. Er stellte sie auf Untersetzer aus Kork und richtete die Henkel beide zur rechten Seite aus.

Conny setzte sich neben ihn. Sofort war Häppchen auch zur Stelle und sprang auf die Couch.

»Okay, Häppchen, du darfst bleiben«, erklärte Paul ihm. »Aber nur, wenn du dich auf deinen Platz legst.« Er klopfte auf eine Decke, die das cremefarbene Leder vor Katzenhaaren und messerscharfen Krallen schützen sollte. Zu Connys Erstaunen lief der Kater augenblicklich auf den zugewiesenen Platz und rollte sich dort noch immer schnurrend ein. Er schien zu begreifen, dass er sofort von dem Möbelstück fliegen würde, wenn er sich jetzt nicht an Pauls Regeln hielt.

»Ich möchte mich bei dir entschuldigen, Paul«, begann Conny zaghaft. »Mir ist klar, dass es nicht dein Problem sein kann, wenn ich mit meinen Gefühlen nicht umgehen kann, wenn ich sie nicht zulasse. Du musst aber zugeben, dass Frauen, die ständig heulen, anstrengend und doof sind«, ergänzte sie bockig, nahm den Becher und pustete konzentriert.

»Ich finde es gar nicht doof, wenn jemand seine Gefühle zeigen kann.«

»Ich weiß, war nur ein Scherz.« Sie lächelte schief. »Du weißt, wie schwer es mir fällt, solche Dinge zu besprechen. Wenn ich nicht zickig sein kann, versuche ich eben, das Ganze ins Lächerliche zu ziehen. Und ich werde es auf keinen Fall riskieren, heute zickig zu werden.« Sie sah ihn an und schluckte schwer. »Ich habe nämlich so schon unglaubliche Angst, dich zu verlieren. Das wäre …« Sie musste Luft holen. »Das wäre das Schlimmste«, flüsterte sie. Warum lag Häppchen nur nicht auf ihrem Schoß? Dann hätte sie etwas, womit sie sich beschäftigen konnte. So starrte sie nur auf ihre Hände und wagte nicht, den Blick zu heben.

»Du kannst so süß sein, weißt du das?« Jetzt sah sie ihn doch an. Da war endlich wieder etwas Warmes in seinen Augen.

»Warum veranstaltest du nur manchmal so hässliche Szenen?«

»Ich war einfach unendlich traurig«, erklärte sie. »Mein großer Bruder ist weg. Er fehlt mir so.«

»Komm her!« Paul nahm ihr den Becher aus der Hand, zog sie an sich und hielt sie fest. Conny schloss die Augen. Es fühlte sich unsagbar gut an.

»Er ist einfach so gegangen?«, fragte er sanft.

»Ich weiß nicht, ob einfach so.« Sie löste sich langsam wieder von ihm. »Es ist ihm wahrscheinlich schwer gefallen. Axel kann Glück anscheinend nicht aushalten. Wie auch? Er hat ja keine Übung darin.« Eine Träne kullerte über ihre Wange. Sie ließ es geschehen. »Dieser Gedanke macht mich so traurig.«

»Das verstehe ich. Dafür hätte ich auch an dem Abend Verständnis gehabt. Nur warst du nicht traurig, sondern kratzbürstig.«

»Ich weiß. Tut mir leid. Daran muss ich wohl noch arbeiten.«

Sie tranken ihren Tee und sprachen noch eine Weile über Axel und darüber, dass man niemanden zwingen konnte, sich helfen zu lassen. »Würdest du mir verzeihen?«, bat Conny, als alles gesagt war.

Paul legte den Kopf schief. »Nur, wenn du mir erklärst, was da zwischen dir und diesem Praktikanten läuft.«

Sie glaubte, sich verhört zu haben. »Wie bitte? Nichts.«

»Ach nein? Deswegen lädst du ihn auch zum Essen ein, nachdem du bei mir herausgeflogen bist. Das hat er jedenfalls brühwarm am nächsten Morgen im Präsidium erzählt, als keiner wusste, wo du steckst.«

Sie schmunzelte. »Du bist eifersüchtig. Ich glaube es einfach nicht. Du bist eifersüchtig auf einen Praktikanten, der höchstens meine Muttergefühle entfacht.« Sie musste lachen, dann fiel ihr etwas ein. »Ah, jetzt verstehe ich.«

»Was verstehst du?«

»Daher weht der Wind.« Sie ließ ihn zappeln.

»Was meinst du?«

»Du hast Matthias zu Konrad versetzt, damit er aus meiner Nähe verschwindet.«

»Glaubst du wirklich, ich würde Privates und Dienstliches derartig vermischen?« Eigentlich hatte sie das bis zu diesem Zeitpunkt nicht für möglich gehalten, doch da entdeckte sie das Blitzen in seinen Augen.

»Allerdings, das glaube ich.« Paul schmunzelte amüsiert,

schwieg aber beharrlich. »Na schön, dann zieh dich mal ganz warm an.«

»Du drohst mir?«

Conny setzte eine Unschuldsmiene auf. »Nein, ich meine das wortwörtlich. Bitte, ziehe dich richtig warm an, ich habe eine Überraschung für dich.« Sie stand auf.

»Du weißt, dass ich keine Überraschungen mag.«

»Diese wirst du mögen. Vertraue mir, bitte!«

»Und was ist mit dir? Wirst du mir auch jemals vollständig vertrauen?«

»Ich arbeite daran«, sagte sie kleinlaut.

»Das muss mir wohl reichen, schätze ich.«

Eine Viertelstunde später waren sie unterwegs. Es hatte zu schneien angefangen. Dicke Flocken segelten lautlos auf die Erde. Conny hakte sich bei Paul ein.

»Hier geht's lang«, ordnete sie an und schob ihn in die Bechermacherstraße.

»Ah, ich weiß, wir gehen auf den Weihnachtsmarkt. Stimmt's?«

»Stimmt. Das war einfach, oder?«

»Na ja, nicht so kompliziert wie du.« Sie fing einen liebevollen Seitenblick ein, und ihr wurde ganz wohlig zumute.

»I'm dreaming of a white christmas«, tönte es, als sie den Markt erreichten. Conny sog den Duft gebrannter Mandeln, von Nelken, Zimt und Kardamom tief ein. Wie zufällig nahm sie den Weg in eine schmale Gasse, zwischen einer Crêpe-Bude und einem Stand mit Schmuck. Sie führte ihn in Richtung Rathaus, als würde sie ziellos bummeln. Das Schneegestöber wurde stärker. Sie seufzte zufrieden und lehnte ihren Kopf an seine Schulter.

»Oha!«, machte Paul mit einem Mal.

»Oha, was? Ist ja eine nette Reaktion.«

»Du siehst noch nicht, was ich sehe.« Er machte Anstalten,

sie dezent abzuschütteln. Sehr fair von ihm! Conny hielt ihn nur noch fester.

»Wieso, was denn?«, fragte sie arglos.

»Da, an dem Punsch-Stand ist unsere gesamte Mannschaft versammelt. Wenn du nicht gleich loslässt, wissen alle über uns Bescheid.«

»Genau das war meine Absicht.« Sie strahlte ihn an.

Renate hatte sie zuerst entdeckt. Sie starrte die beiden mit offenem Mund an und deutete in ihre Richtung. Nach und nach entdeckten auch die anderen, was Renate so aus der Fassung brachte. Conny hatte zwar sämtliche Kollegen, die ihr und Paul wichtig waren, angerufen, um sich auf einen Glühwein zu verabreden, sie hatte allerdings nicht verraten, dass sie den Chef mitbringen würde, geschweige denn, dass sie ein Paar waren.

»So, nun atmet mal alle schön weiter«, sagte sie fröhlich. »Ja, der Boss und die Neue. Punkt.«

»So neu sind Sie ja nu auch nich mehr.« Hansen hatte als Erster seine Sprache wiedergefunden. Er wirkte erstaunlich gefasst. Gerade bei ihm, hatte sie befürchtet, hätte die Nachricht im falschen Hals landen können.

»Jetzt ist es raus. Ich hätte es euch von Anfang an sagen sollen, aber ich kam mir so komisch vor«, gestand sie.

»Kann ich verstehen«, gab Renate zurück. »Ich hätte auch Angst, dass sämtliche Kerle im Büro munkeln, die frisch gebackene Kriminalkommissarin hat die Planstelle nur kassiert, weil sie die Freundin vom Chef ist.« Sie sah von einem zum anderen. »Aber auf so dämliche Gedanken kommt inzwischen keiner mehr, oder?« Renate grinste über das ganze Gesicht. »Ich find's prima! Das ist mal eine herzerwärmende Nachricht zum Fest.«

Feddersen besorgte eine Runde Glühwein. Die ersten Minuten waren ein wenig zäh, Conny spürte deutlich die Unsicherheit der Kollegen, die nicht wussten, wie sie mit dieser neuen Situation umzugehen hatten. Als sie auf den aktuellen Fall zu sprechen kamen, gab sich die angespannte Atmosphäre schnell.

»Wie kann man nur so dösig sein, einen nach dem anderen anzusprechen, ob er nicht Komplize in so'nem schrägen Ding werden will?« Hansen schüttelte den Kopf, schob eine Hand noch tiefer in die Jackentasche und hielt mit der anderen seinen Becher fest umklammert.

»Die war in einer echten Notlage«, meinte Feddersen. »Sie dachte, sie hat Grenz im Sack, bloß hat der sie in letzter Sekunde hängenlassen. Was blieb ihr da anderes übrig, als Ersatz zu finden oder den Mord abzublasen?«

Paul sah sich einige Male um, ob ihnen auch niemand zuhörte. Es war aus Gründen der Diskretion nicht in Ordnung, die Namen in einer Sache zu erwähnen, deren Ermittlungen offiziell noch nicht abgeschlossen waren. Er musste sich jedoch keine Sorgen machen. Zum einen war die Geräuschkulisse der lachenden und plaudernden Marktbesucher, der Karussells und der allgegenwärtigen Weihnachtsmusik so laut, dass niemand etwas mitbekam, der nicht direkt in ihrem Kreis stand. Zum anderen waren sie alle alte Hasen, die Übung darin hatten, leise genug zu sprechen, um jeden anderen auszuschließen, aber gerade so laut, dass sie einander verstanden.

»Außerdem war dieser Heinze offensichtlich für halbseidene Machenschaften zu haben«, warf Renate ein.

»Und sie konnte ihn unter Druck setzen«, stimmte Feddersen zu.

»Geld für Lyrikpreise …« Hansen schnaubte verächtlich. »Womit manche Leute sich unter Druck setzen lassen …«

»Noch schlimmer ist, wozu sie sich aus Angst hinreißen lassen«, warf Paul ein, nachdem er eine weitere Runde Glühwein bestellt hatte. »Die Nerven dieses Verlegers lagen blank.

Nachdem er Sandra auch noch helfen musste, Conny in das Kellerloch zu schleppen, und nicht wusste, ob sie dort elend zugrunde gehen würde, hat er ein Fahrrad geklaut …«

»Na, da kam's ja nu auch nich mehr drauf an«, unterbrach Hansen.

»… und ist zum Swantiberg gestrampelt«, brachte Paul den Satz zu Ende. »Er wollte sich das Leben nehmen.«

»Schon wieder nach literarischem Vorbild.« Renate lachte. »Chef, das hatten wir auch noch nicht, dass Reime Hinweise auf Mörder geliefert haben, oder?«

»Dieses Gedicht von Dorinda, auf das Grenz seines bezogen hat, geht mir nicht mehr aus dem Kopf.« Conny zitierte: »Königin des Universums, Du lenkst die Welt nach deinem Willen, bist Mutter, Schwester, Regentin mir. Mein ewig Dorn im Auge, bist die Maria im weißen Kleid. Du Heilerin, dass all deine Mühe sich lohne, bring ich dir ein Geschenk dar, eine Dornenkrone.« Sie sah in die Runde. »Was ist, wenn Sandra die Königin des Universums war, die Schwester, die hinter den Kulissen sämtliche Strippen zog, die Dorindas Karriere nach ihrem Willen lenkte? Sie hat Druck gemacht, damit Dorinda Inselschreiberin wird, sie hat den Wechsel zu *NoZaMa Print* eingefädelt.«

»Worauf willst du hinaus?«, fragte Paul.

»Die Dornenkrone lag in *Gefährliche Gier* auf der Stirn eines Opfers. Mein ewig Dorn im Auge könnte heißen, dass Dorinda unter der dauernden Bevormundung gelitten hat. Wenn meine Auslegung stimmt, könnte man das Gedicht durchaus als Drohung verstehen.«

»Hätte, wäre, wenn«, brummte Hansen. »Selbst wenn die Schwarz Angst hatte, dass ihre Schwester ihre literarischen Mordfantasien irgendwann wahr macht und die Über-Schwester aus dem Weg räumt, ist das kein Grund, ihr zuvorzukommen. Wir kriegen sie dran. So oder so.«

»Was ist eigentlich mit den fünfzigtausend Euro, die sie

ausgesetzt hat?«, wollte Renate wissen. »Die sollten doch für den Hinweis sein, der zur Ergreifung des Täters führt. Wieso macht jemand das, wenn er selbst der Täter ist?«

»Um das Tempo zu beschleunigen«, vermutete Paul. »Mehr Tempo, mehr Fehler und mehr Chancen, dass etwas übersehen wird. So hat sie sich das wohl vorgestellt.« Er sah zufrieden in die Runde. »Aber da kannte sie mein großartiges Team nicht.«

»Keine Ahnung, ob wir von Frau Schwarz das versprochene Geld je bekommen«, überlegte Conny laut. »Wenn, dann muss unbedingt Eva Schuster etwas abbekommen. Und Fiete Jessen. Von den beiden wissen wir, dass es eine Frau war, die die tödliche Spritze gesetzt hat. Und wir wissen, dass Heinze Dorindas Leiche weggeschafft hat.« Zustimmendes Nicken und Gemurmel. Sie prosteten sich zu, wechselten endlich das Thema. Es war Weihnachten. Über die Arbeit hatten sie genug gesprochen.

»Habt ihr schon alle etwas für den Weihnachtsfeier-Julklapp?«, wollte Feddersen wissen. Schon war die schönste Diskussion im Gange, ob man für fünf Euro überhaupt etwas kaufen konnte, was jemandem eine Freude machte, ob man nicht endlich den Betrag erhöhen sollte oder ob es gerade Sinn der Sache sei, sich Gedanken zu machen, anstatt einfach viel Geld auszugeben. Conny dachte an ihren Bruder. Fünf Euro waren für ihn viel Geld. Wie unterschiedlich die Welten von Menschen doch sein konnten.

Als sie sich verabschiedeten, war es bereits spät. Eine dicke Schneedecke hatte sich zu ihren Füßen ausgebreitet.

»Na, denn noch einen schönen Abend«, sagte Hansen. »Ach, Paulsen, Sie blasen ihr doch trotzdem den Marsch, obwohl sie Ihre Freundin ist, oder?«

»Trotzdem? Gerade deshalb!«, antwortete Conny und lachte.

»Is auch gut so. Nich, dass das nu zur Gewohnheit wird und sie dauernd alleine loszieht und sich in Gefahr begibt. Denn braucht sie mal was hinter die Ohren!«

»Geht klar, Hansen!« Paul griente frech.

»Eigentlich wollte ich Ihnen gerade feierlich ein Dankeschön überreichen«, verkündete Conny. »Aber ich glaube, das versteigere ich jetzt im Internet.« Sie zog ein Päckchen mit einer großen Schleife aus ihrer Handtasche und reichte es ihm. Dabei drückte sie ihm einen Kuss auf die Wange.

»Wat denn nu?«

»Dafür, dass Sie mir Wolter geschickt haben. Allein wäre ich nie aus diesem blöden Kellerloch herausgekommen.«

Hansen lächelte. Er tätschelte kurz ihre verschrammte Wange. »Dann lassen Sie sich das man bloß 'ne Lehre sein.« Mit leuchtenden Augen warf er einen Blick auf das Kästchen.

»Auspacken!«, riefen alle gleichzeitig. Er zierte sich, doch dann siegte wohl auch seine Neugier.

»Was ist das denn?« Renate blickte auf den Inhalt des kleinen Geschenkkartons, als läge darin ein Ding aus dem All.

»Kragenecken. Die trägt man beim Square Dance. Ihr habt aber auch gar keine Ahnung.«

Dicht aneinandergeschmiegt, machten Conny und Paul sich auf den Heimweg. Aus einem kugelrund geschnittenen Buchsbaum in einem Vorgarten, der wie alle Sträucher und Hecken eine Schneehaube trug, funkelten kleine Lichter und ließen die weiße Pracht glitzern. An einer Haustür hing ein Kranz aus Tanne und Misteln, darunter stand eine große Laterne, in der eine Kerze brannte. Das letzte Lied, das sie vom Markt ein Stück begleitete, war *Let it snow*.

»But if you'll really hold me tight, all the way home I'll be warm«, sang Conny leise mit. »Wenn das nicht passt.«

»Danke für die Überraschung«, sagte Paul und legte seinen Arm um sie. »Du hattest recht, ich mochte sie wirklich.«

Sie lehnte ihren Kopf gegen seine Schulter. »Ich bin so froh, dass du dich nicht von mir trennen willst.«

»Warum sollte ich?«

»Na ja, wegen meines blöden Verhaltens.«

»Du traust mir nicht besonders viel zu, oder?«

Statt zu antworten, sang sie: »But as long as you love me so, let it snow, let it snow, let it snow!«

»Ziehst du trotzdem zu mir, zu Häppchen und mir, meine ich?«, fragte Paul unvermittelt. »Obwohl deine Wohnung nicht für deinen Bruder gebraucht wird? Ich finde, jetzt, wo alle Bescheid wissen, könnten wir auch zusammenleben. Ganz offiziell.«

»Findest du?« Sie sah ihn von der Seite an.

»Du nicht?«

Conny blieb stehen. »Willst du das wirklich? Ich meine, du kennst meine Macken. Es wird nicht leicht werden.«

»Das ist mir klar. Schon lange, übrigens. Trotzdem bin ich schon genauso lange fest entschlossen, Nägel mit Köpfen zu machen.«

»Oje, dann sollte ich es wirklich tun.« Sie gingen langsam weiter. Der Schnee knirschte unter ihren Sohlen und dämpfte die Geräusche vorbeifahrender Autos. »Handwerklich bist du nicht gerade eine Leuchte.«

Er drückte sie an sich. »Du gibst wirklich deine Wohnung auf und ziehst zu mir?« Er sah sie ernst an.

»Ja, das werde ich.« Paul schüttelte den Kopf. »Was?«

»Das hätte ich nie für möglich gehalten. Sieht aus, als gäbe es wirklich Weihnachtswunder.«